현대시의 정신과 감각

시작비평선 0008 홍용희 평론집 현대시의 정신과 감각

개정판 1쇄 펴낸날 2016년 11월 10일
지은이 홍용희
펴낸이 이재무
책임편집 김연필
디자인 이영은
펴낸곳 (주)천년의시작
등록번호 제301-2012-033호
등록일자 2006년 1월 10일
주소 04618 서울시 중구 동호로27길 30, 413호(묵정동, 대학문화원)
전화 02-723-8668
팩스 02-723-8630
홈페이지 www.poempoem.com
이메일 poemsijak@hanmail.net

ISBN 978-89-6021-303-6 04810
978-89-6021-122-3 04810(세트)

값 24,000원

*이 도서의 국립중앙도서관 출판시도서목록(CIP)은 서지정보유통지원시스템 홈페이지(http://seoji.nl.go.kr)와 국가자료공동목록시스템(http://www.nl.go.kr/kolisnet)에서 이용하실 수 있습니다.(CIP 제어번호: CIP2016026406)

현대시의 정신과 감각

홍용희 평론집

천년의 시작

서 문

시는 종교의 경우처럼 인간의 유한적 존재자로서의 결핍의 지점에서 연원한다. 그러나 결핍을 극복해가는 방식은 서로 다르다. 종교는 인간의 맞은편에 충만과 영원성의 세계를 설정한다. 인간은 이 충만과 영원성에 귀의함으로써 유한적 존재자로서의 결핍으로부터 구원받는다. 이를 위해 때로 지상의 삶을 속죄의 과정으로 신에게 바치기도 한다. 종교는 충만과 영원성을 통해 인간의 죽음—유한성—을 죽이고, 결국 삶도 죽이는 길을 지향하고 있는 셈이다.

반대로 시는 인간의 근원적인 결핍의 조건을 발견하고 그것을 인정하는 것을 출발점으로 삼는다. 시적 창조 행위는 신을 선택하는 대신 인간 실존과 세계를 선택한다. 시의 세계는 불안과 고독과 절망 속에 있는 단독자로서의 존재성으로부터 스스로 진정한 자유를 성취해나간다. 이때 시인에게 관건이 되는 것은 인간의 유한적 존재성을 치명적인 결점이 아니라 존재의 본질적인 일부라는 사실을 견성해내는 것이다. 이를 통해 시의 세계는 삶과 죽음, 존재와 무, 결핍과 충만, 부정과 긍정의 불연속성을 연속성 속에서 노래할 수 있게 된다. 삶은 죽음을 포함하고 있으며 더 나아가 죽음을 통해 완성되어간다. 태어남이 죽음을 암시하며, 죽음 역시 태어남을 끌어안고 있다. 우리는 살면서 죽고 죽으면서 산다. 그리하여 존재를 통해 무로 다가갈 수 있으며 무를 통해 존재로 다가갈 수 있다. 시를 쓴다는 것은 결국 충만과 영원성을 현존재의 시간 속에서 실현하는 것이다.

이와 같은 시인의 시적 창조의 상상력은 현존재의 근원과 본성을 만나게 해주는 통로가 된다. 삶의 존재론적 본질과 이치를 직시함으로써 진정한 자유를 얻는 행위가 바로 시의 궁극적인 지향성이라고 할 때, 시적 상상력의 본령은 공자가 언급한 시중지도時中之道의 정신과 연관된다. 시중지도란 수시로 변화하는 상황 속에서 삶의 근원과 본질의 이법에 해당하는 도를 구현하는 것을 가리킨다. 다시 말해 '도와 시간의 창조적 대화'가 시중지도이다. 공자가 시경을 편찬하고 이를 '思無邪'의 진경으로 규정한 것이나 시와 예를 삶의 덕목으로 등가화(不學詩 無以言 不學禮 無以立) 한 것은 시의 세계가 궁극적으로 현실 속에서 삶의 본질적 이치를 체득함으로써 고양된 자아에 이르는 것임을 가리킨다.

이것은 또한 바슐라르가 시적 상상은 스스로 우주적 자아로 고양되는 계기라고 인식했던 것과 상통한다. 그에 따르면 시적 상상력은 인간의 마음 깊은 곳에 서식하는 우주적 본성을 향한 원형적 이미지를 깨워 자체적인 힘을 발휘하게 한다. 그에게 시적 상상력은 끊임없이 모든 사물의 원형을 역동적으로 살려내는 정신 활동이다.

그렇다면 현대사회 속에서 '도道와 시간의 창조적 대화'는 어떤 양상으로 변주되고 있는가? 우리 시대의 모든 사물의 원형을 역동적으로 살려내는 정신 활동은 어떻게 전개되고 있는가? 이 책은 이러한 질문들에 대한 조심스러운 답변들이다. 책의 제목을 '현대시의 정신과 감각'으로 정한 배경이 여기에 있다. 이때 정신과 감각은 물론 서로 다른 둘이 아니다. 정신이 없는 감각이 살아 있는 감각이 아니듯이 감각이 없는 정신 또한 살아 있다고 할 수 없다. 다만 강조점의 차이가 있을 뿐이다. 그럼에도 불구하고 정신과 감각을 나누어 말한 것은 현대시의 현장 검증에 좀 더 유리한 방법론이 된다는 믿음 때문이다.

제1부는 「시중지도時中之道의 정신」이다. 여기에서는 우리 현대사의 험난한 굴곡 속에서 시인들의 제각기 시 정신의 구극을 추구한 양상을 중심으로 다루었다. 특

히 「정신주의 시학의 창조적 이해와 가능성」은 시론을 통해 현재적 삶 속에서 요구되는 시적 지향성을 분석하는 데 집중적으로 할애했다.

제2부는 「절제와 절정」이다. 21세기 '문학생산의 장'을 창조해나가는 주역들을 중진에서부터 신예에 이르기까지 포괄적으로 다루었다. 이들의 시 세계는 현대사회의 일상성 속에서 제각기의 삶과 시대정신을 '절제와 절정'의 지점으로 밀고 나간 모습을 보여준다. 언어의 자발적 가난을 통해 삶의 절조를 추구하는 이들의 면모는 현대사회의 정신적 가치의 훼손과 물량주의에 대한 냉엄한 성찰을 제기한다는 점에서 주목된다.

제3부는 「상상과 소통」이다. 현대시의 현장에 대해 주제 의식에 따른 미적 탐색을 시도해보았다. 사람과 사람은 물론 사람과 사물들이 서로서로 상상력을 통해 주술적으로 소통하고 공명하고 충격하면서 새롭게 차원 변화를 일으켜 나가는 내밀한 풍경을 읽어보고자 했다.

"옛 거울을 부수고 오너라."라고 성철 스님은 말했다. 삶의 인식의 진일보를 위한 자기 갱신과 고양의 중요성을 강조한 것이리라. 이 책은 나에게 네 번째 평론집이다. 혹시 나는 아직 나의 내면이 '옛 거울' 속에서 서성거리고 있는 것은 아닐까. 이렇게 책을 간행하는 것이 '옛 거울'을 박차고 앞으로 나아가는 과정이기를 스스로를 향해 간곡히 바라고 믿는다.

이 책이 나오기까지 힘이 되어준 소중한 분들께 감사한다. 특히 천년의시작의 식구들에게 거듭 고마움의 악수를 건넨다.

2010년 2월

홍용희

차 례

제1부 시중지도時中之道의 정신

제2부 절제와 절정

제3부 상상과 소통

제1부

시중지도時中之道의 정신

정신주의 시학의 창조적 해석과 시적 상상

1. 정신주의 시학의 새로운 가능성을 위하여

21세기 들어, 전 지구적 차원의 시장지상주의 논리와 물신화가 가속화되면서 인간의 자기 정체성 상실과 소외의식은 더욱 극심화되어가고 있다. 특히 기술 관료주의 사회의 지배 메커니즘이 일상화되고 생명 복제 기술이 비약적인 발전을 거듭하면서 미래사회의 인간 존재에 대한 치명적인 위기의식을 지니지 않을 수 없게 되었다. 이러한 상황 속에서 '기계에 복종하는 기능적 인간이 아니라 창조적인 정신을 통해 인간의 품격을 고양시키는'(최동호, 『한국현대시와 정신주의』) 것을 목적으로 하는 정신주의 시학의 의미와 가치는 더욱 소중한 빛을 발한다.

그러나 그동안 정신주의 시학의 논의와 인식은 점차 심화, 확산되기보다는 비교적 많은 오해 속에 둘러싸이면서 그 본래의 의미와 범주가 축소되고 약화되어가고 있는 것으로 보인다. 그 주된 이유로는 먼저, 정신주의 시학의 이론 체계에 대한 적극적이고 창조적인 해석이 부족했던 점을 들 수 있을 것이다. 최동호에 의해 우리 시단에서 처음 제기된 이래 20여 년이 지난 지금까지 정신주의 시에 관한 논의는 그가 설정한 이론 체계를 수동적으로 답습하는 수준에서 전개되었던 것이 사실이다. 이점은 정신주의 시학이 해체주의와의 논쟁을 통해 자기동일성을 내세우는 과정에서나, 정신주의 시학에 관한 작품론의 개진에서도 반복적으로 드러난다. 정신주의 시학이 "정적인 시학을 거부하고 동적인 시학을 지향하여 보수적인 고착성의 타파"를 중요한 명제로 제시하는 것처럼 정신주의 이론 체계에 대해서도 적극적이고 창조적인 해석과 이해의 역동성이 요구된다고 할 것이다. 동서고금의 중요한 철학과 미학 사상일수록 지속적인 새로운 해석과 재구성 속에서 꾸준히 형성, 발전되어 왔다는 사실은 이 자리에서 새삼 환기해보아야 할 주지의 사실이다.

다음으로는, 정신주의를 통해 조망하는 시인들의 범주와 세대교체가 너무 한정되고 지체되어 있다는 점을 들 수 있을 것이다. 정신주의 시학이 제기된 지 이미 20여 년에 이르고 있으나 그 작품론은 초기에 다루어졌던 노장적, 불교적, 전통적, 선적 상상력과 생명사상의 시편을 집중적으로 드러낸 몇몇 중진 시인들에 국한되면서 정신주의가 지닌 입체성, 포용성, 개방성, 현실성의 속성을 제대로 열어 놓지 못한 것으로 보인다. 또한, 시적 미학은 동시대의 젊은 시인들의 시적 상상력과 긴밀하게 대응하지 못하면 쉽게 그 본래의 의미를 잃고 보수적 고착성에 빠지기 쉽다.

이 글은 기본적으로 이러한 문제의식을 바탕으로 출발한다. 따라서 먼저 정신주의 시학에 대해 분석적으로 이해하고, 이를 바탕으로 성리학적 전통의 이기理氣론 속에서 정신주의 미학의 특성을 해석해보기로 한다. 이것은 정신주의 시학을 심원한 전통적 철학의 인식론 속으로 확장하면서 아울러 그 이해와 공감의 폭을 넓히는 데 기여할 수 있을 것으로 보인다. 그리고 여기에서 더 나아가 오늘날의 젊은 시인들의 시적 상상력을 정신주의 시학 속에서 검토해보기로 한다. 이러한 작업은 정신주의 시학에 대한 올바른 이해와 더불어 21세기에 대응하는 정신주의의 새로운 가능성을 탐색하는 시금석으로서 의미를 지닐 것이다.

2. 정신주의 시학과 형이상形而上의 행방

우리 시단에서 정신주의란 용어가 본격적으로 등장한 것은 1990년 최동호의「서정시와 정신주의적 극복」(『현대시학』 1990.3)에서부터이다. "1990년대 서정시에 대한 하나의 전망"이라는 부제를 거느린 아주 짧은 이 글에서 그는 정신주의 시학의 요체를 간명한 문체로 제시하고 있다. 그의 정신주의 시학의 출사표에 해당하는 이 글의 첫 문장은 "좋은 시란 어떤 것일까."라는 물음이다. 여기에는 정신주의 시의 본질을 드러내는 중요한 의미를 머금고 있다. 정신주의는 처음부터 어느 특정한 시적 유형, 이데올로기, 계보에 국한되는 것이 아니라 이 모두를 포용한 자리에서 성찰적으로 제기하는 근원적인 물음이고 대답이다. 그래서 그가 정리하는 정신주의 시의 계보 역시 매우 포용적으로 열려 있다.

첫째, 한용운, 조지훈 등으로 이어지는 불교적 현실참여

둘째, 황매천, 이육사 등으로 이어지는 유교적 저항적 절사의식

셋째, 신석정, 김달진 등으로 이어지는 노장적 은둔적 초월주의

넷째, 윤동주에서 김현승 등으로 이어지는 기독교적 정신주의

다섯째, 김수영에서 김지하, 황동규로 이어지는 현실 비판적 서정주의와 모더니즘적 서정주의

여섯째, 이용악, 백석, 신경림 등으로 이어지는 토착적 서정주의

여기에서 보듯, 정신주의 시학은 불교적, 유교적, 노장적, 기독교적, 현실 비판적, 모더니즘적, 서정적 시편들을 모두 포괄한다. 앞에서 지적한 바대로 정신주의는 어느 특정 이념이나 형식론을 내세우며 배타적으로 등장한 유파가 아니라 "좋은 시란 어떤 것일까?"라는 근원적인 질문과 해답으로부터 출발한 것이다. 그렇다면, 정신주의의 시적 계보로 거론된 시 세계의 공통된 특성은 무엇인가? 이것이 바로 '정신주의 시'의 고유한 성격에 해

당될 것이다. 이 글에서 그것은 "우리 시에 가장 절실히 요구되는 것은 형이상形而上세계의 개척이며, 이것이 앞으로 시의 생존 그 자체를 가능케 하는 결정적 요소라 하겠다."는 문장에 집약되는 것으로 파악된다. 정신주의 시학은 다양한 시적 계보에서 추출해볼 수 있는데, 그것은 '형이상의 세계'의 구현이라는 것이다.

이를 1990년대 시단의 극복 과제와 연결시켜 좀 더 구체적으로 서술하면, "민중시의 주관적 독존은 물론이고 순수시의 정태성이나 해체시의 자기해체를 넘어서서, 그리고 고답적인 달관주의의 허무적 초월을 깨트리고 나아가 새로운 시 그리고 좋은 시를 산출하는 하나의 길이 정신주의의 확대와 심화에 있다."고 정리된다. 다시 말해, '형이상形而上 세계의 개척'을 추구하는 정신주의의 확대와 심화과정이 1990년대 시단의 문제점을 극복하고 좋은 시를 산출하는 미학적 방법론이라는 것이다. 이렇게 보면, 최동호는 1990년에 발표한 정신주의에 대한 출사표에서 이미 그 의미, 성격, 지향성을 분명하게 제시하고 있었던 것이다.

한편, 정신주의에 대한 비판 논의는 주로 '정신'이란 용어에 대해 육체, 물질, 현실, 감각 등과 상대되는 개념으로 파악하는 이분법적 인식 속에서 전개되었다. 도정일은 한 좌담회(1992)에서 '마치 피안의 세계에 가 있는 것처럼 달통하'는 신비주의적 성향의 경계를 주문했다. 또한 정효구는 『소위 '정신주의 시'에 대하여』(1992.4)에서 "정신주의 시에 대립하는 육체주의 시도 있단 말인가."라는 전제를 바탕으로 정신주의 시로 주목되는 작품들에 대해 신비주의적 경향, 도사풍의 어조, 탈현실성, 대립과 갈등을 간과한 화해와 조화, 내면적 필연성의 부재 등이 노정된다고 지적하고 있다. 이러한 지적은 최동호가 처음부터 정신주의 시의 기본 요건으로 주장했던 '고답적인 달관주의의 허무적 초월을 깨뜨려'야 한다는 당위적 과제와 고스란히 중복된다. 정신주의에서 경계한 내용이 정신주의에 대한 비판 논거로 제기되는 소통의 부재와 오해가 빚어지고 있다.

정효구의 반론은 이미 처음부터 스스로 물질과 정신, 공격과 화해, 비판과 용서, 쾌락과 초극에 대한 창조적 역설의 포괄이나 차원 변화를 차단한 이분법적 도식 속에서 개진되고 있기 때문에 논리적 명쾌함은 있으나 지나친 단순화의 오류에서 벗어나지 못하고 있는 것이 사실이다. 그러나 도정일과 정효구의 신비주의와 초월성에 대한 지적이 비단 이들만의 생각으로 국한된 것은 아니었을 것이다. 사실, 시단의 일반론적인 인식이었다고 해도 과언이 아니다. 그 주된 이유는 ① 우리들 대부분이 서구적 이성중심주의의 이분법적 사고 속에 길들여져 있다는 점, ② 정신주의의 현실과 초월, 형이하와 형이상을 동시에 포괄하는 입체성을 비롯하여 개방성, 포용성에 대한 서술적 해명을 응축할 수 있는 명쾌한 개념어를 찾지 못했다는 점, ③ 정신주의 시에 대한 옹호론자들이 오히려 정신주의에 대한 오해를 가중시키는 데 한몫했다는 점을 들 수 있을 것이다. 특히 ③의 경우 주로 작품론을 통해 정신주의의 실체를 실증하고자 하는 시도는 나름대로 정신주의의 시적 실체를 구현하는 성과를 거두었으나, ①, ②의 항목에 대한 천착이 간과되어 있고, 시적 대상 역시 지나치게 불교적, 선적, 전통적, 고답적인 경향에 치우침으로써 정신주의의 범주를 협소하게 몰아간 것이 사실이다.

이러한 저간의 사정으로 인해 정신주의 시의 계보에 대해 앞에서 제시한 6가지 항목 중에 첫째, 한용운과 조지훈으로 이어지는 불교적 현실 참여와 셋째, 신석정과 김달진이 대변하는 노장적, 은둔적 초월주의만이 정신주의의 영역으로 인식되는 결과를 초래했다. 이러한 상황 전개에 대한 인식 속에서 최동호는『정신주의와 우리 시의 창조적 지평』(1993.4)이라는 글을 다시 발표하게 된다. 여기에서 그는 정신주의의 지향성이 현실적 역동성과 결코 무관하지 않다는 점을 집중적으로 강조하기 위한 의도로 네 가지 명제를 첨가한다.

첫째, 과도기적 상황에서 언제나 새로운 역사 지평의 확대를 모색한다.

둘째, 정적인 시학을 부정하고 동적 시학을 지향하여 보수적 고착성을 타파한다.

셋째, 세속주의를 거부하면서 현실의 현실성에 대한 각성을 촉구한다.

넷째, 한국적인 신성함의 추구와 더불어 인간 존재의 고귀성을 고양한다.

정신주의의 지향성으로 '역사 지평', '동적 시학', '현실성' 등이 강조되고 있다. 정신주의 시학에 대한 주요 비판의 논거였던 신비주의, 초월성, 보수성에 대한 방어 의식이 크게 작동하고 있음을 볼 수 있다. 첫째, 둘째, 셋째 항목은『서정시와 정신주의적 극복』에서 이미 극복의 과제로 제시한 세속성, 주관성, 정체성, 해체성의 연장선에서 이를 좀 더 부연 설명한 것에 해당한다.『서정시와 정신주의적 극복』의 씨눈이었던 "우리 시에 가장 절실히 요청되는" "형이상 세계形而上 世界의 개척"은 넷째 항목에 한정해 소략하게 언급된다. 그러나 그 넷째 항목 역시 구체성을 획득하지는 못하고 있다. "한국적인 신성함의 추구"라는 명제는 정신주의 시학의 '형이상 세계'를 향한 포괄적인 개방성을 감당하기에는 역부족으로 보인다. 그래서 '한국적인 신성함'의 실례로 든 박희진의『한국어를 기리는 노래』의 감상에서 자기 긍정의 능동적 자세를 넘어서는 심원한 미의식을 느끼기는 어렵다. 최동호는 정신주의에 대한 즉물적인 오해를 불식시키기는 데 너무 많은 공력을 빼앗기고 있었던 셈이다.

'서정시와 정신주의적 극복'이 '정신주의와 우리 시의 창조적 지평'으로 나아가면서 정신주의 시학의 본질이 좀 더 심화되기보다는 오히려 방어벽을 분명하게 제시하는 데 치중한 것으로 보인다. 정신주의에 대한 오해를 차단해준 이러한 방어벽은 역설적으로 정신주의 시학 논의의 다양화와 심화, 확장을 가로 막는 역기능으로 작용하기도 한다.

한편, 정신주의 시학은 해체주의에 대한 논쟁과 생명사상과의 조우를 거치면서 자기 동일성을 부각시켜나간다. 앞에서 강조한 바대로 정신주의 시학은 "좋은 시란 무엇인가"라는 질문에 대한 답변 찾기가 출발점이고 종착점이기 때문에 해체주의에 대한 비판에서도 해체주의 자체에 대한 부정이 아니라 자기 부정과 허무의식에 봉착하는 창작 태도론에 대한 비판으로 집중된다. 또한 정신주의 시학이『정신주의와 생명사상』에서 드러나듯, 김지하의 생명사상에서 전범을 찾을 수 있었던 것은 생명사상 그 자체의 성격과 의미보다, 여기에서 "자유와 구속이라는" 표면적인 "이항대립의 변증법을 넘어"서서 "폐허가" 아니라 "사랑으로 전환시켜 새로운 생명을 탄생"시켜 내는, "형이상 세계의 개척"을 목도했기 때문이다.

그러나 정신주의 시학은 지속적으로 우리 시단에 강한 영향력을 끼치며 심화, 확산되어나가지 못한다. 2000년대 들어 1990년에 정신주의적 극복의 과제로 제시했던 "세속성(일상성과 물신주의), 주관성(배타성과 독존주의), 정체성(보수성과 편의주의), 해체성(파괴성과 허무주의)"이 더욱 극심해졌지만 정신주의 시학이 그 비판과 각성의 논거로 작동하지 못한 것은 이를 반증한다.

최동호는 다시 2009년 들어 정신주의 시학의 전반을 총체적으로 반추하면서 체계적으로 정리한 『한국현대시와 정신주의』를 발표한다. 이 글에서 가장 주목되는 부분은 제3장의 "정신주의와 좋은 시"에 나오는 다음 단락이다.

> 시란 근본적으로 인간에 의해 쓰여지고 인간을 위해 존재하는 것인 까닭에 시대 현실의 변화와 변모된 인간의 삶을 반영하기 마련이다. 인간의 삶이 시대에 따라 변모된다고 하더라도 인간의 중심에는 변하지 않는 것이 있고 시의 중심에도 변하는 것과 더불어 변하지 않는 것이 있다. 그 중심에는 갱신되는 생명력을 불어넣는 힘이 시대를 넘어서는 정신주의라고 할 수 있다.

"좋은 시란 무엇인가"라는 물음에서부터 시작된 정신주의 시학이 '인간의 중심'에 '변하지 않는 것'이 있듯, '시의 중심'에도 '변하는 것과 더불어 변하지 않는 것'이 있음을 지적하고 그 중요성을 강조하고 있다. '시의 중심'에서 변하지 않는 것이란 결론 부분에서 제시한 "한 시대를 넘어서려는 형이상학적인 충동"이다. 이것은 최동호가 정신주의 시학을 제기하던 출발점에서부터 주장한 "형이상 세계의 개척"과 직접 닿아 있음을 어렵지 않게 감지할 수 있다. 정신주의 시학의 출사표에 해당하는 『서정시와 정신주의적 극복』(1990)에서 전면에 출몰한 이래 20여 년간 잠복되어 있던 "형이상 세계의 개척"이 다시 전면에 드러나는 대목이다.

그렇다면 2010년을 앞둔 지금 시점이라고 해서 "형이상 세계의 개척" 혹은 "형이상학적인 충동"이란 명제가 신비주의, 초월성, 보수성이라는 반론으로부터 자유로울 수 있을까? 앞에서 제기한 바처럼 정신주의의 심원한 입체성, 개방성, 포용성에 대한 오해를 불식시킬 수 있는 서술적 해명이 아니라 관습적으로 공유할 수 있는 인식론과 명쾌한 개념어를 찾는다면 몰이해에서 빚어지는 반론으로부터 자유로울 수 있지 않을까? 다시 말해, 정신주의의 현상과 심연, 물질과 정신, 형이상과 형이하, 일과성과 영원성, 동적인 것과 정적인 것을 동시적이고 연속적으로 탐지할 수 있는 심미적 인식론과 표현이 요구된다는 것이다.

3. 정신주의 미학과 이기理氣론

정신주의 미학의 확고한 정립을 위해 요구되는 집약적이고 명쾌한 개념적 규명은 어떻게 가능할까? 이러한 질문 앞에 최동호는 자신의 네 번째 시집 『불꽃 비단벌레』(2009)를 간행한다. 이 시집의 서문에는 정신주의 미학의 형이하와 형이상을 동시에 포괄하는 전일적인 속성을 담보한 언어가 등장한다. 그것은 "구극"이다. 그는 스스로 "정신주의의 구극을 가고 싶었다./ 그 소실점에서/ 불꽃 비단 벌레가 날아올랐다"고 전언한다. 여기에서 언급된 "구극"이 사실은 정신주의의 미학적 실체라고 파악된다. 정신주의는 기본적으로 미적 태도론 및 지향점과 깊이 연관되기 때문이다.

"구극"이란 무엇인가? 그것은 어떤 과정의 극점에 이른 단계인 바, 격물치지格物致知의 미의식과 연관된다. 격물치지는 중국 사서四書의 하나인 『대학』에 나오는 팔조목의 기본 조항으로서 성의誠意, 정심正心, 수신修身, 제가齊家, 치국治國, 평천하平天下의 기반이 된다. 주자는 이에 대해 "사물에 다가가 나의 모든 지식을 극진히 하면 그 이치의 터득에 이른다는 것"으로 해석한다. 여기에서 이치란 성리학의 이기론理氣論에서의 이理를 가리킨다.

이기理氣론에서 이理의 위상과 성격은 학자들에 따라 어느 정도 편차가 있으나, 만물에 내재하는 원리로서 기氣의 존재 근거이며 주재자에 해당하는 근원적인 본질로 규정할 수 있다. 반면에, 기氣는 이理의 창조성을 가능케 하고 실현하는 물질적 현상을 가리킨다. 이와 기는 서로 구별되지만 실제로는 구별할 수 없다. 모든 사물의 존재원리는 이기묘합理氣妙合을 통해 이루어진다. 기氣는 이理에 의해 주재되고 이理는 기氣에 의해 실현된다. 이것은 또한 모든 현상과 사물에는 이理가 내재되어 있다는 명제를 성립시킨다. 그래서 주자는 "만물은 모두 한 그루의 나무와 한 포기의 풀에 이르기까지 각각 '이理'를 갖추고 있다. 이理를 궁구해나가면 활연豁然해지는 단계에 이를 수 있다."고 설파한다.

이러한 이理의 구체적인 실체에 대해 송나라의 주자보다 오히려 더욱 많이 천착한 것으로 알려진 퇴계 이황의 설명을 잠시 들어보기로 하자.

> 만일 이를 탐구해서 투철하게 깨닫는다면, 이것은 지극히 텅 비어 있지만 동시에 지극히 진실한 이치를 가지고 있고(至虛而至實) 지극한 무이지만 동시에 모든 유를 가능하게 하는 지극한 유이고(至無而至有) 만물을 움직이게 하면서도 스스로 운동하지 않고(動而無動) 만물을 고요하게 하면서도 스스로는 따로 고요함이 없는(靜而無靜) 희고 깨끗하여 순수하며 터럭 하나도 더하거나 뺄 수 없이 완전하며 음양과 오행 그리고 만사와 만물의 근본이 되면서도 음양오행과 만사만물의 가운데에 갇히지 않는다.
>
> -『陶山全書 二』권, 22 퇴계학연구원, 『국역퇴계전서』 참조

이理의 위상과 존재성을 면밀하게 해명하고 있다. 이理의 속성은 있음/

없음, 정/동, 구속/자유의 이분법으로 규정되지 않으면서 이들을 동시적으로 모두 포괄하는 존재의 근원이며 원리이고 주체이다. 따라서 이러한 이理에 대한 인식이 부재하면 감각적이고 말초적이고 표면적인 현상에서만 헤매게 된다.

여기에 이르면, 최동호가 정신주의 시학에서 1990년대 시적 위기에서 요구되는 "형이상 形而上세계의 개척"은 거경궁리居敬窮理의 미의식에 해당하는 격물치지格物致知를 통해 터득할 수 있는 이理의 세계의 구현으로 풀이해볼 수 있다. 그리고 이러한 이理의 구현은 "구극"의 언어를 통해 노래할 수 있다는 것으로 해석된다. 그가 이육사의『절정』이나 김지하의『생명』에서 정신주의의 전범을 발견한 것도 이들 시편이 절망/희망, 구속/자유, 죽음/삶의 결절점에서 이 양자의 긴장을 뛰어넘는 새로운 차원의 존재론적 전회를 열어가는 구극의 진경을 보여주고 있기 때문이었다. 이렇게 보면, 정신주의에 대해 '거경궁리의 미의식'과 '구극의 언어'로 규정하면 몇 가지 항목으로 나누어 설명해야 했던 정신주의 미학의 실체를 응축적으로 명쾌하게 전달할 수 있다.

그러나 이처럼 이기理氣론의 철학을 끌어와서 정신주의가 요구하는 "형이상 세계"와 이理의 동일성을 강조하고 나서면, 기氣에 대한 상대적 배타성을 지적하며 초월적인 관념주의로 다시 비판할 여지가 있다. 이러한 오해의 불식을 위해 퇴계 이황에게 다시 지혜를 구해보면 어떨까. 그는 이미 기대승과 4단 7정론으로 불거진 이기론에 대해 8년 동안이나 진지하고도 끈질긴 토론을 벌인 경험이 있기 때문이다.

> 어떤 사람이 먼 길을 간다고 할 때 사람의 입장에서 보면 말을 타지 않고서는 드나들 수가 없고 말의 입장에서 보면 모는 사람이 없이는 방향을 잡을 수가 없다는 것이다. 이때, 사람은 이理에 해당하고 말은 기氣에 해당한다. 사람이 말을 타고 가는 것을 보면서 사람이 간다고만 말하고 말에 대해서는 말하지 않아도 말의 움직임이 그 속에

포함되는 것은 이理의 관점에서의 묘사이고 반대로 말이 간다고 하면서 사람을 말하지 않아도 사람의 움직임이 그 속에 담겨있는 것은 기氣의 관점에서의 묘사이다.[1]

이기理氣의 전일적 관계에 대해 쉽고도 분명하게 전달하고 있다. 여기에 이르면, 정신주의의 "형이상形而上 세계世界의 개척"에 대해 탈현실적인 신비주의와 초월성으로 비판할 수 없음을 좀 더 뚜렷하게 인식할 수 있게 된다. 이理 없는 기氣도 있을 수 없고 기氣 없는 이理도 있을 수 없다. 다만, 강조점의 차이에 따른 표현의 차이가 있을 뿐이다. 성리학의 이기론에 이르러 정신주의에 대한 인식은 논리적, 분석적 해명이 아니라 전일적, 종합적 공감으로 전달된다.

한편, 최동호의 시집『불꽃 비단벌레』에 수록된 다음과 같은 시편은 정신주의와 이기理氣론의 근접성을 돌올하게 보여주고 있어 주목된다.

경배합니다
나마스테
첫 음절 굴리기도 혀가 굳어
어색한 내 목소리에

하얀 이 드러내고
만면에 환한 웃음 피워 내던
히말라야 고산족들,
쓰러져가는 어두운 움막집에서도

1 이황과 기대승의 그 유명한 4단 7정론에 대한 논쟁에서 이와 기의 변별을 강조한 이황의 답변을 바탕으로 작성해 보았다. 이황과 기대승의 4단 7정론에 대한 논쟁 역시 정신주의 시학의 해명에 많은 도움이 된다고 본다. 여기에 대한 논의는 다음 기회를 기약하기로 한다.

맑은 눈동자 빛내던 아이들
공책에다 애비가 부르는 글씨를 받아쓰던
작은 고사리 손등은
이름 없이 高山에서 피었다 지는
정결한 히말라야 꽃이다

—최동호, 「설산의 흰눈」 부분

"나마스테"란 히말라야 고산족들이 주고받는 인사말로 "당신의 마음속에 있는 신에게 경배합니다."라는 뜻이다. 시인은 히말라야 고산족 아이들의 "웃음/눈동자/손등"에서 "히말라야 꽃"의 신성함을 보고 있다. 그들의 일상적인 표정에서 직시되는 "히말라야 꽃"이란 바로 "나마스테"라는 인사말을 통해 깨어난 그들 내면의 '신'을 가리킨다. 신을 초월적인 대상이 아니라 인간 내면에 존재하는 근원적인 본성으로 보고 있다. 인간의 '희고 깨끗하여 순수하며 터럭 하나도 더하거나 뺄 수 없이 완전'한 본연지성本然之性이 바로 '신'이며 "히말리야 꽃"이라는 것이다. 이것은 물론 히말리야 고산족에만 해당되는 것이 아니다. 인간은 누구나 경배의 대상인 신성한 존재이다. 감각적 현상 속에서 이를 가능케 하고 주재하는 본성을 따뜻한 화법으로 직시하고 있는 시이다.

여기에서 인간 본성의 신을 성리학의 이기론에서 조망하면 이理의 세계라고 할 수 있을 것이다. 본래 성리학의 이기론은 천인합일의 세계관을 바탕으로 한다. 그래서 퇴계 이황은 "천天은 곧 이理이다."라는 전제 아래, "일찍이 하늘과 인간의 사이에 구분이 없는 것이다. 그러나 성인이 되고 우둔한 사람이 되고 사람과 만물이 상이하게 되는 까닭은 기氣가 그렇게 함이다."(『陶山全書』三 卷 8)라고 설명한다. 따라서 그에게 공부는 기질지성氣質之性의 혼탁함을 갈고 닦아서 천인합일天人合一의 본성에 도달하는 것을 목표로 한다. 그래서 "퇴계의 정신주의적 천인합일天人合一의 존재론은 인간과 천지 만물의 조화 그리고 인간세계에서의 개인과 공동체의 조화를 통한 우주적 사회적 일체감의 확보, 그리고 생명에 대한 외경과 사랑의 가치에 대한 존중을 통하여 존재와 의식, 자유와 필연을 일치시킴으로써 내적으로는 무한한 정신적 평정을 누릴 수 있게 하고, 외적으로는 자연과의 조화 속에 사회적 안정과 평화의 실현을 가능케 하는 이상적 인간과 세계를 위한 존재론적 근거를 제시한다."(장승구, 『퇴계의 자연성의 세계관 연구』, 『퇴계학연구』 제6집, 1992)라고 정리된다.

한편, 이러한 퇴계의 존재론은 최동호가 정신주의 미학에 대해 종합적으로 정리한 『한국현대시와 정신주의』(2009)의 결론 부분의 마지막 단락에서 "정신주의의 기본적인 전제는 인간에 대한 사랑과 연민이다. 인간에 대한 사랑이 없다면 정신주의도 시도 다 무용한 것이 되고 말 것이다."라는 전제 아래 "기계에 복종하는 기능적 인간이 아니라 창조적인 정신을 통해 인간의 품격을 고양시키는 인간을 위해 정신주의 시의 역할이 미래의 우리 시에서 더욱 증대되리라 전망하는 것"과 상통한다. 인간의 사물화가 진행될수록 인간 존재의 근원적 본성의 복권은 더욱 절실하게 요구되기 때문이다. 정신주의 시학은 이기론의 거경궁리의 미의식 속에서 조망되면서 심원한 철학적 깊이는 물론 누구나 쉽게 공유될 수 있는 인식의 지평을 열어갈 수 있게 된 것이다.

4. 정신주의와 21세기의 시적 상상

최동호가 1990년에 우리 시의 극복과제로 제시한 "세속성(일상성과 물신주의), 주관성(배타성과 독존주의), 정체성(보수성과 편의주의), 해체성(파괴성과 허무주의)"은 2010년을 맞는 오늘의 시단에서도 그대로 유효하다. 특히 2000년대 들어 우리 시는 사상 유례없는 환상, 엽기, 복고, 허무, 혼돈, 자폐가 서로 충돌하고 뒤섞이면서 새로움의 한 극단을 폭죽처럼 연출하기도 했다. 이들은 소통 부재의 제3인류형의 언어로 무장한 내국망명자들의 모습을 띠었다. 그러나 2010년에 근접해오면서 내국망명자들의 기세는 점차 약화되고 있다. '문학생산의 장'의 새로운 변화의 단층이 나타나고 있다. 이에 대해서는 혼돈으로부터의 질서와 숭고를 찾아가는 추의 미학의 현상으로 해석해볼 여지가 있을 것이다. 이와 같이 한 시대를 풍미하고 사라지는 일과성의 시적 현상을 목도하면서 혼돈, 추, 괴기가 스스로 지향하고 창조하는 궁극적인 미적 질서는 어떤 것일까? 하는 질문을 새삼 제기하게 된다.

2010년을 앞둔 시점에서 정신주의 시학은 이러한 물음에 대한 대답으로서 중요한 의미를 지닌다. "한 시대를 넘어서려는 형이상학적인 충동"의 실현을 위한 거경궁리居敬窮理의 엄중한 자세와 구극에 이르는 미적 실천이 정신주의의 요체이기 때문이다. 여기에서는 비교적 근자에 발표된 젊은 시인들의 시 작품을 중심으로 정신주의 시학의 시적 양상을 살펴보기로 하자. 그동안 정신주의 시의 범례를 너무 중진 시인들의 작품에 집중함으로써 정신주의가 추구하는 '동적 시학', '현실의 현실성에 대한 각성'의 현장성과 거리가 있었다고 판단되기 때문이다.

근자의 우리 시단의 시적 양상은 직선적인 계보화 자체를 어렵게 한다. 지난 시기에 다소 무리가 따름에도 불구하고, 계보학적 분류가 가능했던 것은 주제의식의 유형적 편차가 두드러졌기 때문이다. 그러나 점차 생태주의, 페미니즘, 해체주의, 포스트모더니즘, 몸의 시학 등의 주제론적 탐구가 깊어지면서 서로 경계의 벽이 무화되는 소통과 이월의 넓이를 확보하게 되었다. 따라서 표면적인 내용으로 유형화를 시도하는 것은 바람직하지도 않지만 가능하지도 않아 보인다. 또한 시적 주제론보다는 다양성, 혼종성, 상호텍스트성으로 무장된 형식미학의 규정력이 표나게 두드러지고 있다. 따라서 오늘날의 시사적 계보화는 내용가치와 형식미학을 함께 살피는 섬세하고 다채로운 방법론이 요구된다. '주류 담론'이 사라지면서 '주류 독법' 역시 재고될 수밖에 없게 된 것이다.

여기에서는 21세기 시단의 계보학적 유형 분류보다 21세기의 다양하고 새로운 시적 기법과 감수성 속에서도 정신주의 시학의 본령을 읽어내고 그

가능성을 가늠해볼 수 있다는 점을 강조하고자 한다. 물론, 이것은 또한 오늘날의 시단에서도 거경궁리居敬窮理의 창조적 직관과 실천 정신이 어느 때보다 살아 있음을 가리키기도 한다.

21세기 들어 시단을 가장 들끓게 한 부류는 기법적 실험과 전위적 상상력의 시인들이었으나 정작 시적 성과는 그들과는 저만치 거리를 둔 재래적인 서정적 상상력에서 두드러졌다.

> 늦가을을 살아도 늦가을을 몰랐지
> 늦가을을 제일로
> 숨겨놓은 곳은
> 늦가을 빈 원두막
> 살아도 살아갈 곳은
> 늦가을 빈 원두막
> 과일을 다 거져가고
> 비로소 그 다음
> 잎사귀 지는 것의 끝을
> 혼자서
> 다 바라보는 저 곳이

—문태준, 「늦가을에 살아도 늦가을을」 부분

화자는 "늦가을을 살아도 늦가을을 몰랐"다고 고백한다. 앞의 "늦가을"과 뒤의 "늦가을"은 무엇이 같고 무엇이 다른가? 이 둘은 모두 "늦가을"이란 점에서 같지만, 전자는 내가 살고 있는 늦가을이고 후자는 "빈 원두막"이 살고 있는 늦가을이다. 나의 늦가을은 "과일을" 추수하는 절기이고 "빈 원두막"의 늦가을은 "그 다음/ 잎사귀 지는 것의 끝을/ 혼자서/ 다 바라보는" 절기이다. 시적 화자는 "빈 원두막"의 가을을 갈망한다.

이 시에는 늦가을을 사는 두 개의 주체가 등장하고 있는 것이다. 그러나

이 둘은 하나이다. 전자가 현실적 자아라면 후자는 본질적 자아로 해석된다. 그리고 전자와 후자의 서로 다른 원근법의 풍경을 중층적으로 동시에 바라보고 있는 또 다른 자아는 창조적인 예술적 자아에 해당한다. 이 세 자아가 "늦가을"의 풍경의 무한과 삶의 궁극으로 독자들의 시선을 끌어들이고 있다. 그리하여 독자들 스스로 "늦가을을 살아도 늦가을을 못 살"고 있는 스스로의 삶을 성찰하게 한다. 늦가을의 본성은 무엇이고 나의 본성은 무엇인가? 내가 살고 있는 늦가을과 내가 살고 있지 못하는 늦가을은 무엇인가? 내가 살지 못하는 늦가을을 살 수 있는 방법은 무엇일까? 그것은 내가 스스로 "빈 원두막"이 되는 것이 아닐까? 이 시는 이와 같은 심원한 존재론적 근원에 대한 물음을 묻고 또 묻는다. 늦가을에 대한 격물치지格物致知의 미적 탐색 과정이다.

한편, 다음 시편은 물과 불이 "물불"로 형이상학적 차원 변화를 일으키는 현장에 대한 보고이다.

나는 불인 듯 물인 듯도 한 한 사랑을 침울히 생각는데
그 사랑을 다음 생까지 운구할 길 찾고 있는데
빨간 알몸을 내놓고
아이들은 한나절 물속에서 마음껏 불타네
누구도 갑자기 사라지지 않네
물불을 가리지 않고 뛰어드는 것이
저렇게 미치는 것이 옳겠지
저 물결 다 놓아 보내주고도 여전한 수량
태우고 적시면서도 뜯어말릴 수 없는 한 몸이라면
애써 물불을 가려 무엇하랴
저 찬란 아득히 흘러가서도 한사코 찬란이라면
빠져 죽는 타서 죽는
물불을 가려 무엇하랴

—문태준, 「물불」 전문

물과 불은 서로를 죽이는 상극관계이다. 그러나 시적 화자의 사랑은 "불인 듯"도 하고 "물인 듯도" 하다. 이 "침울"한 사랑은 무엇이며 또한 이를 "다음 생까지 운구할 길"은 무엇일까? 이러한 질문 앞에 "물 속에서 마음껏 불타는" 아이들의 모습이 드러난다. 물과 불이 서로 만나 "찬란"함을 탄생시키고 있지 않은가. 물과 불은 "태우고 적시면서도 뜯어말릴 수 없는 한 몸이" 되어 "아득히 흘러가서도 한사코 찬란"한 강 물결을 만들고 있었던 것이다. 그래서 물과 불은 서로 다른 둘이 아니라 "물불"이라는 하나의 명사가 된다. 여기에 이르면, 그의 "침울"한 사랑은 "다 놓아 보내주고도 여전한 수량"의 찬란한 강물의 이치를 따라 "다음 생까지 운구할 길"을 찾게 된다. 물과 불이 "물불"이 되면서 보여주는 사물의 심원한 이치이고 사랑의 형이상학이다.

앞 장에서 거듭 강조한 바대로, 정신주의 시학은 다양한 시적 주제와 형식론으로 열려 있는 포용성을 특징으로 한다. 오히려 시적 기법과 형식의 혁신은 정신주의 시학의 지향성과 더욱 직접적으로 상응한다. 정신주의 시학은 "정적인 시학을 부정하고 동적 시학을 지향하여 보수적 고착성을 타파"하는 것을 본령으로 하고 있기 때문이다. 다만, 시의 심지가 "형이상 세계의 개척"으로 열려 있지 못하고 자기 부정과 해체의 표면적 유희에 그치는 것을 경계한다. 아방가르드 사진작가 만레이가 "오늘날 기교로 보이는 것들이 내일의 진실이 된다."고 할 때의 기교는 정신주의 시학의 중요한 미적 방법론이다. 김경주의 「기담奇談」 역시 이러한 문면에서 정신주의 시학의 중요한 시편으로 포용될 수 있을 것이다.

지도를 태운다
묻혀있던 지진은
모두, 어디로
흘러가는 것일까?

태어나고 나서야

다시 꾸게 되는 태몽이 있다
그 잠을 이식한 화술은
내 무덤이 될까?

방에 앉아 이상한 줄을 토하는 인형人形을 본다

지상으로 흘러와
자신의 태몽으로 천천히 떠가는

인간에겐 자신의 태내로 기어 들어가서야
다시 흘릴 수 있는 피가 있다

—김경주, 「기담奇談」 전문

김경주의 시편들은 그 자체로 기담이다. 그의 시집 「기담」은 실로 기이한 이야기의 집들이다. 그는 어째서 기담이어야 했을까? 위의 시편은 그 한 실마리를 제공한다. 그의 시적 질문은 기이할 만큼 크고 깊고 넓다. 그러나 그는 이 크고 깊고 넓은 질문과 해답을 위험할 만큼 기발한 언어감각과 순발력으로 종횡무진 개진한다. "지도"에서 "지진"의 흐름을 감지하는 시적 화자는 "태몽"을 꾸는 잠의 화술에서 자신의 무덤의 언어를 찾고 있다. 입안에서 "토하는" "이상한 줄"은 태몽의 물질적 감각화로 읽힌다. 화자는 자신의 입안에서 나온 "이상한 줄"의 "태몽"을 따라 "지상"에 나온 "인간에겐 자신의 태내로 기어 들어가서야/ 다시 흘릴 수 있는 피가 있다"고 말한다. 시적 화자는 이생과 전생, 탄생과 죽음, 태 안과 태 밖 등을 하나의 평면 위에 놓고 퍼즐 놀이 하듯 자유롭게 매만지고 있다. 그리고 이러한 그의 퍼즐 놀이는 독자들에게 "인간에"게 숙명처럼 존재하는 "자신의 태내로 기어 들어가서야/ 다시 흘릴 수 있는 피"의 실체에 대한 질문을 유도한다. 기이한 담론이 기발하게 이끌어가는 프랑켄슈타인적인 "형이상 세계"의 상상이다.

한편, 일종의 '관념적 진정성' 혹은 '진정성의 관념'의 언어를 통해 짙은 우수, 허무, 회의, 절망의 극적인 역동성을 노래해온 심보선의 다음 시편 역시 정신주의 시학 속에 포괄될 수 있는 계기를 안고 있다.

벚꽃은 눈 시리게 아름답구나
여우야, 나는 이제 지식을 버리고
뚜렷한 흥분과 우울을 취하련다
하지만 다시 생각해봐
저 꽃은 네가 벚꽃이라 믿었던 그 슬픈 꽃일까?
알 수 없다, 알 수 없다는 것은
알 수 없다는 것 이상도 이하도 아니다
지나가던 여우는 지나가 버렸다
여기서부터 진실까지는 아득히 멀다
그것이 발정기처럼 뚜렷해질 때까지 나는 가야 한다
가난과 허기는 또 다른 일이고

—심보선, 「착각」 부분

"어디로든 발걸음을 옮겨야 하겠으나/ 어디로든 끝간에는 사라지는 길이다"(심보선, 「슬픔이 없는 15초」)라는 명제 속에 갇혀 절망과 우수에 젖어 있는 시적 화자의 눈앞에 "눈 시리게 아름"다운 "벚꽃"이 펼쳐지고 있다. "내가 믿었던 혁명은 결코 오지 않"는 닫힌 미래 속에서 시적 화자가 선택할 수 있는 것은 "이제 지식을 버리고/ 뚜렷한 흥분과 우울"이나 쫓는 것이다. 그러나 "눈 시리게 아름"다운 "벚꽃"은 그에게 절망으로부터 새로운 삶의 의지를 추동시킨다. "저 꽃은 네가 벚꽃이라 믿었던 그 슬픈 꽃일까?"라는 의문이 그 계기이다. 의문은 곧 그 해답을 얻기 위한 심적 에너지로 전환된다. 그래서 "진실"이 "발정기처럼 뚜렷"하게 판명될 때까지 "나는 가야 한다"고 다짐하게 된다. 이제, 절망의 극한 속에서 "가난과 허기"를 감내한 채 다시

"진실"을 확인하기 위해 떠나는 여정이 펼쳐진다. 개인적, 사회적 층위의 절망 속에서도 다시 진실을 향해 나아가는 시적 역동성은 현대사회의 피로한 일상 속에서도 삶의 의지를 고양시켜나가는 21세기의 시적 가능성이며 동시에 정신주의 시학의 가능성이라고 할 것이다.

5. 맺음말

지금까지 정신주의 시학의 성격과 의미를 살펴보고, 다시 이를 성리학의 이기理氣론에 입각하여 적극적으로 해석해보았다. 정신주의 시학을 거경궁리居敬窮理의 미학과 구극의 언어라는 인식 속에서 조망하는 것은 그 의미와 가치를 심원한 전통 철학의 역사적 지평으로 확장하는 것이면서 동시에 이해와 공감의 폭을 넓히는 데에 도움이 될 것이다.

정신주의 시학의 21세기적 가능성에 대한 본격적인 논의는 이제 출발점에 와 있다. 21세기의 다양한 시적 양상 속에서 드러나는 "한 시대를 넘어서려는 형이상학적 충동"의 성격과 양상을 추출하고 그 경향을 섬세하게 살펴보는 작업이 요구된다. 이것은 단순히 21세기의 정신주의 시학의 특성과 가능성을 이해하는 데 도움이 될 것이다. 그리고 여기에서 더 나아가 21세기에도 지속적으로 요구되는 "좋은 시란 무엇인가" 하는 질문과 그 대답 찾기로서 궁극적인 의미도 지닌다. 시적 다양성, 자율성, 개체성이 확장될수록 좋은 시에 대한 미적 추동과 자각과 성찰은 더욱 끊임없이 모색되어야 할 것이다. 이것은 앞으로 "기계에 복종하는 기능적 인간이 아니라 창조적인 정신을 통해 인간의 품격을 고양시키는 인간"을 위한 시적 실천이라는 점에서 더욱 소중한 가치를 지닌다.

생태시학의 비판적 성찰과 동학사상의 네오휴머니즘적 가능성

1. 생태시학과 네오휴머니즘

1990년대 이래 생태시는 우리 시사의 중심 주류로 등장한다. 1990년대 이후 본격적인 탈냉전시대에 들어서면서 생태시가 활발하게 창작되기 시작한 것은 그동안 이념적 대결의 국면 속에 가려져 있던 근대문명의 폐단에 대한 근본적인 성찰의 의미를 지닌다. 사회주의와 자본주의는 지배적인 생산관계와 사회구조의 지향성에서 서로 상반되는 양상을 보이지만, 이성 중심주의, 기계주의적 환원주의, 진보에 대한 절대적 신뢰를 핵심으로 하는 근대 패러다임의 산물이란 점에서 공통점을 지닌다. 그래서 자본주의와 공산주의가 첨예한 이념적 대결을 전개하던 시기에도 그 저변에서는 제각기 자연파괴, 생태계 파괴, 생명가치 상실, 인간정체성 상실 등이 지속적으로 확산되고 있었던 것이다.

물론, 1990년대 이래 본격적으로 출현한 생태시편들이 모두 이와 같이 근대적 세계관에 대한 비판적 인식에서 출발한 것은 아니다. 그러나 자연파괴, 대기오염, 수질오염, 생태계 파괴 등에 대한 고발과 비탄의 정서는 궁극적으로 자연을 지배하고 정복하고 인공화하는 것을 인류 진보의 대장정이라고 인식한 근대적 세계관에 대한 부정에 닿아 있다고 할 것이다.

근대 기계주의적 패러다임은 16~7세기 이래 갈릴레이, 데카르트, 베이컨, 뉴턴 등에 의해 다양한 분야에 걸쳐 세계 인식의 기본 틀로 정착된다. 자연 현상을 물질적 객체로 파악하는 기계적 환원주의는 진보 신화와 결부되면서 인간의 자연에 대한 지배, 착취, 조종, 정복을 쉽게 승인하고 명령하였다. 오늘날의 심각한 생태계 파괴 현상은 이와 같이 인간과 자연을 이원론적인 대립관계로 접근하는 근대 기계적 환원주의에서 이미 예고된 것으로 보인다. 또한 근대의 이성 중심주의는 도구적 이성으로 전락되면서 인간을 위한다는 명목으로 인간을 관리, 지배, 통제하는 억압기제로 작용하고 있다. 따라서 우리에게는 근대 기계주의적 패러다임의 상극과 죽임의 질서로부터 상생과 살림의 질서를 구현하는 절실한 문명사적 과제가 요구되는 것이다.

1990년대 이래 우리 시단에서 다채롭게 전개된 생태시학 역시 기본적으로 이와 같은 인식을 바탕으로 근대적 세계관의 인간과 자연, 인간과 인간 관계에 대한 비판적인 성찰을 제기한다. 생태론자들은 공통적으로 인간과 자연의 관계를 일원론적인 연속성 속에서 파악하는 유기적인 세계관을 전제로 인간에 대한 재규정을 비롯하여 정치, 사회, 문화, 윤리 등의 규범에 대한 다양한 논의를 전개한다.

특히 여기에서 가장 중요한 인식의 대상은 인간 존재성의 위상과 역할에 관한 문제이다. 현실적으로 지구상에서 가장 고등한 생명체인 인간의 존재성에 대한 올바른 인식이 결여된 생태시학은 생산적인 대안을 창출하기 어렵다. 인간은 분명 산업문명을 신장시키면서 자연을 지배하고 정복하며 전지구적 생태계 파괴를 주도해온 당사자이다. 그래서 많은 생태주의 시편들은 인간의 주체 중심주의에 대한 비판에 집중해왔다. 그러나 전 지구적 생태계 위기를 복원할 수 있는 당사자 역시 인간이라는 점도 강조되어야 할 것이다. 따라서 인간의 우월적인 주체 중심주의도 비판되어야 하지만, 다른 생물체와의 수평적 관계성만을 강조하는 지나친 폄하도 경계해야 할 것이다. 인간의 우주 생명체로서의 본성에 대한 올바른 인식을 바탕으로 인간의 주변 생명, 자연, 사물에 대한 외경, 친교, 사랑, 연민, 호혜의 이타적 속성을 적극 부각시키고 추동해나가야 할 것이다. 다시 말해, 근대 기계주의적 세계관에서의 인간 중심주의와 변별되는 전 지구적 생태계 복원의 책임 주체로서의 새로운 공공적 인간관 , 즉 네오휴머니즘[1]을 부각시켜 나가야 할 것이다. 지금까지 생태시론은 다양하게 개진되었으나 정작 인간의 존재론적 특성과 이에 입각한 생태적 위기의 극복에 대한 논의는 매우 미약한 것이 사실이다. 이글은 이러한 문제의식에서 출발하여 서구의 대표적인 생태시론에 해당하는 심층생태학과 사회생태학 그리고 1990년대 이래 본격화된 우리나라의 생태시론에 대한 성찰적 점검과 그 비판적 대안의 가능성으로 동학사상의 네오휴머니즘적 세계관을 집중적으로 고찰해보기로 한다.

2. 생태학이론과 생태시론의 비판적 성찰

생태학이란 용어는 1869년 독일의 생물학자 에른스트 헤켈에 의해 제창되었으나 대중 속으로 확산되기 시작한 시기는 이로부터 100여 년이 지난 1960~70년대부터이다.[2] 이 시기에 접어들면서 세계는 환경오염, 인구증

---

1 네오휴머니즘의 개념은 P. R. 사카르가 서구의 인간 중심적 휴머니즘의 문제점을 극복하기 위하여 제시한 철학 개념이다. 네오휴머니즘은 인간과 동식물 그리고 무기물을 포함하는 우주의 모든 존재들을 하나의 연결된 전체로 바라본다. 사카르에 의하면 인간은 몸-마음-얼(身體-精神-靈)로 이루어져 있으며 인간이 영적 극치에 이를 때 우주의 모든 존재들을 하나의 연결된 총체성으로 보는 것을 네오휴머니즘이라 하였다. Shirii P. R. Sarkar, The liberation of Intellect-Neo Humanism(Tiljala, calcutta:Ananda Marga Pracaraka Samgha, 1987), 1~7쪽; 오문환, 『사람이 하늘이다』, 솔, 1996, 18쪽 재인용.

2 헤켈은 생태학을 '유기체와 주위 환경 과의 관계를 연구하는 총괄적 학문'으로 정의하였다. 김준호 외, 『현대생태학』, 교문사, 1993, 15쪽.

가, 기아와 질병, 자원 낭비 등의 문제에 부딪히게 되었으며, 그로 인해 근대 산업화의 폐해, 인간과 자연의 관계성에 대한 관심이 증폭된다.[3] 생물권에 갑자기 닥쳐온 위기적 상황에 대한 생태학적 대응은 비교적 다채롭게 전개[4]되었으나 여기에서는 생태학의 가장 대표적인 중심축을 이루는 심층 생태론과 사회 생태론 그리고 우리나라에서 1990년대 이래 본격적으로 나타난 생태시론에 대해 네오휴머니즘의 가능성에 초점을 두고 성찰적으로 고찰해보기로 한다. 네오휴머니즘이란 앞에서 지적한 바대로 근대적 세계관의 기저를 이루는 인간 중심주의와 대별되는 개념으로서 인간과 자연의 영성한 존재성을 자각적으로 인식하고 이를 바탕으로 생명 공동체의 재건을 위해 노력하는 인간형으로서 여기에서는 동학사상에 입각하여 논점을 제기하고자 한다.

(1) 심층 생태론의 성찰적 이해

심층 생태학이라는 명칭과 논의는 노르웨이의 철학자 아르네 네스Arne Naess의 논문 「피상적인 생태운동과 장기적인 심층 생태운동」(1972)에서 비롯되었다. 아르네 네스는 이 논문에서 이 무렵의 환경 운동을 〈피상적 생태학〉[5]과 〈심층 생태학〉의 두 갈래로 나누었다. 여기에서 아르네 네스Arne

---

3 지구의 환경문제가 공식적으로 세계의 관심사로 떠오른 것은 1972년 스톡홀름에서 열린 '유엔 인간 환경회의'(스톡홀름선언)에서이다.

4 생태학의 주요 유파들은 크게 심층 생태학, 사회 생태학, 에코 페미니즘, 생태 사회주의, 생태 마르크스주의 등으로 구분된다. 그러나 학자들에 따라서는 에코 페미니즘, 생태 사회주의, 생태 마르크스주의를 사회 생태론에 포함시키기도 한다. 박준건, 「생태적 세계관, 생명의 철학」, 『인문학과 생태학』, 백의, 2001, 참조.

5 여기에서 피상적 생태학이란 1960년대 국지적이고 미시적인 범주에서 환경문제가 대두되었을 때 관료, 법률가, 그리고 자연과학자/기술자 등에 의해 선호된 견해이다. 드볼이나 북친에 의해 개량주의로 지칭되기도 했던 피상적 생태론은 16~7세기 근대 기계주의적 세계관의 '지배적인 자연관'에 대한 진지한 비판의 전제가 없이 환경문제에 접근하는 면모를 보였다. 이를테면, 이들은 정치적인 측면의 경우 대기오염, 수질오

Naess가 "지금은 영향력이 작지만 심층적인 운동"이라고 했던 심층 생태학을 제기한 배경에는 환경문제의 치유가 자연에 대한 보다 근본적이고 영적인 접근을 필요로 한다는 인식에서 비롯된다.

심층 생태론은 이성적 계몽주의의 독재를 전복시키고 인간의 의식을 자연 속에 재주체화하고 신비론적인 인식 양식으로 회귀시킴으로써 인간의 자연에 대한 이원론적인 대립관계를 극복하려 한다. 이러한 반계몽의 입장은 아르네 네스, 드볼, 세션 등의 생물 중심주의, 카프라의 이원화된 기계론적 세계관의 거부와 시스템론적인 사고 등에서 극명하게 드러난다. 이들은 자신의 논리의 지적 기원을 인간과 자연의 유기적 연관성을 표 나게 드러내는 원시적 전통이나 이른바 '소수의 전통'[6]들에서 자주 찾는 면모를 보인다.

주요 심층 생태학자들로는 아르네 네스Arne Naess, 빌 드볼Bill Devall, 조지 세션George Sessions, 프리초프 카프라Fritjof Capra, 아메리Amery, 시나이더Snyder 등을 들 수 있다. 여기에서는 이 중에서 심층 생태학의 대표적인 이론으로 운위되는 드볼과 세션, 카프라를 중심으로 논의를 전개하기로 한다.

드볼과 세션은 생태위기의 근본 원인이 인간과 자연을 이원론적으로 인식하는 근대 기계주의적 세계관에서 비롯된다고 파악한다. 자연 현상을 객체적 대상으로 파악하는 근대적 세계관에서 과학의 목표는 이제 더 이상 고

염, 야생자연의 파괴의 완화와 경감에 대해 산업화된 국가의 관례적 정치과정이란 범주 내에서 추진을 시도하는 수준이었으며, 철학적인 측면의 경우 18~9세기 계몽주의의 진보 신화의 범위에서 벗어나지 못하였다. 문순홍, 『생태위기와 녹색의 대안』, 나라사랑, 1993, 54쪽 참조.

6 소수의 전통이란 '소규모 공동체에서의 인격의 성장을 지향하고, 특정 장소의 생태적 통합성을 보호하면서 동시에 생태의식을 배양하는 길을 선택하고자' 하는 사고를 의미한다. 이러한 사고의 예이며, 심층 생태론자들에게 지적인 영감을 부여하는 전통으로는 기독교적 프란체스코 정신, 하이데거 철학, 레오폴드의 생태윤리, 도교, 불교, 수렵 종족의 종교, 미국의 인디안 문화, 미국의 초월주의(쏘로우, 에머슨), 유럽의 낭만주의(괴테, 루소, 브레이크, 워즈워드, 셸리), 1960년대의 반문화 운동 등이 중심을 이룬다. Devall and Session, Deep Ecology(Salt Lake City, 1985) 참조.

대와 중세에서처럼 자연 질서를 이해하고, 자연과 조화로운 생활을 영위할 지혜의 터득을 위한 것이 아니라, 자연을 지배, 정복, 통제하는 반생태학적인 방향으로 치닫게 되었다는 것이다. 따라서 생태 위기 해결의 핵심으로 자연과 인간이 하나의 생물권을 구성하는 동등자라는 생태적 자각을 강조한다. 또한 여기에서 더 나아가 이들은 인간은 물론 지구상의 모든 생물과 공간이 유기적 전체의 일부분이라고 인식하며 실체를 대상화하는 기계론적 세계관을 뛰어넘어 전일적인 영적 통합을 시도한다.[7] 이러한 영적 요소에 의지하는 심층 생태학의 지적 전통은 불교와 노장사상 등의 제반 동양사상, 기독교 신비주의자들의 영성, 아메리카 인디언들의 전통 속에 내재되어 있는 우주관과 철학 등과 친연성을 지닌다.

이와 같은 심층 생태학의 성격과 지향성을 명징하게 보여주는 실례로, 다음의 드볼과 세션이 정리한 심층 생태학의 기본 원리를 들 수 있다.

1) 지구상에 거주하는 인간과 인간 이외의 생명체들은 건강하고 풍성한 내재적 가치를 가지고 있으며, 이 가치는 인간의 목적을 위한 유용성과는 독립된 것이다.
2) 생물 형태의 풍부함과 다양함은 그 자체로서 가치를 지니며, 지구상의 인간 및 비인간의 생명의 번영에 이바지한다.
3) 생존을 위한 최소한의 필요를 위한 충족 이외에 생물권의 풍부함과 다양함을감소시킬 권리는 누구도 가지고 있지 않다.
4) 인간 생활과 문화의 풍요는 인간 이외의 생명체들의 풍부함에서 가능하다. 따라서 실질적인 인구의 감소가 요구된다.
5) 오늘날 인간의 외부 세계(인간 이외의 생명 세계)에 대한 간섭은 지나쳐서 현 상황을 급속도로 악화시키고 있다.
6) 따라서 현재의 모든 정책은 변화되어야 한다.

7 위의 책, 61쪽.

7) 보다 높은 삶의 단계에 집착하기보다는 본질적 가치의 상황에 따른 생물 평등성으로의 사고 전환이 필요하다.

8) 이러한 일곱 가지 문제를 자각한 사람들은 필요한 변화를 실행하기 위해 노력해야 한다.

이와 같이 드볼과 세션은 에코토피아의 도달을 위해 생물 중심설에 입각한 생태의식의 자각과 구체적인 실천을 강조하고 있다. 이들의 에코토피아의 실현을 위한 방법은 외적인 의식 변혁 운동(생태 저항)과 함께 다른 종의 생물과 직접 친구가 되는 삶을 위한 공동체 건설로 나타나기도 한다.

한편 프리초프 카프라는 데카르트와 뉴턴의 근대 기계론적 세계관[8]에서 전체론적, 시스템론적 세계관으로의 전환을 강조한다. 그에 따르면 오늘날 핵무기의 위협, 대기오염, 각종 폐기물 및 화학물질 오염, 제3세계의 빈곤, 에너지 고갈 등의 현재 문제들이 현문명의 쇠퇴를 알리는 위기적 징후군이라고 진단한다. 그리고 이러한 위기적 현상의 근본적인 원인은 양陽적 질서의 편향에 따른 음양陰陽의 부조화에서 기인한다고 파악한다.[9] 여기에서 양적 질서란 남성적인 강요, 공격, 경쟁, 분석, 합리에 해당하고 음적 질서란 여성적인 수렴, 반응, 협동, 직관, 종합에 해당한다. 카프라는 전자의 위계서열적인 양陽적 문화의 편향을 뉴턴-데카르트의 주체 중심적인 이원론적인 세계관과 기계주의적 환원주의에서 찾는다.

그렇다면 이러한 문제들을 극복할 수 있는 새로운 대안의 패러다임은 무엇인가? 카프라는 여기에 대해 20세기 초에 등장한 새로운 물리학(아원자

---

8 카프라는 데카르트의 저 유명한 "나는 생각한다. 고로 존재한다."는 언명에 대해 다음과 같이 언급한다. "서양인들로 하여금 자신의 존재를 전체적 유기체로서가 아니라 그의 마음과 동일시하게 이끌었던 것이다. 이러한 데카르트적인 분할의 결과로 대부분의 사람들은 그들 자신을 육체 속에 내재하는 고립된 자아로서 인식하게 되었다." 프리조프 카프라, 이성범 · 김용정 역, 『현대물리학과 동양사상』, 1979, p.33

9 위의 책, pp.30~35 참조.

물리학 혹은 양자역학)이 보여주는 우주와 세계 그리고 이에 근거한 시스템론적 세계관을 제시한다.[10]

시스템론적 세계관[11]은 세계를 통합된 전체, 즉 작은 단위들로 환원될 수 없는 부분들 간의 상호 작용과 상호 의존에 의해 생성된 역동적인 전체로 인식한다. 따라서 여기에서 개체 생명은 독자적인 실체로서의 위상보다 주변 환경과의 상호 관계성에 따른 조직패턴으로서 더욱 중요한 의미를 지닌다. 그의 이러한 입장은 인간과 자연의 관계에서도 동일하게 적용된다. 그래서 그는 "모든 생물을 본질적인 가치로 인정하고, 인간을 생명이라는 직물 속에 포함되어 있는 한 가닥의 씨줄이나 날줄에 불과한 무엇"[12]으로 규정한다.

이상의 논의를 통해볼 때, 심층 생태론의 핵심 내용은 일단 반인간 중심주의에 바탕한 생물 중심주의와 우주의 실재를 역동적인 관계성 속에서 파악하는 시스템론적 사고로 요약된다. 이러한 논의는 인간과 자연을 일원론적인 연속성 속에서 파악하는 전일적인 세계관의 제기라는 점에서 중요한 의미를 지닌다.

그러나 심층 생태론의 주장은 인간의 존재성에 대한 규정에서 현실성을 확보하지 못하는 치명적인 한계를 노정한다. 먼저, 사회 생태론을 주창한

---

10 이 세계관에서 원자는 견고한 물질로 가득 채워진 고체 덩어리 입자가 아니라 미세한 입자들로 구성된 광대한 공간으로 나타났고, 아원자도 고체적 실체가 아닌 입자와 파동의 양면성을 지닌 추상적 실재로 판명되었다. 이런 실재에 대한 설명 방식은 기존의 인과론적 설명패턴을 상호 관계의 역동적인 확률패턴으로 대체하였고, 질문 자체도 어떤 것 그 자체에 대한 물음으로부터 다른 것과의 관계에 대한 물음으로 바뀌었다는 논리를 도출시킨다. 프리초프 카프라, 위의 책, pp.79~83 참조.

11 카프라의 시스템론적 세계관에 대한 육성을 직접 들어보면 다음과 같다.
"시스템이론에서 드러나는 세계상은 아주 많은 관계로 이루어지지만 결코 낱낱으로 떼어놓을 수는 없는 하나의 옴살스러운 전체이다. 예를 들면 미세한 박테리아로부터 다양한 형태의 식물이나 동물 그리고 인간에 이르기까지 생물체 각각의 개체마다 모두 하나의 통일된 전체를 꾸려 가는 시스템이다." 김재희, 『신과학 산책』 카프라 편, 「지구를 살리는 선택」, 김영사, 1994, p.32

12 프리초프 카프라, 김용정 · 김동광 역, 『생명의 그물』, 범양사, 1996, p.34

머레이 북친이 제기한 바처럼 심층 생태론은 자본주의의 환경 파괴적 요소를 비롯한 사회, 문화적 문제를 외면한 채, 인간과 자연의 관계성에[13]만 관심을 갖는 경향이 있다. 즉 인간 존재의 자연물과의 변별점에 대한 인식이 간과되고 있는 것이다. 특히, 생물 중심설에 입각하여 인간을 자연 생물 종의 하나로만 강조하고 자연율에 대한 타성적인 순응을 미덕으로 강조하는 논법은 가장 고등한 진화의 집적물로서의 인간의 주체적이고 창조적이고 공공적인 특성을 간과하는 한계를 지닌다.

또한 인간은 자연적 존재이면서 동시에 이와는 다른 인위적인 문화적 존재이다. 따라서 자연에 토대를 두면서도 문화적 현상을 고려하는 자연적이며 문화적인 공공성의 주체로서의 인간 존재성에 대한 탐구가 요구된다. 이와 같은 균형 잡힌 이중적 시각이 견지되지 못한다면 심층 생태론의 영적, 신비적인 통찰은 문명적 현실에 대한 도피주의의 성향을 드러내기 쉽다.

(2) 사회 생태론의 성찰적 이해

머레이 북친에 의해 주창되고 이론적인 체계화가 이루어진 사회 생태학은 생태 문제의 초점을 자연에 관한 질문으로부터 시작하여 사회에 관한 질문으로 진전시킨다. 그는 역사적으로 자연으로부터 사회가 어떻게 등장하며, 인간이 더불어 사는 정당한 사회 구성원리가 자연에서의 동식물 간 공생으로부터 어떻게 도출되고, 인간 사회의 윤리가 자의적인 것이 아니라면 자연의 그 무엇에 정당한 토대를 가져야 하는가 등의 문제를 제기하면서 철학, 윤리학, 사회학, 정치학 등으로 논의 영역을 확장하고 있다.

그렇다면 자연으로부터 윤리의 토대를, 나아가서는 자연 공동체로부터 사회 공동체의 구성 원리를 이끌어낼 수 있는 방법은 무엇인가? 이에 대해 북친은 자연은 영성적인 신성체도 아니며 절대불변의 법칙도 아닌 진화과

---

13 Bookchin, Murray, 문순홍 역, 『사회 생태론의 철학』, 솔, 1997, p.138

정 그 자체로 파악한다. 그가 자연의 진화 과정 속에서 찾아낸 것은 다산성/다양성 증대로의 경향, 생물종들의 상보성, 생활 형태를 분화시키는 끊임없는 능력, 그리고 보다 다양화된 진화로의 길 등이었다.[14] 그는 자연은 시간 속에서 자유로이 진화하고 공간 속에서 상호 의존하는 공생의 삶을 유지한다고 파악한다. 그리하여 우리는 이러한 자연의 존재성에서 사회윤리의 근거를 찾아야 한다고 주장한다.

한편, 그는 오늘날 생태계 파괴 문제의 원인에 대해 (신)멜서스주의자들처럼 인구 성장에 있다거나, 환경주의자들처럼 기술에 있다고 생각하지 않는다.

지배의 만연화						자유의 구현
	인간의 대 자연지배		자연 파괴	→	생태운동	
	↑					
	인간의 대 인간지배		국가에 의한 인간파괴	→	민주화 및 반관료주의운동	
	남성의 대 남성지배					
	↑					
	남성의 대 여성지배		여성파괴	→	여성운동	

〈표〉 1. 북친이 제기한 지배문제와 사회운동

그는 생태문제의 근본이 인간 상호간의, 그리고 인간의 자연에 대한 지배에 있으므로 이의 극복 방안으로 생태운동은 사회운동으로 전이되어야 한다고 주장한다. 결론적으로 말해서, 심층 생태학이 환경 파괴 문제의 원인을 주로 인간 중심주의에서 찾는다면 사회 생태학은 인간에 대한 인간의 지배에서 찾는다. 그에 따르면, 인간의 인간 지배는 남성이 여성을 지배하고 남성이 같은 남성을 지배하기 시작하면서 일반화된 것이고, 궁극적으로는 자연에 대한 인간의 지배로 확산되었다는 것이다.

14 Murray, Bookchin, 『The Ecology of Freedom』(California, 1982), p.76

사회/인간, 자연	인간/인간 관계	인간/자연 관계
고대 유기적 공동체 사회	평등하지 않는 것들 간의 평등 조화, 진정한 자유 구현	조화, 애니미즘적
계급사회	평등한 것들 간의 불평등 인간이 객체화됨	자연의 객체화, 인간과 분리된 인간 외부에 있는 실체 인간지배(노동)의 대상
자본주의 사회	불평등 심화, 인간의 상품화, 적대관계, 경쟁	지배를 넘어선 착취의 대상

〈표〉 2. 북친이 제기한 인간과 인간, 인간과 자연 관계

또한 그는 인간과 인간, 인간과 자연관계에 대해 통시적으로 개관하고 있다. 그 내용을 순차적으로 살펴보면, 먼저 고대 사회에서 인간과 인간관계는 대립보다는 상호 협동에 입각한 평등 관계였으며, 이 점은 인간과 자연관계에도 그대로 적용되어 조화와 순응의 관계를 이루고 있었다고 지적한다. 그러나 초기 공동체가 위계적인 계급사회로 해체되자, 인간 사회와 자연의 관계 역시 분리되었다는 것이다. 점차 사유 형태, 사회적 계급, 국가 내 위계질서 등이 공고화되면서 자연 역시 대상화되고 객체화되어 종속적인 지배의 대상이 되었다는 것이다. 특히 과도한 경쟁, 불평등의 심화, 인간의 상품화의 조장이 극심화되고 있는 현대사회로 오면서 자연은 지배의 차원을 넘어서서 착취와 파괴의 대상으로 전락되었다고 본다.

이러한 인식을 전제로 북친은 생태 위기의 해결을 위해서는 "자본주의 위계질서만이 아니라 인류 역사 속의 모든 위계질서들—정치 제도, 경제 제도, 생활 양식, 우리의 의식 등—의 내습이 제거될 때, 죽음을 향하던 사회는 삶을 지향하는 사회 즉 '자유와 참여의 원리에 의해 새로이 구성된', '생태공동체'로 재건될 수 있다고 주장한다.

이상의 검토를 통해볼 때, 사회 생태론은 인간의 규정에 대해 심층 생태학이 생물종의 하나로 파악한 것과는 달리, 자연(제1의 자연)과 연관성은 지니지만 문화(제2의 자연)의 산물이라고 파악하고 있음을 알 수 있다. 그리하여 자연스럽게 환경 파괴 현상을 인간 사회문화의 문제와 연관 지어 논의할 수 있는 지평을 열어놓는다.

그러나 인간의 존재성을 자연과의 관계성 속에서 파악하고 있으나 자연과 분리된 문화적 생존자임을 강조함으로써 기술 과학을 적극적으로 옹위하는 인간 중심주의로 귀결되는 측면을 드러내는 것도 사실이다. 지구 전체의 순환 원리와 생태계가 우리의 일상적 삶과 생활 속에 내면화되어 있다는 전일적 인식이 깊이 제고될 때 우리 사회의 문화적, 제도적 문제로 지구 생태계 문제가 부각될 수 있을 것이다. 또한 인간의 자연에 대한 관계 개선의 문제를 인간 사회의 위계 서열적 구조의 극복에 지나치게 치중하기보다는 인간 존재에 대한 재발견과 더불어 인간의 동식물과 무기물의 존재 가치를 구현하고 실현하는 이타적 속성을 적극 추동시켜나가는 것이 바람직할 것이다.

(3) 한국의 주요 생태시론의 성찰적 이해

우리나라에서 환경 운동이 활발하게 전개되기 시작한 것은 환경 운동 단체와 시민 단체들이 급증하기 시작한 1987년경부터이다. 환경 운동의 이념적 지향성으로서 생태 담론이 초반기에는 개인, 지역, 혹은 부문 운동의 수준으로 나타났으나 「한살림 선언문」(1989)[15]을 계기로 이론적 배경 및 실천의 차원에서 선명하게 정립되는 계기를 맞는다. 선언문의 주요 내용은 산

---

15 이 선언문은 한살림 운동의 이념과 실천 방향을 확립하기 위하여 가진 공부 모임과 토론회의에서 합의된 내용을 장일순, 박재일, 최혜성, 김지하가 정리한 것으로 알려져 있다.

업 문명이 초래시키는 위기는 핵 위협과 공포, 자연 환경의 파괴, 자원 고갈과 인구 폭발, 경제의 구조적 모순과 악순환, 중앙집권화된 거대 기술 관료 체제에 의한 통제와 지배, 낡은 기계론적 세계관의 위기 등 다양한 모습으로 나타나는 위기인 바, 이것은 물질적 · 제도적인 위기일 뿐만 아니라, 지적 · 윤리적 · 정신적 위기이며, 전 인류와 지구상 전 생명의 파멸로 귀결될 수도 있는 위기라고 지적한다.

이에 대한 대안으로 선언문은 생명에 대한 새로운 각성만이 역사를 새로운 지평으로 인도할 수 있음을 강조한다. 생명은 '자라는 것'이고, 부분의 유기적 '전체'이고, '유연한' 질서이고, '자율적'으로 진화하는 것이고, '개방된' 체계이고, 순환적인 '되먹임 고리'에 따라 활동하는 것이라고 설명한다. 다시 말해, 생명은 우주적인 관계의 그물 속에서 상호 작용하는 것임을 강조하는 것이다.

1990년대 이래 문단 현장에서 활발하게 전개된 생태시론 역시 기본적으로 이와 같이 근대 산업 문명에 대한 비판과 함께 인간과 자연의 전일적 관계성을 강조한다. 심층 생태학과 친연성을 지니는 이러한 특성은 우리의 전통문화의 원형질을 이루는 노장적 · 불교적 세계관, 풍수 사상, 풍류도, 성리학적 이념 등이 모두 인간과 자연의 관계를 일원론적인 연속성 속에서 파악하고 자연의 순환 원리에 대한 조화와 순응을 미덕으로 강조하는 점과 깊이 연관될 것이다.

1990년대 논의된 주요 생태시론은 생태시의 발생 배경을 비롯하여 생태시의 유형 분류, 생태시의 실현 방향 등의 내용에 걸쳐 폭넓게 제기되었다. 이 중에서 특히 생태시학의 인식론과 지향성에 관한 문제의식을 제기한 논의에 집중하면,[16] 김종철, 이남호, 정효구, 홍용희, 김욱동, 도정일 등의

---

16 1990년대 이래 본격화된 생태시론은 김종철, 구중서, 최동호, 정호웅, 이경호, 남송우, 송희복, 이승원, 도정일, 박희병, 우한용, 이희중, 이은봉, 신덕룡 등을 비롯한 많은 논자들이 참여하여 생태시의 발생, 명칭, 유형, 창작 방향 등에 걸쳐 다양한 논의를 펼친다. 그러나 여기에서는 생태시학의 철학적, 미학적 인식론을 집중적으로 다

논의가 주목된다. 김종철, 이남호, 정효구, 홍용희 등의 논의는 기본적으로 심층 생태학과 친연성을 지니는 바, 인간 중심주의를 비판하고 생명 공동체를 강조하는 면모를 보인다. 김종철의 「시의 마음과 생명 공동체」[17]는 "자연의 일부"로서의 인간의 위상을 강조하고 이 점이 곧 시적 노력의 근본을 이루는 감수성과 상통한다고 지적한다. 권력과 지배의 욕망을 내재한 근대적 세계관을 부정하고 생명 공동체의 일원으로서의 인간 존재에 대한 인식을 환기시키고자 하는 것이다. 김욱동은 『문학 생태학을 위하여』에서 생태 비평을 포스트모더니즘의 조류와 연관 지어 살펴보면서 생태 비평은 포스트모더니즘처럼 근대 기획의 도구적 이성을 날카롭게 비판하면서도 이성을 견지하는 데 반해, 포스트모더니즘은 이성 자체를 전면 부정한다고 지적하고 있다. 그리고 포스트모더니즘이 텍스트성이나 관계만을 집중적으로 다루는 데 비해 생태 비평은 자연에 깊은 관심을 기울인다고 지적한다. 생태 문학의 탈근대적 대안 문명적 성격을 적절하게 규명하고 있으나 지나치게 서구문학론에 기대어 생태문학의 특성을 조망하는 편향성을 보인다.

정효구의 「우주 공동체와 문학」은 '우주 속의 겸손한 일원이 되어야 할 인간'을 강조하는 심층 생태론의 선언을 전면에 내세운다. 그에 따르면, 자연과 우주의 파괴가 인간의 가공할 만한 인위의 문명 세계에 있음을 전제하고 인간과 자연은 물론이고 신까지도 각각 우주적인 공동체의 한 구성원으로 파악하고 동반자 관계를 이루어내야 한다고 역설한다. 그러나 그는 인간과 자연의 수평적 관계는 중요시하면서도 인간과 자연의 전일적인 순환성, 연속성에 대한 인식은 갖지 못한다. 그래서 「도시에서 쓴 자연시의 의미와 한계」에서는 "자연적 자아로서의 인간 확립의 문제를 자아 해체의 문제와 연결시켜 이해"하고 있다. 이것은 자아 해체가 아니라 개별적이면서 동시에 우주적 보편성을 지니는 이중적 속성이 인간을 비롯한 모든 개체 생

룬 글에 주목하기로 한다.

17 김종철, 「시의 마음과 생명 공동체」, 『녹색평론』 1991.11.12

명의 특성이라는 인식의 결여에서 비롯된 것으로 보인다. 이남호의『녹색을 위한 문학』[18] 역시 인간과 자연의 수평적 관계성을 강조하는 심층 생태학적 인식을 바탕으로 근대 산업 문명을 비판하는 시각을 견지한다. 특히 그는 구체적인 작품론을 통해 '녹색문학'의 현황과 가능성을 진단하고 있다. 이를테면, 그는 김소월의「산유화」에서 우주적 연인과 유대감을, 김원일의「도요새에 관한 명상」에서 정치 윤리, 환경 윤리, 개인 윤리의 연속성을, 조세희의「난장이가 쏘아올린 작은 공」에서 사회 부패, 환경 파괴, 인간성 황폐가 동일한 배경에서 연원한다는 점을 제기하고 생명 가치 회복을 강조한다는 점을 주목하고 있다. 홍용희는 인간과 자연을 우주적 연속성 속에서 전일적으로 파악하는 동시에 생명의 특성으로 개별성, 영성, 특수성, 순환성, 관계성을 동시에 고려하고 있다. 즉, 모든 생명체는 생명의 그물망의 한 구성원이면서 동시에 전일적인 연속성을 지닌다는 것이다. 이러한 인식은 장회익의「온생명론」에 입각하여 유기적 총체의 독자적인 단위로서 온생명과 그 상호 의존적인 연속성 속에서 개체 생명을 이해하는 인식론이다.

이상의 논자들은 공통적으로 심층 생태학과 친연성을 지니는 바, 생태계 파괴의 원인을 인간 중심주의와 근대 산업 문명에서 찾고 우주 공동체적 세계의 재건을 역설하는 데 집중하고 있다. 그러나 좀 더 구체적이고 심도 깊게 인간과 인간, 인간과 자연의 바람직한 관계성에 대한 철학적 인식과 인간 존재의 특성에 대한 재규명 그리고 이를 바탕으로 생명 공동체의 복원을 위한 구체적인 방안에 대한 탐색으로 나아가지는 못하고 있다.

(4) 동학사상의 생태적 세계관과 네오휴머니즘의 가능성

앞에서 지적한 바대로 대표적인 생태학 이론인 심층 생태학과 사회 생태학의 핵심적인 변별점은 인간 존재에 대한 인식의 문제에 있다. 심층 생태

18 이남호,『녹색을 위한 문학』, 민음사, 1998.

학이 생명 공동체의 시각에서 인간과 자연의 수평적 관계성에 초점을 둔다면 사회 생태학은 인간이 자연적 존재인 것은 사실이지만 자연과는 분리된 독특한 문화적(제2자연, 제3자연) 생존자임을 강조한다. 전자가 생물 중심설에 입각해 있다면 후자는 기본적으로 인간 중심주의에서 크게 벗어나지 않고 있다. 이제 앞으로 추구해야 할 생태학 이론의 관건은 자연과의 연속성을 지니면서 동시에 문화적 존재자로서의 인간에 대한 개념 규정이 요구된다. 그리고 이를 바탕으로, 인간과 인간, 인간과 지구상의 다른 존재들과의 관계에서 인간 행동을 지배하는 원리로서 보살핌에 기초한 사회원리[19]를 탐색하는 것이 요구된다.

이러한 문제적 상황에서 동학의 네오휴머니즘적 가능성은 중요한 의미를 지닌다. 주지하듯, 수운 최제우 선생이 1860년 4월 5일 하늘로부터 계시를 받고 창시한 동학의 인간관의 종지는 "하늘님을 모신다"는 시천주侍天主[20]이다. 동학의 시천주에 대해『동경대전』,「논학문」의 해석은 "내유신령 외유기화 일세지인 각지불이內有神靈 外有氣化 一世之人 各知不二"가 핵심을 이룬다. 여기에서 신령은 내적 본성이고 기화는 다른 존재들과의 외적인 본래의 관계이며 불이는 운동이며 실천을 가리킨다. 그래서 이를 원문에 충실하여 해석하면, 안으로는 신령이 있고, 밖으로는 그 기운이 넘쳐흘러야 하며, 그것이 생활 속에 옮김 없이 존재해야 한다. 이를 의역해서 상술하면, 내 자신이 우주적 영성을 모시고 있으며, 이 점은 바깥의 모든 사물에게도 공통적으로 적용된다. 그래서 우주 생명의 질서는 신령한 존재들의 활동, 순환, 활성의 장에 해당한다. 따라서 이러한 생명의 질서에 지속적으로 동참하면서 자아실현을 이루어나가야 한다는 것이다.

---

19 Hwa yol jung, the crisis of political-A phenomenological perspective in the conduct of political Inquiry(pittsburgh: Duquesne University press, 1979), p.55

20 동학의 경전인『동경대전』에 나오는 본주문은 "侍天主造化定 永世不忘萬事知"이다. 수운 최제우가『동경대전』,「논학문」에 붙인 본 주문 해설에서 侍者에 대해 "內有神靈 外有氣化 一世之人 各知不二"라고 하고 있다.

이를 좀 더 심도 깊게 이해하기 위해 순차적으로 나누어서 상술하겠다. 먼저 "내유신령內有神靈"이란 마음의 중심에 신령이 있다는 것을 가리킨다. 신령이란 영성으로서 우주 삼라만상의 순환적 관계와 연결된 주체이며 동시에 우주 삼라만상의 순환적 관계를 바라보는 주체이다. 따라서 신령을 모셨다는 것은 우주적 본성과의 합일이며 자기 자신과의 합일이고 모든 존재들의 가장 깊은 내면을 연결하는 공공적 통일성을 이루었음을 가리킨다. 신령과 합일하면 인위人爲가 아니라 중심에 따르는 무위無爲가 된다. 이때 무위無爲란 하지 않아도 저절로 된다는 뜻이 아니라 우주의 순환원리에 따라 사회 운동을 전개한다는 것이다. 그래서 동학 운동은 우주의 중심이 하는 일에 해당하는 "무위이화無爲理化"이다. 동학의 인간관이 개인주의로 떨어지지 않고 우주적 공공성을 갖는 것도 이러한 배경을 바탕으로 하기 때문이다.

다음으로 "외유기화外有氣化"란 "내유신령內有神靈"의 본성이 행하는 공공적 활동이다. "기화氣化"에서 "화化"는 공간적 형상 변화를 의미한다. 따라서 "기화氣化"란 동일한 지기至氣가 공간적으로 다른 형상을 취하는 운동과 활동을 의미한다. "기화氣化"의 사회적 관계성 또는 조화로운 공공성에 대한 설명으로 이돈화의 다음과 같은 논지가 주목된다.

> 개체가 된 후에는 나 혼자 살지 못하고 사람과 사람 사이와, 사람과 모든 자연과 서로 어울려서 살게 되는 고로 사람은 반드시 나 밖의 모든 것과 氣化를 잘 하여야 한다는 것이니, 한 사람의 마음이 산란한 것도 기화가 끊어진 증거요, 한 가정이 어지러운 것도 氣化가 끊어진 데서 생긴다고 할 수 있으므로 氣化는 천지자연의 묘법인 동시에 인간사회를 유지하는 중화의 대도이자, 도 닦는 사람이 무엇보다 이 기화의 법을 통하여 쓴다는 것이다.[21]

---

21 李惇化, 『水運心法講義』, 천도교중앙총부, 1972, 38쪽.

기화氣化는 사람이나 사물을 공경으로 대하는 태도와 관련된다. 공경으로 대해야 하는 까닭은 외부의 사물과 자신은 동일한 기의 산물이라는 공공적 통일성을 바탕으로 하기 때문이다. 그러므로 기화氣化의 관점에서 보면 '나'는 나이면서 동시에 '우주'이다. 그래서 나의 몸은 전체 속에서 열린 개체로서의 의미를 갖는다. 자신과 외부 세계가 연속성과 순환성을 지니는 유기적인 생명 공동체라는 것은 외부 세계의 사물 역시 공경의 대상이라는 경물 사상에 이르게 된다.

> 어찌 반드시 사람만이 홀로 하늘님을 모셨다 이르리오. 천지만물이 다 하늘님을 모시지 않은 것이 없느니라. 저 새소리도 또한 侍天主의 소리니라.[22]

> 사람은 사람을 恭敬함으로써 道德의 極致가 되지 못하고, 나아가 물을 공경함에 이르기까지 이르러야 德에 合一 될 수 있나니라.[23]

해월 최시형의 새소리마저 시천주의 소리로 들리는 것은 '기화氣化'의 이치로 설명된다. 현상적으로는 서로 다른 독립적 개체들이지만 심층적 내부에는 하나의 '至氣'에서 확산된 생명의 그물망의 내재적 연속성을 지니고 있다. 기화에 대해 최시형은 동질적 기화와 이질적 기화로 나누어 각각 인오동포人吾同胞와 물오동포物吾同胞라는 개념으로 설명한다. 동질적 기화가 인간 사회의 발전을 도모하는 것이라면 이질적 기화는 동식물과 자연 사물들과의 연대적 발전을 도모하는 것이다.

이렇게 보면 내유신령이 내적 하늘님인 인간 본성의 실현이라면 외유기화는 외적 하늘님의 구현인 공공성의 실현이다. 특히 외적 하느님의 구현

---

22 『천도교경전』, 293~294쪽.

23 『천도교창건사』, 제2편, 78쪽.

으로서 경물이란 만물의 본성을 제대로 알아 그 본성을 최대한 발휘할 수 있도록 하는 것이다.[24]

마지막으로 "일세지인 각지불이一世之人 各知不移"는 세상의 모든 사람들이 각각 서로 본성에서 옮겨 살 수 없음을 깨우쳐서 안다는 뜻이다. 이것은 또한 하늘님의 본성을 옮기지 않으려는 인간의 노력을 의미하기도 한다. 그래서 "각지불이"는 "내유신령"과 "외유기화"의 진리를 구체적인 현실에서 실천하는 것이다. 동학에서 역사의 진보는 내면적으로는 우주적 본성을 회복하는 것이며 외면적으로는 우주적 공공성으로 확장하는 것이다. 그래서 '불이'는 인간과 자연의 본성을 가로막고, 분열시키고, 헤치는 대상과 맞서는 저항성을 가리키기도 한다.

이상에서 볼 수 있는 바와 같이 동학사상은 경천－경인－경물, 즉 신－인간－자연의 협동적 일치, 또는 보편적 공공성을 강조한다. 특히 시천주侍天主를 해명하는 자리에서 "내유신령"을 앞에 적시하는 것은 인간이 우주 생명 중에서도 가장 신령한 자각적 우주생명으로서 "외유기화"를 인식하고 실천하며 더 나아가 "각지불이"를 위해 노력하는 우주적 공공성의 주체라는 점과 연관되는 것으로 파악된다. 이렇게 보면, 동학사상에서 보여주는 생태적 인식은 인간뿐만이 아니라 모든 삼라만상이 내재적 연속성을 지닌다는 유기적 세계관과 더불어 인간은 물론 자연, 사물 모두 제각기의 신령한 존재성이 왜곡, 억압, 관리, 조종되지 않아야 한다는 언명을 선명하게 제시하고 있는 것이다. 이것은 또한 시천주의 당사자인 인간의 우주적 공공성의 실현 주체로서의 당위성을 강조하는 것이기도 하다.

이를 다시, 우리의 생활 언어로 쉽게 표현하면, 동학사상은 공경의 '모심'과 그 사회적 실현을 통한 '생활의 성화'로 요약된다. 우주적 신령이 자신은 물론 바깥의 모든 대상들에 내재한다는 것은, 모든 사물이 신령한 존재로서 '모심'의 대상이라는 것을 가리키며, 이들의 관계성에 동참하고 이로

---

24 오문환, 『사람이 하늘이다』, 솔, 1996, 79쪽.

부터 이탈하지 말아야 한다는 것은 '모심'의 공공적 사회화에 해당하는 '생활의 성화'를 이루어내어야 한다는 것을 가리킨다.

이렇게 보면 동학의 휴머니즘은 대상의 정복과 지배를 통한 인공화를 미덕으로 내세우는 인간 중심주의의 차원을 넘어서서 인간은 물론 사물까지도 경이로운 생명의 대상으로 보는 경물사상의 실현을 통해 모든 사물의 고유한 영성이 발현되는 생활 세계를 구현하는 네오휴머니즘에 해당된다. 동학의 네오휴머니즘에 이르면 심층 생태학과 사회 생태학에서 각각 결여된 부분으로 지적된 인간의 다른 자연물과 변별되는 고등한 문화적, 사회적 삶의 특성에 대한 인식과 함께 인간의 문화적, 사회적 존재성과 자연적 존재를 연속성 속에서 포괄적으로 인식할 수 있게 된다. "외유기화"에는 우주의 모든 사물들도 제각기 '시천주侍天主'의 주체이며 상호 연속성과 순환성을 지닌 공공적 통일성의 주체라고 인식하기 때문이다. 그래서 인간의 사물에 대한 활용은 그 본성을 제대로 알고 이를 최대한 발휘할 수 있는 방향으로 쓰는 것을 의미한다. 물物을 공경한다는 것은 물을 숭배하는 것이 아니라 물의 영성(하늘성)을 실현시키는 방향으로 물을 활용한다는 것이다.

한편, 동학의 세계관을 생태학과 좀 더 직접적으로 연관 지어 논의하면, 사물이나 흙, 공기, 바람, 티끌까지도 영성이 있다고 생각하고, 또한 이러한 것들이 나의 마음과 소통해야 한다고 생각하는 것은 생태계 파괴, 환경오염 자체를 방지하는 생명의 생활 철학이 될 수 있다. 또한 삼라만상이 하늘을 모신 존재라는 점을 자각한 네오휴머니즘적 인간은 우주 만물을 타성적인 억압으로부터 해방시키고 보살피는 개입과 조정의 주체자로 자리매김 된다.

3. 맺음말—네오휴머니즘의 시적 추구

전 지구적 생태계 파괴의 현실에 대한 비판적 성찰은 궁극적으로 생태계 복원과 생명 가치 구현을 위한 방법 찾기로 귀결되어야 할 것이다. 이를 위해서는 인간에 대한 재발견과 이를 통한 인간의 위상과 역할에 대한 올바른 규정이 가장 중요한 관건이 된다. 이 글은 이러한 문제의식 속에서 대표적인 생태론에 해당하는 심층 생태학과 사회 생태학, 그리고 1990년 이래 본격화된 우리나라의 생태시론을 비판적으로 검토하고 그 대안으로서 동학사상의 생태적 세계관과 네오휴머니즘적 인식을 검토해보았다. 동학사상에 의하면 심층 생태학과 사회 생태학이 각각 결여한 문화적 존재로서의 인간과 자연적 존재로서의 인간을 동시적으로 포괄하면서 아울러 경천-경인-경물의 사상을 담보하는 네오휴머니즘을 구현할 수 있다. 인간과 자연을 모두 하늘을 모시는 영성한 존재자로서 내적 순환성과 관계성을 지닌 유기적 총체로 인식하면서(內有神靈 外有氣化) 동시에 생명 공동체의 재건을 위한 윤리적 책임과 소명의식을 지닌(各知不移) 새로운 인간형 즉, 네오휴머니즘을 설정하면 생태계 파괴의 현실로부터의 구체적인 신생의 방법론을 구현할 수 있게 된다.

이렇게 보면, 이미 우리 시사의 주류를 이루어온 지 20여 년에 이르러 가는 생태시편들이 자연 파괴, 수질 오염, 대기 오염 등에 대한 비탄, 고발의 소재주의적인 차원을 넘어서서 인간과 인간, 인간과 자연, 인간과 우주의 본질적인 관계에 대한 인식을 바탕으로 생명 공동체의 위기를 초극할 수 있는 가능성에 집중해야 할 것으로 보인다. 그리고 이를 위해서는 특히, 인간에 대한 재발견과 더불어 우주적 공공성, 생태적 공공성, 사회적 공공성을 실천할 수 있는 네오휴머니즘의 인간상을 창조적으로 노래하는 데 관심을 기울여야 할 것이다. 다음 시편은 이러한 문면에서 주목을 환기한다.

하늘이여
보잘 것 없는 이 몸이 올 한해도 열심히 살았습니다
흙에서 태어나 흙으로 돌아갈 이 목숨
제 한 몸을 부지런히 써서 이 지상의 식구들
백 서른 명을 먹여 살릴 쌀을 거두었습니다

푸른 벼와 보리와 우리밀을 길러
수천명이 마실 수 있는 맑은 산소를 생산했고
논농사로 귀한 생명의 물을 지하수로 저장시켰습니다
비바람에 휩쓸려 내려가 저 강과 바다를 메웠을
수십트럭분의 토양 유실을 막아냈고
물질경이 벗풀 새뱅이 미꾸라지 새들까지
서로를 먹여 살리며 한 가족을 이루었습니다
어느 작가나 예술가도 그릴 수 없는 아름다운 들 그림과
노래와 풍광을 당신의 붓이 되어 보여주었으며
어느 학자나 종교인도 가르칠 수 없는 대자연의 진리와
더불어 사는 공동체 삶을 제 농사를 통해 살아냈습니다
박물관이나 도서관으로도 보존할 수 없는 문화전통과
소중한 민족의 혼을 고스란히 지켜냈습니다
제 작은 몸을 통해 이 많은 선업善業을 이루게 하셨으니
하늘이여 고맙습니다
만물은 서로 핏줄처럼 맺어져 있고
땅 위에 닥친 일은 그 땅의 아이들에게도 닥칠 것이니
이 땅에 짓는 사랑은 곧 인간에 짓는 사랑의
바탕 뿌리임을 굳게 믿습니다
새봄에도 건강한 몸으로 더 많은 사랑의 노동을 지어가게 하소서
좋은 일을 행복한 마음으로 서로 사이좋게 해 나가게 하소서

—박노해, 「세기말 성자의 기도」 부분

제목에 드러난 "세기말 성자"란 시적 화자 자신을 가리킨다. "제 작은 몸을 통해 이 많은 선업善業을 이루게 하셨으니"라고 진술하듯, 시적 화자의 "작은 몸"은 "하늘"의 의지에 따라 움직이기 때문이다. 다시 말해, 시적 화자는 하늘을 모신 영성스런 존재자이다. 그는 "하늘"의 뜻에 따라 "서로 핏

줄처럼 맺어져 있"는 삼라만상이 "대자연의 진리"와 "더불어 사는 공동체 삶"을 구가할 수 있도록 노력한다. 그리하여 "쌀을 거두"어 "지상의 식구들"을 먹여 살리고 동시에 "맑은 산소를 생산"하고 "물을 지하수로 저장시"킨다. 그리하여 사람은 물론 "물질경이 벗풀 새뱅이 미꾸라지 새들까지/ 서로를 먹여 살리며 한 가족을 이루"게 되었다. 시적 화자의 삶은 앞에서 살펴본 동학의 '侍天主' 사상에 입각한 "내유신령 외유기화 일세지인 각지불이內有神靈 外有氣化 一世之人 各知不移", 즉 안으로 하늘을 모시고 밖으로 인간을 포함한 동식물과 무기물의 존재가치를 실현하는 네오휴머니즘의 생활 철학을 스스로 실현하고 있다. 따라서 그는 성자의 삶을 살고 있는 것이다. 우주적 공공성의 실현 주체로서의 인간 존재를 노래하는 우리 시사에서 매우 이색적인 시편이다.

1990년대 이래 많은 생태주의 시편들이 발표되었으나 대체로 인간의 탐욕과 자연 파괴 현상에 대한 소재주의 차원의 고발, 자연에 대한 경이, 예찬, 그리움, 농경적 상상력에 대한 회억 등의 변주에 그치는 양상을 보인다. 이러한 시편들은 생태계 위기의 심각성에 대한 문제의식을 충격적으로 제기할 수는 있으나 구체적이고 실질적인 극복의 방안을 제시할 수는 없다. 앞으로 인간 존재에 대한 재규정과 이를 바탕으로 생명 공동체의 구현을 노래하는 박노해의 「세기말 성자의 기도」와 같은 네오휴머니즘의 시적 추구가 적극적으로 모색되어야 할 것이다. 이러한 문면에서 우리나라의 전통적인 민족 민중사상인 동학사상은 구체적이고 실질적인 생태적 세계관의 정립에 매우 중요한 시사점을 제시해준다고 할 것이다.

통일문학의 원형성
-남 · 북한에서 함께 읽는 정지용과 백석의 시

1. 통일문학과 민족적 동질성의 회복

1990년대 이래 분단문학은 통일문학으로 전환되는 양상을 뚜렷하게 보인다. 분단문학이 전쟁의 비극성과 분단체제 이데올로기에 대한 비판이 중심 내용을 이루었다면, 통일 문학은 반세기에 걸친 분단의 역사가 침전시킨 이질성의 벽을 허물고 진정한 민족적 화해와 동질성 회복을 추구하는 현실적인 방안에 대한 모색이 중심 내용을 이룬다. 실제로 1990년대 들어 전개된 통일문학의 기본적인 구성 원리는 대체적으로 제3국에서 이루어지는 남 · 북한의 이산가족의 상봉을 통해 서로에 대한 허구적 망령의 실체와 이질성의 참모습을 확인하고 민족적 동질성의 요소를 창조적으로 모색하는 양상을 띤다.[1] 물론, 1990년 이래 통일문학이 문학사의 전면에 등장한 것은 한반도를 둘러

1 이산가족을 비롯한 남 · 북한 주민의 직접적인 만남을 소재로 한 작품은 1990년대 들어서면서 전면에 등장한다. 여기에 해당하는 남한의 작품으로는 이호철 「보고드리옵니다」, 이문열 「아우와의 만남」, 최윤 「아버지 감시」, 홍상화 「어머니 마음」, 이순원 「해산 가는 길」 등이 있고, 북한의 작품으로는 주유훈 「어머니 오시다」, 리종렬 「산제비」, 남대현 「상봉」 등이 있다.

싼 국내외 정세의 변화와 직접 관련된다.

1990년대를 전후로 세계 질서는 이데올로기적 명분을 내세운 반목과 대립의 냉전체제에서 상호 의존적인 협력과 경쟁의 경제공동체로 재편된다. 독일의 흡수 통일, 공산주의 종주국인 소련의 해체, 중국과 베트남의 적극적인 시장경제 원리의 수용, 동구권의 붕괴 등등의 일련의 사건은 제2차 세계대전 이래 미 · 소 양대 진영을 중심으로 구축된 냉전체제의 와해를 보여주는 구체적인 징표들이다. 이러한 이른바 세기적 변화는 한반도의 분단체제를 규정 · 강요 · 강화시켜온 외적 규정력은 물론 내적 규정력도 약화시키는 결정적 계기로 작용한다. 우리 사회에서 분단 이데올로기가 더 이상 지배 세력의 전략적인 내적 통합과 통제를 강화시키는 요소로 작용하지 못하게 된 것이다. 탈북자의 문제가 일상적 사건이 되었고, 금강산 관광을 비롯한 북한 방문이 빈번하게 일어나고 있으며, 남 · 북한의 경제 교류도 점차 확산되고 있다. 이와 같은 양상은 반세기에 걸쳐 우리 사회의 정신 습속 속에 내면화된 반공 · 반북 의식이 점차 민족 공동체 의식으로 전환되는 내적 계기로 작용하고 있다.

한편, 북한의 경우도 1990년대 이래 많은 변화를 겪게 된다. 국제 정세가 전 지구의 시장화로 요약되는 경제 공동체로 급박하게 전환되면서 북한 사회는 이에 대응하여 내부적 통합과 대외적 개방이라는 모순 명제를 함께 관철시켜야 하는 절박한 처지에 놓인다. 1990년대 들어 '우리 식대로 살자'는 구호를 전국적으로 선전 선동하고, 1986년 김정일이 제기한 '조선민족제일주의'를 더욱 강조하면서 폐쇄적 민족주의의 양상을 뚜렷하게 드러내는 양상은 전자에 해당하고, 미국을 비롯한 서방 세계와의 경제 교역의 시도, 나진-선봉 지역의 자유경제무역지대화의 추구 등은 후자에 해당하는 대표적인 사례들이다. 그러나 앞으로 북한 사회는 자의든 타의든 필연적으로 대외적 개방화의 길로 나아가게 될 것이다. 거대한 세계 자본주의의 회로망에 북한 사회 역시 나포될 수밖에 없을 것이기 때문이다. 특히 오늘날 북한 사회가 직면한 절대적인 경제적 궁핍은 역설적으로 시장 경제의 수용을 가속화시키는 내적 계기로 작용한다. 인민의 기본적인 생존권을 보장하지 못하는 상황에서 지배 세력의 통치 기반과 내적 결속의 강화는 불가능하기 때문이다.

근자에 발표된 남·북한 정상회담 합의는 1990년대 이래 가속화되어온 한반도 주변의 해빙 무드의 한 귀결이면서 동시에 앞으로 전개될 민족 통합의 가능성을 현실화시키는 계기로서 중요한 의미를 지닌다. 전 세계에 걸쳐 유일한 '냉전의 섬'으로 남아 있는 한반도에도 근본적인 지각변동이 본격적으로 전개되고 있는 것이다.

이러한 시대적 상황에 부응하여 우리 문학은 남·북한의 이질성의 참모습을 확인하고 민족적 동질성의 회복과 연대 의식의 확장을 위한 창조적 노력에 적극적으로 동참해야 할 것이다. 진정한 민족적 통합은 생활 세계로부터의 이질성의 극복이 이루어질 때 가능할 것이다. 자칫 섣부른 통일 논의는 민족 분단의 경계선을 우리의 일상생활 속으로 옮겨놓는 더욱 심각한 혼란을 초래시킬 것이다.

그렇다면 남·북한의 이질성을 극복하고 민족적 동질성과 공감대를 확장할 수 있는 기본 토대는 무엇일까? 이러한 물음 앞에 다음과 같은 북한 시편은 중요한 시사점을 드러내준다.

"이 길로 우리 모두 함께 가고 싶다
평양 랭면맛에 서울 깍두기 맛도 보며
동서 팔방 내 나라 삼천리 이 땅
반세기도 지난 나날 우리 못가본
내 땅 모든 곳 골고루 디뎌보며 다니고 싶다

아, 가고 싶다 우리 모두 함께 가고 싶다
가다가 향기 짙은 강계 산꿀도 맛보고
목마르면 호남샘물 표주박에 떠마셔보며

가다가 밤이 되면 정방산이나
춘향도령 지금도 있는 듯한 〈남원땅〉에서 쉬고

강계산꿀 호남샘물에 우리 입술 적시일 때
이날을 못보고 간 우리 겨레들만은 잊지 말자
그들과 더불어 진도 아리랑 들으며 울어도 보고
그들과 더불어 봉산탈춤 보며 웃어도 보며
걸어걸어 그들의 몫까지 우리 함께 가려니
—리호근, 「함께 가고 싶다—범민족대회장을 나서며」 부분

1990년대 중반 북한에서 발표된 이 시는 “평양 랭면, 서울 깍두기, 강계 산꿀, 호남샘물, 진도 아리랑, 봉산 탈춤” 등의 풍물과 민속 예술 그리고 국토에 대한 진한 애정을 통해 민족 공동체 의식을 확인하고 나아가 통일의 당위성을 질박하게 노래하고 있다. 전국에 산재하는 유서 깊은 민속 풍속과 민요들은 어느 특정 지역의 전유물이 아니라 남·북한 모두가 공유해온 민족적 삶의 근원성을 이루는 요소들이다. 이러한 소재들은 남·북한의 이질성을 극복하고 민족적 연대 의식을 불러일으키는 가장 직접적인 대상에 해당한다. 이 시가 북한의 시인에 의해 북한에서 발표되었지만 남한의 독자들에게도 매우 친근하게 다가오는 까닭이 여기에 있다.

이렇게 보면, 남·북한의 민족적 동질성의 원형 요소는 분단 이데올로기의 층위 이전 단계에 해당하는 우리 민족 고유의 전통적인 원형 심상과 토속적 삶의 세계에서 찾을 수 있을 것으로 파악된다. 해방 이전에 주로 활동했던 백석과 정지용의 시 세계가 단연 빛나는 자리가 여기이다. 이미 널리 알려져 있듯이 백석과 정지용은 각각 해방 이전 우리 민족의 토속성의 진경과 세련된 언어 감각을 통해 낙원 상실과 향수의 정서를 펼쳐 보인 대표적인 시인이다. 백석과 정지용은 각각 재북 및 월북 시인으로서 분단과 함께 우리 문학사의 뒷전으로 사라졌다가 1988년 해금조치 이후에야 공식적

으로 온전히 복권된다. 물론 이들에 대한 학계의 연구는 1960~70년대에도 꾸준히 지속되고 있었으나 일반 독자들에게까지 가까이 다가간 것은 1988년 이후부터이다.

한편, 북한에서 정지용과 백석이 문학사의 전면에 논의의 중심 대상으로 등장한 것은 1995년에 간행된『조선문학사 9』에 와서이다. 특히 정지용은 해방 이전 진보적인 계급 문학과 대립적 관계에 놓여 있었던『시문학』『구인회』『문장』지를 중심으로 활동한 보수적 성향에 가까운 시인임을 감안할 때, 북한 문학사에서 비교적 상세하게 논의 · 평가하고 있는 것은 그 자체로도 매우 이색적인 문제적 사건이다. 주지하듯, 북한의 문학사의 기술은 상황에 따라 변화하는 당의 지배 정책에 상응하는 공식적인 문예 지침에 의해 이루어진다. 1967년 이후 항일혁명문학이 정통으로 확립된 이래 북한 문예학에서 해방 이전의 카프 문학을 비롯한 진보적 문학은 의도적으로 축소, 왜곡, 배제되어 왔다. 그러나 1990년대 들어 카프를 비롯한 민족 문화 예술 유산에 대한 적극적인 조명이 이루어지고 있는 배경은 무엇일까? 그것은 1992년 김정일이 간행한『주체문학론』이다. 전 7장으로 구성된『주체문학론』에서 가장 큰 성격의 변화는 2장 유산과 전통에서 찾아진다. 여기에서 김정일은 "민족문화유산에 대한 긍지와 자부심은 곧 민족 자존심과 민족 제일주의의 중요한 표현이다."고 전제하고, 조선시대 실학파 문학과 1920~30년대 "카프문학에 대한 평가와 처리를 공정하게 하여야 한다."고 강조하고 있다. 그리고 여기에서 더 나아가 "작가의 출신과 사회생활 경위가 복잡하다 하여도 우리나라 문학예술 발전과 인민의 문화 정서생활에 이바지한 좋은 작품을 썼다면 그 작가와 작품을 아끼고 대담하게 내세워주어야 한다."고 지적하고, 리광수, 최남선, 신채호, 한용운, 김억, 김소월, 정지용, 심훈, 이효석, 방정환, 문호월, 나운규 등을 직접 거론하면서 공정하고 응당한 평가의 필요성을 제기하고 있다. 이로써 주체적 입장이라는 제한 조건 속에서나마 북한 문학사에서 그동안 실종되었던 우리 문학의 소중한 자산이 복원되는 지평이 열린다.『주체문학론』에서 적시하고 있는 민족 문화예술 유산의 계승 방법과 평가 기준은 역사주의적 원칙과 현대성의 원칙으로 요약된다. 여기에서 역사주의적 원칙이란 "개개의 유산을 해당 시기의 사회력사적 조건과의 연관 속에서 공정하게 분석평가하고 다룬다는 것"을 말하고, 현대성의 원칙이란 "유산계승에서 나서는 모든 문제를 인민의 지향에 맞게 풀어나간다는 것"을 말한다. 다시 말해, 역사주의와 현대성의 원칙은 문학예술의 평가 기준을 각각 당대적 상황과 현재의 인민의 지향성에서 찾고자 하는 것으로서, 설령 주체 문예이론의 원칙에 상응하지 않을지라도 나름대로의 의미와 가치를 부여할 수 있다는 유연한 시각의 산물이다. 이러한 정황은 또한 역으로 뒤집어서 보면, 1990년대 북한 사회가 이미 1967년 이래 상투적으로 반복되고 있는 주체문학의 도식성을 돌파했음을 보여주는 증좌로도 인식된다. 김정일이 1980년 제3차 조선문학동맹에서 제시한 문학예술이 나아가야 할 길에 대한 지침에서 "당이 제시한 주체적인 창조체계와 창작 원칙"을 견지하면서도 작가의 "개성적 특성"을 강조한 이래 점차 열린 문학적 자율성과 다양성의 영역이 해방 이전의 다채로운 민족문학의 유산을 수용할 수 있는 기반이 된 것으로 보인다.

이렇게 보면, 오늘날 남·북한은 이질성을 극복하고 민족적 동질성을 회복할 수 있는 토대가 어느 정도 마련된 것으로 보인다. 여기에서의 남·북한이 함께 읽는 백석과 정지용의 시 세계에 대해 논의도 궁극적으로는 오늘날 남·북한의 변화된 시대적 상황의 결과물이라고 할 것이다.

2. 정지용 혹은 낙원 상실과 향수의 언어

정지용(1903~1950)의 문단 활동은 일본 동지사대학의 유학생 신분이었던 1926년에 「카페 프란스」「슬픈 인상화」「파충류 동물」 등의 작품을 『학조』 1월호에 발표하면서부터 시작된다. 등단 이듬해인 1927년이 되면 우리에게 가장 널리 알려진 「향수」를 비롯해서 무려 40여 편의 작품을 국내외에 발표하는 왕성한 활동을 보인다. 그는 동인 활동도 적극적이었는데, 1930년에는 박용철, 김영랑이 주축이 되어 만든『시문학』에 가담하였고, 1933년에는『구인회』의 창립에 가담했으며 1939년에는 이태준과 함께『문장』지에 참가한다. 특히 그는『문장』지에서 청록파 시인을 비롯한 박남수, 이한직, 김종한 등을 추천하여 우리 시사의 층위를 확장시키는 데 기여한다. 그가 간행한 저작은『鄭芝溶詩集』(1936),『白鹿潭』(1941) 등 두 권의 시집과『지용문학독본』(1948),『산문』(1949) 등 두 권의 산문집이다. 그는 첫 시집을 간행하면서 이미 "현대적인 호흡과 맥박을 불어 넣은"(김기림) 선구적인 시인으로 평가받으며 당대 시단을 주도하는 중심인물로 자리 잡는다.

그의 시 세계는 크게 첫 시집의 간행을 기준으로 전반기에는 전근대성의 탈피와 감각적 이미지즘의 경향이 두드러지고 후반기에는 산수시의 경향 내지 동양적인 정신세계가 표나게 드러난다. 그리고 이 전 · 후반기의 점이지대에『카톨릭靑年』지를 중심으로 한 카톨리시즘의 시편들이 발표되었다. 특히, 전반기의 시 세계에서 세련된 감각주의적 기법과 내면적인 상실의식이 상호 상승 작용을 일으키면서 형상화된 향토적 서정은 지금까지도 폭넓은 감응력을 불러일으키고 있다. 그리고 이점은 1990년대 북한 문학사에서도 동일하다는 점에서 새삼 주목된다.

북한의『조선문학사』(1995)는 1920년대 후반기부터 1930년대 중엽까지의 문학에 대해 항일혁명 문학과 프롤레타리아 문학이 주류를 이루었음을 지적하고 이를 높이 평가한다. 그러나 정지용을 비롯한 일련의 시인들 역시 "사회 정치적 문제나 현실적 생활세계 같은 것은 거의나 관심 밖에 두"었지만, "내용이나 형식에서 민족적이며 향토적인 색채가 짙은 시창작의 길을 걸었다"는 점에서 긍정적으로 평가한다. 정지용이 직접적으로 계급의식에 입각한 선명한 현실 비판의 시 세계를 보여주지는 않았지만 우리의 삶과 정신의 터전이 근본적으로 박탈당한 식민지 시대에 민족적 · 향토적 정서를 환기시킨 것은 긍정적이라는 시각이다. 물론 북한 문학사에서의 정지용 문학에 대한 이러한 긍정적인 평가는 "형식주의, 예술 지상주의적"

경향의 시편들까지 적용되지는 않는다. 북한 문학사에서 역사주의적 관점의 평가 기준은 계급성을 비롯해서 민족성, 진보성이 중심 항목으로 꼽히기 때문이다. 북한에서 정지용 문학에 대해 비판적 시각에서 논의하는 "형식주의, 예술 지상주의적" 요소는 모더니즘의 감각주의적 기법에 대한 편향과 반카프적 입장에서 순수 문학을 표방한 〈구인회〉(1933) 활동 등을 염두하고 있는 것으로 보인다. 북한의 『조선문학사』에서 언급하고 있는 정지용 시 세계의 작품 유형과 시편은 "「향수」「압천」「고향」「그리워」 등 향토애를 노래한 시들과 「할아버지」「홍춘」「산엣 색시 들녘 사내」 등 세태 풍속을 노래한 시들 그리고 「석류」「백록담」을 비롯한 자연을 노래한 시들"을 대상으로 하고 있다. 그러나 이중에서 가장 정지용 시의 본령으로 파악하고 인용, 평가하고 있는 시편들은 「고향」「그리워」「산에서 온 새」 등 상실 의식과 향수의 정서를 노래한 작품이다.

여기에서는 북한 문학사에서 감상하고 있는 작품을 중심으로 논의해보기로 한다.

고향에 고향에 돌아와도
그리던 고향은 아니러뇨

산꽁이 알을 품고
뻐꾹이 제철에 울건만

마음은 제 고향 진히지 않고
머언 港口로 떠도는 구름.

오늘도 메끝에 홀로 오르니
힌점 꽃이 인정스레 웃고,

어린시절에 불던 풀피리 소리 아니나고
메마른 입술에 쓰디 쓰다.

고향에 고향에 돌아와도
그리던 하늘만이 높푸르구나.

—정지용, 「故鄕」 전문

이 시의 주조음인 그리움의 정서는 타향에서 고향을 향해 있지 않고, 고향에서 고향을 향해 있는 특이한 형상을 하고 있다. 고향에 왔으나 정작 고향을 보고 느끼지 못하는 절대적인 상실감이 기본 정조를 이루고 있는 것이다. 그렇다면 현존하는 고향과 상실한 고향은 각각 구체적으로 무엇인가? 현존하는 고향은 "산꿩, 뻐꾹이, 흰점 꽃, 하늘"이고 부재하는 고향은 옛날의 "마음", 풀피리 소리를 내는 어린 시절의 "입술" 등이다. 고향의 자연사는 변함이 없지만 인간사는 이미 무상하게 변하고 왜곡되었다는 것이다. 다시 말해, 예전과 같은 평화로운 삶의 공간으로서의 고향은 박탈당했다는 인식이다. 그래서 고향에 돌아와도 이내 그의 "마음"은 "머언 港口로 떠도는 구름"처럼 다시 방황하기 시작한다. 이러한 근원적인 상실 의식은 일제강점기 주권과 국토를 완전히 빼앗긴 당시 식민지 상황과 암유적인 연관성을 지닌다. 그래서 이 시의 처연한 상실감과 비애의 정서는 당시 이 땅의 모든 백성의 공통된 생활상으로서의 보편성을 지닌다.

이와 같이 이미 부재하는 것에 대한 그리움과 안타까움의 정서는 다음 시편에서도 동일하게 드러난다.

새삼나무 싹이 튼 담우에
산에서 온 새가 울음 운다.

산엣 새는 파랑치마 입고.

산엣 새는 빨강 모자 쓰고.

눈에 아름아름 보고 지고.
발 벗고 간 누의 보고 지고.

따순 봄날 이른 아침 부터
산에서 온 새가 울음 운다.

—정지용, 「산에서 온 새」 전문

이 시는 "새"를 매개로 하여 곡진한 슬픔과 그리움의 정서를 표현하고 있다. "산엣 새"가 파랑치마, 빨강모자를 쓰고 세상으로 내려온다. 눈에 "아름 아름"거리는 "발 벗고 간 누의"가 보고 싶어서이다. 그러나 누이는 이미 이 세상에 없다. 그 누이는 "발 벗고 간" 누이이기 때문이다. 그래서 "따순 봄날 이른 아침부터/ 산에서 온 새"는 슬픈 울음을 운다. 이 대목은 시인의 참척의 슬픔이 배어 있는 시, 「유리창 1」을 연상시킨다. "발 벗고 간 누의"가 보고 싶어 이른 아침부터 우는 "산에서 온 새"의 울음의 정황은 "肺血管이 찢어진 채로" "山ㅅ새처럼 날러" 간 죽은 자식에 대한 애통한 그리움과 유사성을 지닌다. 결국, 이 시 역시 "고향에 고향에 돌아와도 그리운 고향은 아니더뇨"와 같은 심층적인 상실감과 비애의 정서를 그리고 있다. 이미 이 세상에 없는, 부재의 대상을 향한 형언할 수 없는 그리움의 정감을 표출하고 있는 것이다.

이 시편을 중심으로 한 북한 문학사의 평가에 귀 기울여보면 다음과 같다.

"동시대의 프롤레타리아 시인들이 짓밟히는 삶과 잃어진 고향을 두고 분노를 터뜨리며 항거를 웨칠 때 정지용은 이 정도의 서정세계에서 더 벗어나지는 못하였다. 그러나 그는 고향을 대상으로 하든 자연과 풍속을 대상으로 하든 식민지 시대 민족이 당하는 고통과 불행을 제나름의 설움과 울분으로 터트림으로써 민족적 의분을 나타냈으며 특히는 그것을 짙은 민족적 정서로 민요풍의 시풍으로 그려내여 민족시가의 전통을 살려 나갔다.”

일제 치하의 시기에 우리말을 청신하게 갈고 닦아 토속적인 전통적 정서와 질감을 노래한 것은 그 자체로도 민족 저항의 의미를 지니는 것이었음을 지적하고 있다. 또한 이러한 북한에서의 평가는 정지용의 고향 상실로 표상되는 상실의식이 결국 현실에 대한 깊은 비관적 인식의 산물이라는 데 기반한다. 현재적 삶에 대한 부정이 고향에 대한 그리움을 낳고, 고향에 대한 그리움은 다시 박탈당한 고향, 즉 식민지 현실을 재인식하는 과정이 되는 형국이다. 따라서 정지용 시인에게 상실한 고향에 대한 그리움의 열도는 국권 회복에 대한 갈망의 의미를 지닌다는 것이다. 따라서 그의 고향에 대한 향수의 정서를 노래한 시편은 그 자체로 당시 일제강점기에 대한 울분과 비판의 한 표현 방식이 된다는 것이다. 이와 같은 1990년대 북한의 『조선문학사』의 관점은 민족 문학 유산의 수용에 대한 매우 유연하고 개방적인 태도의 산물이다. 그러나 북한에서 정지용을 적극적으로 평가하는 이보다 더 본질적인 이유는 그의 시 세계가 우리 민족의 향토적 정서와 원형 심상을 성공적으로 구현하고 있기 때문인 것으로 보인다. 다시 말해 정지용의 문학 세계가 ‘역사주의적 원칙’뿐만이 아니라 오늘날의 인민의 지향성에 부합하는 ‘현대성의 원칙’을 훌륭하게 감당하고 있기 때문이라는 것이다.

3. 백석 혹은 토속적 풍속의 진경

1912년 평북 정주에서 태어난 백석의 문단 활동은 소설을 통해 먼저 시작된다. 그는 1930년 《조선일보》 제2회 공모에서 「그 母의 아들」로 소설 부문에 당선한다. 그의 시작 활동은 이로부터 5년이 지난 1935년에 역시 《조선일보》에 고향의 지명을 딴 「定州城」을 발표하면서부터 시작된다. 그는 1936년 정지용의 『정지용 시집』이 출간되었던 같은 해에 시집 『사슴』을 간행하면서 일약 중요한 신예 시인으로 자리를 잡게 된다. 김기림, 박용철, 오장환, 임화, 박아지, 안석영 등 당시 문단의 중심인물들이 그의 시 세계에 대해 대체로 긍정적인 시각에서 논평을 개진한다. 1930년대 중반 우리 문단은 카프의 해산과 잠복, 순수문학적 경향을 표방했던 구인회, 최재서, 김기림 등이 주도한 모더니즘 등의 다채로운 경향들이 혼재하고 있었지만 백석은 그 어느 부류에도 뚜렷하게 소속되지 않는다. 이후 그는 서울을 떠나 함흥으로 가서 교직 생활을 2년여 하고, 다시 서울로 와서 잠시 직장 생활을 하다가 중국 만주 지방으로 거처를 옮긴다. 만주 지방에서 측량사 일을 하기도 했던 그는 해방과 더불어 신의주에 잠시 머물다가 고향 정주에서 안주한다. 이러한 공간적 이동은 그의 시 세계의 소재와 구성 원리의 중심축을 형성한다. 그의 문단 활동은 분단된 이후에도 지속되었는데, 1961년까지 북한 문단에서 12편의 시와 3편의 아동 문학 평론, 각각 1편의 수필, 번역 등을 발표한다. 그러나 그 이후 그의 생애는 미답의 지대로 남아 있다. 북한 문예지에서도 더 이상 그의 이름이 등장하지 않고 있으며 1995년에 간행된 『조선문학사 9』에서도 사망 연도가 밝혀져 있지 않고 있다.

삼십여 년에 걸쳐 전개된 백석의 문학적 삶은 크게 세 시기로 나누어진다. 문학 활동을 시작한 때부터 1936년 시집 『사슴』을 발간할 때까지의 시기, 그리고 한국전쟁 이전 함흥, 만주, 신의주 등에서 작품을 창작하던 시기, 민족 분단 이후 조선작가동맹맹원으로서 『조선문학』에 작품을 발표하던 시기가 그것이다. 여기에서 그의 세 번째 시기의 작품 세계는 북한의 이른바 전후복구건설시기에 충실히 복무하는 공식적인 제도 담론으로서 타성적인 상황에서 창작되었기 때문에 앞의 시기와 연속성 속에서 논의하기는 어렵다.

두 번째 시기까지의 백석 시 세계에 관류하는 가장 핵심적인 특성은 토속적인 서민의 삶에 대한 곡진한 묘사에서 찾을 수 있다. 그는 평안도의 투박한 방언을 살려 민중들의 토속적인 풍속과 생활 감각을 산문적인 호흡을 통해 실감 있게 재현한다. 특히 그의 시적 대상은 대가족제하의 명절 풍경, 다양한 전통 음식, 무속 신앙에 바탕을 둔 농경 생활, 이국에서의 궁핍한 삶 등에 걸쳐 다채롭게 나타난다. 그는 이와 같은 민중들의 생활 세계의 원형상을 적절한 심미적 거리의 유지, 주관적 감정의 절제, 유소년 시대에 대한 회상의 양식, 기행의 양식, 내적 고백의 양식 등의 창작 방법론을 통해 효과적으로 표현한다. 이러한 시적 내용과 미학적 원리를 종합해보면, 백석의 시 세계는 기본적으로 유년 회상을 통한 과거적 상상력에서 다양한 현재적 삶의 풍경으로, 가족사에서 풍속사로, 개성적 시점에서 민중적 보편성으로 교직·확장되어가는 면모로 정리된다.

북한의『조선문학사』에서 역시 백석의 시 세계에 대해 "대체로 하나의 풍속도라 할 만큼 세태적인 생활감정으로 일관되여 있다."고 지적한다. 그리고「녀승」(1934),「비」(1935),「모닥불」(1939) 등 3편의 시편을 예시하고,「통영」「고성가도」「삼천포」의 시편을 각각 일부 인용하고 있다. 인용 시편들은 공통적으로 기행의 형식을 통해 삶의 풍경의 단면을 응축적으로 객관화하는 작품들이다. 백석은「남행시초」「함주시초」「산중음」「서행시초」등의 여러 편의 기행시를 남겼다.

여기에서 북한에서 중요하게 다룬 작품을 중심으로 함께 감상해보도록 한다.

統營장 낫대들엇다

갓한닙쓰고 건시한접사고 홍공단단기한감끈코 술한병바더들고

화룬선 만저보려 선창갓다

오다 가수내 들어가는 주막압헤
문둥이 품바타령 듯다가

열닐헤달이 올라서
나루배타고 판데목 지나간다 간다

—백석, 「統營—南行詩抄 2」 전문(《조선일보》, 1936. 3. 6.)

이 시는 시인의 경상남도 통영 지역의 짤막한 여행기이다. 시인이 구사하는 평안북도 방언과 남부 지방 통영의 장터 풍경이 서로 대칭관계를 이루면서 여행의 정취를 자연스럽게 살려내고 있다. 그의 통영 기행은 장터, 선창, 바다로 이동하고 있다. 장터에서는 직접 갓을 쓰고 건시(곶감) 한 접, 홍공단단기(붉은 공단천으로 만든 댕기) 한감, 술 한병을 산다. 장을 본 그는 선창으로 갔다가 주막 앞에서 "문둥이 품바타령"을 들은 후 바다로 가 "나루배 타고 판데목"을 지나간다. 바다 위로는 "열닐헤달이" 소리 없이 떠오른다. 이미 늦은 저녁 시간이 된 것이다. 낯선 지방의 여행 과정이 짧은 시상 속에 면밀하게 담겨 있으나 묘사만이 있을 뿐, 주관적 감정은 엄격하게 통어되고 있다. 시인은 대상을 받아들이는 '수용의 거리'와 이를 시적으로 구현하는 '표현의 거리'를 동시에 엄정하게 유지하고 있다. 그래서 시적 주체가 화자 자신임에도 불구하고 모든 정황이 객관화되어 있다. 미적 거리를 통해 내밀하게 묘사된 여행기는 이제 독자들의 객관적인 관찰 대상으로 치환된다. 이러한 시적 방법론은 백석이 1930년대 중반에 풍미한 모더니즘, 그중 이미지즘 기법의 영향으로 보인다. 백석의 시 세계에서 대체로 짧고 간결한 시편들은 빈번하게 이와 같은 이미지즘의 기법을 통해 독자들의 창조적 상상력을 유도한다. 위의 시편 역시 시적 화자의 주관적 감정이 생략됨으로써 통영장의 풍경과 "문둥이 품바타령"으로 부각되는 토속적인 풍물과 바다의 정경에 대한 독자의 상상력의 공간을 응축적으로 열어놓는다.

한편, 다음 시편 역시 기행의 형식을 통해 남도 지역의 삶의 풍경을 그리고 있다. 여기에서는 시인의 내면적 정조가 어느 정도 불거져 나오고 있다. 대상과의 미적 거리가 훨씬 가깝게 조정되고 있는 것이다. 그러나 역시 시인 특유의 내면적 절제와 관찰자의 평상심은 흐트러지지 않는다.

> 졸레졸레 도야지새끼들이간다
> 귀밋이 재릿재릿하니 볏이 담복 따사로운거리다
>
> 재ㅅ덤이에 까치올으고 아이올으고 아지랑이올으고
>
> 해바라기하기조흘 벼ㅅ곡간마당에
> 벼ㅅ집가티 누우란 사람들이 둘러서서
> 어늬눈오신날 눈을츠고 생긴듯한 말다툼소리도 누우라니
>
> 소는 기르매지고 조은다
>
> 아모도들 따사로히 가난하니
>
> —백석, 「三千浦」 전문

위의 시의 캔버스는 모두 따스한 봄 햇살의 명도 속에서 그려지고 있다. 그래서 궁핍한 현실의 생활상도 정겹고 따뜻하게 반사되고 있다. 이 시는 의태어의 반복적인 구사를 통해 삼천포 지역의 인상을 정겹게 그리고 있다. 계절적 배경은 "볏이 담복 따사로운" 초봄이다. 검은 겨울 땅 "재ㅅ덤이에" 아지랑이가 피어오른다. 봄의 생기가 약동하기 시작한다. 그래서 시인은 아지랑이와 함께 "까치"와 "아이"도 "재ㅅ덤이에"서 올라온다고 표현한다. 아지랑이가 피어오르듯 새나 사람도 활기를 띄기 시작한다는 것이다. 봄의 활력은 3연으로 이어지면서 "벼ㅅ집가티 누우란 사람들"의 해바라기의 풍

경으로 나타난다. 누우런 색채가 주조를 이루는 고요한 캔버스 위에 "말다툼 소리"의 청각적 심상이 생동감을 부여한다. 안장을 등에 지고 조는 소의 풍경을 포함해서 삼천포는 가난하지만 따사롭다. 아마도 이 시편에 묘사된 풍경이 비극적이고 처연한 분위기를 자아내지 않는 것은 기행시의 관조적인 미적 거리에서 기인하는 것도 있지만 무엇보다 따스한 초봄의 절기 탓일 것이다. 위의 시편에는 가난하지만 따뜻하고 정감어린 농촌의 정경이 실감 있게 드러나고 있다.

북한의 『조선문학사』에서도 이들 시편에 대해 "생활의 일상사, 사말사를 아무렇게나 그려놓는것 같은데 거기에는 간고한 시기 생활에 시달리는 사람들의 인생이 있고 가난속에서도 한때의 즐거움이나마 느껴보는 인정세계가 있으며 퇴락한 농촌마을의 전경이 있다. -이 시들을 읽으면 마치도 하나의 「풍속도」를 보는 듯싶다."고 적고 있다.

다음 시편은 이러한 시적 정황이 좀 더 현장감 있게 심화되고 있다.

새끼오리도 헌신짝도 소똥도 갓신창도 개니빠디도 너울쪽도 집검불
도 가락닢도 머리카락도 헌겁조각도 막대꼬치도 기와장도 닭의짗도
개털억도 타는 모닥불

재당도 초시도 門長늙은이도 더부살이아이도 새사위도 갖사둔도 나
그네도 주인도 할아버지도 손자도 붓장사도 땜쟁이도 큰개도 강아지
도 모두 모닥불을쪼인다

모닥불은 어려서우리할아버지가 어미아비없는 서러운아이로 불상하
니도 몽둥발이가된 슬픈 력사가있다

-백석, 「모닥불」 전문

백석 시에 자주 등장하는 표현적 특성인 판소리 투의 병렬과 열거의 수

사가 집약적으로 드러나 있다. 여러 사람이 둘러서서 "모닥불"을 지피고 쪼이는 모습을 통해 고단한 삶의 역사의 애한과 고통을 해학적으로 표현하고 있다. 1연의 가난한 생활사에서 나온 모든 허섭스레기는 물론 "새끼오리"까지도 모닥불에 태우는 장면은 고통스런 현실에 대한 절망과 분노의 감정을 자아낸다. 2연은 1연의 모닥불의 재료들을 태우고 쪼이는 당사자들이다. "모닥불"이 희망 없는 사람들의 어두운 마음을 일시적으로나마 위무하고 정화시키는 분출구로 작용하고 있다. 그래서 "모닥불"은 차라리 어린 시절 "우리 할아버지" "어미아비없는 서러운 아이" "몽둥발이가된" 불구자들의 "슳븐역사"이다.

백석의 시 세계는 이와 같이 일상사의 현장 속에서 이 땅의 민중들의 고심참담한 삶의 역정을 형상화하는 특장을 보인다.

북한의『조선문학사 9』에서 역시 이 작품에 대해 "시인은 별치 않은 듯이 농촌마을에 타오르는 모닥불과 그 둘레에 모여 앉은 사람들에 대해서 소묘하고 있지만 거기에는 인간생활의 심각한 의미가 반영되어 있는 것이다."라고 해석한다. 또한 백석의 시 세계 전반에 대해서는 "민족적인 모든 것이 짓밟히던 시기 시문학의 진보성, 민족성을 지켜내는 데서 한 모습을 보여주었다"고 평가한다. 백석의 세태 풍속 및 전통적인 풍물에 대한 핍진한 묘사와 재현이 곧 일제강점기의 민족말살 정책으로부터 우리의 민족성을 지키는 저항 운동으로서의 의미를 지닌다는 것이다. 그러나 정지용과 더불어 백석의 시 세계 역시 북한 문학사에서 복권될 수 있었던 것은 오늘날 남·북한에서 동시적으로 공감할 수 있는 민족적 삶의 원형 요소를 성공적으로 재현하고 있는 점에서 찾아진다.

4. 맺음말

앞으로 통일 문학은 매우 활발하게 전개될 것이다. 특히, 남·북 정상회

담 이후 이산가족의 상봉을 비롯한 상호 왕래와 교류가 확대되면 진정한 민족적 화해와 통합을 모색하는 통일 문학의 양상도 다양하게 심화 · 확대될 것이다. 이를테면, 주제의식과 소재도 퍽 다양해질 것이며 작품 배경 또한 제3국에 편중되지 않고 한반도 전역까지도 확장될 수 있을 것이다. 그리고 이러한 변화는 남 · 북한의 생활 세계의 실상과 통일의식을 상호관계성 속에서 입체적으로 조명하고 이를 바탕으로 진정한 민족적 화합을 위한 창조적인 대안을 제시할 수 있는 토대가 될 것이다.

그러나 또한 여기에서 강조되어야 할 것은 통일 시대를 향한 문학적 도정에는 분단 극복과 민족적 공감대의 형성을 위해 창작되는 오늘날의 작품뿐만이 아니라 우리 민족의 고유한 원형 요소와 정감의 세계를 형상화한 작품에 대한 적극적인 발굴과 평가도 중요하다는 점이다. 앞에서 북한 문학사에서 다룬 정지용과 백석의 시 세계를 다시 읽어본 것도 이러한 문면에서 중요한 의의를 지닌다. 일제강점기에 토속적인 풍속의 진경과 낙원 상실과 향수의 정서에 대한 노래가 그 자체로 민족적 정체성을 지키는 저항의 역할을 담당했다면, 오늘날에는 분단을 극복하고 통일을 열쳐내는 동력으로서의 역할을 담당할 수 있을 것이다. 우리 민족의 고유한 정체성과 삶의 근원성을 환기시키는 이들 문학은 오늘날 요구되는 통일문학의 원형성을 이루기 때문이다.

마음의 미의식과 허무 의지

–김영랑론

1. 마음의 미감과 그 파탄의 도정

김영랑의 시적 삶은 마음의 노래와 그 파탄의 미적 행로로 요약해볼 수 있다. 이미 선행 연구에서 여러 차례 논의되었던 바처럼,[1] 1930년 『시문학』에 「동백닙에 빗나는 마음」을 비롯한 13편의 작품을 발표하면서 시단에 등장한 이래 1950년 작고하기까지 그가 남긴 87편의 시에서 가장 압도적으로 많이 등장하는 시어는 "마음"이다. 그의 시 세계의 중심음은 내밀한 마음의 작용과 감응에 따라 결정되는 양상을 보인다.

그렇다면 마음이란 무엇인가? 마음은 우리에게 너무도 친숙한 용어이지만 그러나 정작 어떤 실체도 형태도 없다. 그래서 마음에 대한 개념 규정을 위한 시도는 당혹감에 부딪히게 된다. 다만, 여기에서 일반론적인 층위에서 논의를 개진해보면, 마음이란 논리적, 이성적 사고 이전의 본질적이고

---

1 김영랑의 시 세계에 마음이 자주 등장한다는 점을 주목한 논문으로 정한모의 「김영랑론」, 『문학춘추』 1권 9호, 1964, 김학동의 「영랑 김윤식 론」, 『한국현대시인연구』, 민음사, 1977 등이 대표적이다.

생래적인 차원의 감성적, 추상적 영역에 해당되는 것으로 이해된다. 그래서 마음의 영역에는 감각과 의미, 경험과 선험, 구체와 보편, 내재성과 초월성, 지각과 체험 등이 분리되지 않은 전일적 특성을 지닌다. '마음이 차다.' '마음이 따뜻하다.' 등과 같은 표현은 마음의 추상적이고 전일적인 특성을 보여준다.

불교 철학에서 마음은 모든 존재를 인지하는 거울과 같은 존재로서 자신의 세계관의 바탕을 이루는 본래면목을 통칭한다. 그래서 『화엄경』에서는 "만일 어떤 사람이 삼세 일체의 부처를 알고자 한다면(若人欲了知三世一切佛), 마땅히 법계의 본성을 관하라(應觀法界性). 모든 것은 오로지 마음이 지어내는 것이다(一切唯心造)." 라고 하여 윤회의 실상 역시 마음이 일으키는 업으로 규정한다. 그래서 불가에서는 자신의 본래의 마음을 찾는 마음공부의 중요성을 역설한다.

한편, 최근 과학자들의 연구 결과에 따르면, 마음은 뇌의 작용이다. 뇌의 모든 기능의 활성화된 총체로서 마음이 나타난다는 것이다. 그래서 마음의 정의를 '정보를 수집, 처리, 보관하는 뇌의 고등 기능'으로 요약한다. 이렇게 보면, 따뜻한 마음에 대해 '나의 뇌가 외부의 자극에 대해서 반응할 때 상대방이 따뜻한 감정을 느낄 수 있도록 내 몸의 행동을 조절하고 명령하는 것'이다.[2] 그렇다면 모든 사람들이 비슷한 뇌를 가지고 있으나 제각기 마음이 다른 까닭은 무엇일까? 그것은 사람마다 이미 형성된 100조가 넘는 뉴런 네트워크에 투입된 정보의 차이와 부모로부터 물려받은 유전자 정보의 차이가 있기 때문이다. 여기에서도 추론할 수 있는 마음이란 신경세포 뉴런, 시냅스, 유전자 정보 등이 유기적으로 어우러진 결정체이면서 동시에 몸의 행위와 의지를 총괄하고 조절할 수 있는 형이상학적인 주체라는 것이다.

한편, 김영랑의 시 세계에 등장하는 마음의 실체란 어떠한가? 그것 역시 앞에서 논의한 내용들처럼 자신의 고유한 생래적 특성과 형질의 포괄적인

---

2 이영돈, 『마음』, 예담, 2006, 20~32쪽 참조.

반영태로서 전일적이고 추상적인 미분성의 대상으로 이해된다. 특히 1930년대 『시문학』 파의 중심 멤버였던 그의 시 세계가 추구한 마음의 세계는 지성적인 요소가 스며들기 이전의 '투명하고 자연발생적인' 근원심상의 단계에 해당한다. 따라서 마음의 층위는 박용철이 김영랑의 시 세계에 대해 지적한 바처럼 "세계의 政治經濟를 變革하려는" 이성적인 정신사의 층위보다 더욱 근원적인 "우리의 신경을 변혁시키려는" 층위에 해당하는 것이다.[3]

그래서 그가 강조하는 '마음'이 시상의 중심음을 이루면 시적 정조와 감각이 매우 부드럽고 유려하게 순화되어 형상화되는 양상을 드러낸다. 외부 세계에 대한 체험과 인식이 생래적이고 추상적이고 전일적인 '마음'의 망막을 통해 반사되는 것이 그의 시 창작 방법론의 특성인 것이다.

그래서 그의 초기 시편에는 체험적 현실의 고통이 구체적으로 제기되지 않고 부드럽고 유려한 시적 정조의 저변에 드리워진 음영으로 추상화되어 배어나온다. 그러나 1930년대 후반을 마디절로 하는 중기의 시 세계와 해방 이후 후기의 시 세계에 이르면,[4] '자연 발생적인' 차원의 마음의 질서가 파탄되면서 현실 삶에 대한 비애, 부정, 허무의식 등이 '날 것'의 언어로 직접 표출되는 양상을 보인다. 이때, 그의 시 세계에서 시적 언어를 불러들이고 모아서 절묘한 미감으로 형상화해내는 전통적인 남도의 운율도 휘발되고 만다. 일제의 가혹한 탄압과 해방 직후의 혼란 그리고 전쟁으로 이어진 격

3 그의 詩에는 세계의 政治經濟를 變革하려는 類의 野心은 秋毫도 없다. 그러나 "너 참 아름답다. 거기 멈춰라"고 부르짖은 한 瞬間을 表現하기 위하야, 그 感動을 言語로 變形시키기 위하야 그는 捨身的 努力을 한다. 그는 우리의 신경을 변혁시키려는 야심이 있는 것이다. 박용철, 「丙子詩壇의 一年成果」, 『朴龍喆全集』 2권, 詩文學刊, 1940.

4 김영랑의 작품 활동에 대한 시기구분은 대체로 초기 시(1930~35년)와 후기 시(1940년 전후~1950년)로 2분하는 경우와 초기 시(1930~35년), 중기 시(1938~40년), 후기 시(1946~50년)로 3분하는 경우가 있다. 이러한 시기 구분의 차이는 초기 시 세계가 순수 자아의 섬세한 내면의식이라는 점에서 공통적이지만 1930년대 후반 이후의 시 세계를 사회의식의 확장과 비판 정신으로 뭉뚱그리는 경우와 일제치하와 변별되는 해방 이후의 시대 상황, 참여의식의 강도, 산문성의 농도 등의 차이를 고려하는 경우이다.

동의 역사가 마음의 평정과 운용 원리를 파탄시킨 것이다. 이것은 또한 그의 탈역사적인 마음의 언어가 격동의 역사의 소용돌이를 헤쳐 나가지 못한 채 파산되고 만 것으로 해석된다. 그래서 그의 현실에 대한 직접적인 부정과 비탄의 언어는 점차 허무 의식으로 떨어지면서 시적 밀도와 균형감각을 잃게 되는 국면에 처하게 된다. 자연발생적인 마음의 언어의 상실이 시적 사회성과 역사의식을 획득하는 결과로 연결되지 못한 것이다. 그리고 전쟁의 소용돌이 속에서 그만 목숨을 잃게 되면서[5] 그의 결고운 서정 세계와 정치의식이 탄력적으로 결부된 새로운 시적 가능성은 완전히 차단된다. 여기에서는 이와 같이 김영랑의 시 세계를 마음의 미감과 그 파행의 과정이라는 전제 속에서 순차적으로 고찰하고자 한다.

2. 마음의 언어와 '燭氣'의 미의식

주지하듯 김영랑은 1930년 『시문학』 파의 가장 핵심적인 창립 멤버이다. 『시문학』을 창간한 박용철의 "내가 시문학을 하게 된 것은 영랑 때문"[6]이었다는 고백에서도 볼 수 있는 바처럼 김영랑은 『시문학』 파의 순수시론의 지향성에 가장 부합하는 면모를 보인다. 『시문학』 파의 가장 핵심적인 시적 지향성은 박용철이 김기림의 「午前의 詩論」에서 표방한 "生理에서 출발한 시를 공격하고 지성의 考案을 주장한 것"을 비판하면서 오히려 시란 "生理의 소산"이라고 강조한 논지에서 선명하게 드러난다.[7] 박용철이 주장한 생리에 바탕을 둔 시란 어떤 특정한 감정이나 형이상학적인 지성의 요소가 배제된 자연발생적인 서정이 순수하게 표출된 시를 가리킨다. 그리하여 『시문학』

---

5 김영랑은 1950년 9월 27일 서울 장충동 친척집에서 은신하다가 복부에 파편을 맞고 이틀 후 29일 47세의 나이로 사망하고 말았다.

6 『박용철 전집』 제2권 〈후기〉, 시문학사, 1940 참조.

7 박용철, 「乙亥詩壇總評」, 《동아일보》, 1935. 12. 25.

파의 시 세계는 주제론적인 측면에서 볼 때에도 모더니즘의 문명 비판이나 내면 성찰, 생명파의 생의 근원적 고뇌, 청록파의 자연 인식과 같은 형이상학적인 지평이 없[8]는 특성을 보인다.

바로 이와 같이 『시문학』 파의 지성적 요소가 개입되기 이전의 자연발생적인 정서적 양상이 김영랑의 시 세계에서는 "내 마음"의 감각과 리듬으로 표상된 것으로 파악된다. 그의 시에서 "마음"이 자연발생적인 근원 심상에 해당한다는 것은 다음과 같은 시편을 통해 확인해볼 수 있다.

돌담에 소색이는 햇발가치
풀아래 우슴짓는 샘물가치
내마음 고요히 고혼봄 길우에
오날하로 하날을 우러르고 싶다

—「돌담에 소색이는 햇발」 부분(1930. 5)

가장 근원적인 자연 심상과 동일성을 지향하는 주체로서 "내 마음"이 등장하고 있다. "내 마음"이 곧 "햇발"과 "샘물"이 되고자 하는 것이다. 그리하여 "오날하로 하날을 우러르고 싶다". 온종일 하늘을 우러르고 싶다는 것은 이미 인간의 지성적 판단과 의지의 차원 밖에서 가능한 목소리이다. 가장 근원적인 자연적 자아로서의 인간의 "마음"이 강조되고 있는 것이다.

그의 "마음"은 이처럼 본질적이고 자연발생적인 근원에 해당하기 때문에 이를 제대로 이해하고 공유할 수 있는 대상을 찾기란 어려운 일이다. 다음 시편은 이러한 정황을 노래하고 있다.

내마음을 아실 이
내혼자ㅅ마음 날가치 아실 이

8 오세영, 『20세기 한국시 연구』, 새문사, 1989 참조.

그래도 어데나 계실것이면

내마음에 때때로 어리우는 티끌과
소김없는 눈물의 간곡한 방울방울
푸른밤 고히맺는 이슬가튼 보람을
보밴듯 감추엇다 내여드리지

아! 그립다
내혼자ㅅ마음 날가치 아실이
꿈에나 아득히 보이는가

행말근 玉돌에 불이 다러
사랑은 타기도 하오련만
불비테 연긴듯 히미론 마음은
사랑도 모르리 내혼자ㅅ마음은

—「내마음을아실이」 전문(1931. 10)

시적 정조와 감각이 매우 여리고 섬세하고 아름답다. 주로 유성음(ㄴ, ㄹ, ㅁ, ㅇ)으로 이루어진 부드럽고 결 고운 시적 어감이 형체가 없는 "마음"의 심상을 감각화하는 데 효과적인 역할을 하고 있다. 시상의 흐름을 따라가면, "내 마음" "날가치 아실이"는 그 어디에도 없다. 그것은 다른 사람들과 공유하기 어려운 깊은 내면의 고유한 개별성에 해당되기 때문이다. 그리하여 그곳에는 "소김업는 눈물"이나, 은밀하게 맺히는 "이슬가튼 보람"이 머문다. 자신의 가장 순연한 진정성과 본래의 모습이 내재하는 곳이다.

시적 화자는 자신의 간곡한 내면을 공유할 수 있는 대상을 그리워한다. 그러나 그것은 "꿈에나 아득히 보"일 따름이다. "불비테 연긴듯" 스쳐가는 "히미론 마음"을 감지할 수 있는 대상은 어디에도 없기 때문이다. 이점은 물론

"내 마음"의 은밀성을 강조하는 것이지만 동시에 세속화된 외부 세계와의 불화를 가리키는 것으로도 해석된다. 외부 세계는 이미 그 본성을 상실했기 때문에 자신의 순연한 "마음"과 소통하지 못한다는 것이다.

한편, 이 시편은 외부 세계의 비루성과 그에 따른 자신과의 소통 부재에서 오는 단절감과 소외 의식을 노래하고 있지만 기본적인 시적 미감은 가볍고 투명하고 순백하다. 시적 내용과 표현 방식이 서로 대칭적으로 충돌하고 교차하는 '엇'의 형식[9]을 이루고 있다. 슬픔과 비애를 슬픔과 비애로 직접 표출하지 않고 오히려 아름답고 경쾌한 시적 표현을 통해 노래하는 이러한 역설의 방식은 김영랑이 직접 전언한 바 있는 "촉기燭氣" 미의식에 해당되는 것으로 풀이된다.

> 永郎은 男唱으론 林방울의 소리를 좋다 하고, 女唱으론 李花中仙과 그 아우 李中仙의 소리를 좋다고 紹介하면서, 特히 이중선의 소리엔 '燭氣'가 있어 더 좋다고 했다.
> '燭氣'라는 것은 무엇인가 물으니, 그것은 같은 슬픔을 노래부르면서도 그 슬픔을 딱한데 떨어뜨리지 않는 싱그러운 音色의 기름지고 生生한 기운을 말하는 것이라 했다.
> 나는 물론 이 前에도 李花中仙 兄弟의 소리판을 들어본 일이 없었으므로 그의 敎示에 依해서 이날, 이 두 兄弟의 소리들을 留意해서 比較하여 들어 보았다.
> 들어 보니, 아닌게아니라 兄 李花中仙의 六字백이의 그 오랜 슬픔의 이끼 묻은 音調들에 比해, 아우 中仙의 소리의 燭氣라는 것은 내게도 理解가 갔다.
> 그리고 同時에 永郎이 中仙의 소리를 紹介하면서 말하고 있는 그 '燭氣'라는 것은, 바로 永郎 自身의 詩의 特質이기도 하다는 것을 나는 이

9 판소리나 민요에서 내용과 표현 간의 반대 일치 혹은 역설적 표현을 일컫는 용어이다.

때 깨달았다.

슬픔이라 하더래도 그의 詩는 모두 充分한 '燭氣'들이 있는 것이다.

—서정주, 「영랑의 일」(『현대문학』 96호, 1962. 12)

촉기란 무엇인가? "슬픔을 노래 부르면서도 그 슬픔을 딱 한데 떨어뜨리지 않는 싱그러운 音色의 기름지고 生生한 기운"을 가리킨다. 바로 이 전통적인 판소리의 미의식인 "촉기"가 앞의 시편 「내마음을아실이」의 미적 방법론과 상응한다는 점을 알 수 있다.

전라도 강진의 대지주 집안이었던 김영랑은 집 뜰에 300여 그루의 모란을 알뜰히 가꾸고 소리꾼을 수시로 청하여 풍류를 즐긴 것으로 전한다. 그의 시편에서 「북」 「거문고」 「가야금」 등의 악기가 제목으로 전면에 등장하는 데에서도 볼 수 있는 바처럼, 거문고, 북, 가야금 등의 전통 악기를 가까이 했으며, "서울에서 외국인 초청 음악회나 유명한 음악회가 있다 하면 원근을 막론하고 올라와서" 관람할 정도로 열성적이었다고 한다.[10] 이와 같은 김영랑의 음악과의 깊은 친연성이 '촉기'의 미적 방법론을 내면화하여 16세의 이른 나이에 겪은 상처喪妻의 고통과 식민지 현실의 고통 속에서도 빼어난 언어 감각과 유미주의적 미의식을 유감없이 구사할 수 있었던 동력이 되었던 것으로 보인다. 또한 그의 시편에는 "눈물/슬픔/서러움/애닲음" 등의 직접적인 정감의 이미지가 자주 등장하지만 방만한 감상으로 편향되지 않고 내밀한 절조를 견지하는 양상을 보인다. 이점 역시 '촉기'의 방법론이 지닌 역설적 긴장의 미의식의 연속성에서 파악된다.

그러나 이러한 김영랑의 자연발생적인 순연성을 지향하는 마음의 노래는 점차 파탄의 행로를 걷게 된다. 1935년 『永郎詩集』이 발간된 이후 4년여 공백기를 거친 이후 발표된 중기 시와 다시 6년여의 공백기를 지나 발표하기 시작한 후기 시들에서는 시적 주조음을 이루던 마음의 근원 심상과 촉

10 南亨媛, 「새 資料를 통해 본 金永郎의 生涯」, 『문학사상』, 1974. 9 참조.

기의 미의식이 사라지고 직설적인 화법과 날카로운 부정의 언어가 전면에 등장한다.

3. 마음의 파탄과 부정의 정신

앞에서 지적한 바대로 김영랑의 초기 시 세계는 "슬픈 것이건 기쁜 것이건 간에 두루 燭氣가 있"었으며, 그래서 "그의 슬픔은 암담하지 않고 일종의 싱싱함을 지"[11]니고 있었다. 그러나 1930년대 후반부터 그의 시 세계는 "촉기"가 배어 나오는 마음의 평상심을 상실하게 되면서 시적 어조와 성향의 전환을 겪게 된다. 그것은 맑고 투명한 마음에 "毒"이 차오르고 있었기 때문이다. "돌담에 소색이는 햇발"이나 "풀아래 웃음짓는 샘물" 같은 자연스런 마음의 평온이 "毒"의 야수적 공격성으로 대체되고 있는 것이다.

> 내 가슴에 毒을 찬지 오래로다
> 아직 아무도 害한일 없는 새로 뽑은毒
> 벗은 그 무서운 毒 그만 흩어버리라 한다
> 나는 그毒이 선뜻 벗도 害할지 모른다 위협하고
>
> 毒 안 차고 살아도 머지 않어 너 나 마주 가버리면
> 屢億千萬 世代가 그 뒤로 잠잣고 흘러가고
> 나중에 땅 덩이 모자라져 모래알이 될 것임을
> 「虛無한듸!」毒은 차서 무엇 하느냐고?
>
> 아! 내 세상에 태어났음을 원망 않고 보낸

11 서정주, 『서정주문학전집 5』, 일지사, 1972, 119쪽.

어느 하루가 있었던가 〈虛無한듸!〉 허나
앞뒤로 덤비는 이리 승냥이 바야흐로 내 마음을 노리매
내 산체 짐승의 밥이되어 찢기우고 할퀴우라 네 맛긴 신세임을

나는 毒을 차고 선선히 가리라,
마금날 내 외로운 魂 건지기 위하여

—「毒을 차고」 전문(1939. 11)

1935년 이래 4년여의 공백기 이후 발표한 시에서 김영랑은 "毒"이 차오른 가슴을 내보이고 있다. "毒"은 상대를 해치는 야수적인 공격성을 속성으로 한다. "毒 안 차고 살어도 머지않아 너 나 마주 가버리면" "모래알"이 되고 말 인생사에서 과연 저주와 공격의 "毒은 차서 무엇 하느냐고?" 스스로 반문해 본다. 그러나 시적 화자는 "毒"으로 무장하지 않을 수 없다. "앞뒤로 덤비는 이리 승냥이 바야흐로 내 마음을 노리"고 있는 상황이기 때문이다. 그에게 "毒"은 절박한 방어기제이다. 다시 말해, 외부 세계의 독의 침입으로부터 자신을 지키기 위해 시적 화자의 내면으로부터 "毒"이 필요한 형국이다. 시적 화자는 이제 "나는 毒을 차고 선선히 가리라"라고 선언한다.

실제로 김영랑의 후기 시는 이와 같이 "毒을 차고" 가는 긴박한 저항의 과정 속에서 펼쳐진다. 그렇다면 여기에서 그가 "毒"으로 무장하지 않을 수 없게 하는 "앞뒤로 덤비는 이리 승냥이"가 가리키는 대상은 무엇일까? 그것은 1930년대 후반의 일본의 극악한 식민지 지배체제와 직접 연관된다. 중일전쟁(1937)과 태평양전쟁(1941)을 거치면서 군국주의를 확대해나가고 있던 일본은 우리나라에 이른바 '내선일체론' '황민화정책' '창씨개명제 발동' '한글폐지' 등의 지배 정책을 조직적으로 단행하였다.

김영랑이 이러한 시대적 상황을 "내 마음을 노리"는 "앞뒤로 덤비는 이리 승냥이"로 인식한 점은 그의 전기적 삶의 검토를 통해서도 어느 정도 추론할 수 있다. 그는 순수시의 상징처럼 알려져 있지만 개인적 연대기는 식

민지 현실에 대한 저항의 행적을 뚜렷하게 보여주고 있다. 이를 요약적으로 검토하면, 첫째, 그는 이미 고등학교 재학 시절 고향 강진에서 3·1독립 만세운동을 주도하여 대구형무소에서 6개월간의 옥고를 치른다. 형무소에서 나온 그는 이후 독립투사의 길을 걷기 위해 중국 상해로 건너가려는 계획을 세우기도 한다.[12] 둘째, 그는 1920년 동경 청산학원 유학 시절 무정부주의이자 혁명가로 유명한 박열과 같이 하숙 생활을 한다. 이때의 경험은 그에게 민족의식과 저항 정신을 체계적으로 내면화하는 중요한 계기가 되었을 것이다.[13] 그는 실제로 강진에 거주하면서 신흥사회주의적 문화운동을 펴기도 하였다. 셋째, 해방이 될 때까지 신사참배, 창씨개명 등을 거부하였다. 그는 자녀들이 학교에서 창씨개명을 안한 탓에 선생님들로부터 괴로움을 당했지만 "응, 다음에 창씨 한다고 그래라."[14]라는 말만 반복할 뿐 끝까지 거부하였다. 넷째, 그는 "단 한 편의 친일문장도 남기지 않은 영광된 작가"[15]군에 속한다.

이러한 구체적인 사례에서 보듯, 그는 일제에 대한 민족적 저항의식이 투철했으며 이를 일상생활 속에서 일관되게 견지하고 있었음을 알 수 있다. 물론, 그가 한용운이나 이육사처럼 직접 독립운동을 전면에서 선도하지는 않았지만 그러나 일본 유학까지 다녀왔으나 고향으로 낙향하여 오랜 은둔생활을 한 것은 일제 치하에서 현실과 타협하지 않고 자신의 절조를 지키기 위한 선택으로 평가된다. 그리하여 그는 "우리 지난날의 시인들 가운데서 영랑처럼 숨을 때 고스란히 잘 숨고, 나타나 춤출 만할 때를 잘 가려 춤추고

12 南亭媛, 「새 資料를 통해 본 金永朗의 生涯」, 『문학사상』, 1974. 9 참조.

13 영랑은 문학의 꿈나라를 몽상하기도 했지만 그가 같은 하숙에서 친하게 지내는 한 혁명 청년이 있었으니 그가 바로 유명한 박열이었다. 미래의 시인 영랑과 미래의 혁명가 박열은 3·1운동을 앞둔 일제의 무단 정치 하에서 억누를 수 없는 민족의 의분을 느껴왔던 것이다. 이헌구, 『영랑시집』, 박영사, 1959, 5~6쪽.

14 김현철, 「나의 아버지 영랑 김윤식」, 『시와시학』 2007년 봄호, 105쪽.

15 임종국, 『친일문학론』, 1966, 467쪽.

간 사람을 육안으론 더 보지 못하였다."[16]는 평가를 들을 수 있었던 것이다.

다음 시편에서는 이러한 정황을 실감 있게 읽을 수 있다.

검은벽에 기대선채로
해가 스무번 박귀였는듸
내 麒麟은 영영 울지를못한다

그 가슴을 통 흔들고간 老人의손
지금 어느 끝없는饗宴에 높이앉었으려니
땅우의 외론 기린이야 하마 이져졌을나

박같은 거친들 이리떼만 몰려다니고
사람인양 꾸민 잣나비떼들 쏘다다니여
내 기린은 맘둘곳 몸둘곳 없어지다

문 아조 굳이닫고 벽에기대선채
해가 또한번 박귀거늘
이밤도 내 기린은 맘놓고 울들 못한다

—「거문고」 전문(1939. 1)

시적 화자의 참담한 고통과 비애를 "거문고"를 통해 표현하고 있다. "해가 수무번" 바뀌었으나 거문고는 제 소리를 내지 못하고 오직 "검은 벽에 기대선채로" 인고의 세월을 보내고 있을 뿐이다. 언젠가 "麒麟"(거문고)의 "그 가슴을 통 흔들고간 老人의손"이 있었지만, 이미 오랜 세월이 흘러 그 노인마저 "麒麟"을 잊었을 것이다. "麒麟"은 하염없이 외롭고 고적한 세월을 견

16 서정주, 『서정주문학전집 5』, 일지사, 1972, 311쪽.

디고 있다. 그러나 "麒麟"의 바깥세계와 단절된 유폐된 생활은 지속될 수밖에 없다. "박같은 거친들 이리떼만 몰려다니고/ 사람인 양 꾸민 잣나비떼들 쏘다다니여/ 내 기린은 맘둘곳 몸둘곳 없"기 때문이다. 여기에서 "이리떼"와 "잣나비떼"란 현실 세계를 가리키는 것으로서 험열한 일제치하를 표상한다. "해가 또한번 박긔거늘" "이리떼"와 "잣나비떼"가 점령하고 있는 현실은 변화될 가능성이 없다. 그래서 "이밤도 내 기린은 맘놓고 울들 못한다." 부정적인 현실뿐만이 아니라 그 변화의 가능성마저 없는 절망적 상황이 시적 정조를 에워싸고 있다.

이와 같은 전망 부재의 절망적 상황은 다음과 같은 시편에서 구체적으로 확인할 수 있다.

큰칼 쓰고 獄에 든 春香이는
제마음이 그리도 독했든가 놀래었다
성문이 부서지고 이 악물고
사또를 노려보는 교만한 눈
그는 옛날 成學士 朴彭年이
불지짐에도 태연하였음을 알았었니라
오! 一片丹心

…(중략)…

믿고 바라고 눈아프게 보고싶든 도련님이
죽기前에 와주셨다 春香이는 살었구나
쑥대머리 귀신얼굴된 춘향이 보고
李도령은 殘忍스레 웃었다 저 때문의 情節이 자랑스러워
「우리 집이 팍 亡해서 上거지가 되었노라」
틀림없는 도련님 春香은 원망도 안했니라

오! 一片丹心

모진 春香이 그 밤 새벽에 또 까무러쳐선
영 다시 때어나진 못했었다 두견은 우렀건만
도련님 다시 뵈어 恨을 풀었으나 살아날 가망은 아조 끊기고
왼몸 푸른 脈도 홱 풀려 버렸을법
出道 끝에 어사는 春香의 몸을 거두며 울다
「내 卞苛 보다 殘忍無智하여 춘향을 죽였구나」
오! 一片丹心

—「春香」 부분(1940. 9)

판소리 춘향전의 시적 전유이다. 춘향은 변사또의 강요에 대해 "成學士 朴彭年"과 같은 기개로 "사또를 노려"본다. 가슴에 "毒을 차고 선선히 가"(「毒을 차고」)는 비장한 모습의 한 전형이다. 물론, 그의 이와 같은 목숨을 건 정절의 동력은 이도령을 향한 "一片丹心"이다. 여기까지는 춘향전의 서사와 동일하다. 그러나 가장 극적인 마무리 부분이 춘향전과 상치된다. 춘향전은 춘향이 겪은 온갖 고초를 상쇄할 만큼의 행복한 결말이 기다리고 있지만 여기에서는 그렇지 못하다. "「우리 집이 팍 亡해서 上거지가 되었노라」"고 말하는 이도령을 만난 이후 춘향은 변사또의 지배력으로부터 벗어날 수 없음을 알게 되면서 그만 죽어버리게 된다. "도련님 다시 뵈어 恨을 풀었으나 살아날 가망은 아조 끊기"었음을 알게 되자 "왼몸 푸른 脈도 홱 풀려 버"린 것이다. "出道 끝에 어사는 春香의 몸을 거두며 울"지만 그러나 춘향이 다시 살아날 수는 없다.

이 시편은 결말을 춘향의 죽음으로 몰고 감으로써 온갖 고초에 대한 어떤 대가도 부여하지 않는다. 이와 같이 모든 독자들이 알고 있는 춘향전의 서사를 상반되게 변용시켜 노래하는 것은 그의 철저히 비관적인 현실 인식을 암유적으로 드러내는 것이다. 어떤 전망도 기대할 수 없는 절망적 상황

이 그의 현실인식인 것이다. 그래서 그는 문득 죽음 충동을 느끼는 허무 속으로 빠져들기도 한다.

본시 평탄했을 마음 아니로다
구지 톱질하여 산산 찢어놓았다

풍경이 눈을 흘리지 못하고
사랑이 생각을 흐리지 못한다

지처 원망도 않고 산다

대채 내노래는 어듸로 갔느냐
가장 거륵한것 이눈물만

아쉰 마음 끝네 못빼앗고
주린 마음 끄득 못배불리고

어피차 몸도 피로워졌다
바삐 棺에 못을 다져라

아모려나 한줌 흙이 되는구나

—「한줌 흙」 전문

1940년 『조광』에 발표된 이 시편은 김영랑의 시적 삶의 현황을 진술하게 드러내고 있다. 극악한 현실이 "본시 평탄했을 마음"도 아니었음에도 불구하고 "구지 톱질하여 산산 찢어놓"았다. 그리하여 "내 노래는 어"디론가 가버린 것이다. "아쉰 마음 끝네 못빼앗고/ 주린 마음 끄득 못배불"린 채, 내 마음의 "노래는" 마감되었다. 이제 그의 맑고 투명한 마음의 시 세계는 파탄에 이르렀다는 것이다. 이것은 곧 자연발생적인 순수시를 표방한 『시문학』을 대표하는 인물로서의 초기 시 세계와 단절을 가리킨다. 순연한 "내 마음"의 평정을 잃었을 때 그는 일제치하와 해방기를 통과한 대부분의 이 땅의 시인들처럼 파행적인 역사 현실 속에 조급하게 휘둘리게 된다. 이제 그는 일제 말기의 탄압을 어떻게 헤쳐나갈 것인가. 이에 대한 그의 응답은 매우 비관적이다. "어피차 몸도 피로워졌다/ 바삐 棺에 못을 다져라// 아모려나 한줌 흙이 되는구나"라고 전언한다. 그는 스스로 도저한 피로와 절망과 허무 속에 빠져들고 있는 것이다.

4. 도저한 허무와 죽음 충동

김영랑은 1930년대 후반 전망 부재의 극악한 식민지 체제에서 "촉기"의 미의식에 입각한 마음의 노래마저 잃고 즉자적인 절망과 허무에 시름 하였으나 해방정국을 맞이하게 된다. 해방은 그에게 4년여의 시적 공백을 딛고 다시 창작 활동을 펼치게 한다. 1945년부터 그가 죽음을 맞이하는 1950년까지에 이르는 그의 후기 시 세계가 여기에 해당한다. 해방은 그에게도 이 땅의 모든 백성들처럼 자유와 기쁨과 희망으로 다가온다.

바다 하늘 모두다 가졋노라
옳다 그리하야 가슴이 뻐근치야
우리 모두 다 가잣구나 큰바다로 가잣구나
우리는 바다없이 살었지야 숨막히고 살었지야
그리하여 쪼여들고 울고불고 하엿지야
바다없는 항구 속에 사로잡힌몸은
살이 터저나고 뼈 튀겨나고 넋이 흐터지고

하마터면 아주 꺼꾸러져 버릴 것을
오-바다가 터지도다 큰바다가 터지도다

…(중략)…

우리 큰배타고 떠나가잣구나
滄浪을 헤치고 颱風을 거더차고
하늘과 맛이흔 저水平線 뚜르리라

―「바다로 가자」 부분(1947. 8. 7)

시적 화자에게 해방은 "큰하늘과 넓은 바다"의 주인됨으로 표현된다. 그동안 우리는 하늘과 바다를 갖지 못한 삶을 살았던 것이다. "그리하여 쪼여들고 울고불고" "살이 터저나고 뼈 튀겨나고 넋이 흐터지"는 삶을 영위할 수밖에 없었다. 이제 바다가 열리면서 희망의 세상이 다가왔다. 그래서 화자는 "滄浪을 헤치고 颱風을 거더차고/ 하늘과 맛이흔 저水平線 뚜르리라"고 외친다. 상실과 절망과 허무가 사라지고 기대와 희망과 의지가 전면에 떠오르고 있다. 그러나 그의 희망찬 결의는 이내 더욱 깊은 절망으로 치환되고 만다. 우리 역사에서 해방은 '배반된 희망'으로 귀결되기 때문이다.

한편, 해방을 맞이한 이듬해 김영랑은 중앙과는 거리가 먼 고향 전남 강진의 삶을 정리하고 서울로 이사를 한다. 일제치하 속에서 낙향하여 은둔함으로써 "끝까지 지조를 지키며 단 한 편의 친일문장도 남기지 않은 영광된 작가"[17]로서의 삶을 지켜내었던 그가 해방과 더불어 중앙으로 진출한 것이다. 그는 해방 이후 현실 정치에도 깊이 관여하여 대한독립촉성국민회 활동, 1948년 초대 민의원(제헌국회)선거 출마 등의 활동을 펼치기도 한다. 이와 같은 현실 정치의 경도는 그의 시적 삶의 미적 거리를 휘발시키면서

17 임종국, 『친일문학론』

직접적이고 즉자적인 정론적 시 세계로 더욱 치닫게 한다. 특히 '배반된 희망'의 해방 정국은 그의 시적 삶을 일제 치하 때보다 더 깊은 허무, 절망, 죽음 충동으로 몰고 간다.

다음 시편은 해방 직후 벌어진 대결과 죽임의 혼란상에 대한 비탄을 직정적으로 노래하고 있다.

오……亡해 가는 祖國이모습
눈이 참아 감겨젓슬까요
보아요 저흘러내리는 싸늘한 피의줄기를
피를 흠벅마신 그해가 일곱번 다시뜨도록
비린내는 죽엄의거리를 휩쓸고 숨다젓나니
處刑이 잠시 쉬논그새벽마다
피를 싯는물車 눈물을퍼부어도 퍼부어도
보아요 저흘러내리는生血의 싸늘한 피줄기를

—「새벽의 處刑場」 부분(1948. 11. 14)

죽어도죽어도 이렇게 죽는 수도 있나이까
산채로 살을 깍기여 죽었나이다
산채로 눈을 뽑혀 죽었나이다
칼로가 아니라 탄환으로 쏘아서 사지를 갈갈히 끈어 불태웠나이다
홋한 겨레이 피에도 이렇안 不純한 피가 석겨있음을 이제 참으로 알었나이다

…(중략)…

아우가 형을 죽였는 데 이럿소이다
조카가 아재를 죽였는 데 이랬소이다

무슨 뼈에사모친원수였기에
무슨 政治의 탈을썼기에
이래도 이 民族에 희망을 붓처 볼 수 있사오리까
생각은 끈기고 눈물만 흐릅니다

-「絕望」 부분(1948. 11. 16)

잔혹한 피의 현장이 묘사되고 있다. 좌우 이념의 대립이 극심해지면서 "눈이 참아 감겨"지지 않는 주검들이 난무하고 있다. 시적 화자의 놀랍고 두렵고 안타까운 심정이 직서적으로 분출되고 있다. 특히 두 번째 시편의 "-있나이까" "-나이다" 등의 서술형 어미의 반복은 "생각은 끈기고 눈물만" 흐르는 상황을 드러낸다. 여기에는 시적 거리와 역사의식이 개입할 여지가 없다. 오직 참혹한 상황에 대한 즉자적 묘사가 있을 뿐이다. 동족 간의 학살과 그 피비린내가 진동하는 해방 직후의 풍경 앞에서 시적 화자는 "이 民族에 희망을 붓처 볼 수" 없다는 절망만을 느낀다. "생각은 끈기고 눈물만 흐"를 뿐이다. 순연한 마음의 노래가 시적 원형을 이루는 김영랑의 시 세계는 해방 직후의 충격적 상황 속에서 완전히 방향 감각과 판단 능력을 상실하게 된 것이다. 해방 직후 서울로 이사하면서 정국의 소용돌이에 직접 노출되자 그의 특유의 순정하고 유려한 시적 삶은 완전히 파국에 직면하게 된다. 그의 후기 시편들이 대체로 길고 서술적인 산문지향성을 보이는 배경이 여기에 있다.

한편, 다음 시편은 해방 직후 상황에 대한 김영랑의 역사의식을 어느 정도 엿볼 수 있어서 주목된다. 해방 이후 4년이 지난 세월에 대한 성찰이 그려지고 있다.

煉獄의半世紀 짓밟히어 지늘끼고도
다시 선뜻 불같이 일어서는 우리는 大韓의 흣한겨레
쇠사슬 즈르릉 풀리던 그날
어디하나 異端있어 行列을 빠져나더뇨

三千萬은 낮낮이 가슴맺힌 獨立을 외쳤을뿐

…(중략)…

벌써 倭놈과의싸움도 지난듯 싶은데
四年동안은 누구들 때문에 흘린 피드냐
萬民共和의 世界憲章 발맞추는 大韓民國
민주헌법이 글으드냐 土地改革을 안한다드냐
도시 大西洋憲章이 未洽트란말이지
四十八對六인데 六이 더 옳단말이지
鐵의 帳幕은 숨막혀도 獨裁하니 좋았고
民主開放이 明朗하여도 人權平等이 싫드란말이지

…(중략)…

四十年 동안의 불다름에도 얼은 남은 겨레로다
四年쯤의 싸움이사 우리는 百年도 불가살이
이젠 벌써 是非를 따질 때가 아니로다

—「감격 八. 一五」 부분(1949. 8. 15)

1949년 《서울신문》에 발표한 8·15 기념시이다. 일제식민지 현실에서 "三千萬은 낮낮이 가슴 맺힌 獨立을 외쳤을 뿐"이었으나 정작 독립 이후에는 극심한 분열과 대립이 연속되고 있다. 그토록 바라던 해방이 또 다른 참상을 몰고 온 것이다. 이에 대해 김영랑은 해방 이후 4년 동안 흘린 피에 대한 원망을 "萬民共和의 世界憲章 발맞추는 大韓民國/ 민주헌법"을 "글으"다고 생각하는 세력, "도시 大西洋憲章이 未洽"하다고 주장하는 세력, "四十八對六인데 六이 더 옳"다는 세력, "鐵의 帳幕은 숨막혀도 獨裁하니 좋았"다는 세력, "民主開放이 明朗하여도 人權平等이 싫"다는 세력을 향하고 있다. 그는 해방직후 대한민국의 정통성과 자본주의적 질서에 반대하는 좌익세력의 준동을 집중적으로 비판하고 있는 것이다. 그러나 그의 주장은 이러한 비판을 넘어 "이젠 벌써 是非를 따질 때가 아니"라는 데 모아진다. 어떤 이념이나 주의로도 동족간의 살육은 있을 수 없다는 것이다.

그러나 해방 직후 상황은 더욱 깊은 갈등과 분쟁을 확산시키면서 분단체제의 고착화와 동족상잔의 전쟁을 예고한다. 이와 같은 참담한 정국 앞에서 그에게 다가오는 것은 죽음 충동이다.

> 걷든걸음 멈추고서서도 얼컥 생각키는것 죽엄이로다
> 그죽엄이사 서룬살적에 벌서 다 이저버리고 사라왔는듸
> 왠노릇인지 요즘 작고 그죽엄 바로닥어온듯만 싶어져
> 항용 주춤서서 행길을 호기로히 달리는 行喪을 보랐고있느니
>
> 내 가버린뒤도 세월이야 그대로 흐르고 흘러가면 그뿐이오라
> 나를 안어길으든 山川도 萬年한양 그모습 아름다워라
> 영영 가버린 날과 이세상 아모 가곌것 없으매
> 다시 찾고 부를인들 있으랴 億萬永劫이 아득할뿐
>
> —「忘却」 부분(1949. 10)

김영랑은 반복되는 절망의 상황 앞에서 죽음 충동과 허무주의에 함몰되고 있다. 그래서 그는 "걷든걸음 멈추고서서도 얼컥 생각키는" 죽음의 유혹에 시달린다. 이러한 죽음 충동은 이내 자기연민과 도저한 허무의식으로 연결된다. "내 가버린뒤도 세월이야 그대로 흐르고 흘러가면 그뿐이" 아닌가. 자신의 삶이 하염없이 허무하게 느껴진다. 이토록 걷잡을 수 없는 허무의식으로부터 벗어나는 방법은 무엇일까? 그것은 다시 죽음이다. 그는 "이 虛無에선 떠나야 될것을// 살이 삭삭/ 여미고 썰릴지라도/ 마음 평안히/ 가

기 위하야// 아! 이것/ 평생을 딱는 좁은 길."(「어느날 어느때고」, 『民聲』 6권 3호, 1950. 3)이라고 전언한다. 마치 그는 스스로 자신의 죽음을 예감하고 준비하는 것처럼 보인다.

해방 정국의 혼란은 기어코 한국전쟁으로 이어진다. 그리고 전쟁의 공방전은 민간인이었던 그의 목숨마저 앗아간다. 1950년 9월 28일 그는 세상을 영영 떠나고 만다. 이로써 그의 시 세계에서 시적 완성도가 가장 빛났던 순연한 마음의 노래가 다시 회복될 가능성은 완전히 차단되고 만다. 그래서 김영랑이 남긴 다음 시편은 그의 시적 삶의 안타까움이면서 동시에 독자들의 안타까움이기도 하다.

> 오…… 모도다 못도라오는
> 먼－지난날의 놓인마음
>
> －「놓인 마음」 부분(1948. 10)

5. 맺음말

앞에서 살펴보았듯이 김영랑의 초 · 중 · 후기의 시 세계는 큰 편차를 보여준다. 1930년에서 1935년에 이르는 초기 시편은 그의 시 세계에서 가장 많이 등장하는 "마음"의 감각과 미의식이 주조를 이룬다. 그의 시 세계에서 "마음"은 지성적인 사고 이전의 전일적인 미분성의 대상으로서 순수 자아의 근원 심상에 해당한다. 따라서 그의 마음의 노래에는 시대정신의 날카로운 문제의식이 아니라 부드럽고 유려하고 순화된 미감이 표나게 드러난다. 그에게 역사적 현실의 고통은 마음의 노래의 비애와 슬픔의 정조로 내면화되어 추상적으로 투영되고 있는 것이다. 판소리의 전통적 미학에 해당하는 '엇' 혹은 '촉기'의 미의식이 그의 초기 시편의 창작 원리로 작용하는 것이다. 이것은 이를테면 박용철이 김영랑의 시 세계에 대해 지적했던 바처럼, "세계의 政治經濟를 變革하려는 類의 野心"이 아니라 그 이전의 근원적인 "우리의 신경을 변혁시키려는 야심이 있는 것이다."[18]

그러나 1939년부터 1940년, 그리고 해방 이후에 해당하는 중 · 후기에 이르면 시대정신에 대한 날카로운 문제의식이 전면에 부각되고 순연한 "마음"의 미의식과 감각은 휘발되고 만다. 일제 말의 가혹한 탄압과 해방 이후의 혼란상이 그의 순수 자아의 "마음"의 노래를 파탄시킨 형국이다. 그러나 이것이 곧 그의 시적 삶에서 사회성과 역사의식을 풍요롭게 획득하는 계기로 작용한 것은 아니다. 다시 말해, 그의 시 세계는 시대적 현실에 대한 미적 수용과 형상화를 이루어내지 못한 채 산문지향적인 직서적 서술과 비탄에 그치는 양상을 드러낸다. 특히 후기 시편에 오면 해방 정국의 극심한 혼란이라는 '배반된 희망' 속에서 감당할 수 없는 충격과 절망으로 인해 죽음 충동에 시달리는 면모를 보여준다. 그의 시적 삶은 현실 부정의 정신을 스스로 날카롭게 다듬으면서 특유의 정서적 감성과 '시대적 리듬'을 획득할 수 있는 새로운 신생의 길을 열어가야 하는 국면에 이른 것이다. 그러나 1950년 한국전쟁의 소용돌이는 김영랑의 목숨을 앗아가고 만다. 이로써 그의 시적 삶의 새로운 가능성도 완전히 잃어버리게 된다. 이것은 김영랑의 시적 삶의 비극이면서 동시에 한국 시사의 큰 손실이다.

18 박용철, 「丙子詩壇의 一年成果」, 『朴龍喆全集』 2권, 詩文學刊, 1940.

전통 지향성의 시적 추구와 대동아공영권

–서정주의 친일시의 논리

1. 서정주의 시 세계와 친일의 내재적 논리

서정주는 “우리 시의 정부”, “부족 방언의 마술사” 등의 상찬의 수사에서 드러나듯 분명 우리 시사의 정점에 거주하는 성채이다. 그러나 이러한 성채에 불행하게도 치명적인 아킬레스건이 존재한다. 1942년부터 2년여에 걸쳐 창작한 10여 편의 작품들, 「시의 이야기–국민 시가에 대하여」(『매일신보』, 1942 평론), 「징병 적령기의 아들을 둔 조선의 어머니에게」(『춘추』, 1943, 수필), 「인보隣保의 정신」(『매일신보』, 1943, 수필),「스무 살 된 벗에게」(『조광』, 1943, 수필), 「항공일에」(『국민문학』, 일본어시, 1943), 「최체부의 군속 지망」(『조광』, 1943, 소설), 「헌시獻詩」(『매일신보』, 1943, 시), 「보도행」(『조광』, 1943, 수필), 「무제」(『국민문학』, 1943, 시), 「오장 마쓰이 송가」(『매일신보』, 1944, 시) 등이 바로 그것이다.

그의 70여 년에 걸친 15권의 시집과 1천여 편에 이르는 창작적 성과에 비교할 때 10여 편의 친일 작품은 양적으로나 질적으로 분명 미미해 보인다. 그러나 절대 용맹을 자랑하던 그리스의 명장 아킬레우스도 발뒤꿈치의 작은 약점으로 인해 그만 무기력해지고 말았던 것처럼 서정주에게도 이들 친일 문학은 비록 적은 부분이라 할지라도 그의 문학 전반의 공과에 치명적인 위협 요소로 작용하고 있다.

그래서 문단 일각에서는 서정주에 대해 시인과 텍스트를 이원적으로 나누어서 '시는 훌륭하지만 친일은 잘못되었다'는 식의 모순어법을 통한 봉합을 시도해 온 것이 사실이다. 여기에는 기본적으로 "그때 그의 글을 읽고 군인을 지원한 사람은 아무도 없었을 것"[1]이라는 인식을 전제로 그의 시적 성과를 최대한 훼손하지 않기 위한 잠재적 의도가 투영되어 있는 것으로 보인다. 그러나 이러한 임기응변 수준의 봉합은 서정주 자신이 일제 강점하에서 "국민총동원연맹의 강제 명령에 따라 어쩔 수 없이 쓴 것들이니 이 점은 또 이만큼 이해해주셨으면 고맙겠다."[2]라는 수준의 회피성 변명만큼이나 그의 친일 문학의 실체와 그 안팎의 배경을 제대로 이해하는 데에 도움을 주지 못한다. 비록, 친일 시편이라 할지라도 그가 창작한 것인 한 외양적인 시대적 상황논리와 더불어 내재적 창작 논리를 함께 고려하여 파악해야 할 것이다. 이때, 친일시의 실체뿐만 아니라 그의 시 세계 전반의 특징적인 창작 방법론에 대한 온전한 이해도 가능할 것이다.

이 글은 이러한 문제의식에 입각하여 서정주가 1940년대에 일본의 파시즘적인 식민지 지배 전략으로 내세운 대동아공영권에 귀속된 배경을 시대적 상황논리와 더불어 그의 시적 삶의 내재적 연속성 속에서 파악하고자 한다. 특히 여기에서는 그의 시 세계의 출발점을 이루는 자신의 삶의 거점에 대한 절대부정이 절대긍정의 계기성으로 작용한 배경에 대해 김범부의 화랑정신에 입각한 '동방르네상스'의 영향권 속에서 규명하고자 한다. 이점은 그의 시적 지향성의 특성을 좀 더 구체적이고 내밀하게 이해하는 데 도움을 줄 것이다.

---

1 유종호, 「안개 속의 글-친일 문학에 대한 소견」, 『문학과 사회』 2005년 겨울호.
2 서정주, 「나의 문학인생 7장」, 『80소년 떠돌이의 시』, 시와시학사, 2001, 103쪽.

2. 절대 부정 혹은 절대 긍정의 계기성

주지하듯 서정주는 1936년《동아일보》신춘문예에 「벽」이 당선되면서 본격적인 시작 활동을 시작한다. 일반적으로 등단 작품은 앞으로 전개해나갈 자신의 시적 지향성에 대한 출사표로서의 성격을 지닌다. 그러나 그의 등단작은 뜻밖에도 막다른 "벽"에 부딪쳐 "벙어리처럼" "靜止"해 있는 형상을 보여주고 있다. 그의 앞을 가로 막고 있는 "壁"을 파괴시키지 않고서는 시적 삶의 전개는 불가능한 형국이다.

덧없이 바래보든 壁 에 지치어
불과 시계를 나란이 죽이고

어제도 내일도 오늘도 아닌
여긔도 저귀도 거긔도 아닌

꺼져드는 어둠 속 반딧불처럼 까물거려
靜止한 「나」의
「나」의 서름은 벙어리처럼 –

이제 진달래꽃 벼랑 햇볓에 붉게 타오르는 봄날이 오면
壁 차고 나가 목메어 울리라! 벙어리처럼,
오 – 壁아.

–「壁」 전문

"어제도 내일도 오늘도" 벽이며 "여긔도 저귀도 거긔도" 벽으로 작용하고 있다. 주변 일상의 전통, 풍속, 관행, 세태가 모두 시적 화자를 가두는 벽으로 작용하고 있다. 시적 화자는 "덧없이 바래보는 壁"에 지치어 박제처럼

"靜止"되어버리고 있다. "시계"마저 "죽"은 닫힌 공간에서 화자는 "벙어리"가 되고 만다. 이때 그가 할 수 있는 말이란 "壁 차고 나가 목메어 울리라!"라는 절규뿐이다. 이처럼 벽에 갇힌 수인의 절규가 서정주 시의 출발점인 것이다. 그에게 벽으로부터의 탈출은 시적 삶의 생존을 위한 염원처럼 보인다. 자신과 자신을 둘러싼 모든 대상으로부터 벗어나기, 이것이 그의 시적 삶의 절박한 과제이다.

따라서 그가 다음과 같이 절대적인 자기 부정, 반항, 탈주의 욕망을 뜨겁게 분출하는 것은 어쩔 수 없는 필연이 된다.

> 네 구멍 뚫린 피리를 불고—청년아.
> 애비를 잊어버려
> 에미를 잊어버려
> 형제와 친척과 동모를 잊어버려,
> 마지막 네 게집을 잊어버려,
>
> 아라스카로 가라 아니 아라비아로 가라
> 아니 아메리카로 가라 아니 아프리카로
> 가라 아니 沈沒하라. 沈沒하라. 沈沒하라!
>
> —「바다」 부분

"어제도 내일도 오늘도 아닌/ 여긔도 저긔도 거긔도 아닌" 곳을 향한 시적 화자의 자기 부정과 탈출의 욕망이 구체적으로 실현되고 있다. "벽"으로부터 해방되는 방법은 무엇인가? 그것은 일단 모든 주변의 관계와 질서로부터 벗어나는 데서부터 출발한다. 그래서 우선 "애비/에미/형제/친척/동모/계집"과 완전한 단절의 선행이 요구된다. 그렇다면, 자기 부정 이후의 새로운 지향점은 무엇인가? 이에 대해 시적 화자는 "아라스카/아라비아/아메리카/아프리카"를 제시하기도 하고 "沈沒하라"라고 소리치기도 한다. 설령 “침몰”하게 될지라도 ‘지금, 여기’로부터 탈출해야 한다는 당위를 거역할 수는 없다. 그래서 시적 정황은 온통 반항적 열정만이 “웅얼거리는 바다”처럼 들끓고 있다. 이와 같은 무조건적인 부정은 생산적 대안을 마련하기보다는 자학적 원시주의와 퇴폐적 충동으로 치닫게 된다.

과연 그의 첫 시집 『화사』는 이마 위에 “멫방울의 피가” 마를 날이 없이 “병든 수캐 마냥 헐떡이며”(「자화상」) 질주하는, 저주, 관능, 죄악, 욕정의 이미지들로 들끓는다. 그러나 그의 보들레르적 원죄의식이 표나게 드러나는 『화사』집의 시적 양상은 어느덧 말미에 이르러 다음과 같은 시적 정조와 주제의식이 전혀 다른 층위의 시편을 보여준다. 자신을 둘러싸고 있는 모든 관계, 관습, 관행의 “벽”으로부터 탈출을 감행하던 그가 도달한 곳은 역설적으로 자신과 가장 가까운 세계의 중심이다. 그는 어느새 자신의 삶의 원형질을 이루는 토속적인 전통 지향성으로 나아가고 있었던 것이다. 탈향의 역동성이 귀향의 의지로 귀결되는 형국이다.

등잔불 벌써 키어 지는데……
오랫동안 나는 잘못 사렀구나.
샤알 · 보오드레－르처럼 설ㅅ고 괴로운 서울女子를
아조 아조 인제는 잊어버려.

仙旺山그늘 水帶洞 十四번지
長水江 뻘밭에 소금 구어먹든
曾祖하라버짓적 흙으로 지은집
오매는 남보단 조개를 잘줍고
아버지는 등짐 서룬말 젔느니

여긔는 바로 十年전 옛날
초록 저고리 입었든 금女, 꽃각시 비녀하야 웃든 三月의

금女, 나와 둘이 있든곳.

머잖아 봄은 다시 오리니
금女동생을 나는 얻으리
눈섭이 검은 금女 동생
얻어선 새로 水帶洞 살리

—「수대동시」 부분

시적 화자는 "샤알 · 보오드레-르처럼 설ㅅ고 괴로운 서울女子를/ 아조 아조 인제는 잊어버려."라고 직설적으로 전언하고 있다. 이것은 두 가지의 내용을 동시에 내포하는 바, 하나는 보드레르적 성향을 청산하겠다는 것이고 다른 하나는 "설ㅅ고 괴로운 서울女子"에 대한 집착을 버리겠다는 결의이다. 그는 이제 "오매는 남보단 조개를 잘줍고/ 아버지는 등짐 서룬말젔"던 재래적인 "수대동"에서 살고자 한다. 보들레르로 표상되는 서구적 편향성이 토속적인 "수대동"의 정서로 대체되고 "설ㅅ고 괴로운 서울女子"가 "금女"로 대체되고 있는 국면이다. 시적 화자는 자신의 삶의 근원과 정체성을 찾아 그곳에서 가장 본래적인 자신의 삶을 영위하겠다는 것이다.[3] 『화사』의 주조음을 이루던 원시적 분노, 자학, 반항, 충동의 원색적인 부정의 색채와 격정이 진정되면서 시적 분위기의 안정감이 이루어지고 있다.

한편, 시집『화사』를 가득 메우고 있던 원죄 의식과 본능적 충동의 모순과 불협화음의 병적 감성을 표상하는 보들레르와의 연속선상에서 "설ㅅ고 괴로운 서울女子"가 등장한 배경은 무엇인가? 그것은 서정주의 구체적인 열애 사건과 직접 연관된다. 이에 대해 서정주는 훗날 "그 여자는 문학 소녀였

3 그의 고향 마을인 질마재에서 서구 근대와는 무관하게 하늘이 내린 운명 속에서 살아가고 있는 사람들의 이야기를 바탕으로 하는 질마재의 신화에 대한 관심 또한 이미 이 무렵부터 시작된다. 「질마재 근동야화」, 『매일신보』, 1942. 5. 13.~21 참조.

고 일본 유학의 대학생이었고 또 전라도의 한 고향 사람이었는데, 이런 여러 가지 점을 떠나서 나와 다른 것은 언제나 선택한 여성 앞에 내가 못난이였던 데 비해 이 여자는 모든 남자 앞에 두루 잘날 수 있는 사람이었던 일인 것 같다."[4]고 고백한 바 있다. 다시 말해, 서정주가 21살에 만난 열애의 대상은 근대적 교양주의가 낳은 세련된 문화 예술인의 한 전형이었다. "애비는 종이었다."(「자화상」)고 진술하고 있는 전근대의 향토적인 인물에게 그녀의 모습은 완전히 다른 층위의 우월한 존재로 느껴졌던 것이다. 서정주의 초기 시편의 반항적 열정은 보들레르에 대한 경사와 더불어 근대적 여성에 대한 사랑의 열병이 엇섞이면서 증폭되고 있었던 것으로 보인다.

한편, 여기에서 우리는 「바다」와 「수대동시」 사이의 엄청난 정서적 거리를 넘어선 절대부정의 내적 계기 이외에 이를 충격하는 외적 작용은 없었을까? 하고 묻게 된다. 내재적 자기 전개 역시 외적 계기의 충격 없이는 원만하게 이루어지기 어렵기 때문이다. 이러한 문제의식 앞에서 다음과 같은 시편을 만나게 된다.

머리를 상고로 깍고 나니
어느 詩人과도 낯이 다르다.
짱짱한 니빨로 우서보니 하늘이 좋다.
손톱이 龜甲처럼 투터워가는 것이 기쁘구나.

솟작새 같은 계집의 이얘기는, 벗아
인제 죽거든 저승에서나 하자.
모가지가 가느다란 李太白이처럼
우리는 어째서 兩班이어야 했드냐.

4 서정주, 「천지유정」, 『서정주문학전집 3』, 일지사, 1972, 180쪽.

포올 · 베르레－느의 달밤이라도
福童 이와 가치 나는 새끼를 꼰다.
巴燭 의 우름소리가 그래도 들리거든
부끄러운 귀를 깍아버리마

—「葉書－동리에게」 전문

「수대동시」를 창작한 과정을 "동리에게"(김동리) 마치 승인받고 있는 양상을 보여준다. "솟작새 같은 계집의 이얘기"란 말할 것도 없이 「수대동시」에서의 "샤알 · 보오드레－르처럼 설ㅅ고 괴로운 서울女子를" 가리킨다. "서울女子"와는 완전히 절연하겠으며 "포올 · 베르레－느"가 떠올라도 이와는 무관하게 "福童이와 가치 나는 새끼를" 꼬겠다는 것이다. 그는 김동리를 향해 발레리나 보들레르와 함께 "솟작새 같은 계집"과 완전히 절연하고 자신의 삶의 원상으로 회귀하겠다고 다짐하듯 진술하고 있는 것이다. 그렇다면 도대체 김동리는 서정주에게 어떤 존재였던가?

나는 꼬박 사흘인가를 걸려서 그 소위 러브레터라는 것을 모두 다섯 줄인가를 써서 보냈다. 동리가 그 편지를 갖다 주었다. 그러나 아무런 회답도 주진 않았고 한 번 픽 웃드라는 것이었다. 픽! 그렇게. 동리는 나더러 되도록이면 빨리 단념하기를 권고하였다. 아무리 권고해도 소용이 없는 것을 알자, 나종에는 내 손목을 잡고 〈네가 그렇게 헐값이거든 어서 죽으라〉는 것이었다. 그 말은 나를 울렸다.

—「속 나의 방랑기」[5]

서정주의 뜨거운 열병에 대해 김동리는 〈어서 죽으라〉고 충고하고 있다. 서정주가 「화랑의 후예」로 문단에 나온 김동리를 만나게 된 것은 당시 동양

---

5 『인문평론』, 1940, 3~4 70쪽.

철학자로서 널리 알려진 동리의 큰형 김범부의 소개를 통해서였다. 김범부는 서정주와 김동리를 친구로 맺어준 인물이면서 동시에 이 둘의 정신적 지주의 역할을 담당한다.

김동리는 스스로 "본디 나의 느끼고 생각하는 힘은 天賦의 것이라 하겠지만, 그 방법과 자세를 가리켜 준 이는 내 伯氏다."[6]라고 진술하는 데서 보듯이 그의 문학적 삶은 김범부의 그늘 아래 있었다. 따라서 〈어서 죽으라〉는 김동리의 목소리 너머에는 김범부가 있었던 것으로 보아도 무방하다. 이와 같이 말할 수 있는 것은 서정주 역시 김범부의 영향권 안에 있었기 때문이다. 김범부는 이 시기 넝마주이를 하며 방황하던 서정주를 불러 지적 깨우침을 전한다. 서정주는 김범부의 사상을 나침반으로 삼아 친구의 〈어서 죽으라〉는 충고에 정신을 곧추세우며 전통 지향성과 이를 통한 '근대초극'의 길을 모색하고 있었던 것이다.

3. 김범부의 영향과 '대동아공영권'을 향한 시적 비약

앞서 지적한 바처럼 김범부는 김동리 소설의 주제의식과 미학적 방법론뿐만이 아니라 서정주의 문학적 삶에도 깊은 영향을 끼친다. 서정주의 다음과 같은 진술은 김범부의 영향에 대한 한 단면을 엿보게 한다.

> 내가 대학에서 서양철학 시간에 배운 칸트의 範疇的 인식과 要請的 종교 사이의 이해가 잘 안 되어 있을 때, 『이 사람아, 칸트도 공부꾼은 공부꾼이겠지만, 꽤나 답답키야 답답한 사내야. 우리 동양에서 생겨났더라면 그렇게 답답할 수야 있겠는가?』 하시여, 내가 대학의 강의가 채 다 못 풀던 소슬한 이해의 관문을 열어주던 이도 바

6 김동리, 「발문」, 『화랑외사』, 凡夫先生遺稿刊行會, 1967, 197쪽.

로 이분이었다.[7]

서정주에게 김범부는 제도권 교육보다 상위에 놓인 스승이며 "내가 세상에 태어나서 만난 尊長者들 가운데서는 제일 훤출한 미남이고 또 가장 시원스러운 好丈夫였"다고 고백하듯 일상적 생활 감각 속에서도 동경의 대상이었다.[8]

그렇다면 김범부의 사상적 지향성은 구체적으로 무엇인가? 그는 백산상사가 만든 육영회(1919년 11월 설립)의 장학생으로 일본에 건너가 동양대학에서 동양철학을 전공했으며, 『화랑외사』(1954), 『풍류정신』(1986), 『정치철학특강』(1986) 등의 저술을 남긴 동양 철학자였다. 특히 그의 사상은 우리 민족 문화의 원형성에 해당하는 풍류도의 부활을 비롯하여 신선도, 샤머니즘에 등에 대한 재평가와 현대적 이해를 심도 있게 제시하는 데 집중한다. 이를테면, 『화랑외사』[9]의 경우, "공전의 국난에 직면하고 있는 현실에서" "국민도덕의 원천을 밝히"고 "군인의 정신훈련"과 "국민일반의 교양을 위"한 의도에서 집필한 것인 바, 『삼국사기』, 『삼국유사』에 전하는 화랑의 일화들

---

7 서정주, 「凡夫 金鼎卨 선생의 일」, 『미당 수상록』, 민음사, 1976, 219쪽.

8 한편, 그동안 서정주의 민족적 전통성으로의 선회에 대해 일본의 시인 미요시 다츠지(三好達治: 1900~1964)와의 영향 관계 속에서 살펴볼 수도 있다. 미요시 다츠지는 초현실주의(『詩와 詩論』 주도: 1928~1931)에서 출발하였으나 순수서정시의 추구(〈四季〉 동인: 1935~1938)를 거쳐 '일본에로의 회귀'(일본 낭만파의 일원으로 활동)를 적극 주창한 바 있다. 미당의 시적 전개가 미요시 다츠지의 시적 궤적과 유사한 양상을 보이고 있다. 미당 역시 미요시에 대한 호감을 피력한 바 있다. 그러나 이러한 정황을 미당의 전통 지향성의 시적 선회의 배경으로 논의하는 것은 그의 초기 시의 긍정의 계기성으로서의 극단적 부정, 방황, 갈등, 충동의 진정성까지도 미요시의 영향권 속에서 수동적으로 논의해야 하는 오류에 부딪치게 된다. 미당의 전통 지향성으로의 선회는 지적 세례는 물론 인간적 풍모에 이르기까지 구체적 삶의 근거리에서 깊은 영향을 주었던 김범부와의 관계성에서 찾는 것이 더욱 설득력 있어 보인다. 미당과 미요시의 관계를 거론한 글로는 박수연의 「절대적 긍정과 절대적 부정」(『포에지』 2000년 겨울호)이 주목된다.

9 김범부의 『화랑외사』가 간행된 것은 1954년이지만 이 책의 序에서 그는 '기묘동己卯冬' 1939년 겨울에 이미 자신의 구술과 이를 받아 적은 조진흠의 필기로 탈고가 이루어졌음을 언급하고 있다.

을 설화의 양식을 통해 "正史以上으로" "花郎精神 花郎 生活의 活光景을 描出"하고자 간행한 저술이다. 또한『정치철학특강』(1986)의 경우 자본주의와 공산주의를 동시에 비판하면서 이를 배태한 근대적 세계관을 넘어설 수 있는 대안으로 화랑도의 풍류정신에 입각한 민족국가의 구상이 기본 대의를 이루고 있다. 김범부가 특히 신라의 풍류도에 관심을 집중했던 배경은 다음과 같은 진술에서 선명하게 이해할 수 있다.

> 이 화랑정신이란 것이 알고 보면 그 전에 없었던 것이 일시에 돌발한 것도 아니고 또 그 제도와 儀樣이 없어진 그 이후라 해서 아주 그 정신마저 없어진 것도 아니다. 화랑정신은 기실인즉 古初로부터 금일까지 이 민족의 역사를 일관한 정신적 혈맥인 것이다.
> …(중략)… 그러므로 이 민족의 사기는 언제나 이 정신의 원천에서 起發하게 되는 것이다.[10]

김범부에게 화랑정신(풍류도)은 민족 역사의 살아 있는 정신적 혈맥이며 원천으로서 고답적인 과거가 아니라 현재진행형이며 미래형으로서 의미를 지닌다. 그는 풍류정신에서 "구주의 현대문화"[11] 즉 서구의 근대문명의 위기에 대한 대안의 가능성을 인식하고 일종의 '동방르네상스'의 기획을 구상하고 있었던 것이다.

김범부의 이러한 "신라사 속의 화랑도에서 이 민족의 진로를 생각"[12]했던 민족주의적 전통 사상은 김동리의 "신라혼의 재현"을 내세운『김동리 역사소설』(신라 편)[13]을 비롯한 일련의 '생의 구경적 형식'을 추구한 작품들과 서정주의『귀촉도』『서정주시선』을 거쳐『신라초』『동천』으로 이어지는 토속적

10 김범부,『정치철학특강』, 이문출판사, 1986, 43쪽.

11 김범부, 위의 책, 278쪽.

12 서정주, 위의 책, 같은 쪽.

13 김동리,『김동리 역사소설』(신라 편), 지소림, 1977.

인 전통 지향성 및 '신라 정신'을 통한 민족적 근원 탐색과 '영생적' 개안으로 나아가는 시금석이 되었던 것으로 파악된다.

그러나 서정주에게 화랑정신은 김범부의 경우처럼 "민족의 사기"를 불러일으키는 "정신의 원천"으로서의 당대적 의미를 탄력적으로 확보해나가지 못한 채 우주적 영원성을 향유하는 초월적 세계관으로 확대되면서 추상화되는 양상을 보인다. 그는 초근대와 탈근대로서의 전통적 가치의 자각과 복권을 동양적 심미주의와 영원성의 일반으로 성급하게 귀결시키고 있는 것이다. 그리하여 그의 전통 지향성은 민족적 정체성에 해당하는 개별적 특수성의 매개항을 건너뛴 채 동양주의의 전체성으로 치닫는 면모를 보인다. 다음 인용문은 이 점을 선명하게 드러낸다.

> 이것은 심히 전통의 계승—동방전통의 계승과, 보편성에의 지향과 밀접한 관계가 없을 수 없다. …(중략)… 서구 제국의 문화가 그 근원에 있어서는 조금씩이라도 모두 희랍 로마 문화의 혜택에서 출발하는 것처럼, 동양의 정신문화라는 것은 그 전부가 근저에 있어서 한자를 중심으로 하는 一環의 문화를 운위하는 것임은 두말할 필요도 없다. 東亞共榮圈이란 또 좋은 述語가 생긴 것이라고 나는 내심 감복하고 있다. 동양에 살면서도 근세에 들어 문학자의 대부분은 눈을 동양에 두지 않았다. 몇몇 동양학자들이 따로 있어 자기들이 일상 사용하는 한자의 낡은 문헌들을 자의적으로 해석해 내는 정도에 그쳤었다. 시인은 모름지기 이 기회에 부족한 실력대로도 좋으니 먼저 중국의 고전에서 비롯하여 皇國의 典籍들과 半島 옛것들을 고루 섭렵하는 총명을 가져야 할 것이다. 동양에의 회귀가 盛히 제창되는 금일이다.[14]

---

14 김규동 · 김병걸 편, 서정주, 「시의 이야기」, 『친일작품선집 2』, 실천문학사, 1986, 287~290쪽.

서정주의 동양의 자각과 전통 지향성이 대동아공영권과 곧 바로 조우하고 있는 지점이다. 그가 이처럼 성급하게 민족, 개별, 특수 등을 모두 용해시켜버리는 "보편성에의 지향"을 추구한 배경은 무엇일까? 그것은 먼저 그의 시적 기질의 문제와 직접 연관되는 것으로 파악된다. "나는 내 나이 20이 되기 좀 전에 문학 소년이 되면서부터 이내 그 영원성이라는 것에 무엇보다도 더 많이 마음을 기울여온 것이 사실이다."[15]라는 진술은 구체성, 현실성, 당대성보다 근원적인 영원성을 지향하는 기질적 속성을 짐작하게 한다.

그의 이러한 현실적 모순을 무화시킨 영원성의 시학은 다음 시편의 "하늘"의 이미지를 통해 구체적으로 감각화되기도 한다.

> 여린 숨을 푹푹 내쉬며
> 내 귓가에서 자그마한 서운녀西雲女가
> 일곱 살 사투른 고향 말씨로
> 아이 하늘은 서울이레야,
> 속삭이던 그 하늘이구나
>
> 마늘이랑 파랑 고추를 먹고
> 기름때 절은 하이얀 옷을 입은
> 뜨겁디 뜨거운 가슴을 안은 이들이
> 산비들기 울던 노오란 길을
> 가고 가던 진초록
> 바로 그 하늘이구나
>
> 아아 애달파라 아직은 감을 수 없는 눈과 눈이여
> 잊을 수 없는 파아란 정

15 서정주, 「봉산산방시화」, 『미당산문』, 민음사, 1993, 118쪽.

해 저물어 밤이 되면
별똥은 반짝거려
아아 애달파
지금 사랑하는 사람들
스러져 나날이 하늘은 깊어만 가고

여기 있는 건 내 덧없는 몸짓과 말뿐
메아리와 파도소리와
해맑은 좁은 마당엔
꽃 축제 올리는
쇠가죽 북소리만 은은해

아아 날고프구나 날고 싶어
부릉부릉 온 몸을 울려
사라진 모든 것
파랗게 걸린 저 하늘을
힘차게 비상함은
내 진작 품어온 바람!

―「항공일에」 전문

"일곱 살 사투른 고향 말씨로/ 아이 하늘은 서울이레야"라고 말하던 토속적인 정감의 "하늘"과 "부릉부릉 온 몸을 울"리며 날던 일본 공군 부대원들의 비행기가 "사라진" 뒤의 "파랗게 걸린" "저 하늘"이 등가를 이루고 있다. 우주적 영원성에 해당하는 "하늘"의 단위 명제에서는 일곱 살 어린 아이의 순진무구한 하늘과 일제의 "항공일"을 기념하는 하늘이 동일성의 자리에서 포괄된다. 그러나 시상의 주제의식이 "하늘"의 광대무변함 그 자체를 노래하는 데 있는 것은 아니다. 시상의 전개가 "파랗게 걸린 저 하늘을/ 힘차게 비상함은/ 내 진작 품어온 바람"이라는 전언으로 귀결되고 있다. 순진무구한 "하늘"이 일본제국주의의 지배 논리를 표상하는 "하늘" 속으로 흡수되고 있는 국면이다. 그리하여 어느새 일본제국주의의 지배 논리가 하늘의 운행 원리로 전이된다. 이 대목에서 시적 화자는 친일이란 하늘의 운행 원리에 순응하는 것이라는 자기 명분을 얻게 된다.

한편, 여기에서 흥미롭게 주목되는 것은 1980년대 중반 서정주의 친일 문제가 부각되자 이에 대한 자기변호의 시편 역시 "하늘"의 이미지를 구사하고 있다는 점이다. 그는 「從天順日派?」 라는 제목 아래 "이것은 하늘이 이 겨레에 주는 팔자다 하는 것을/ 어떻게 해서라도 익히며 살아가려 했던 것이니/ 여기 적당한 말이라면/ '從天順日派' 같은 것이 괜찮을 듯하다." 라고 해명하고 있는 것이다.

7살 된 "자그마한 서운녀西雲女"가 말하는 하늘과 일본 제국주의의 항공일을 기념하는 비행기가 날아간 "하늘"과의 거리만큼이나 김범부에서부터 연원하는 민족적 전통 지향성과 대동아공영권의 논리는 상이하다. 주지하듯, 대동아공영권은 동양이란 서구의 식민지 개척의 대상이 아니라 서구적 근대가 초래한 온갖 모순을 치유하고 극복하기 위해 회귀해야 할 원천이라는 인식을[16] 전면에 내세운다. 그러나 그 이면의 본질은 일본 스스로 자신을 서구 제국주의와 동열에 놓은 탈아입구론에 입각해서 스스로 아시아의 식민지지배를 정당화하[17]려는 데 있었다. 그러나 서정주는 "하늘"이라는 우주적 영원성에 입각하여 민족적 전통 지향성과 대동아공영권의 전체주의에 대한 변별성을 일방적으로 무화시키고 있다. 그의 이처럼 지나친 전체주의의 일반론은 "싱가포르뿐만 아니라 아시아의 전역은 거의 다 일본군에 점령되어가고 있는 소식만이 날이 갈수록 번성해"지면서 "일본인의 동양주

---

16 1942년 『문학계』 9월호, 10월호에 수록된 「근대의 초극」 좌담회는 일본의 보편에의 욕망에 대한 미학적 승인을 다루고 있다.

17 스테판 다나카, 「근대 일본과 '동양'의 창안」, 『동아시아, 문제와 시각』, 정문길 외 엮음, 문학과지성사, 1995.

도권은 기정사실이니 한국인도 거기에 맞추어서 어떻게든 살아 견뎌야 한다"[18]는 정세의 오판에서 오는 강박도 작용했을 것이다. 그는 "하늘"의 추상적인 포괄성을 노래하면서 전체주의로 귀착하는 자신의 논리를 정당화하는 과정을 통해 어느덧 친일의 늪 속에 더욱 깊이 들어가게 된다. 이 무렵 「최체부의 군속 지망」(『조광』, 소설, 1943), 「헌시獻詩」(『매일신보』, 1943, 시), 「보도행」(『조광』, 1943, 수필), 「무제」(『국민문학』, 1944, 시), 「오장 마쓰이 송가」(『매일신보』, 1944, 시) 등의 작품을 연속적으로 발표하게 된다. 이것이 우리시사의 가장 신성한 성채에 해당하는 그의 시 세계에 치명적인 아킬레스건이 형성되는 과정이다.

4. 결론

지금까지 서정주가 친일 시편을 창작한 배경에 대해 그의 시 세계의 전개 과정 및 특성과 연관시켜서 조망해보았다. 서정주는 『화사』의 전면적인 자기 부정의 세계를 거치면서 점차 자기 긍정의 재래적인 전통 지향성으로 선회하는 모습을 극명하게 보여준다. 그의 이러한 전통 지향성의 선회는 절대 부정을 통해 절대 긍정을 찾아가는 내적 계기와 함께 김범부의 사상적 영향이라는 외적 계기의 산물로 파악된다. 김범부를 통해 내면화해나간 화랑도(풍류도)의 현재화를 통한 민족국가의 구상과 일본의 대동아공영권의 논리는 외양적으로 볼 때 서구 근대에 대한 비판적 대안이라는 차원에서 상당한 친연성을 지닌다. 그러나 대동아공영권은 팔굉일우八宏一宇, 즉 대동아 공영의 이상을 내세워 일본의 민족적 개성을 강조하는 정치적인 식민지 지배 논리라는 점에서 서정주의 문화론적인 민족적 전통 지향성 및 영원주의와는 변별된다. 그러나 서정주는 이 둘을 "동방 전통의 계승과, 보편성에의

18 『서정주문학전집 3』, 일지사, 1972, 239쪽.

지향"이라는 명제 속에 일방적으로 통합시켜 동일화한다.

그의 이와 같은 이성적 판단력과 역사의식의 결여는 영원성을 표상하는 '하늘'의 이미지를 통해 감각적으로 드러나기도 한다. 이때, '하늘'은 현실 인식의 과오를 허용하고 승인하는 무한 포용과 영원성의 대상이다. 그래서 친일도 "하늘"의 뜻이고 그 반성도 「從天順日派?」라고 노래하듯, "하늘"의 뜻에 맡기는 전근대적 숙명주의의 면모를 보인다.

그의 '하늘' 의 무한 포용성과 영원성에 대한 타성적인 의존은 운명론적인 전근대적 속성을 표상한다. 전근대적 운명론자에게 '하늘'은 절대적 자애의 대상이면서 동시에 절대적 충복의 대상이 되기도 한다. 그가 해방 이후 이승만에 대해 "하늘의 서자 환웅의 아드님－단군" 같은 존재로 표현하거나 「전두환 탄신 56회 축시」(1987)에서 전두환에 대해 '새로운 햇빛'과 '하늘의 찬양'이란 수사를 구사한 것도 이와 무관하지 않다. 전근대적 사회에서 권력의 중심은 봉건적 군주와 같은 절대성으로 다가온다. 그래서 그의 해방 이후 이승만 전기 집필, 전두환 찬양 등의 행적은 전근대적 왕도정치 속에 살았던 "질마재 신화"의 부족장의 신분으로 추진했던 것으로 보인다. 이러한 사정은 서정주의 민족적 전통 지향성이 적극적으로 현재형과 미래형으로 열리지 못하고 과거형의 신화적 시간 속에 갇혀 있었기 때문이다. 이 점이 결국 그가 친일문학을 하게 된 동인이며 해방 이후 지속된 신라 정신과 영원성의 시학이 구체적인 경험 세계의 모순과 긴장력을 확보하지 못한 주된 이유이기도 하다.

농경공동체의 생명의식과 화엄적 상상
−김지하의 시 세계의 불교적 세계관을 중심으로

1. 화엄적 상상과 생명 의식

김지하의 시적 역정의 가장 큰 특이점에 대해 일반적으로 '저항'에서 '생명'으로의 전환을 지적한다. 1969년 『시인』 지로 등단한 이래 『오적』(1970), 『황토』(1970), 『타는 목마름으로』(1982) 등의 시 세계가 선명하게 보여준 억압적인 지배 세력에 대한 울분, 대립, 저항의 공격적인 언어와 1980년대 중반 『애린』(1986) 이후의 수렴, 성찰, 조화의 포용적인 언어를 통한 내성의 탐구 및 생명적 세계관은 분명 극단적인 변화의 도정으로 이해된다. 특히 1960~70년대 김지하의 시 세계는 스스로 오랜 감옥 생활로 점철되는 직접적인 저항 운동의 전위로서 활동한 문학외적 요소와 어우러지면서 더욱 반역과 투쟁의 상징성을 선명하게 지니게 된다.

지금까지 김지하의 시 세계의 이러한 변화의 양상에 대한 이해는 "직선적·양적 움직임으로부터 곡선적·음적 움직임으로의 전환"[1]라는 진단과 "불온한 죽임의 세력에 대한 직접적인 저항에서 죽임의 세력까지 순치시켜 포괄하는

---

1 채광석, 「「황토」에서 「애린」까지 1」, 『애린』 첫째 권 해설, 실천문학사, 1986.

살림의 문화의 재건"이라는 창조적 심화[2]로 규명하는 논의가 대표적이다. 특히 후자의 지적은 그의 시적 변화의 도정을 '생명론'이라는 일원론적인 연속성 속에서 방어적인 국면으로부터 적극적이고 근원적인 층위로 나아가는 방법적 전환으로 파악하는 면모를 보인다.

그러나 김지하의 시적 변화의 마디절에 대한 논의는 여기에서 더 나아가 드러난 질서와 숨은 질서의 교호작용과 새로운 차원 변화의 내적 계기를 동시적이고 입체적으로 파악할 때 온전하게 이해할 수 있을 것이다. 새로운 차원 변화를 통한 생성이란 숨은 질서가 기왕의 드러난 질서를 추동, 비판, 수정하는 과정을 거치면서 구체화되는 관계론의 산물이다. 이 글은 이러한 문제의식에 바탕 하여 김지하의 시적 삶의 변화 과정과 양상에 대해 집중적으로 살펴보고자 한다.

그의 시적 삶의 변화는 농경 공동체의 생명의식의 작용과 깊은 연관을 지닌다. 그의 시적 삶의 원적을 이루는 농경 공동체의 생명의식은 「애린」 연작을 마디절로 숨은 차원의 질서에서 드러난 차원의 질서로 외화되고 더 나아가 화엄적 상상력으로 승화되는 면모를 보인다. 이러한 상황은 「애린」 연작이 불교적 세계관의 집약적 정수에 해당하는 「심우도」와의 병치 관계를 통해 도저한 내성과 화엄적 자아의 탐구를 추구하기 때문이다. 그리고 화엄적 자아에 대한 발견과 우주 생명의 존재 원리에 대한 인식은 생태적 상상력의 철학적 원리로서 작용한다. 따라서 그의 시 세계에서 화엄적 세계관에 입각한 불교적 상상의 시적 인식을 규명하는 것은 지속과 변화의 핵심적인 속성을 규명하고 아울러 1990년대를 넘어 오늘에 이르기까지 심화, 확대되고 있는 생명론의 시적 원형성과 지향성을 이해하는 데 도움이 될 것이다. 이 글은 이러한 문제의식을 바탕으로 김지하 시 세계의 시적 전환의 마디절과 특성에 대해 불교적 세계관에 초점을 두고 집중적으로 살펴보기로 한다.

---

2 홍용희, 『김지하문학연구』, 시와시학사, 1998, 9쪽.

2. 죽임의 현실과 대지적 생명력

김지하의 시적 삶은 "뜨거운 해가/ 땀과 눈물과 메밀밭을 태우는" 죽임의 상황의 "황톳길"(「황톳길」)을 스스로 가로지르면서부터 시작된다. 그래서 그의 시 세계는 처음부터 치열하고 비장하고 절박한 정조를 드러낸다. 그는 첫 시집 『황토』의 후기에 직접 다음과 같이 적고 있다. "죽도록 몸부림치지만 그것은 작은 몸짓에 지나지 않고, 필사적으로 아우성치지만 그것은 작은 신음으로밖에는 발음되지 않는다. 그 작은 신음. 그 작은 몸짓. 제동당한 격동의 필사적인 자기표현으로서의 어떤 짧은 부르짖음. 나는 나의 시가 그러한 것으로 되길 원해왔다." 그의 시 세계는 이처럼 가위눌림으로부터 벗어나고 악몽으로부터 깨어나야 한다는 삶의 절체절명의 당위적 과제 속에서 생성되고 있다. 죽임의 상황으로부터 살아 있음을 드러내는 증거이며 항변의 언어로서 시적 출발점이 전개되고 있는 것이다. 그의 데뷔작 중의 한편인 「녹두꽃」을 보면 이러한 사정이 분명하게 드러난다.

> 빈손 가득히 움켜쥔
> 햇살에 살아
> 벽에도 쇠창살에도
> 노을로 붉게 살아
> 타네
> 불타네
> 깊은 밤 넋 속의 깊고
> 깊은 상처에 살아
> 모질수록 매질 아래 날이 갈수록
> 흡뜨는 거역의 눈동자에 핏발로 살아
> 열쇠 소리 사라져 버린 밤은 끝없고
> 끝없이 혀는 짤리어 굳고 굳고

굳은 벽 속의 마지막
통곡으로 살아
타네
불타네
녹두꽃 타네
별 푸른 시구문 아래 목 베어 햇불 아래
햇불이여 그슬러라
하늘을 온 세상을
번뜩이는 총검 아래 비웃음 아래
너희, 나를 육시토록
끝끝내 살아

―「녹두꽃」 전문

죽임의 대상과 생의 의지가 강렬하게 충돌하고 있다. 시적 화자는 "쇠창살/매질/열쇠소리/굳은 벽/총검/육시" 등의 이미저리군으로 표상되는 죽임의 세력의 가중되는 압박과 위해 속에 굴하지 않고 살아내겠다는 결의를 절규처럼 다짐 한다. 자기 결의를 강조하는 "살아"와 "타네/ 불타네"의 감탄적 어구의 반복이 생의 의지력을 배가시키는 역할을 하고 있다. 이토록 팽팽한 죽임과 생의 의지의 대결은 어떻게 마무리될까? 그것은 물론 생의 의지의 우위로 나타날 것이다. 화자의 생명력은 "너희, 나를 육시"할지라도 "끝끝내" 죽지 않는 영원성을 기반으로 하기 때문이다. 이처럼 생명은 어떠한 죽임의 세력에 의해서도 결코 굴복되지 않는 불멸성을 속성으로 한다. 다시 말해, 생명은 어느 특정 개인의 실존적 차원을 넘어서는 광대무변한 절대성을 지닌다. 따라서 시적 화자의 강렬한 생의 의지는 생명의 영원성과 절대적 신성성에 대한 신념과 믿음인 것으로 해석된다.

특히 김지하의 이와 같은 생명의식은 농경 공동체의 대지적 생명력에 기반하고 있음을 알 수 있다. 다음 시편은 대지적 생명력의 현재적 수난과 절대적 영원성이 암시적으로 드러난다.

참혹한 옛 싸움터의 꿈인 듯
햇살은 부르르 떨리고
하얗게 빛바랜 돌무더기 위를
이윽고 몇발의 총소리가 울려간 뒤
바람은 나직이 속살거린다
그것은
늙은 산맥이 찢어지는 소리
그것은 허물어진 옛 성터에
미친 듯이 타오르는 붉은 산딸기와
꽃들의 외침소리
그것은 그리고
시드는 힘과 새로 피어오르는 모든 힘의
기인 싸움을 알리는 쇠나팔소리
내 귓속에서
또 내 가슴 속에서 울리는
피끓는 소리

잔잔하게
저녁 물살처럼 잔잔하게
붓꽃이 타오르는 빈 들녘에 서면
무엇인가 자꾸만 무너지는 소리
무엇인가 조금씩 조금씩
무너져 내리는 소리.

—「들녘」 부분

시적 화자는 "들녘"에서 "참혹한 옛 싸움터의 꿈인 듯" 펼쳐지는 격전의 풍경을 감지한다. 그 싸움의 구도는 "몇 발의 총소리"와 이에 대항하는 "타오르는 산딸기와/ 꽃들의 외침소리"이다. 날카로운 금속성의 죽임과 부드러운 들녘의 생명이 서로 충돌하는 현장이다. 이에 대해 시적 화자는 "시드는 힘과 새로 피어오르는 모든 힘의/ 기인 싸움을 알리는 쇠나팔 소리"임을 예감한다. "시드는 힘"이란 "몇 발의 총소리"로 표상되는 죽임의 세력을 가리키고 "새로 피어오르는 모든 힘"이란 "들녘"의 생명의 기운을 가리킨다. 죽임과 생명의 대결 앞에서 시적 화자는 스스로 자신의 내면에서부터 울리는 "피끓는 소리"를 듣는다. 이것은 앞으로 펼쳐질 "긴 싸움"에 대한 비장한 결의를 가리킨다. 그러나 현재의 상황은 "들녘"의 생명력이 죽임의 세력에 압도당하고 있는 형국이다. 그리하여 "붓꽃이 타오르는 빈 들녘에 서면/ 무엇인가 자꾸만 무너지는 소리"를 감지한다. "조금씩 조금씩/ 무너져 내리는 소리"는 시적 화자가 느끼는 절박한 위기감이며 동시에 대지적 생명력을 전투적으로 응집시키는 배경이기도 하다.

한편, "들녘"으로 표상되는 농경 공동체의 살림의 문화와 이를 와해시키는 불온한 세력의 실체는 구체적으로 무엇인가? 그것은 붕괴되어가는 재래적인 삶의 터전과 1960~70년대 도시화, 공업화, 산업화를 지상 과제로 내세운 개발독재 이데올로기에 직접 연관된다.

다음 시편은 이러한 정황을 실감 있게 드러낸다.

간다
울지 마라 간다
흰 고개 검은 고개 목마른 고개 넘어
팍팍한 서울길
몸팔러 간다

언제야 돌아오리란

언제야 웃음으로 돌아오리란
댕기풀 안쓰러운 약속도 없이
간다
울지 마라 간다
모질고 모진 세상에 살아도
분꽃이 잊힐까 밀 냄새가 잊힐까
사뭇사뭇 못 잊을 것을
꿈꾸다 눈물 젖어 돌아올 것을
밤이면 별빛 따라 돌아올 것을

간다
울지 마라 간다
하늘도 시름겨운 목마른 고개 넘어
팍팍한 서울길
몸팔러 간다

—「서울길」 전문

시적 화자에게 "서울길"은 "몸 팔러" 가는 길이다. "흰 고개 검은 고개 목마른 고개"란 표현은 고향 마을의 불모성과 고단한 인생행로를 예견하는 서울길의 비극성을 동시에 드러낸다. 급격한 농촌 공동체의 와해로 인해 떠밀리듯이 상경한 이농민들에게 "서울"은 인간의 존엄성과 생명 가치까지도 쉽게 사물화시킨다. 그리하여 상경한 이농민들에게 "분꽃"과 "밀냄새"가 그리운 고향으로 "언제야 돌아오리란/ 언제야 웃음으로 화안히/ 꽃피어 돌아오리란" 기약은 지키기 어렵다. "붓꽃이 타오르는 빈 들녘"은 이미 "조금씩 조금씩 무너져 내리"(「들녘」)고 있는 실정이기 때문이다. 그래서 고향은 "꿈꾸다 눈물 젖"거나 "밤이면 별빛 따라 돌아올" 절대적 그리움의 대상으로 존재한다. "서울길"이 곧 고향과의 격절을 강요하는 경계선이 된다. 이별과 상실의 정서가 3음보의 전통적인 민요조 율격과 어우러지면서 시적 전반의 비관적인 여운과 절조를 심화시키고 있다.

이러한 시적 배경은 1960~70년대 당시 시대적 상황과 직접 연관된다. 개발 독재의 경제 전략은 '경제발전=공업화'의 등식에 지나치게 치중됨으로써 선진국형인 농공업 상호의존론이 외면되고 '농업경시론'으로 치닫는 양상을 드러낸다. 점차 농업이 공업자본의 축적을 위한 수탈의 대상이 되면서 한국 전래의 공동체적 살림의 터전은 급속도로 와해되기 시작한다. 또한 이와 더불어 개발독재 이데올로기는 산술적인 경제 성장에 집중하는 '기술로서의 근대'에 치중함으로써 억압과 권위로부터의 자유를 도모하는 '해방으로서의 근대'는 외면되고 만다. 그래서 개인의 인권과 자율을 강조하는 자유민주주의 이념이 배제되고 자본주의의 인간 소외 현상과 상품화 논리가 급증하는 반생명적인 현상이 초래된다. 이와 같은 반생명적인 산업화의 진행 속에서 "서울길"을 거슬러 "분꽃"과 "밀 냄새"를 잊지 못하고 "꿈꾸다 눈물 젖어 돌아"오고, "밤이면 별 빛 따라 돌아오"고자 열망하는 것은 대지적 생명의 질서의 재건에 대한 갈망으로 해석된다.

이처럼 "서울길"을 건너오기 이전의 전래의 농경 공동체의 생명의식이 김지하 초기시의 저항과 반역의 작동요소이다. 실제로 그는 누구보다 반생명적인 지배 권력과 대결하는 "시드는 힘과 새로 피어오르는 모든 힘의/기인 싸움을 알리는 쇠나팔 소리"의 전선에서 부정과 반역의 투쟁을 직접 전개한다. 그리하여 특권 지배층에 대한 통렬한 폭로, 풍자, 고발을 노래한 담시 『오적』을 비롯하여 시집 『황토』 『타는 목마름으로』 등의 시 세계는 남성적인 공격성과 대결의지로 표면화된다.

3. "애린"과 화엄적 자아의 발견

김지하의 시 세계는 1980년대 『애린』에 이르면 남성적인 대결과 공격성이 점차 약화되고 여성적 수렴과 포용성으로 선회하는 모습을 드러낸다. 이러한 현상은 억압적인 지배 세력에 대한 저항의식의 지층을 이루던 "저녁 물살처럼 잔잔하게/ 붓꽃이 타오르는 빈 들녘"(「들녘」)이나 잊혀지지 않는 "분꽃"과 "밀 냄새"(「서울길」)로 표상되던 농경 공동체의 생명의식과 감성이 외화된 것으로 파악된다. 다시 말해, 억압적인 지배 세력에 항거하는 상대적 관계 속에서 작동했던 농경 공동체의 생명의식과 감성이 스스로 절대적이고 독자적인 존재로 전면화되기 시작한 것이다.

그렇다면 이와 같이 김지하의 시 세계에서 투쟁과 투옥이 반복되던 죽임의 극점에서 역동적으로 생명의 화두가 표면화된 계기는 어디에 있을까? 다음 인용문은 이러한 정황을 상술하고 있다.

> 그 무렵 철창 아래쪽 콘크리트와 철창 사이 작은 홈 파인 곳에 흙먼지가 쌓이고 거기에 풀씨가 날아와 빗방울을 빨아들여 싹이 돋고 잎이 나는 것을 보았다. (……) 그것을 본 날 감방에 돌아와 얼마나 울었던지. 생명! 이 말 한마디가 왜 그처럼 신선하고 힘 있게 다가왔던지. 무궁 광대한 우주에 가득 찬 하나의 큰 생명, 처음도 끝도 없이 물결치는 한 흐름의 생명, 그것 앞에 담과 벽이 있을 리 없고 죽음과 소멸이 있을 까닭이 없었다. 합리적으로 생각하면 나는 작아지고 좁쌀이 되고 협심증이 되고 분열증에 빠지는 것 같았다. 어떻게 하면 이 생명의 큰 이치를 마음과 몸에 익힐 수 있을까.[3]

시인은 철창으로 감금된 실존적 위기 속에서 광대무변한 우주적인 자아를 발견하고 있다. 콘크리트와 철창 사이에 피어난 "풀씨"는 "처음도 끝도 없이 물결치는 한 흐름의" 유기적인 생명의 그물의 산물이다. 그래서 "그것 앞에 담과 벽이 있을 리 없고 죽음과 소멸이 있을 까닭이 없"다. 김지하

---

3 김지하, 「타는 목마름에서 생명의 바다로」, 《동아일보》, 1990. 10. 21.

의 초기 시 세계의 밑그림을 이루던 농경 공동체의 생명의식의 집약적 인식과 자각이 열리는 순간으로 파악된다. 농경 공동체의 생명의식은 '나락 한 알'에도 우주적 협동과 공공성이 배어 있다는 유기적 세계관의 체험적 산물이기 때문이다.

또한, 여기에서 "감방"은 일차적으로는 시인이 감금된 폭압의 현장을 가리키지만, 궁극적으로는 죽임의 세력과 맞서는 투쟁과 저항의 반생명적인 공간, 그 악무한적인 대결 구도의 표상으로 해석된다. 이제 시인은 상극적인 대결 구도를 벗어나서 "생명의 큰 이치를 마음과 몸에" 체득할 수 있는 길을 떠나고자 한다. 그는 닫힌 자아로부터 우주 생명으로 열린 자아를 향해 나아가는 것이다.

이렇게 보면 싹이 돋아 오른 "풀"은 곧 시인 자신의 자화상으로도 해석된다. "풀"은 시인 자신의 본질을 명징하게 비추고 있는 거울이다. 이제 그의 상상력은 비좁은 감방 안에서 담과 벽이 없는 생명의 바다로 펼쳐지고 있다. 그가 스스로 우주 속의 화엄적 자아로 거듭 태어나는 찰나이다.

실제로 「애린」 연작부터 그의 시 세계는 경직된 대항 담론에서 탈피하여 억압적인 세력까지 순치시켜 포용해내는 살림의 언어의 화법과 미의식을 추구한다. 대결 구도의 날카로움은 "모난 것/ 딱딱한 것, 녹슨 것/ 낡고 썩고 삭아지는 것뿐/ 이곳은 온통 그런 것들뿐/ 내 마음마저 녹슬고 모가 났어"(「결핍」)라고 호소하듯, 투쟁의 대상은 물론 자기 자신마저도 붕괴시키게 된다. 그래서 그의 시 세계는 직선의 파시즘을 넘어 곡선의 포용성[4]을 추구한다. 이것은 상극적인 직선(양)의 성향이 극단에 이르면서 결핍된 상생적인 곡선(음)의 성향을 불러오고 있는 형국이다. 그래서 그는 자연스럽게 "사과알 자꾸만 만지작거리는 건/ 아니야/ 먹고 싶어서가 아니야/ 돈이 없어서가 아니야/ 모난 것, 모난 것에만 싸여 살아/ 둥근 데 허천이 난 내 눈에 그저/ 둥글기 때문"(「둥글기 때문」)이라고 노래하게 된다. 이러한 시적 정

4 채광석, 「「황토」에서 「애린」까지 1」, 『애린』 첫째 권 해설, 실천문학사, 1986 참조.

조의 선회는 "이기기 위해/ 죽어 너를 끝끝내 이기기 위"(「서울」)해 더욱 첨예했던 "천둥, 번개, 폭풍, 피, 횃불" 등의 이미져리를 점차 "노을"[5] 등의 역동적인 균정의 이미져리로 전환시킨다. 낮의 밝음(양)과 밤의 어둠(음)이 습합된 "노을" 이미지는 직선을 포용한 곡선의 성향에 상응한다. 이처럼 양을 포용한 음의 세력은[6] 생명을 포태하는 모성성의 근본 생리에 해당한다. 따라서 음양의 포용적 균정의 형질은 「애린」 연작의 "죽고 새롭게 태어남"(「애린」 간행에 붙여)의 세계를 노래하는 토양으로 작용할 수 있게 된다.

김지하의 시 세계가 죽임의 상극으로부터 "풀씨"에서 돋아 오른 "싹"으로 표상되는 생명의 세계를 집중적으로 추구할 때 가장 선행되는 과제는 자기 자신에 대한 존재론적 탐구이다. 자기 자신의 본성과 근원에 대한 이해가 자신을 둘러싼 세계와 우주 생명의 실재에 대한 이해의 출발이며 종착이기 때문이다. 「애린」 연작이 불교의 심우도와 병치관계를 이루며 자신의 삶의 본성에 대한 성찰과 탐구를 시도하는 주된 까닭이 여기에 있다. 불법을 알기 쉽게 대중에게 널리 전도하고 선시 발전을 도모한 「심우도」[7]는 열개의 원으로 된 공간 안에 ① 소를 찾아 나서(尋牛), ② 그 발자국을 보고(見跡), ③ 그 다음에 소 자체를 보게 되고(見牛), ④ 마침내 소를 붙잡아(得牛) ⑤ 소를 길들이고(牧牛), ⑥ 잘 길들여진 소를 타고 집으로 돌아간 다음(騎牛歸家) ⑦ 집에 돌아가자 소의 생각 따위는 다 잊어버리고(到家忘牛) ⑧ 급기야는 사람도 소도 다 함께 생각하지 않게 되는 상태에 이르고(人牛俱忘) ⑨ 본래의 맑고 깨끗한 무위의 경지에 이르렀다가(反本還源) ⑩ 사립문을 열고 시정으로 나와 자유분방하게 속인들을 교화하는(立廛垂手) 모습을 그린 것이다. 여기에서 자

---

5 「애린」 연작에는 빛과 어둠이 습합된 "노을" 이미지가 빈번하게 등장한다. 「안산」 「안팎」 「남한강에서」 「노을 무렵」 등의 시편들에는 "노을"이 시적 정황의 밑그림을 이룬다.

6 양은 공격적, 확장적, 경쟁적 성격 혹은 그러한 존재를 상징하고 음은 방어적, 통합적, 협동적인 것을 상징한다.

7 「심우도」로는 각각 보명과 확암 선사의 도본과 게송이 있다. 전자보다 나중에 나온 후자가 짜임이나 발상이 더욱 치밀하고 확연하다. 송준영, 「소 찾는 노래」, 『서정시학』, 2008. 7. 참조.

신의 본래면목을 상징하는 "소"가 「애린」 연작에서 "애린"으로 치환되어 노래되고 있다.

> 우거진 풀 헤치며 아득히 찾아가니
> 물은 넓고 산은 멀어 갈수록 험하구나
> 몸은 고달프고 마음은 지쳐도 찾을 길 없는데
> 저문 날 단풍숲에서 매미울음 들려 오네
> —열 가지 소노래 첫째

> 네 얼굴이
> 애린
> 네 목소리가 생각 안 난다
> 어디 있느냐 지금 어디
> 기인 그림자 끌며 노을진 낯선 도시
> 거리거리 찾아 헤맨다
> 어디 있느냐 지금 어디
> 캄캄한 지하실 시멘트벽에 피로 그린
> 네 미소가
> 애린
> 네 속삭임 소리가 기억 안 난다
> 지쳐 엎드린 포장마차 좌판 위에
> 타오르는 카바이트 불꽃 홀로
> 가녀리게 애잔하게
> 가투 나선 젊은이들 노랫소리에 흔들린다.
> —「소를 찾아 나서다」 전문

「심우도 1」은 소를 찾아 나선 목동의 어려움을 노래한다. 목동이 소를 찾는 것은 자기 자신을 찾는 것이다. 그러나 '나'의 본래면목은 실재하는 자성이면서 동시에 부재하는 무자성이다. '나'는 '나'이면서 '나'가 아닌 것이다. '나'의 자성이 없다는 것은 '나'란 영속하는 고유한 본성이 있는 것이 아니라 법계연기론에 따른 취산聚散의 산물이라는 것이다. 그래서 "몸은 고달프고 마음은 지쳐도" 나의 본래면목을 "찾을 길"은 없다. 과연 나의 본성을 표상하는 "소"는 어디에 있으며 어떻게 찾을 수 있을까?

김지하의 「애린」 연작의 '서시'에 해당하는 시편은 확암 선사의 「심우도 1」의 "소"가 애린으로 치환되어 전개된다. 「심우도 1」의 넓고 멀고 험한 "산"과 "물"이 "낯선 도시/ 거리거리"로 대체되고 있다. "몸은 고달프고 마음은 지쳐도" "애린"을 찾을 길은 없다. 시적 화자는 "포장마차 좌판 위에" 지쳐 엎드린다. "타오르는 카바이드 불꽃 홀로/ 가녀리게 애잔하게" 흔들리고 있다. 그 "카바이트 불빛"은 "애린"의 부재를 명시하면서 동시에 현존을 암시한다. 카바이드 불꽃의 "가녀리고 애잔함"은 오랜 감옥 체험에 쇠잔해진 시인 자신의 자화상이면서 동시에 화자가 찾아 헤매는 "애린"의 투사체로 해석되기 때문이다. "애린"의 부재를 통한 현존의 특성은 찾고자 하는 간절함과 어려움을 동시에 배가시킨다. 그러나 자기 자신("애린")을 찾는 데 정작 자신은 비추어보지 않고 밖으로만 향하는 탓에 몸과 마음은 더욱 지치고 고달프게 된다.

김지하의 시집 『애린』 첫째 권의 본문은 크게 4편으로 구성되는 바 "서대문에서" "원주에 돌아와" "소 발자국 널렸거늘" "어찌 숨길 수 있으랴" 등이다. 여기에서 첫 번째 장은 서대문의 "감방" 등과 같은 치명적인 "결핍"의 현실에서 찾고 부르고 원망하는 "애린"의 노래가 주조를 이룬다. 그리고 나머지 3장은 「심우송 2」에 해당된다. 첫 번째 장과 구분되는 2, 3, 4장의 상징적인 특이점을 다음 시편은 선명하게 드러낸다.

> 시냇가 수풀 아래 소 발자국 널렸거늘
> 풀 속을 뒤진들 무엇이 잇으랴
> 아무리 산이 깊고 또 깊은들

하늘까지 이르른 콧수멍이야
어찌 숨길 수 있으랴
—열 가지 소노래 둘째

밤을 지새워
소주를 놓고 나누는 옛 이야기에도
노래에도 노여움에도
없었다 너는
사랑하는 애린아

돌아오는 허망한 길
얼어붙은 실개천 가장귀
손바닥만한 파밭자리
파릇파릇한 애기파, 그 위를 스치는 강바람
바람을 맞아
흐르는 내 눈물 속에 더욱 파릇파릇한 애기파
고개 갸웃거리며
귤빛 목수건 나부끼며
거기서 너는 웃고 있었다
애기파 속에서
애린
머리칼 흩날리며
눈부시게 흰 머리칼 흩날리며
너는 거기서

—「발자욱을 보다」 부분

「열 가지 소노래 둘째」는 "소 발자국"을 발견한 대목인 바, 소를 찾았다기보다는 소가 그 모습을 드러내 보였다고 할 수 있다. 소의 발자국을 본 것은 공부 길을 찾은 것에 해당된다. 그러나 아직 소를 직접 만나지는 못하고 있다. 하지만 소의 실체는 "하늘까지 이르는 콧구멍처럼" 분명히 있으며 누구도 "숨길 수" 없다.

이에 상응하는 "애린" 역시 문득 그 존재를 드러낸다. "파릇파릇한 애기파" 속에서 "눈부시게 흰 머리칼 흩날리며" 신기루처럼 나타나고 있다. 이제 "애린"의 형상도 점차 구체화된다. 때로는 "살아 있으면 갓 서른"의 젊은이로, "노을진 겨울강 얼음판 위를/ 천천히" 다가오는 "한 소년"(「남한강에서」)으로, "술병속에 갇힌" 그러나 "술병"(「갇힘」) 속에도 없는 모습 등등의 유예되는 실재로 나타난다. 그래서 시적 화자의 "애린"을 찾는 목소리는 한결 구체적이고 실질적이 된다.

특히, "소발자국 널렸거늘" 편에서 시인 자신의 삶의 행적과 일상을 중심 소재로 다루고 있는 것은 "애린"의 존재가 자신의 삶의 일상 속에 흩어져 있음을 암시적으로 드러낸다. 또한 "어찌 숨길 수 있으랴" 편에서 「똥」 「서리」 「바람에게」 「송기원」 등 명사형이 자주 등장하는 것은 "애린의 혼"(「이슬털기」)과 실체의 윤곽이 점차 분명해지고 있음을 가리킨다.

한편 시집 『애린』 둘째 권에 이르면 확암 선사의 「심우송」 3~10까지를 순차적으로 원용하고 이에 대한 화답을 단호하게 일갈하고 있다. 그리고 이에 상징적으로 상응하는 「애린」 연작 50편이 "내 마음속 풍경"이나 "내 몸 속 돌아다니는 물건들 목록"(「43」)을 중심으로 수심견성修心見性의 계제를 밟아가는 과정을 체현해나가는 방식으로 전개된다. 다음의 「애린, 50」은 「애린」 연작을 관류하는 형질의 응축적인 집적태이다.

땅끝에 서서
더는 갈 곳 없는 땅끝에 서서
돌아갈 수 없는 막바지
새 되어서 날거나

고기 되어서 숨거나
바람이거나 구름이거나 귀신이거나간에
변하지 않고는 도리없는 땅끝에
혼자 서서 부르는
불러
내 속에서 차츰 크게 열리어
저 바다만큼
저 하늘만큼 열리다
이내 작은 한 덩이 검은 돌에 빛나는
한 오리 햇빛
애린
나.

—「50」 전문

「그 소, 애린」 연작의 마지막에서 시적 화자는 그동안 부단히 찾고 헤매던 "애린"과 대면하는 국면을 노래한다. 그는 "애린"을 찾아 "더는 갈 곳 없는" 그러나 "돌아갈 수 없는 막바지" "땅 끝"까지 이르렀다. "기인 그림자 끌며 노을 진 낯선 도시"에서부터 "거리거리 찾아 헤맨"(「소를 찾아 나서다」) 화자가 기어이 더 이상 갈 곳도 없는, 바다와 하늘만이 보이는 땅 끝까지 당도한 것이다. 이제 화자에게 남은 것은 "새, 고기, 바람, 구름, 귀신"으로나 변하는 것이다. "귀신이거나간에"의 "—나간에"라는 어미에는 체념의 탄식이 배어 있다. 바로 이 단절의 벼랑 끝에서 화자는 역설적으로 "내 속에서 차츰 크게 열리어/ 저 바다만큼/ 저 하늘만큼 열리"는 극적인 반전의 순간을 맞이한다. 우주 생명의 범주로 무한 확대되던 자아는 다시 "이내 작은 한 덩이 검은 돌에 빛나는/ 한 오리 햇빛"으로 수렴된다. 이 수렴의 극점에서 화자는 "애린"을 발견한다. 우주적인 확산과 수렴, 밖으로 열림과 안으로 닫힘의 이중성의 동시적인 신비 체험이다. 그리고 여기에서 놀라운 극적인 상황이 발생한다. 그 "애린"은 "나"였던 것이다. 화자는 "땅 끝"의 절망의 벼랑에서 찾은 "애린"에게서 "나"를 발견한 것이다. 지금까지 "애린"을 찾아 헤매던 지난한 과정은 곧 자신을 찾는 과정이었음을 선명하게 보여주고 있는 것이다. "애린"의 외피 속에 나 자신이 살고 있었으며, 나 자신 속에 "애린"이 살고 있었던 것이다.[8] 다시 말해, "모든 죽어가는 것, 죽어서도 살아 떠도는 것, 살아서도 죽어 고통 받는 것, 그 모든 것"이 그리고 "죽고 새롭게 태어남"(「애린」 간행에 붙여)이 곧 나 자신이었던 것이다. "애린"이 "나"라는 깨우침은 내가 곧 "무궁 광대한 우주에 가득 찬 하나의 큰 생명, 처음도 끝도 없이 물결치는 한 흐름의 생명"[9]의 주체라는 점의 발견을 가리킨다. 이것은 수심견성의 계제를 밟아가는「심우도」와의 병치관계로 이루어진「애린」 연작의 시적 과정이 화엄적 자아를 터득하는, 즉 우리의 일상경험이 그대로 비로자나불(우주 자체)의 반사이며 비로자나불 속에 포용된다는 해인삼매海印三昧[10]의 역정에 해당한다고 할 것이다. 『화엄경』에 따르면 어떤 존재라도 자기만의 영역에 유폐됨이 없이 끝없는 대삼매 안에 있으며 동시에 대삼매를 반영하고 있다. 이러한 전반적 정황을 다시 정리하면, 「애린」 연작의 전개는 감옥의 콘크리트 창틀에서 돋아난 "새싹"을 통해 불현듯 직시한 "광대무변한 생명"의 이치를 자신의 일상 세계를 통해 반추하고 내면화하는 과정으로 파악된다. 따라서「애린」 연작은 자신이 우주 생명의 주체로서 "생명의 큰 이치를 마음과 몸에 익"히며 살아가고자 하는 화엄삼매[11]

---

8 홍용희, 『대지의 문법과 시적 상상』, 문학동네, 2007, 77쪽 참조.

9 김지하, 「타는 목마름에서 생명의 바다로」, 《동아일보》, 1990. 10. 21.

10 해인에 대한 화엄종 이론의 대성자인 법장法藏의 설을 들면 다음과 같다. "해인이란 진여본각眞如本覺이다. 망상이 다하고 마음이 맑아지매 만상이 함께 나타남이니, 대해는 바람에 의해 물결을 일으키되 만약 바람이 자면 물이 맑아져서 현상의 나타나지 않음이 없음과 같다."(『妄盡還源觀』)

11 해인삼매가 화엄경의 세계관이라면 화엄삼매는 화엄경의 인생관으로서 비로자나불의 세계를 한없이 사회적으로 실천해가는 일을 가리킨다. 다마키 고시로, 이원섭 역, 『화엄경의 세계』, 현암사, 1996, 31쪽 참조.

의 선정에 들 수 있게 한다. 자신이 곧 우주적 자아라는 화엄적 세계관이 외부 세계의 모든 대상에게 확장되면 연기緣起와 자비의 원리에 기반하는 우주 공동체적 세계관을 낳게 된다.

4. 법계연기론과 생태적 상상

김지하의 시 세계는 『애린』을 거친 이후 『별밭을 우러르며』 『중심의 괴로움』 『화개』 등으로 이어지면서 도저한 내성의 탐구와 더불어 생태적 상상력이 전면에 등장하고 있다. 특히 그의 생태적 상상은 법계연기론에 입각한 불교 생태학과 깊은 친연성을 지닌다. 불교 생태학의 특성은 생태계 위기의 현상을 자원고갈과 환경파괴 등의 표면적 수준을 넘어서서 서구의 주체 중심주의의 이원론적 세계관에 대한 부정과 더불어 무자성無自性, 공空, 연기 및 자비를 바탕으로 집착과 분별을 제어한다.[12] 특히 법계연기란 세상의 모든 것이 시간적으로나 공간적으로 종횡무진 밀접하게 관련되어 있어서, 하나의 사물에는 삼라만상이 그물처럼 상호의존적인 관계를 맺고 있음을 가리킨다.[13] 모든 사물의 존재는 상호의존적이므로 불생불멸不生不滅하고 부증불감不增不感한다. 즉 모든 사물들은 서로 작용하고 순환하고 복잡하게 융섭하는(重重無盡) 과정 속에 생성됨으로 완전히 새로움도 없지만 완전한 소멸도 없다. 즉 모든 사물은 무자성의 공空에 해당하는 비실체성이므로 순환성, 상관성, 항상성을 지닌다.[14] 물론, 이와 같은 세계의 존재론적 속성의 바탕은 법계연기의 원리이다. 김지하의 생태적 상상은 이와 같은 법계연기에 따른 상호의존의 순환성이 바탕을 이룬다.

---

12 김종욱, 『불교생태철학』, 동국대학교출판부, 2004, 29~30쪽 참조.

13 無盡藏 평역, 『佛敎의 基礎知識』, 弘法院, 1981, 167쪽 참조.

14 "모든 사물의 형상이 공하니 생겨나지도 소멸하지도 않으며, 늘어나거나 줄어들지도 않는다."(是諸法空相 不生不滅 不增不感, 『반야심경주해』)

내 나이
몇인가 헤아려보니

지구에 생명 생긴 뒤 삼십오억살
우주가 폭발한 뒤 백오십억살
그전 그후 꿰뚫어 무궁살

아 무궁

나는 끝없이 죽으며
죽지 않는 삶

두려움 없어라

오늘 풀 한포기 사랑하리라
나를 사랑하리.

–「새봄 8」 전문

불교에서 연기설은 4법인을 기초로 구성된다. 4법인의 첫 번째인 제행무상諸行無常은 현상이 생멸변화 한다는 시간적인 인과관계와 연관된 것으로 '이것이 생기기 때문에 저것이 생기고 이것이 멸하기 때문에 저것이 멸한다.'는 연기일반의 구체적인 인과관계에 해당된다. 다음으로 제법무아諸法無我는 현상의 시간적 공간적인 상관관계를 나타내는 것으로 '이것이 있으므로 저것이 있고, 이것이 없으면 저것도 없다.'는 연기일반의 추상적 논리관계에 해당된다. 세 번째로 일체개고一切皆苦는 생사윤회로 가치적 연기의 유전연기에 해당하고 네 번째인 열반적정涅槃寂靜은 고뇌가 멸한 깨우친 성자의 상태를 가리키는 것으로 가치적 연기의 환멸연기還滅緣起에 해당된다.

따라서 법계연기에서 개체 생명은 역사적 전승 과정의 한 계기로서 죽어도 완전히 사라지는 것이 아니고(不滅), 태어나도 전혀 새로운 것이 아니며(不生), 영원히 변치 않고 남아 있는 것은 없다(不常). 그래서 연기설에서 생명 현상은 일즉일절一卽一切 일절즉일一切則一의 속성을 지닌다.

이와 같은 법계연기론에 입각해보면, "내 나이"가 "지구에 생명 생긴 뒤"는 물론이고 "우주가 폭발"하기 이전까지 거슬러 올라가 "무궁살"에 이른다. "나는 끊없이 죽으며/ 죽지 않는 삶"을 살고 있는 것이다. 4법인의 연기론의 중심을 관통하고 있는 시적 상상이다. 이러한 법계연기설의 인식 속에서 시적 화자는 "잊었는가/ 잎새가 나를 먹이고/ 물방울이 나를 키우고/ 새들이 나를 기르는 것"(「나 한때」)이라고 전언하고 더 나아가 "내 마음 열리어/ 삼라만상을 끌어안"(「一山詩帖 4」)고 내 몸의 "뼛속에서/ 풀잎 자라고/ 해와 달 뜨"(「一山詩帖 5」)는 우주의 풍경을 보기도 한다. 한 티끌 작은 속에 세계를 머금었고(一微塵中含十方) 낱낱의 티끌마다 우주가 들어 있다(一切塵中亦如是)[15]는 화엄의 일깨움을 환기시킨다. 이러한 연기론적 인식 속에서는 "풀 한포기 사랑하"는 것과 "나를 사랑하"는 것은 근원 동일성을 지닌다.

다음 시편은 이점을 분명하게 드러낸다.

> 겨우내
> 외로웠지요
> 새봄이 와
> 풀과 말하고
> 새순과 얘기하며
> 외로움이란 없다고
> 그래
> 흙도 물도 공기도 바람도

---

15 의상대사의 「法性偈」에서 제시한 화엄적 세계관이다.

모두 다 형제라고
형제보다 더 높은
어른이라고
그리 생각하게 되었지요
마음 편해졌어요

축복처럼
새가 머리 위에서 노래합니다.

—「새봄 3」 전문

법계연기론에서 우주는 상호 의존과 순환을 바탕으로 하는 생명 공동체이다. 따라서 집착이나 자타의 이기적 분별이란 있을 수 없으며 오직 상호 존중하는 자비가 있을 따름이다. 이를 정리하면, '연기－공(무자성)－자비'로서 '상호의존성－비실체성－상호 존중성'[16]이 된다. 그래서 법계연기론은 비실체성을 매개로 상호 의존성이 상호 존중성(자비)으로 승화되는 윤리성을 확보하게 된다.

따라서 시적 화자가 "흙도 물도 공기도 바람도/ 모두 형제라고/ 형제보다 더 높은/ 어른이라고" 생각하는 것은 법계연기론의 상호 의존성의 원리와 상호 존중성(자비)의 윤리가 바탕을 이루는 것이다. 이와 같이 우주의 존재원리를 체득하면서부터 "머리 위에서 노래하는" 새가 "축복처럼" 느껴진다. 자신만의 선정이나 자비가 아니라 화엄적 대선정과 자비에서 오는 축복이다. 깨달음의 즐거움이란 우리의 현실을 떠난 초월적 경지에서 가능한 것이 아니라 우주생명의 실상에 대한 이해라는 것을 환기시킨다.

한편, 이와 같은 법계연기론의 세계인식은 김지하의 시적 삶의 원적에 해당하는 농경 공동체의 생명의식과 친연성을 지닌다. 농경 공동체사회에

16 김종욱, 위의 책, 90쪽 참조.

서 자연은 조화와 순응의 대상이다. 만물의 생육은 해와 달의 순환주기와 대지의 자기조직화 원리에 공명하고 참여하는 과정을 통해 완수될 수 있다. '나락 한 알' 속에 우주가 들어 있음을 시범적으로 보여주는 것이 농경 공동체의 생활문화인 것이다. 따라서 김지하가『애린』연작을 마디절로 하여 1990년대 이후 불교의 법계연기론의 원리에 입각한 생태주의적 상상력을 집중적으로 노래하는 것은 그의 시적 삶의 근원에 해당하는 "저녁 물살처럼 잔잔하게/ 붓꽃이 타오르는 빈 들녘"(「들녘」)이나 잊혀지지 않는 "분꽃"과 "밀 냄새"(「서울길」)로 표상되던 농경 공동체의 생명의식과 감각의 창조적 고양으로 정리된다. 이렇게 보면, 김지하의 시 세계에서 농경 공동체의 생명의식은 1960~70년대에는 억압적인 지배 세력에 대한 부정의 동력으로, 1980년대 중반 이후부터는 생태적 상상력의 원형성으로 작용하고 있는 것으로 파악된다.

5. 결론

김지하의 시 세계는 전통적인 생명 공동체를 급속하게 와해시키는 불온한 지배세력에 대한 직접적인 저항에서 불온한 지배세력까지 순치시켜 포괄하는 생명의 문화 재건으로 나아간다. 그의 이와 같은 생명 지키기에서 생명의 문화 건설을 위한 창조적 전환의 이면에는 일관되게 농경 공동체의 생명의식과 감성이 작동하고 있었던 것으로 파악된다. 다만 전반부에는 대결과 반역의 경직된 직선(양적)의 시 세계의 이면적 질서로 존재했다면, 후반부에는 외화되면서 곡선적(음적)인 원환의 시 세계를 통한 포용과 조화의 역동적인 균정의 세계를 열어나간 것으로 보인다. 특히 그의 농경 공동체의 생명의식은「심우도」와 병치관계를 통해 전개되는「애린」연작을 거치면서 화엄적 자아의 발견과 우주 생명의 순환성, 무자성, 존중(자비)의 윤리를 직시하는 생명의 세계관에 이르게 된다. 그의 이러한 법계연기론에 입각한 전일적인 생명의 세계관은 생태적 상상력의 철학적 원리로서 중요한 의미를 지닌다. 오늘날 많은 생태주의 시편들이 생태계 위기의 현실에 대한 고발, 비탄, 풍자의 소재주의적 차원에 머물고 있는 상황에서 그의 화엄적 우주관은 근원적인 철학적 대안과 인식론을 제시하고 있는 것이다.

한편, 그의 이러한 생명적 세계관은 2000년대 간행된 『새벽강』(2006), 『비단길』(2006) 등에서 제시되는 생명과 평화의 길을 구현하는 대안 문명의 원형으로 작용하고 있음을 볼 수 있다. 이것은 농경 공동체의 생명의식과 화엄적 상상력이 김지하 시 세계의 원형요소라는 점의 확인과 더불어 21세기 문명적 지표를 제시하는 '오래된 미래'로서의 소중한 가능성이 있음을 시사해준다.

제2부

절제와 절정

포월과 영생의 시학

–박찬의 시 세계

박찬은 1983년 『시문학』으로 문단에 나온 이래 『수도곶 이야기』 『그리운 잠』 『화엄길』 『먼지 속 이슬』 등의 시집과 실크로드 문학 기행집 『우는 낙타의 푸른 눈썹을 보았는가』를 간행하며 꾸준한 문단 활동을 전개해왔으나 1987년 1월 갑작스럽게 세상을 떠나고 만다. 1948년 정읍에서 태어난 그는 60세를 일기로 우리 곁을 영원히 떠난 것이다. 그러나 그의 죽음이 곧 시인 박찬의 죽음을 가리키는 것은 아니다. 이것은 추도사 성격의 글에서 단골로 등장하는 문구이지만 그러나 박찬의 경우 상투적인 수사의 범주와 다른 차원에서 표나게 주목되어야 할 내용이다. 그가 남긴 유고 시편들을 마주하면서 새삼 그의 시 세계가 삶과 죽음의 이분법적 경계를 넘어서는 무위無爲와 도道의 이치를 추구하고 있었음을 깊이 확인할 수 있었기 때문이다.

노자에 의하면 자연의 이법에 해당하는 도道의 경지에서 생과 사는 절대적 경계의 실체가 아니다. 마치 '흐르는 달이 물에 잠겨 있으나 젖지 않는 것'처럼 삶과 죽음을 겪고 있으나 그 속에 갇히지 않는 자재의 경지에서 '죽음의 자리'란 없다. 이것은 삶 속에서도 삶의 집착에 갇히지 않고 죽음 앞에서도 죽음에 함몰되지 않는, 그래서 삶과 죽음, 생성과 소멸에 얽매이지 않는 영생적 존재성을 가리킨다. 이를 좀 더 구체적으로 이해하기 위해서는 노자의 『도덕경』 50장을 직접 인용해보기로 한다.

> 나오면 살고 들어가면 죽거니와 살아 있는 무리가 열에 셋이요 죽어 있는 무리가 열에 셋이며 생을 움직여서 죽음의 자리로 가는 자가 또한 열에 셋이다. 어째서 그러한가? 살려고 애쓰기에 지나친 까닭이다. 듣건데 삶을 잘 다스리는 자는 육지를 가되 외뿔소나 호랑이를 만나지 않고 싸움터에 가되 갑옷과 병기를 입지 않으니, 외뿔소가 그 뿔로 받을 곳이 없고 호랑이가 그 발톱으로 나꿔챌 곳이 없으며 병사가 그 칼로 찌를 곳이 없다. 어째서 그러한가? 죽음의 자리가 없기 때문이다.(出生入死 生之徒十有三, 死之徒十有三 人之生動之死地者, 亦十有三. 夫何故, 以其生生之厚. 蓋聞 善攝生者 陸行不遇兕虎, 兕無所投其角 虎無所措其爪,兵無所容其刃. 夫何故, 以其無死地焉.)

위의 인용문에서 강조하고 있는 바처럼 너무 지나치게 삶에 집착하는 것은 살아서도 삶을 죽음의 자리로 옮기는 것이 된다. 삶의 허욕에 지나친 집착을 갖지 않는 것이 삶은 물론이고 죽음 앞에서도 당당할 수 있다. 그래서 죽어도 죽음의 경계로부터 초연한 여유를 지닐 수 있게 된다. 그래서 도道를 터득한 선사들은 부질없는 생에 사로잡히지도 않으며 죽음에 짓눌리지도 않는다. 생사의 이분법적 간택에 휘말려들지 않음으로써 생사를 포괄하면서 넘어선 영생의 차원에 도달할 수 있는 것이다.

박찬의 시 세계의 근간이 이와 같이 삶과 죽음의 경계로부터 초연한 자재로움을 추구하는 데 있음은 다음과 같은 시편을 통해서도 엿볼 수 있다.

> 아무도 날 찾지 않은 것이다 어디예요 언제 들어올 거예요 하다못해
> 그런 전화마저도 없었다

젊은 날 배낭 하나 달랑 메고 돌아다닐 때 버스에서 만난 한 여자가 물었다
혼자 다니면 외롭지 않아요? 잘 모르겠는데요. 혼자 다니면 왜 외로울 거라고 생각할까…… 그래도 외롭다는 생각은 한 적도 없는데…… 그런데 오늘 문득 한 생각 떠오른다…… 이제는 가도 되겠다 싶다…… 누구도 귀찮게 하지 않고 슬그머니 가기 참 좋은 때인 것 같다…… 는……
오늘은 참 별이 유난히 많이 떠 있다

-「적막한 귀가」 부분

시적 화자는 스스로 외롭다는 인식도 하지 못한 채 외롭게 살아왔다. 젊은 날이 지나면서 "혼자"는 외로움이란 것을 새삼 자각하게 된다. "봄꽃/ 저 홀로 피었다 지듯/ 오직 나 혼자뿐!"(「절름발이」)인 외로움이 이 세상사의 존재론적 숙명인 것이다. 그렇다면 죽음 또한 가볍고 부담 없이 맞이할 수 있지 않겠는가. "누구도 귀찮게 하지 않"을 수 있고 누구에게도 치명적인 고통을 주지 않을 수 있기 때문이다. 그래서 "적막한 귀가"는 가벼운 귀가로서의 의미를 지닐 수 있게 된다. 삶의 존재론적 숙명을 이해하면서 현실 삶에 대한 집착과 욕망의 긴장으로부터 스스로 놓여나는 면모를 드러내고 있다. 마지막 부분의 "가기 참 좋은 때인 것 같다"는 독백적 진술에서 죽음의 세계는 이미 공포스러운 단절의 영역이 아니라 친숙한 이웃으로 느껴진다.

한편, 죽음의 고갯길을 걸림 없이 허허롭게 가고 있는 다음 시편은 위의 시의 후속편으로 읽힌다.

많이들 바쁜가 본디 어서 싸게들 가보쇼 나는 그냥 저냥 가는 둥 마는 둥 갈라요 장다리밭에 노닐며 장다리꽃 따먹다 아지랑이 어질어질 나비 따라 가다가 뒷동산에 올라 삐비도 뽑아먹고 송화가루 얼굴에 분칠도 하고 아카시아 훑어먹다 들에 내려 자운영 다복숲 논두렁

에 앉아 꼴린 보릿대 꺾어 보리피리 만들어 삘리리 불며 놀다 갈라요
그렇게 노닐다 싸목싸목 갈텅게 빨리 오라 늦게 온다 궁시렁들 마쇼
이리 가도 결국은 가는 길인디 머헐라고 그리 바쁘게 종종거린다요
그래도 먼저 가신 곳 북적거리거든 내 자리도 하나 봐줬으면 쓰겄소

꽃상여 단풍든 산 넘어 가네
산 너머 눈 쌓인 산마을에 닿거든
지친 몸 거기 펴지게 누웠다가
한 바람 눈발에 어디든 휘날리리

—「인생아!」 전문

시적 화자의 저승 가는 길의 자재로운 발걸음이 전라도 사투리가 자아내는 가락에 실려 정답고 친숙하게 그려지고 있다. 저승 행렬에서도 많은 이들이 현세에서처럼 분주하고 성급하고 번잡하다. 그러나 시적 화자는 "그냥 저냥 가는 둥 마는 둥" 가겠다고 한다. 생사의 분별지의 지배로부터 구속되지 않는 절대 자유인의 모습이 드러나고 있다. 이처럼 죽음의 고갯길을 넘어가는 여로가 마치 들판으로 소풍 가는 모습처럼 펼쳐질 수 있는 것은 삶에 대한 달관의 태도에서 비롯된다. 삶의 탐욕과 집착에서 벗어나 대자연의 섭리에 스스로를 맡기고 이를 관조하며 즐기는 인생관이 드러나고 있는 것이다. 그렇다면, 삶과 죽음이 반복되는 대자연의 운행 원리란 무엇인가? 그것은 수많은 변화들이 "아무 일도 일어나지 않"은 것처럼 무한 지속되는 "자연"하고 "여여"한 일상이다.

백모란지던 시절
그 시절 시들듯 시들어 갔네
꽃 같던 모습
뚝뚝 지는 꽃처럼

빗방울 후두둑 떨어지고
하늘은 다시 맑았네
뒷산 불던 바람 자연하고
흰 구름 둥둥 여여하였네

그 시절 시들듯 그도 시들어 갔네

아무 일도 일어나지 않았네
꽃잎만 한 잎
뚝! 떨어졌을 뿐

—「그 시절」 전문

대자연의 질서는 항상 "아무 일도 일어나지 않"은 듯 변화가 없다. 그러나 그 속에서는 "그 시절 시들"고 "그도 시들어"가는 무수한 소멸과 생성의 역동적인 순환이 지속된다. "빗방울 후두둑 떨어지고/ 하늘은 다시 맑"아지는 변화의 순환 원리가 대자연 본래의 질서이며 존재성인 것이다. 그래서 "꽃 같던 모습"들 "빗방울"처럼 시들어가도 대자연의 풍모는 어떤 표정도 없이 그저 "자연"하고 "여여"하다. 대자연의 운행 원리는 생과 사, 소멸과 생성의 이분법적 틀 속에 갇혀 있거나 휘둘리지 않고 이 둘을 모두 동시적으로 포괄한 채 이를 넘어서 있는 포월抱越의 경지이다. 그래서 여기에서 소멸은 절대 무無의 단절이 아니라 자연의 운행 질서를 통한 영생이다.

다음 시편은 박찬의 대자연의 질서를 통한 영생으로서의 죽음에 대한 인식을 좀 더 직접적이고 구체적으로 보여준다.

더러는 바람과 함께 멀리 날아가십시오
더러는 주린 날짐승의 먹이가 되었다가 먼 땅에 다시 태어나십시오
더러는 빗물에 씻겨가 물색 산천어와 노니십시오

더러는 나무와 풀도 기르십시오
그리고 더러는 꽃으로 피어 가을날 저희들 찾아오는 길 따라 손을 흔들어 주십시오
당신은 꽃을 많이 기르고 싶다 하셨지요

매양 그러하지만 또 눈물납니다
이제 이 세상이 모두 당신 집이지만 당신은 어디에도 안계십니다

—「散骨을 하며—어머님께」 부분

어머니의 유해를 "散骨"하고 있다. 어머니는 분명 죽었으나 죽지 않았다. 어머니는 "바람과 함께 멀리 날아가"고 "물색 산천어와 노니"고 "나무와 풀도 기르"는 주체로 등장하고 있다. 죽음은 절대 무의 세계로의 수동적 전락이 아니라 대자연의 운행 원리에 대한 또 다른 방식의 능동적 참여이다. 물론 죽음의 존재 방식은 부재의 현존이라는 역설적 방식이다. 이를테면, "이 세상이 모두 당신 집이지만 당신은 어디에도 안계"시는 양상으로 살고 있는 것이다. 이와 같이 어머니의 유해를 향한 시적 화자의 진솔한 대화는 대자연의 순환 원리에 입각한 죽음 의식에서 가능한 것이다.

한편, 박찬의 대자연의 운행원리에 입각한 세계 인식은 다음과 같은 「오래된 숲」 연작으로 변주되어 나타나기도 한다.

가없는 하늘에서 쏟아지는 햇살 밤하늘의 별빛 그대 머리 위에 눈부십니다 새 한 마리 날아와 온하늘을 뒤덮는다 한들 누가 있어 그것을 알 것입니까 그곳에 앉아 그대로 풍화돼버린다 해도 그대 그렇게 앉아 있는 뜻 그 누가 알기나 할 것입니까

—「오래된 숲 3」 부분

사랑하는 일은 부단히 누군가를 상관하는 일입니다 아무것도 사랑

하지 않는다면 어찌 상관하려 들 것입니까 사랑이 없다면 땅도 비도
눈도 바람도 햇빛도 그리고 마음도 없는 황량한 죽음뿐인 것입니다
–「오래된 숲 2」 부분

"오래된 숲"은 대자연의 이치를 웅변처럼 전해준다. 그곳에는 "별, 새, 하늘"이 머무르고 뭇사물들이 영겁의 세월에 걸쳐 "풍화돼"가는 침묵의 영토이다. "오래된 숲"은 처음부터 자신의 모습과 뜻을 자랑하거나 호소하려 하지 않는다. 본래의 자신의 모습 그대로 "그렇게 앉아 있"을 뿐이다.

그렇다면 본래의 모습 그대로 "앉아 있는 뜻"은 과연 무엇일까? 그것은 "사랑"의 자연적 방식으로서의 "상관"이다. 숲은 서로 "상관"을 통해 풍요로운 질서를 일구고 있었던 것이다. 다시 말해, 숲의 사물들은 제각기 서로를 향한 상관을 통해 유기적인 생명체를 펼쳐내고 있었던 것이다. 따라서 숲의 사물들이 "그곳에 앉아 그대로 풍화돼버린다 해도" "그렇게 앉아 있는 뜻"은 개별적 특성이면서 동시에 보편적인 "상관"의 질서에 동참하는 것이다. 서로 경쟁하거나 다투지 않는 조화의 "상관"성이 숲을 풍요로운 생명의 영토로 일구어내고 있는 것이다. 이렇게 보면, 여기에서 숲의 "상관"이란 천지지도天地之道의 현현태를 가리킨다고 할 수 있으리라. 숲의 모든 사물은 개별적 주체이면서 동시에 숲의 "상관"의 질서를 내면화하고 있는 보편적 주체로서의 속성을 지니고 있는 것이다.

그래서 박찬에게 시적 대상은 개별적 존재자이면서 동시에 대자연의 "상관"을 내면화한 우주 생명의 보편적 존재자이다. 그렇다면 인위적인 말로는 표현하기 어려운 사물의 본성과 근원에 해당하는 자연의 이법과 도의 세계는 어떻게 구현할 수 있을까? 이때 박찬은 자신의 시 창작 방법론으로 심미적 주관성에 입각한 주체 중심주의로부터의 탈피를 내세운다.

이제 더 이상 꽃에 대해 이야기하지 않겠다
꽃에 대해 얘기 하자면 한이 없을 것이므로

그러다 마침내 꽃을 잃어버리게 될 것이므로

새벽 산책길에서
한 낮의 호젓한 산길에서
행여 그 꽃을 보게 되면
그냥 생각만 하리
건들거리는 바람처럼……
"이쁜 꽃이 피었네"

─「예쁜 꽃」 전문

"꽃"은 꽃이면서 꽃 이상이다. 다시 말해, 꽃이란 현상적인 대상으로서의 속성과 더불어 대자연의 이치를 내면화한 주체로서의 속성을 동시에 지니는 것이다. 따라서 꽃에 대해 말하는 것은 현상적인 층위의 묘사에 그치기 쉽다. 왜냐하면, 대자연의 이치는 말로서 지칭할 수 없기 때문이다. 노자『도덕경』의 첫머리에 나오는 저 유명한 '도를 말로 하면 말로 된 도가 도 그 자체는 아니다'(道可道 非常道)의 논법과 상통하는 것이다. 이것은 대상에 대해 말로 할 수밖에 없다면 말로 담아내지 못한 세계를 보아야 한다는 의미를 내포하기도 하다. 그래서 시적 화자는 "꽃에 대해 얘기 하자면" "마침내 꽃을 잃어버리게 될 것이므로" 주관적인 분별의식에서 벗어나 "건들거리는 바람" 같은 무위無爲의 자세와 시선으로 접근하고자 한다.

이러한 무위의 창작 방법론이 구체적인 시적 묘사의 실제에서는 사물에 대한 주체 중심주의적 시각에서 객체 중심적 시각으로의 전환으로 나타난다.

서슬 푸른 恨이 녹아 계곡 물에 흰 눈 비친다 우윳통을 쏟아놓은 듯 젖빛으로 고인 눈그림자 어미 잃은 아기수달 핥다 간 흔적 눈사진으로 어지럽게 찍혔다 생강 서어 왕벚 다릅 굴참 졸참 망개 왕팽 팥배 쪽동백 까치박달 새벽 산길 허리에 이름표를 단 나무들 사이로 누가 벌써 오른듯 움푹움푹 발자국 산 넘어갔다 산등에 비스듬히 걸린 달이 밤 새워 하현으로 기우는 겨울 주왕산 하늘 눈동자인 듯 별 더욱 총총하다 새벽공기 차가워 바람이 인다

—「겨울 주왕산」 전문

이 시의 창작 주체는 "눈 사진"이다. 대체로 시상의 흐름이 "눈"의 흔적에서부터 촉발되어 전개되고 있다. "아기 수달 핥다 간 흔적"과 "나무들 사이"의 "발자국"으로 드러난 눈의 기록을 통해 "겨울 주왕산"에서 있었던 상황을 해독하고 있는 것이다. 물론, "생강 서어 왕벚 다릅 굴참 졸참 망개 왕팽 팥배 쪽동백 까치박달 새벽 산길 허리에 이름표를 단 나무들"에 대한 서술은 눈의 기록과는 변별된다. 그러나 이러한 직서적 서술은 "눈 사진"의 사실적인 화법을 지향하고 있다는 점에서 객체 중심주의를 벗어나지 않고 있다. "별 더욱 총총하"고 "새벽공기 차가워 바람이 인다"는 결구 역시 최대한의 주관적인 감정 절제를 통한 객관적 묘사를 추구하고 있다. 박찬의 시 세계에서 이와 같이 시적 대상에 대해 심미적 주관성의 미적 거리를 최대한 멀리 떨어뜨리는 방법을 통해 객체 중심주의를 지향하는 창작 방법론은 「오래된 숲」 연작, 「산빛」「새벽별」「미황사」 등에서 빈번하게 만날 수 있다. 이것은 그가 "몸살"을 앓고 있는 자신을 향해서도 "사실은 내가 아픈 게 아니다. 나는 그저 내 몸에 들어와 앓고 있는/ 놈의 정체를 알기 위해 지그시 눈을 감고 어둠 속에서 그 몸을 찾고 있는 것이다."(「몸살」)라고 말하는 대목에서 드러나는 것처럼 말로 묘사하기 어려운 비가시적인 근원을 구현하고자 하는 시적 추구의 산물인 것이다.

이와 같이 박찬의 시적 삶은 자신과 자신을 둘러싼 외부 세계에 대해 가시적인 현상에 그치지 않고 그 이면의 비가시적인 대자연의 이법과 운행 원리를 탐색하고 이를 내면화하고 있었던 것이다. 특히 그의 객체 중심주의적인 시적 묘사는 인위적인 말로 구현하기 어려운 사물의 존재론적 이치를

사물 스스로 드러낼 수 있게 하는 방법적 시도라는 점에서 주목된다. 그러나 그의 시적 삶은 2007년 1월 그의 나이 60세에 세상을 떠남으로써 중단되고 만다. 하지만 서두에서 지적한 바처럼 그의 시 세계는 자연적인 죽음의 경계선에 의해 단절되지 않는다. 그의 시적 추구의 본령은 삶과 죽음의 경계를 통과하면서도 그 이분법적 틀 속에 휘둘리지 않고 이를 포월함으로써 지속적으로 영생하는 대자연의 이법과 '도道'의 세계에 있기 때문이다. 앞으로도 박찬의 시 세계가 지속적으로 우리 곁에 머물면서 '죽음이 없는 자리'(無死地)에 이르는 삶의 철학을 특유의 친숙한 목소리로 일러주기를 간곡히 바란다.

허공 혹은 선연한 본색

-홍신선의 시 세계

홍신선은 삶의 근원을 향한 도저한 내성의 세계를 결곡한 언어 미학을 통해 추구해온 대표적인 시인이다. 그의 시적 목소리는 외적 확산의 공격성과 화려함은 물론이거니와 스스로 자신의 깨우친 바를 서둘러 세상에 드러내고자 하는 조급함과도 먼 거리를 두고 있다. 오히려 그는 이러한 시단의 일반적인 세태 자체를 비난하듯이 고졸하고 순백한 감각과 태도를 지향해왔다. 그는 스스로 "내 것이라고, 내가 겪은 것이라고 믿었던 사실들이, 사실이 아닌, 관념의 허깨비였음을 깨닫는 일이 얼마나 많았던가. 할 수 있다면 말과 사물에 자의적인 옷은 입히지 않을 일이다."(『우리 이웃 사람들』 자서)라고 밝히고 있듯이 인위적인 관념을 경계하면서 본래 있는 그대로의 참모습을 추구해왔다. 그렇다면 그가 추구하는 본래 그대로의 참모습의 궁극은 무엇일까? 그의 5번째 시집 『황사바람 속에서』에 수록된 다음 시편은 이에 대한 해답의 실마리를 보여준다.

사전 약속도 없이 부산 李哥와 이리 金哥들
누구는 동에서 오르고
누구는 서에서 뛰고

누구는 남에서 오르고
누구는 북에서 치달린다

민대머리 지리산 반야봉이나 월출산 천황봉 정상에 가보면 모두들
모든 것 망해먹고 빈손의 허공들로나 웅성인다.

—「마음經 3」 전문

사방에서 "오르고, 뛰고, 치달리"는 일련의 과정들이 공통적으로 "허공"에 이르기 위한 도정이었다. 이것은 "지리산"뿐만이 아니라 "월출산"도 마찬가지이다. 모든 높은 산의 궁극은 "모든 것 망해먹고 빈손의 허공"만 남은 모습을 보여준다. 물론 여기에서 "망해먹"은 것은 세속적인 성과와 가치들을 가리킨다. 따라서 "빈손의 허공"이란 탈속의 세계, 인위적인 허상을 벗은 육탈의 정수를 가리킨다. 이렇게 보면, 산정으로 오를수록 스스로 "허공"이 된다는 것은 산정으로 오를수록 자신의 참모습으로 회귀한다는 것을 가리킨다.

이와 같이 큰 산의 "허공"에 대한 지향성은 지상의 나무의 풍경에서도 그대로 읽을 수 있다.

해토머리 매표소 곁 헐벗은 조팝나무
간 겨우내 혹한에 그 관목은 제 내부기관에서
縮骨功 시전하듯 우, 두, 둑, 우두둑 몸피를
안으로만 우그려 붙였다. 무릎 꿇었다.
그렇게 힘 벅찬 시절마다 무너져 뒹굴다가
다시 등뼈 곧추 세우는
묵언의 운기조식.
그는 나이테 목질 깊은 곳에 골을 파고
그런 제 시신을 묻는다.

절정인 우듬지에 이르기 위하여
얼마나 무릎 자주 꿇어야 하는지
결국 우듬지에 이르는 길이
오를수록 발밑에 하늘 무너트리며
물컹한 고독에 닿는 일임을
느리고 그리고 배게
무슨 세부측량한 지적도처럼 부름켜 속에다 환히 박아넣는다.
주화입마에 정신 다친 집안 다른 나무들도 있다.
광릉숲 뭇나무들 늙는 냄새 지독하게 내뱉는
이 무렵쯤
그 관목 근처에 가면 쇠비린내가 난다.
축골공 기혈을
새 시체를 묻는 쇠비린내를 토악질한다.

–「광릉 숲에서」 전문

광릉 숲의 분주한 내면 풍경이 묘파되고 있다. 물론 이 광릉 숲의 내면 풍경은 회화 미학에서 일컫는 전신사조傳神寫照의 국면, 즉 정신이 전해져 그림을 드러내는 방법론에 따라 전개되고 있다. 그리하여 광릉 숲이 도저한 내성의 도정을 추구하는 수행자의 모습으로 의인화되고 있다. "혹한"의 겨울에 "광릉 숲" 나무들은 "縮骨功"의 수행에 열중하고 있다. 뼈 사이를 안으로 좁히고 수축시켜서 몸을 견고하게 만든다. 겨울나무들의 앙상하지만 어느 절기보다 견고한 내실을 갖춘 모습은 "縮骨功"의 수행 덕분으로 이해된다. "縮骨功"에 이어 "묵언의 운기조식"이 진행된다. 안으로 수렴한 나무의 등뼈를 지절 높은 선비의 자세처럼 "곧추 세우는" 행위이다. 나무는 "縮骨功"과 "운기조식"으로 얻은 공력을 "목질 깊은 곳에 골을 파고" 묻는다. 이러한 "시신" 더미를 덧쌓으면서 나무의 신장은 조금씩 더 높은 "우듬지"에 이른다. "縮骨功"과 "운기조식"의 수행은 결국 "우듬지"의 절정에 오르기 위해 자신을 부정하는 극기의 과정이다. 그렇다면, "우듬지"에 이르렀을 때의 모습은 어떠한가? 그것은 "오를수록 발밑에 하늘 무너트리며/ 물컹한 고독에 닿는 일"이다. 광대한 허공 속에 놓이는 것이 나무의 자기 수행의 목표 지점이었던 것이다. 허공 즉 텅 빔은 나무의 삶의 회귀처였던 것이다. "민대머리 지리산 반야봉이나 월출산 천황봉 정상에 가보면/ 모두들 모든 것 망해먹고 빈손의 허공들로나 웅성인다."(「마음經 3」)는 것과 상응하는 정서이다. 그리하여 "광릉 숲 뭇 나무들"에서 지독하게 배어나오는 "쇠비린내"들은 허공("물컹거리는 고독")을 향해 가는 "縮骨功"과 "묵언의 운기조식"의 수행에서 흘러나오는 "기혈"의 냄새이다.

이와 같이 허공, 즉 "물컹한 고독"이 삶의 근원이며 회귀처이고 본성이란 사실은 산과 나무의 경우처럼 수직적 상상력에서만 해당되는 것이 아니라 일상생활 속의 수평적 상상력의 층위에서도 동일하게 적용된다. 시적 화자는 이른바 허공의 생활 철학으로의 내면화를 추구하고 있는 것이다.

屍床臺로나 쓰려고 간수해온
구옥 마루에서 뜯겨나온
박송 한 쪽
벌써 다섯자 두 푼 살과 뼈는 부식되고 녹아서
다만 발굴된 미라처럼 한 매듭 옹이로만 살아 남았다.
이것도 조선소나무의 생존경쟁 방식인가
깊이 감아둔
제일 긴 결은 꼭 풀어내야 한다고
겹겹이 안으로만 둥글게 두 무릎 감싸안듯
결 쫓아 들어간 옹이.
살아서 받은 것 모조리 되돌려주고 잔해마저 없어진 다음에야
가장 늦게 출토된
이 선연한 본색.

―「마음 經 46」 전문

"박송 한 쪽"의 내력과 모양새를 그리고 있다. "살과 뼈는 부식되고 녹아서" "미라처럼 한 매듭 옹이로만 살아남"아 있다. "겹겹이 안으로만 둥글게 두 무릎 감싸안듯/ 결 쫓아 들어간" 모습이 하염없이 겸손하다. "조선 소나무의 생존경쟁 방식"은 이처럼 자신을 낮추는 데 있었던가. "구옥 마루"의 "잔해마저 없어진 다음에야/ 가장 늦게 출토된" "박송 한 쪽", 그 없는 듯한 삶을 살아온, 가장 낮은 곳의 있음이 "선연한 본색"이다. 다시 말해서, 시적 화자는 허공처럼 살아온 삶에서 세상의 "선연한 본색"을 읽고 있는 것이다. 그리고 이러한 "선연한 본색"을 가리켜 화자는 "마음 經"이라고 하고 있다. "박송 한 쪽"이 자신의 마음 공부의 교과서인 것이다. 객관적인 사물에서 그 본질적인 생명력과 정신을 포착해내는 천상묘득遷想妙得의 한 진경을 보여주는 작품이다.

한편, 다음 작품 역시 시적 화자의 마음 공부의 진면목을 형상화하고 있다.

> 일체 소리란 소리 다 꺼뜨리고
> 두 귀에 이어폰 꽂고 한밤 강아지풀은
> 무엇을 더 듣겠다는 것인가.
> 비로소 귀머거리 철벽 적요 속에
> 모양 없는 마음이나 꺼내 듣겠다는 것인가
>
> 바싹 야윈 그 풀의 앙상한 어깨에
> 가볍게 기댄
> 근처 산이 들어라 들어주거라 신명난듯 짖는다.
>
> ―「제1장 제1과」 전문

"강아지풀"은 모든 세상사의 소리로부터 귀를 막고 있다. 세상사의 소리로부터 귀를 막은 까닭은 "무엇을 더 듣"기 위함이다. 그것은 "마음"의 소리이다. “모양”도 색깔도 없는 그러나 세상의 모든 존재의 근원인 마음을 관음하기 위해 “강아지풀”은 “귀머거리 철벽 적요 속에”에 들었던 것이다. 2연은 마음의 소리의 성격을 암시적으로 드러낸다. 세상사로부터 귀를 닫은 “강아지풀”에게 “근처 산이 들어라 들어주거라 신명난 듯 짖는다”. 마음의 소리는 “산”의 소리, 즉 자연의 소리라는 의미로 해석된다. 동양의 고전 전통에서 자연의 운행 원리는 곧 도道를 가리킨다. 따라서 마음의 소리를 듣는다는 것은 도를 느끼고 체득하는 것을 가리킨다. 시인의 시적 삶의 “제1장 제1과”가 마음편이란 점은 삶에서 마음 공부가 근간을 이룬다는 점에 대한 강조이다.

따라서 그에게 가장 절대적인 삶의 참회가 있다면 육신의 욕망과 감정을 마음으로부터 온전히 내려놓지 못한 것이다.

> 지나가거라. 남은 시간들은
> 퇴역한 무용수처럼 한 벌씩 목숨 벗어던지며 자진하리니
> 아직도 손으로 더듬더듬 짚어 가면 삭이지 못한 살피죽 밑 멍울선
> 죄들 만져지느니
> 지나가거라, 언제 나를 던져 피투성이로 너인들 껴안고 뒹굴었느냐
> 폭발한 적 있느냐
> 안전선 뒤에 남 먼저 뒷걸음질로 물러서지 않았느냐*

* 고 임영조 시 가운데서 가져옴.

—「참회록」 부분

지금도 “살피죽 밑 멍울선”을 떨치지 못한 자신을 향해 참회의 일갈을 던지고 있다. “살피죽 밑 멍울선”은 세상사에 대한 분노, 증오, 집착의 응어리가 몸속에 서식하고 있음을 암시한다. “나를 던”지기는커녕 항상 “안전선 뒤에 남 먼저 뒷걸음질로 물러서” 있기만 했지 않았던가. 심약한 소시

민의 일상성으로부터 스스로 벗어나본 적이 없다. 그래서 그는 스스로 "남은 시간들은/ 퇴역한 무용수처럼 한 벌씩 목숨 던지며 자진하"고자 다짐한다. 냉혹한 참회를 통해 없음(無)의 근원을 향한 회귀의 자기결의를 새겨 넣고 있다.

시적 화자는 특히 "문인의 초상"을 이처럼 세속의 허욕으로부터 자유로운 허허로운 모습에서 찾는다.

> 兮山이나 具常은
> 예술원 회원
> 그 평소 고집대로 가볍게 사양하며 밀쳐내었다.
> 5 · 18때 누구보다 고초 겪은 조태일은
> 결코 무슨 보상이나 유공자 신청을 하지 않았다.
>
> 너나 없이 제 그릇대로 한 세상 담고 살 마련이지만
> 가고난 뒤늦게서야 사람이 보인다.
>
> –「문인의 초상*」 전문

* 육명심의 사진집(열음사, 2007) 제목.

대부분의 사람들은 세속적 가치에 대한 성취와 집착의 욕망에 시달린다. 그러나 이와 무관하게 이 모든 것을 "가볍게 사양하며 밀쳐"내고 살았던 문인들도 있었다. 인생의 "그릇"에 대한 비움과 채움의 차이가 당장에는 표나게 드러나지 않을지라도 "가고난 뒤늦게"에는 "사람"의 본성을 지키고 있었는가, 그렇지 못했는가 하는 상반된 평가를 낳는다. 제각기의 "한 세상 담고 살" "제 그릇"은 비울수록 "그릇"의 본령이 유지되는 것이다. 이미 가득 찬 그릇은 그릇의 기능을 감당할 수 없는 것과 같은 이치다. 그릇에서도 허공의 본성이 적용된다.

여기에 이르면, 홍신선은 4편의 신작을 통해 집중적으로 자신의 본성을

찾고 지키기 위한 도정으로서의 비움 혹은 공空에 대해 추구하고 있음을 알 수 있다. 물론, 없음(無) 혹은 공은 "물컹한 고독"(「광릉 숲에서」)으로 먼저 다가온다. 인생사란 충만한 희열보다는 고독이 본색이기 때문일 것이다. 그러나 선연한 본색으로서의 "허공"이 허무주의와 직접 연관되는 것은 아니다. 우리가 세칭 '무無에서 태어나서 무無로 돌아간다.'고 하듯 허공은 회귀점이면서 동시에 시원과도 연관된 역동적인 창조의 무이기 때문이다. 홍신선은 이처럼 깊은 존재론적인 근원의 문제를 초월적인 형이상의 언어가 아니라 내면화된 일상어를 통해 가까운 자리에서 노래하고 있는 것이다.

오래된 미래의 시학

–유안진의 시 세계

일찍이 공자는『논어』에서 온고지신溫故知新을 강조했다. 옛 것을 익히고 새 것을 안다는 것이다. 이를 좀 더 적극적으로 해석하면 옛 것에 대한 깊은 인식을 바탕으로 새 것을 창조해내야 한다는 의미가 된다. 입고출신入古出新이다. 그러나 우리는 언젠가부터 새 것의 질주만을 강조할 뿐 차분히 옛 것으로 들어가는 절차를 무시해왔다. 도시화, 산업화, 서구화를 진보의 대장정으로 맹신하면서 우리의 민족적 전통문화는 부정적인 단절의 대상으로 폄하시키는 풍조가 만연했다. 우리사회의 문화적 현상의 흐름이 지나치게 빠르고 가볍고 얕은 성향을 보이는 까닭이 이와 무관하지 않을 것이다.

21세기의 중심부로 진입해갈수록 도시화, 산업화, 서구화의 폐단과 한계가 도처에서 노출되고 있다. 특히, 인간의 사물화, 단절감, 고립감, 소외의식 등이 점점 더 심화되고 있다. 이러한 상황에서 우리의 건강한 신생의 출구를 위한 지혜는 어디에서 찾을 수 있을까? 그것은 옛 것으로 들어가는(入古) 과정의 선행에서부터 찾아야 하지 않을까? 옛 사람들의 공동체적 삶의 덕목과 지혜를 현재와 미래의 삶의 지표로 재창조해내는 과정이 요구된다는 것이다. 다시 말해, 과거의 역사는 봉인된 화석이 아니라 '오래된 미래'로서 의미를 지닌다.

유안진의 민속시집 『알고考』는 이러한 문면에서 단연 빛을 발한다. 그는 "지난 30년 동안" 자신의 "학문이던 우리 민속을 시로 재음미"(머리말)하여 실감 있게 노래하고 있다. 『한국전통사회의 유아교육』 『한국전통사회의 육아방식』 등의 연구서와 『옛날 옛날에 오늘 오늘에』 등의 많은 민속 산문집을 간행하며 아동학과 여성 민속에 일가를 이룬 그의 학자로서의 역량을 시적 언어로 치환하고 있는 현장이다. 이것은 분명 오늘날 시단의 시류에 "뒷걸음질치"는 일이지만 그러나 사실은 전위적인 "아방가르드"이다. 그에게 과거로의 시간 여행은 미래를 향한 시간 여행이기도 하기 때문이다. 그에게 민속 시는 아득히 시간을 넘어 들려오는 이야기를 통해 현재의 시간을 치유하고 정화하는 제의적 기능을 감당한다.

한편, 이와 같은 민속의 세계는 기본적으로 시적 상상력과 연속성을 지니는 것으로 이해된다. 우리 민속의 근원 심상은 인간과 자연, 인간과 인간, 인간과 신의 근원 동일성에 입각해 있다. 이점은 시적 상상력이 지향하는 초월적 시공간, 우주적 연속성, 동일성의 본원적인 감각과 연관되기 때문이다.

오늘날 그 어느 때보다 민속문화를 보존, 전시, 재현하는 일련의 민속 및 향토문화 행사들이 각 지방마다 활발하게 개최되고 있다. 그러나 대부분의 경우, 관 주도의 행사용으로 전개되면서 현재적 삶과 유기적인 상관성을 이루어내지 못하고 구경거리의 대상으로 객체화되는 양상을 보인다. 민속문화는 단순히 보존해야 할 중요한 문화재로서만 가치 있는 것이 아니라 일상 생활인의 사회적 삶 속에서 전승되는 실체로서 의미를 지닌다. 유안진의 이번 시집은 이러한 문면에서 민속의 현대적 전승 방법의 한 전범을 보여준다. 그의 시적 삶에서 전통 민속은 일상적 삶 속에서 함께 호흡하는 생활 언어이며 철학으로서 의미를 지닌다.

유안진의 민속시집 『알고考』는 민속학을 공부하면서 자료 수집에 도움을 준 "2000여 분의 어르신"(〈머리말〉)의 체험적 삶의 내력을 바탕으로 한다. 그래서 시적 내용 역시 우리의 토속적인 풍속사를 두루 포괄한다. 그리하여 이번 시집 속에는 음양오행사상, 풍수지리사상 등을 비롯하여 조상숭배, 언령숭배, 성기숭배 등등의 한국민속사상의 원류가 녹아 있음을 볼 수 있다.

다음 시편은 동양의 전통적인 우주관인 음양오행의 원리가 전면에 드러나고 있다.

우주는 태극太極
에서, 음양陰陽이 나왔고
음양에서 五行이 나와
水生木
木生火
火生土
土生金
으로 순환하는 오행에서 만물이 나왔다나
오행은 끝없는 반복 순환한다 하지만
대 우주로는 순환일지라도
목숨 하나로는 시작과 끝이 있느니

양수 속의 태아기胎兒期를 거쳐
나무처럼 쑥 쑥 크는 소년기少年期를 지나
불길 활활 치솟는 열정의 청년기靑年期는 짧아
어느 새 흙 같은 포용의 중년기中年期가 기다려
끝내는 써늘한 쇠붙이처럼 식어 가는 노년老年에 다다르는
생애, 다섯 행로의 어디만큼 왔는가
그대 아직도 당당 멀었는가?

―「오행의 어디쯤인가」 전문

음양오행의 우주적 순환 원리를 인간사에 대응시키고 이를 다시 자신의 성찰적 계기로 구체화하고 있다. 무극無極에서 무거운 것(음)은 하강하고 가벼운 것(양)은 상승하여 태극이 되고, 태극의 음양이 서로 만나고 흩어지면서 만물을 생성, 소멸시켜 나가는 걸음걸이(行)를 유형화한 것이 오행五行이다. 여기에서는 목, 화, 토, 금, 수로 순환하는 상생의 순환도를 인간 삶의 연대기에 대응시켜 태아기(수기), 소년기(목기), 청년기(화기), 중년기(토기), 노년기(금기)의 특성으로 풀어내고 있다. 우주와 인간의 존재원리를 일원론적인 연속성 속에서 파악하는 유기체적인 세계관이 바탕을 이루고 있다. 실제로 모든 삼라만상은 고립된 개체가 아니라 우주적 보편성 속에 존재한다. 개체 생명의 생성과 순환 리듬은 우주적 순환 리듬과의 상호 공명 속에서 활성화된다. 이와 같은 동양의 전일적인 음양오행 사상은 정치적 질서뿐만이 아니라 방위, 의복, 색채, 의학, 제의, 풍속 등의 일상적 삶의 형성 원리로 작용한다. 유안진의 이번 시집에서 「양떡과 음떡」「일요일의 의상」「나는 허파이다」 등을 비롯한 여러 시편에 나타나는 세시풍속의 양식, 음식, 제의, 혼례 등에서 음양오행의 원리가 밑바탕을 이루고 있는 주된 배경이 여기에 있다.

한편, 다음 시편은 우리 조상들이 음양의 원리 속에서 인식한 남녀의 상관성을 중심 소재로 다루고 있다.

> 밤낮
> 아래 위
> 안팎
> 년놈
> 국밥
> 수저
> 내외內外
> 강산江山

음양陰陽

이처럼 여성은 남성의 앞자리를 차지했다

신랑은 신부집까지 장가가서 혼례를 올렸다

혼인해도 부인은 남편의 성씨姓氏로 바꾸지 않고 친정의 성씨를 고수했다

처가妻家마을 이름이 남편의 택호宅號가 되었으나
부인의 택호에는 시댁마을 이름이 아닌 친정동네 이름만 붙여졌다

죽은 후에도 남편의 왼쪽자리지만 묘비에는 부인의 성씨가 새겨져
비록 이름 없이 살았어도 자신의 성씨만은 보장되었다

이렇게 우리의 전통문화에도 여성상위가 있었는데 — .

—「레이디 퍼스트의 증거」 전문

전통사회가 가부장적이었다고 해서 여성성이 결코 무시되었던 것은 아니다. 오히려 여성성을 남성성보다 선행시키는 문화가 지배적이었음을 언어 습속이 증거하고 있지 않은가. 남성 우위란 표면적인 현상적 차원일 뿐이었다. 오히려 여성성이 더욱 근원적이고 본질적이라는 인식이 밑바탕을 이루고 있었다. "아내란 본래 안해, 곧 안의 해, 집안의 태양"(「아내, 집안의 태양」)의 의미를 지녔던 것처럼 여성성은 남성성을 보살피고 감싸면서 더불어 살아갈 수 있도록 운용하는 주체로 인식했던 것이다. 그동안 맹목적으로 추수해온 서양문화란 정작 여성의 성씨도 보장해내지 못하고 있지 않은가? 우리 선조들은 "혼례"도 "신부집까지" 가서 올리고 살아서는 물론 죽어

서도 여성의 성씨를 잃어버리는 경우가 없었다. 음양의 상호 의존적인 조화 속에서 삼라만상의 생성이 가능하다는 동양적 우주관이 삶의 질서와 인식을 형성시키는 토대가 되었던 것이다. 이렇게 보면, 오늘날 음양오행의 전일적인 우주관이 서양의 합리적, 이성적, 분석적 사고 속에 가려지면서 "남/녀, 밤/낮, 아래/위, 안/팎" 등의 역동적 평형의 세계에 균열을 심화시킨 것으로도 해석되기도 한다.

한편, 다음 시편은 우리 민속사의 가장 중심부를 이루는 조상 숭배 의식이 표 나게 드러난다.

> 닦을수록 안경알에 안개 끼는 날
> 안개가 짙을수록 눈 밝아지는 안개眼開의 날
> 나의 일부는 당신과 함께 죽었으나
> 당신의 큰 부분은 나와 함께 살아있다고 믿어지는 날
> 촉식觸食하시도록 잊지 않고
> 실과의 상단上端마다 한 꺼풀 둘러 깎아
> 홍동백서紅東白西했다
> 어동육서魚東肉西에
> 두동미서頭東尾西하고
> 접동잔서楪東盞(西하고
> 생동숙서生東熟西하고
> 병동면서餠東麵西하고
> 갱동반서羹東飯西하고
> 좌건우습左乾右濕하고
> 좌포우혜左脯右醯에다
> 조율이시棗栗梨枾의
> 가르쳐 주신 순서대로 차려놓고 엎드려
> 흠향歆饗하시기를 기다리며

이다음에도 꼭 나를 낳아달라고
가슴 쥐여 뜯어가며 키워달라고
떼쓰고 졸라대고 애원하는 애물단지
해마다 딱 한번 사람되는 날.

—「옛날이 오는 날」 전문

인간이 조상을 섬기는 것은 자신의 생명의 근본에 보답하는 것이요, 근원의 시초를 돌이켜 보는 보본반시報本反始의 도를 실천하는 방법이다. 유교의 기본적인 덕목인 효는 바로 이러한 은혜에 대한 보답을 가리킨다. 시적 화자는 조상 숭배에 대해 이보다 한 걸음 더 나아가 현재적 의미를 강조한다. 그는 제삿날을 "옛날이 오는 날"이라고 지칭하고 있다. 여기에서 "옛날"이란 슬픔으로 인해 "닦을수록 안경알에 안개 끼는 날"이면서 동시에 자신의 본성에 대해 눈을 뜨는 "안개眼開의 날"이다. 기일을 맞이하여 제사를 지내는 제의 과정이 "나의 일부"가 "당신과 함께 죽었으"며 "당신의 큰 부분이 나와 함께 살아 있"음을 발견하는 과정이다. 그리하여 제삿날은 자신의 근원을 발견하는 "해마다 딱 한 번 사람 되는 날"이다. 옛날이 과거형의 "구닥다리"가 아니라 현재형의 "거울"(「거울인가 구닥다리인가」)로서 활동하고 있다.

한편, 다음은 풍수지리 사상이 배어 있는 삶의 습속을 자신의 성찰적 거울로 삼고 있어서 이채롭다.

모름지기 발복이란
죽은 이가 명당에 묻힐 자격이 있어야 하고
자손이 복 받을 자격이 있어야 하고
풍수도 사심이 없어야 명당이 눈에 보인다는
三合이 맞아야 한다는 조건이라나
명당을 밟고 서서도 못 보는 풍수들이 많고
사기꾼이 어쩌다 명당에 묻히더라도

발복은 커녕 해害만 입게 된다나

들다보니 지금이 어느 시대인지
결론은 늘 적선지가 필유유경積善之家 必有裕慶이라나
적선도 친. 외가 모두가 최소한 삼대씩이라나
그래서 잘되면 내 탓이요 못 되면 조상 탓이라는 말이
천만번 옳은 말이라나
갑자기 아찔해진다.

—「내 탓에 조상 탓까지」 부분

발복할 수 있는 좋은 풍수란 좋은 명당에서만 찾아지는 것이 아니다. 좋은 명당보다 오히려 스스로 선업을 쌓는 일이 더욱 중요하다. 자신의 마음이 명당이어야 발복할 명당의 주인이 될 수 있다는 것이다. "적선지가 필유유경積善之家 必有裕慶"이라는 풍수사상의 열쇠말이 환기되는 대목이다. 자신을 포함하여 3대에 걸친 선업을 쌓을 때 좋은 명당을 얻을 수 있다는 것이다. 자칫 "잘 되면 내 탓이오 못 되면 조상 탓이라는 말"로 원용되기도 하는 이 경구를 앞에 두고 시적 화자는 스스로 "아찔해"한다. 그는 후손으로부터 "조상 탓"의 대상이 되지 않을 수 있을까? 하는 자문을 하고 있는 것이다. 풍수지리의 민속적 전통을 자신의 삶의 반성적 계기로 삼고 있다.

한편, 다음 시편은 우리 민속에 나타난 성적 상상력을 흥미롭게 드러낸다. 다산 풍요의 여속과 창조적 생명력을 표상하는 성기숭배의 풍속이 흥미롭게 개진된다.

차례를 기다리는 동안 약수터의 촛농청소를 하자는 글이 나붙곤 했다
약수터가 여근女根을 닮았고 물이 있고 달月도 비쳐 빌 곳이 된다고
삼국유사 선덕왕조에 서라벌 부근에 여근곡이 있다더니
물러서 보니 묵직한 바위가 여자의 엉덩이 짝 같았다

짐승소리 없는 한 밤 중, 산신령이나 용신에게 치병이나 생남 합격 승진 등을 빌었지, 흔적으로 한지에 촛농과 시루떡과 북어 등이 놓여 있어, 새벽녘 걸인들이 모여들곤 했으니, 약수터바위가 여근을 닮은 데다, 바로 위에 남근 닮은 바위도 있어, 수태受胎를 빌기에는 적소라고들 했다

—「여근암에 빌었구나」 부분

달月의 음기를 받는 다산풍요의 여속女俗으로, 달밤에, 청계천 수표교 다리 위에서 답교踏橋놀이가 있었듯이, 사찰의 탑돌이나 여인들의 놋다리밟기가 있었듯이, 서귀포 바닷가의 모래가 운모성분으로 달빛에 반짝인다고 배꼽에 모래찜질을 했듯이, 캐지나칭칭나아네와 강강수월래도 달밤놀이로 변했듯이

아직도 곳곳에 남아있는 거풍재나 거풍암은
전시대의 남자들이 정력을 위해 양기 받던 증거이지
"마빽에 피도 안 마른 눔이 거풍하러 간다꼬
텃밭 한 고랑도 못 가는 주제에 거풍하러 간다꼬
할멈도 죽었는데 거풍가면 어쩔라꼬
손자 등에 업혀서 거풍 가는 망령 좀 보게"

입담 좋은 아낙들 웃음소리는 차르르 차르르 쏟아지는데, 뉴스화면은 벌써 경제로 바뀌었다, 요즘남자들은 거풍 같은 거 모르나, 누드고개 누드바위 뉴스는 들어본 적 없잖아.

—「거풍, 남자들의 누드 쇼」 부분

민속학에서 성적 담론은 남녀 간의 사랑을 가리키는 상사병 설화에서부터 다산과 풍요의 기원, 재생과 후손의 발복 등의 이미지로 다채롭게 변주

되어 등장한다. 특히 우리나라에서는 가부장제의 남아선호사상으로 인해 기자祈子를 목적으로 한 성기숭배의 풍속이 자주 등장한다. 또한 성기가 지닌 생산력의 표상에 따라 재난 방지와, 사자死者의 재생과 후손 발복을 염원하는 대상으로 삼기도 했다.

「여근암에 빌었구나」는 "약수터가 여근女根을 닮았고 물이 있고 달月도 비쳐 빌 곳이 된다." 왜냐하면, 달은 "딸과 여성을 상징"하고 "여성인 물은 음력인 달빛으로 생식력이 증강된다 하여, 여근을 닮은 바위나 웅덩이에 물이 고여 흐르면 최고의 기자祈子장소"(「딸은 달이었다」)가 되기 때문이다. 자식을 낳아 혈통을 잇고 가문을 번성시키는 일은 무엇보다 중요했다. 그래서 우리 주변에 코 성한 부처가 드문 형편이 빚어지기도 했다. "코 성한 부처는 우리 부처님 아니시지, 내리 사랑이란 말대로 먼저 온 불교가 늦게 온 유교를 이렇게도 섬겼으니, 혈통으로 가계를 잇는 유교를 위해, 돌부처님 코마다 성할 수 없었지, 코가 문드러져야 더 자비로와 보이셨지"(「왜 하필 부처님 코였지?」)라고 노래할 수 있는 풍속사가 그것이다.

물론, 성은 옛날이나 지금이나 종족 보존의 수단으로만 존재하는 것은 아니다. 그 자체로 정열적인 욕망과 질펀한 해학이 가장 짙게 배어 나오는 언표이기도 하다. "마빡에 피도 안 마른 늠이 거풍하러 간다꼬/ 텃밭 한 고랑도 못 가는 주제에 거풍하러 간다꼬/ 할멈도 죽었는데 거풍가면 어쩔라꼬/ 손자 등에 업혀서 거풍 가는 망령 좀 보게" 등에서 보듯 성적 언술은 어느 시대에나 "차르르 차르르 쏟아지는" 삶의 유희이고 활력소였다. 「1촌 2푼의 깊이로」 「첫날밤의 Y담」 등은 우리의 생활 언어 속에 녹아 있는 성적 언술이 흥미롭게 제시되고 있는 대표적인 시편이다.

한편, 다음 시편에서는 우리 민속에 배어 있는 언령숭배사상을 직접적으로 만날 수 있다. 말이란 단순히 의사 전달의 수단에 그치는 것이 아니라 권선징악의 힘을 지닌 주술적 주체이다.

최영 장군의 제사상에 올리는 돼지머리를

무속에서는 성계육成桂肉이라고 한다지
고려왕족과 충신들을 죽인 댓가였다나

녹두 콩나물을 쉽게 맛이 변하는 반찬이라서
숙주나물이라고 했다나
하룻밤 새 변절하여 수양대군을 따랐고
심지어는 단종비端宗妃를 성노리개로 들이려했던
신숙주를 저주한 아낙들의 보복이었다나

밑반찬으로 즐겨 먹는 곤쟁이 젓갈은
기묘사화己卯士禍의 두 원흉이었던
남곤과 심정의 두 이름자가 변음된 것이었다지
이도 역시 아낙들의 입방아로 물려진 보복이었다나

햇볕에 익었으면 역사가 될 독설毒舌들이
달빛에 젖었다가 별빛에 마르다가
비웃음 쓴웃음을 당의정처럼 덧입고
입殺로 입방아질로 태어났다지
민심이 천심이라, 숯불처럼 이글대던 화롯가의 우수개 소리가
화로가 사라진 오늘에도 살아남아 있다니.

—「입살 맞아 태어났다지」 전문

"숯불처럼 이글대던 화롯가의 우수개 소리가/ 화로가 사라진 오늘에도" 고스란히 "살아남아 있"는 냉엄한 현상이 이야기체로 자연스럽게 전달되고 있다. 이성계는 역사의 표면에서 분명 최영의 승자였지만 그러나 그 이면에서는 분명 패자이다. "최영 장군의 제사상" 앞에서 그는 "성계육"에 지나지 않는다. 그는 무수한 "고려 왕족과 충신들을 죽인" 치명적인 죄의 "댓가"

를 고스란히 받은 것이다. 신숙주, 남곤, 심정 역시 당대에는 변절을 통해 호사를 누렸을지 모르지만 "아낙들의 입방아"에 의해 만대의 조롱감으로 취급된다. 시적 화자는 "아낙들의 입방아"라고 하지만 그것이 곧 "천심"이라는 점을 분명하게 명시한다.

이와 같은 "아낙들의 입방아"를 통한 권선징악의 경계는 우리 민속에서 빈번하게 볼 수 있는 언령숭배사상과 직접 연관된다. 『삼국유사』 수로부인편에 등장하는, 무리의 입은 쇠도 녹인다는 중구삭금衆口鑠金의 원리가 다양한 설화, 민요, 덕담 등을 통해 다양하게 변주되어왔던 것이다. "낮말은 새가 듣고 밤말은 쥐가 듣는다고/ 세 치 혀 밑에 도끼날이 숨었다고/ 장부의 한마디는 일천금一千金이지만/ 여장부의 일언은 일만금一萬金이라고/ 입살(殺) 보살補殺이라고/ 말 한마디에 천냥 빚도 갚는다고/ 말이 씨가 된다고도 했"(「말씨를 추수하다」)던 활동하는 힘으로서의 말의 염력은 현대사회라고 해서 결코 무관한 것은 아닐 것이다. 말은 인간의 소리이면서 동시에 신의 소리이며 계율이기도 한 것이다.

이상에서 보듯, 유안진은 음양오행사상을 비롯하여 조상숭배, 풍수지리, 성기숭배, 언령숭배 등이 배어 있는 재래적인 풍속사를 근엄한 교사의 음성이 아니라 정겨운 이웃 할머니의 음성으로 들려주고 있다. 우리의 민속사를 현재적 삶과의 연관관계 속에서 민속적 전승의 화법에 실어 조근조근 깨워내어 살리고 있다. 이 땅의 조상들이 전승해 온 삶의 양식, 철학, 가치, 정서, 지혜 등이 배어 있는 삶의 덕목을 오늘날 다시 환기하고 일깨워서 풍요로운 공동체적 삶을 향유하고자 하는 시적 의도를 추구하고 있는 것이다. 그래서 그의 시 세계에 귀 기울이면, "혹자는 아주 통쾌하다고 했고/ 혹자는 그래서 나라를 빼앗겼구나 했고/ 혹자는 그래서 과거는 과거만이 아니라/ 현재이고 미래라고도 하"(「거울인가 구닥다리인가」)게 되는 제각기 서로 다른 추임새를 넣게 된다. 이처럼 어느새 독자의 신명을 자신의 시적 공간 속에 끌어들이는 것은 우리 민속사의 저력이면서 동시에 40여 년의 시적 연륜을 넘어서는 유안진의 난숙한 저력이다.

열애의 인생론

−신달자의 시 세계

신달자의 시 세계는 항상 더운 열기가 배어 나온다. “열애”의 열정이 시 세계 전반을 물들이고 있기 때문이다. 그러나 그의 시에서 “열애”의 대상은 어느 특정한 대상으로 국한되지 않는다. 열애의 대상으로 남성이 등장할 때에도 “대구 영천 거조암”의 “오백명의 남자”(「운수좋은 날」)이거나 “자신의 코트 주머니 속으로 내 손을 가져가는” 상상 속의 불특정 “남자”(「우리들의 집」)이다. 그래서 이번 시집『열애』는 제목이 암시하는 일반적인 연시집과는 처음부터 구별된다. 그의 시 세계는 사랑 그 자체가 아니라 오히려 사랑을 사랑하는 열정에 바쳐지고 있다. 이러한 그의 “열애”의 열정은 자신과 주변 일상 그리고 자연의 충만한 생명력에 대한 초극의지, 포용, 연민, 발견의 힘으로 작동하는 특성을 보인다. 그래서 그의 시 세계에서는 자신의 아프고 신산스런 삶의 여정을 노래할 때에도 창백한 비관주의나 허무주의에 떨어지지 않고 오히려 이를 따뜻하게 포용하고 고양시키는 역동성을 드러낸다.

그럼, 먼저 이번 시집의 표제작에 해당하는 다음 시편부터 읽어보자.

> 손을 베었다
> 붉은 피가 오래 참았다는 듯

세상의 푸른 동맥 속으로 흘러 내렸다
잘되었다
며칠 그 상처와 놀겠다
일회용 벤드를 묶다 다시 풀고 상처를 혀로 쓰다듬고
딱지를 떼어 다시 덧나게 하고
군것질하듯 야금야금 상처를 화나게 하겠다
그래 그렇게 사랑하면 열흘은 거뜬히 지나가겠다
내 몸에 그런 흉터 많아
상처 가지고 노는 일로 늙어 버려
고질병 류마티스 손가락 통증도 심해
오늘밤 그 통증과 엎치락뒤치락 뒹굴겠다
연인 몫을 하겠다
입술 꼭꼭 물어뜯어
내 사랑의 입 툭 터지고 허물어져
누가 봐도 나 열애에 빠졌다고 말하겠다
작살나겠다.

–「열애」 전문

아픈 "상처"가 "열애"의 조건이 되고 있다. 이것은 또한 "열애"는 "상처"의 자극으로 향한다는 것을 가리키기도 한다. 그래서 "열애"의 열도를 지속적으로 유지할 수 있는 방법은 "상처"를 "화나게 하"는 데 있다. 화자가 "일회용 밴드를 묶다 다시 풀고 상처를 혀로 쓰다듬고/ 딱지를 떼어 다시 덧나게 하"는 과정을 되풀이하는 까닭이 여기에 있다. 문제는 이처럼 "피 흘리는 사랑"의 경험이 "손을 베"인 경우에 그치는 단발성이 아니라는 점이다. "상처 가지고 노는 일로 늙어버"렸다고 말할 수 있을 정도로, "내 몸에"는 "흉터"가 많다. 다시 말해, 자신의 "상처"를 만지고 보듬고 아끼는 일로 일생을 보냈다고 할 수 있을 정도이다. 이 점은 또한 시적 화자에게 세상은 지속적으로 상처를 주었고 화자는 이를 비관적으로 체념하고 절망하기보다는 스스로를 향한 "열애"의 고투과정을 통해 초극해왔음을 가리킨다. 이렇게 보면, 신달자의 "열애"의 대상은 자신의 그늘 깊은 인생사의 내력이라고 할 수 있다. 그래서 그에게 상처의 고통은 더욱 뜨거운 "열애"를 낳는 계기가 된다. "고질병 류마티스 손가락 통증"의 발병은 밤새 "엎치락뒤치락 뒹"구는 "연인"의 열애를 몰고 올 것이다.

그렇다면 시적 화자에게 자신의 삶에 대한 치열한 "열애"를 갖게 만든 배경은 무엇일까? 이러한 질문 앞에 다음과 같은 "등푸른 여자"의 초상이 등장한다.

바다를 건너왔지

바다에서 바다로 청람 빛 갈매 속살에 짓이겨지면서
그 푸른 광야를 헤엄쳐 왔지
허연 이빨 앙다문 파도가 아주 내 등에서 살고 있었어
성깔 사나운 바다였다
내 이빨 손톱발톱을 다 바다에 풀어 주었다
바다를 건너기 위해서는 단단한 것을 버리고
바다와 몸 섞지 않으면 안 된다
물을 따르기만 했는데 팔뚝 굵어진 여자
망망대해의 질긴 심줄이 등으로 시퍼렇게 몰렸다
드디어
암벽화처럼 푸른 지도가 내 등 위에 그려지고 있었어
내 등에 세상의 바다가 다 올려져 있더군
몇만 겹줄을 벗겨 내도 끔짝 않는 바다
바다를 건너와서도 내려지지 않았다
시퍼렇게 시퍼렇게 바다를 걷어 내어

지상의 돛으로나 우뚝 세우고 싶은

내 몸에 파고든 저 진초록 문신.

–「등 푸른 여자」 전문

시적 화자는 스스로를 "등 푸른 여자"로 지칭하고 있다. 그의 등에는 "몇 만 겹줄을 벗겨내도 꼼짝 않는 바다"가 문신처럼 물들어 있다. 그 내력은 다음과 같다. 그가 헤엄쳐온 바다는 지독하게도 "성깔 사나운 바다"였다. "허연 이빨 앙다문 파도"들의 공격이 지칠 줄 모른다. 이러한 형편에서 그가 바다를 건널 수 있는 방법은 무엇이었을까? 그것은 스스로 "단단한 것을 버리고" 바다에 순응하는 것이다. 그러나 이것도 결코 쉬운 것은 아니다. "물을 따르기만" 했지만 "팔뚝"이 "굵어"지고 "심줄이 등으로 시퍼렇게" 몰려든다. 그리하여 "바다를" 모두 건넜으나 그 흔적은 지워지지 않는다. 여기에서 "바다"란 말할 것도 없이 시적 화자가 헤쳐온 지난한 삶의 세계이다. 난바다와 같은 삶의 역정을 헤쳐온 과정을 팽팽한 밀도와 긴장이 살아 있는 현재형의 실감으로 재현해내는 데 성공하고 있다.

물론, 이 시에서의 "성깔 사나운 바다"란 시적 화자에게 주어진 외부 세계이면서 동시에 자신의 내면이기도 하다. 따라서 그가 "바다를 건너"온 과정은 자신의 마음 다스리기와도 직접 연관된다. 다음 시편은 이점을 암시적으로 드러낸다.

사나운 소 한 마리 몰고

여기까지 왔다

소몰이 끈이 너덜너덜 닳았다

골짝마다 난장 쳤다

손목 휘어지도록 잡아끌고 왔다

뿔이 허공을 치받을 때마다

뼈가 패었다

마음의 뿌리가 잘린 채 드러났다
징그럽게 뒤틀리고 꼬였다
생을 패대기쳤다
세월이 소의 귀싸대기를 때려 부렸나
쭈그러진 살 늘어뜨린 채 주저앉았다 넝마 같다

–「소」 부분

시적 화자가 평생에 걸쳐 끌고 온 "소"란 곧 시적 화자 자신을 가리킨다. 소는 사나워서 늘 "손 목 휘어지"고 "뼈가 패"이도록 힘겨웠다. "징그럽게 뒤틀리고 꼬"이는 여정이었다. "소 몰이 끈이 너덜너덜 닳"아진 상황에 이르면서 소 역시 "쭈그러진 살 늘어뜨린 채 주저앉았다". "세월이 소의 귀싸대기를 때"린 것이다. 이것은 물론 세월이 시적 화자 자신의 모든 울분, 패기, 모험, 일탈, 애증 등등의 욕망들을 길들이고 잠재운 것으로 해석된다. "소"를 몰고 온 세월이 곧 도저한 자기 수련의 과정이다.

시적 화자는 "사나운 소"와 "성깔 사나운 바다"로 표상되는 거친 안팎의 인생길을 헤쳐왔지만 그러나 그녀는 결코 절망하거나 비관하지 않고 이를 능동적으로 초극해내고 있었다. 그것은 그녀 자신을 향한 강렬한 "열애"의 정열이 있었기 때문이다. 물론 이것은 자신에 대한 치열한 "열애"가 없었다면, "성깔 사나운 바다"에서 좌초하고 "마음의 뿌리"가 잘리는 형편이었음을 나타내는 것이기도 하다.

다음 시편에는 시적 화자의 스스로를 향한 "열애"의 과정이 구체적으로 묘사되고 있다.

힘센 오른팔 하나 갖고 싶었으나
지상의 쓸만한 오른팔은
모두 주인 있어
오래 내 몸에 달린 내 오른팔을 배후자로 삼아

걱정 마라 걱정 마라
내 오른 팔로 생을 들고 살았네

—「오른팔」 부분

자기 손으로 자기 몸을 쓸어내리는 것을
자위행위라고 말합니다만
나의 손은 나의 어머니입니다

…(중략)…

오늘도 어머니는
이 세상에서 가장 큰 사랑으로
이불을 고르게 덮어 주시고
세수를 시켜 주시고
밥을 떠먹이십니다
앓는 몸의 땀을 닦아 주시고

—「손」 부분

시적 화자는 스스로 자신을 향한 "힘센 오른팔"과 같은 "배후자"와 자애로운 "어머니"가 되고 있다. 이러한 상황은 물론 세상은 그에게 너무도 인색하고 가혹했음을 가리키는 것이기도 하다. 이미 "지상의 쓸 만한 오른 팔"은 "모두 주인"이 있었고 "앓는 몸의 땀을 닦아"줄 "어머니"는 부재한다. 그래서 그는 스스로 그러한 결핍들을 채우고 보강하지 않으면 안 되었다. 자신의 삶에 대한 치열한 "열애"가 아니고는 결코 감당할 수 없는 영역이다.

한편, 신달자의 시 세계에서 "열애"가 이처럼 자신을 향하고 있었다고 해서 결코 폐쇄적인 자기애에 머무르는 것은 아니다. 그의 자신의 삶에 대한 "열애"는 자연스럽게 외부 세계를 향한 이타적인 지평으로 열리는 면모를 보여준다.

아버지보다 스무 살이 아래인 그 여자
하얀 노인이 되어 임종을 맞아 누워 있네
아버지의 물이 저 여자의 어디까지 스미게 했을까
앙상한 뼈가 한 개 성냥개비 같다
돌아누운 그 여자 꽁지 뼈가 솟은 못 같다
살가웠던 아버지의 더운 손을 저 뼈는 기억하고 있을까

…(중략)…

어머니가 어머니의 손으로 뜯어 간 머리카락은 먼저 이승을 떠났는지
밋밋한 신생아 그것 같다
작은어머니!
누구나 그년이라고만 부르던 차가운 귀에
마지막 선물로 정확한 호칭을 불러 주었다
반시신이 부드럽게 펴지듯 눕는다
붉은 황토물이 여자의 생을 다 훑고 내 어깨에 와서 파도친다

—「작은 어머니」 부분

아버지의 정부였던 "작은어머니"의 주검을 바라보는 애틋한 포용과 연민과 애정의 시선이 드러나 있다. 아름답고 육감적이었던 작은어머니였지만 세월은 "성냥개비" 같은 "앙상한 뼈"만을 남겨놓고 있다. 아버지의 살가웠던 애정도 어머니의 모멸 찬 질시의 흔적도 모두 무화된 모습이다. 마치 "신생아" 같은 본래의 모습으로 돌아간 "작은어머니"에게서 인간의 운명애적인 동질감을 느끼게 된다. "작은어머니!"란 호칭과 함께 "내 어깨에 와서 파도"치는 파문은 "열애"의 시적 정서의 산물이다. "열애"의 정감

이 굴곡 많은 삶을 살았던 "작은어머니"의 시신과의 뭉클한 정서적 감응을 낳고 있는 것이다.

한편, 이와 같이 자기 자신은 물론 주변 인생의 편린까지도 건강하고 따뜻하게 포용하는 "열애"의 시적 정서는 우주 생명의 존재 원리에 대한 직시로 나아가기도 한다. 난바다의 인생사를 넘어온 시적 삶의 체험적 여정이 우주 생명의 이치에 대한 각성의 언어를 펼쳐놓고 있는 것이다.

어둠은 빛에 밀려간 것이 아니라 빛을 밀어올리느라
그렇게 바삐 사라진 것이다
사라진 어둠은 새벽의 옷을 걸치고 대문 안을 들어서고 있다.

—「여명黎明」 부분

배고픈 솟대들이여!
저 허공도 밥이다
하늘 아래선 배곯지 마라
바위 틈새 어린 풀씨 하나도 어제보다 더 자라 있다.

—「저 허공도 밥이다」 부분

시적 주체가 각각 "어둠"과 "허공"이다. 대체로 세계를 인식하는 시각은 현상적인 밝음과 있음의 실체에 집중한다. 그러나 위의 시편들에서는 이들 너머의 근원을 응시하고 있다. 밤의 "어둠"은 "빛"을 불러오고 생성시키는 근원이며 "허공" 역시 모든 있음의 "밥"이며 모태이다. 깊은 어둠이 새벽을 낳고 하늘과 땅 사이의 텅 빈 허공이 삼라만상을 낳는 무위자연無爲自然의 태반이라는 인식이 시적 배경을 이루고 있는 것이다. 마치 태극의 원리에서 음과 양이 서로 다른 것이 아니라 일원론적인 연속성을 지니는 한 몸이라는 사실과 상응한다.

이와 같은 우주 생명의 전일적인 존재 원리가 관능적인 어사를 통해 표현되면 다음과 같은 시 세계를 펼쳐 보인다.

새들이 무작위로 혀로 핥거나 꾹꾹 눌러 주는데
가지들 시원한지 몸 부르르 떤다
다시 한 패거리 새 떼들
소복이 앉아 엥엥거리며
남은 가려운 곳 입질 끝내고는
후드득 날아오른다
만개한 꽃 본다.

—「봄 풍경」 부분

무슨 저런 짐승이 있을까
초록의 몸이 무거워
뒤뚱거리며 누운 저 여름 짐승
숨 쉴 때마다 온 산이 들썩들썩하다
몸의 깊은 곳에서 뿜어져 나오는
화끈거리는 기운
내 몸이 뜨끈뜨끈하다
삼천여자를 데리고 놀고 있는가
씩씩거리며 숨을 헐떡이는
발작 광기를
절정으로 뿜어 대는
저 사내

…(중략)…

그런 광란의 현장을 바라보고 있을 뿐인데

나 갑자기 수태할 것 같다

—「저 산의 녹음」 부분

봄의 "만개한 꽃"이 펼쳐지기까지는 삼라만상의 서로 다른 기운들이 분주하게 교감하고 엇섞이는 과정이 있었음을 노래하고 있다. "몸 부르르" 떠는 성애의 흥분이 꽃을 피우는 심원한 근원이고 동력이었던 것이다. 이 점은 "저 산의 녹음"의 경우에도 동일하다. 여름 산의 왕성한 에로스적 열정의 기운이 실감 있게 감각화되고 있다. 무수한 탄생과 성장의 근육감각이 "광란"하듯 출렁거리는 여름 산의 기세가 시적 화자에게 전이되면서 충만한 에로스적 생명력이 시상의 전반에 넘쳐흐른다. 꽃과 녹음의 절정은 왕성한 "열애"의 절정인 것이다.

여기에 이르면, 신달자의 시 세계를 관류하는 "열애"의 시적 정서가 "한 삼십 년 비에 젖"(「장마」)어 살았던 자신의 삶에서부터 주변의 부박한 인생을 능동적으로 지키고 고양시키는 과정을 거쳐 우주 생명에 대한 재발견, 경이, 흥분, 동일시에 이르고 있음을 알 수 있다. 물론, 이러한 과정은 순차적인 전개가 아니라 동시적이고 연속적으로 이루어지는 것이다. 이렇게 보면, 그에게 "열애"의 열정은 그 자체로 자신의 삶의 역정이면서 우주적 눈뜸의 동력이라고 할 것이다. 그의 시편에서 불교적 수행의 이미지를 통한 인생론이 펼쳐지는 배경도 이러한 문면에서 이해된다.

어둠 깊어 가는 수서역 부근에는
트럭 한 대분의 하루 노동을 벗기 위해
포장마차에 몸을 싣는 사람들이 있습니다

…(중략)…

해고된 직장을 마시고 단칸방의 갈증을 마십니다

젓가락으로 집던 산낙지가 꿈틀 상 위에 떨어져
온몸으로 문자를 쓰지만 아무도 읽어내지 못합니다
답답한 것이 산 낙지 뿐입니까
어쩌다 생을 속임수에 팔아버린 여자도
서울을 통째로 마시다가 속이 뒤집혀 욕을 게워 냅니다
비워진 소주병이 놓인 플라스틱 작은 상이 휘청거립니다
마음도 다리도 휘청거리는 밤거리에서
조금씩 비워지는
잘 익은 감빛 포장마차는 한 채의 묵묵한 암자입니다

—「저 거리의 암자」 부분

"포장마차"가 "거리의 암자"와 동일시되고 있다. 포장마차에서 벌어지는 일련의 삶의 부대낌, 성토, 고민, 악다구니들이 사실은 인생의 본질이며 그 자체이기도 하다. "사라진 어둠"이 "새벽의 옷을 걸치고 대문 안을 들어서"(「여명黎明」)듯 포장마차 속에 들끓었던 애환들은 또 다른 희망으로 몸바꿈을 하고 나타날 것이다. 그래서 포장마차의 하룻밤은 "금강경 한 페이지" 넘기는 용맹정진의 의미를 지닌다. 번잡한 서울의 거리가 곧 수행의 도량이다. 이와 같이 세속의 진흙탕이야말로 가장 좋은 도량이기도 하다는 언명은 누구나 할 수 있을 것이다. 그러나 신달자가 말할 때 그 본래의 깊은 의미가 제대로 살아난다. 그것은 스스로 "허연 이빨 앙다문 파도가" 넘실거리는 인생의 "망망대해"(「등 푸른 여자」)를 건너오는 체험을 통해 "어둠"이 "빛을 밀어 올리"(「여명黎明」)고 "저 허공도 밥이다"(「저 허공도 밥이다」)는 사실을 터득한 당사자의 목소리이기 때문이다. 앞으로 그의 시적 삶의 생성원리이며 미의식에 해당하는 "열애"는 어떤 노래를 펼쳐 보일까? 아마도 "순금으로 등을 켜고/ 거리에서 순금의 자비를 내리"시는 "개나리꽃"(「개나리꽃 핀다」) 같은 시편이 주조를 이루지 않을까? 기대와 기다림의 설렘을 갖게 한다.

우주 생명의 리듬과 인간의 시간
–정양의 시 세계

지구상의 모든 삼라만상은 해와 달의 순환 주기를 중심축으로 생명 과정의 자기 조직화 운동을 전개해나간다. 모든 개체 생명의 고유한 시간 리듬은 그 자체의 내생적 시간과 해와 달의 시간 주기의 상호 교감과 공명 속에서 형성된다. 고등 동물은 물론 작은 풀꽃 하나도 살아 있는 우주적 깊은 시간을 호흡하고 있는 것이다. 그래서 지상의 모든 삼라만상의 생명 과정은 해와 달의 움직임에 상응하는 거대한 우주의 오케스트라에 비견된다. 들판의 곡식이 싹을 틔우고 나무 열매가 익어가고 꽃이 만개하고 바다의 밀물과 썰물이 교차하는 모든 생명의 활성은 해와 달의 운행 원리에 따라 전개되고 있는 것이다. 다시 말해, 삼라만상의 시간 리듬은 지구가 공전하고 자전하면서 펼쳐지는 낮과 밤의 주기적인 교체로 인한 하루의 변화, 춘하추동 사시의 교체로 인한 1년의 변화와 상호 교통하면서 형성되어간다.

그래서 일찍이 중국에서는 이미 선사시대부터 자연의 변화 원리와 그 속성을 음과 양의 기운이 서로 갈마드는 태극을 바탕으로 한 역학적易學的 상상력을 정립해나갔다. 주나라의 역학(주역)에서는 태극이 양의를 낳고 양의가 사상을 낳고 사상이 팔괘를 낳고 팔괘가 길흉을 정하고 길흉이 대업을 낳는다고 했다(易有太極 是生兩儀 兩儀生四象 四象生八卦 八卦定吉凶 吉凶生大

業, 『주역』, 「계사상전」 제11장). 이것은 하루라는 개념에 낮과 밤이라는 두 가지 속성이 있으며, 1년이라는 개념에 춘하추동 사시의 기운 변화가 내재되어 있음을 가리킨다. 또한 만물의 생화 작용에 있어서도 양 기운이 움직여 양의 정기를 음에게 주면 고요한 음은 이를 수태하여 만물을 생성한다. 하늘의 기운이 정기를 땅에 베풀면 땅은 이를 포태하여 만물을 생화시킨다.

이와 같은 우주의 운행 원리를 가리켜 동양에서는 도道라고 지칭해왔다. "태상노군설상청정경太上老君設常淸靜經"에 따르면, 큰 도는 형체가 없으나 천지를 낳아 기르고, 큰 도는 정이 없으나 일월을 운행하며, 큰 도는 이름이 없으나 만물을 기르니, 내가 그 이름을 알지 못하나 굳이 명명하여 도라고 한다(老君曰 大道無形 生育天地, 大道無情 運行日月 大道無情 長養萬物 吾不知其名 强名曰道)고 설파한다. 이렇게 보면, 주로 해와 달의 순환 주기에 따라 세시歲時, 즉 한 해의 네 계절을 중심으로 한 자연력(자연의 운행법칙)과 이를 바탕으로 한 의례력(전통적인 의례), 생업력(생산주기)이 중첩되는 세시풍속은 도道의 율동의 마디절 혹은 우주 생명의 시간 리듬이라고 할 것이다.

정양의 시집 『철들 무렵』은 주로 세시풍속의 전통과 이에 상응하는 인간 삶의 문화와 자신의 생활 감각을 노래하고 있다. 이것은 오늘날 자본주의 일상 속의 '세속적 시간'의 지배 속에서 우주적 근원의 '신성한 시간'을 깨우고 재생시키는 의미를 지닌다. 그리하여 세속화된 현실의 성화를 통해 새로운 신생의 계기를 획득하게 되는 것이다. 이를테면, 설날은 점차 비속화된 한 해를 보내고 생명감으로 충만한 새로운 탄생의 신성한 계기이며 마을의 풍년을 기원하는 당산제를 지내거나 산신제를 지내는 것은 마을을 지키는 신들의 시공간을 경험함으로써 다시 신성성을 회복하는 통과 제의이다.

우리민족의 세시풍속의 주기는 양력과 음력을 동시에 고려하는 이원적 역법의 관행을 따랐다. 이를테면, 설과 보름 등은 음력에 근거했다면 입춘과 동지 등은 양력에 근거한다. 양력과 음력이 가지고 있는 한 달 주기의 정확성을 각각 필요에 따라 적절하게 사용하여 24절기와 설, 대보름, 한식, 동지, 삼짇날, 단오, 유두, 칠석, 백중, 추석, 중양 등의 마디절을 설정했던 것이다.

정양의 시집『철들 무렵』은 입춘, 우수, 경칩에서부터 시작하여 입동, 대설, 소한에 이르는 세시풍속을 순차적으로 노래하고 있다. 세시풍속의 처음은 세상사에 봄을 선언하는 입춘이다.

> 얼다 녹은 냇물에
> 살얼음 낀다 살얼음 밟듯
> 목숨 걸고 봄이 오는지
> 궁금한 수심水深을 길어올리는
> 피라미 한 마리
> 하얀 뱃바닥으로 살얼음을 만져보고
> 갸웃거리며 다시 가라앉는다
>
> –「입춘」 전문

입춘은 봄의 시작을 알리는 절기이다. 동면기의 겨울이 마감되면서 세상은 점차 부산해진다. 이때 내리는 비는 만물을 소생시키는 촉기가 되고, 이 빗물을 함께 마시고 동침을 한 부부는 수태를 기약할 수 있게 된다고 한다. 옛날 중국에서는 입춘의 풍경에 대해 동풍이 불어 언 땅을 녹이고, 동면하던 벌레가 움직이기 시작하며, 물고기가 얼음 밑을 돌아다니는 모습을 떠올렸다. 여기에서는 세 번째 항에 대응하는 얼음 밑 "피라미 한 마리"의 몸동작에서 봄의 전령을 읽어내고 있다. 봄은 두꺼운 얼음이 "살얼음"으로 얇아지는 미세한 감각의 변이를 통해 온다. "피라미 한마리"가 "하얀 뱃바닥"의 피부감각으로 얇아진 살얼음의 감촉을 느끼고 있다.

입춘과 우수가 있는 2월은 짧은 달이지만 음력으로는 설날과 대보름이 있는 정월이기 때문에 가장 중요하다. 「설날」「정월 대보름」은 달의 신화적 상상력과 연관된다.

양력으로 한 물 걸러먹었어도
해 뜨기 전에 차례 모시고 세배 드리고
덕담도 듣는 진국은 그냥 음력으로 남아 있다
양력 핑계로 요즘은 세배 나설 데도
세배 받을 일도 팍 줄었고
고샅길에 고시레로 버려진 설 음식도
꼬맹이들 못 들어오게 백지 썰어 새끼줄에 매단
썰렁했던 금禁줄도 이제는 없다
마을 돌며 세배 다니던 음력의 꼬맹이들이
금줄 친 사립 앞에는 퉤퉤 침을 뱉던 그 꼬맹이들이
이제는 아들 딸 며느리 손주들에게 세배를 받는다
마을 도는 일도 덕담도 설 음식도 안중에 없는
엄마한테 도로 털리는 만 원짜리를
천 원짜리로 바꿔달라고 조르는 요새 꼬맹이들도
안 먹어도 뱃속 두둑한
두둑해진 주머니를 역시 진국으로 여긴다

―「설날」 전문

머슴집 아이들 부잣집 아이들
함께 어울려 밥 빌러 다니는 날
아이들 소쿠리에 집집마다
아낌없이 밥을 퍼주는 날
오늘은 하루에 오곡밥 아홉 번 먹는 날이다
오곡밥이 별거냐, 집집마다 퍼주는 밥을
소쿠리에 섞어 먹으면 오곡밥이지
절구통 위에 걸터앉아서 개하고도 나눠먹는다
있는 집이나 없는 집이나

이렇게 골고루 나눠먹으면 이 세상에
걱정할 게 뭐 있겠냐고
다가온 보릿고개보다 더 뒤에 다가올
더위나 걱정하자는 듯이

내더우내더우내더우
니더우내더우맞더우

더위 팔아먹고 되파는 재미로
코 앞에 다가온 보릿고개 짐짓 잊어보는
널널한 정월대보름

—「정월 대보름」 전문

음력의 주기는 달의 순환원리를 표상한다. 섣달그믐과 정초는 달의 죽음과 재생의 극점일 뿐 아니라 지나가는 한 해와 새해의 전환점에 해당하는 통과의례의 전이기에 해당한다. 설은 새로운 해를 맞이하는 전기에 속하기 때문에 매사에 삼가하고 자제해야 한다. 그래서 조상신과 웃어른에 의례를 바치는 종적인 관행이 두드러진다. 반면에 보름은 설과 반대로 달이 완전하게 차오르는 상태이므로 잠복과 죽음을 넘어 활동과 재생의 기운이 발현된 때이다. 그래서 보름은 밝음과 여름을 상징한다. 보름에 '더위팔기' 민속이 행해지는 것도 이와 연관된다. 달의 상징에 따라 인간의 다양한 삶과 풍속이 형성되었던 것이다.

세태의 변화에 따라 "마을 도는 일도 덕담도 설 음식도 안중에 없"지만 그러나 어른들께 세배를 하는 종적인 관행과 "두둑"하도록 안으로 내실을 챙기는 풍속은 여전하다. 정월대보름에는 포만감으로 그득한 풍요와 '더위팔기' 풍속이 펼쳐진다. 천상의 충만한 달처럼 지상의 삶도 충만했던 것이다.

그러나 인간 삶이 늘 자연의 운행 원리에 상응하는 것만은 아니다. 인간의 생체 리듬은 가끔씩 천상의 척도로부터 일탈을 시도하기도 한다.

출근하면서 연구실 문을 잠근다
누가 문을 두드려도 시늉도 하지 않으리라
마침 강의도 없다 밖에 안 나가려고
쉬야도 세면대에 하고 점심 저녁 쫄쫄 굶고
앉았다 일어났다 눈 감았다 떴다 어둡도록
불도 안 켜고 무슨 쫌뺑인지 나도 모르겠다
나를 위해서든 누굴 위해서든
아무 짓도 하지 말아야 세월이 옹골질 것 같다
봄날이 오든 가버리든 밤낮이 길든 짧든
내버려둬라 내비둬라 냅둬라 낯익은 말투로
시간이 나를 포기할 때까지 나도
세월을 포기하면서 뒨전거렸다

—「춘분」 부분

낮과 밤의 길이가 같아진 춘분은 대지 속의 생명의 촉기가 눈을 뜨기 시작하는 때이다. 그래서 농경사회에서는 논과 밭의 밭갈이를 시작하고 철이른 화초의 파종을 하고 화단에 흙을 일구어 식목을 준비해야 한다. 그러나 시적 화자의 생체 리듬은 "아무 짓도 하지" 않고 "내버려둬라 내비둬라 냅둬라"라고 되내이기만 한다. 우주의 리듬에 대한 순응으로부터 일탈하여 "시간이 나를 포기할 때까지 나도/ 세월을 포기하면서 뒨전거"려보는 것이다. 마음으로부터 일어나는 성정性情이 자연의 이법과 어긋나는 현장이다.

그러나 이러한 인간의 자의식이 자연의 시간 리듬 전반을 교란시키지는 못한다. 그래서 경칩, 삼짇날, 청명, 곡우를 지나 여름철에 이르면 농경사회에서도 파종기를 지나 성장기가 펼쳐진다. 입하, 소만, 망종, 하지, 소서, 대서로 이어지는 절기는 들판의 곡식들과 산천의 나무들이 왕성하게 성장하는 절정의 시절이다. 특히 하지는 밤이 가장 짧고 낮이 가장 긴 여름의 극점이다.

> 오뉴월 하룻볕이면 풀나무가 석 짐이라고 잊어먹을 만하면 그 하룻볕을 일삼아 내세우던 동갑내기 후배, 생일이 나보다 보름이나 빨랐다 풀나무를 석 짐은 베어 말린다는 당당하던 그 하룻볕도 하릴없이 기가 꺾이는 저녁나절, 하지감자는 아무 때나 캐먹어도 갈 데 없는 하지감자라며 하지 되기 전부터 동갑내기랑 함께 도둑감자 캐먹던 비탈밭, 이제는 하지감자 대신 망초꽃 뒤덮인 묵정밭머리에 한세상 함부로 거덜내고 돌아온 저녁놀이 수십 년 묵은 하룻볕을 한꺼번에 헤아린다
>
> —「하지夏至」 전문

"하지"는 "오뉴월 하룻볕"이 무섭다는 말이 가장 실감나는 절기이다. 우리 조상들은 "하룻볕"에 따라 크게 성장하는 들판의 곡식을 보면서 시간에 대한 경외와 연장자에 대한 겸손을 내면화했던 것이다. 시적 화자는 "하지" 속에서 "하지"를 대상화하고 있다. "오뉴월 하룻볕이면 풀나무가 석 짐"이라며 나이 자랑을 하던 "동갑내기 후배"나 시적 화자도 이제는 "하지"의 청년기를 지나 "저녁놀"이 저물어가는 황혼기에 이르렀다. 황혼기의 나이에 하지의 절기를 바라보면서 스스로 지나온 삶의 내력을 성찰해보고 있는 것이다.

일음일양지위도一陰一陽之謂道라고 일컬은 바처럼 하지는 양의 기운의 극에 이르자 그 양의 기운에 막히어 음의 기운으로 선회하기 시작하는 절기이다. 그래서 하지부터는 점차 밤이 길어지고 내적 수렴의 기운이 일어나기 시작한다. 하지를 지나 소서, 유두, 복날, 대서를 넘어서면 입추에 접어든다. 입추부터는 밖으로 확장하던 여름의 무성함이 서서히 안으로 수렴되면서 내적 균정을 이루어간다. 그래서 가을은 남성적인 공격성보다 여성적인 성찰의 속성을 지닌다. 정양의 시 세계는 입추를 지나면서부터 점차 견고

한 내성의 언어로 전환되기 시작한다.

더위는 아직 얼마든지 남아 있고
몹쓸 병이나 들었는지 여름 내
걸핏하면 목이 잠긴다
언젠가는 너를 꼭 만날 것처럼
미리 목이 잠긴 채
세상일 부질없고 헛되다는 걸
한평생 헛것에 매달려 산다는 걸
나는 영영 깨닫지 못할 것만 같다
영영 깨닫지 못하더라도
깨닫지 못하는 걸 슬퍼할
가을은 이 세상에 꼭 와야 한다고
미리 목이 잠겨서
징징거리며 그시랑 운다

—「입추」 전문

밤이 길어진다고
세월은 이 세상에
또 금을 긋는다
다시는 다시는 하면서
가슴에 금 그을수록
밤은 또 얼마나 길어지던가
다시는 다시는 하면서 금 그을수록
돌이킬 수 없는 밤이 길어서
잠은 이렇게 짧아지는가

—「추분秋分」 전문

입추는 아직 여름의 여운이 남아 있다. 그러나 이미 내부로부터 여름날의 무성한 양의 기운이 수그러들고 서서히 음의 기운이 발현되기 시작한다. 여름의 직선적인 외적 확산도 사실은 "부질없고 헛"된 것은 아닐까? 이 세상에 모든 것은 변화하고 마침내 소멸하는 것이 아닌가? 그러나 "한평생 헛것에 매달려 산다는 걸/ 나는 영영 깨닫지 못할 것만 같다". 이러한 목소리에는 여름의 절정기에 대한 미련과 아쉬움의 정감이 묻어난다. 그렇다고 해서 "가을"이 오지 않기를 바라는 것은 아니다. 다만, 세월이 물결처럼 흘러가고 모든 것이 변화하는 것에 대한 아쉬움을 떨칠 수 없다는 것이다. "미리 목이 잠겨서/ 징징거리며 그시랑" 우는 소리에는 지난 시간에 대한 아쉬움과 다가올 시간에 대한 기다림의 정감이 혼재한다.

추분에 이르면 점차 짧아지던 낮이 마침내 밤과 길이가 같게 된다. 추분을 마디절로 곧 찬 서리가 내리고 밤이 차차 길어진다. 한 해가 종착지점을 향해 치닫기 시작한다. 시적 화자는 길어지는 밤과 마주하게 된다. 밤의 어둠은 자신의 내면을 반사시키는 거울이 된다. "가슴에 금"들이 드러난다. 그 "가슴의 금"들은 다시 "금을 긋는다". 성찰과 회한이 상처처럼 아프게 느껴지는 시간들이다. 이러한 내성의 시간들이 어느덧 "억새꽃 하얗게 부풀고" "은행잎들" "노랗게 물들고" "감나무마다 주렁주렁 붉"게 여물고 "햇볕도" "철이"(「한로寒露」)들게 한다.

내적 수렴과 성숙의 가을을 지나 입동에 이르면 도저한 내적 견인에 해당하는 소멸과 텅 빈 무(없음)의 국면으로 진입한다. 삼라만상이 탄생 이전의 근원으로 회귀하기 시작하는 것이다.

둘로 내어 이불 아래
숨겨둔 허리토막도 있었거니
토막 낸 그 밤이 얼마나
간절했는지 허망했는지는 몰라도
눈 깜짝하는 틈에 가버리는 청춘이

눈 멀고 보면 진땀나게 길었으리
토막 낸 허리와 눈 먼 청춘을
그 간절했던 거 진땀나는 거 허망했던 거
길고 짧은 거 뜬 눈으로 일일이 대보라고
동짓달 긴긴 밤도 마침내 눈이 멀었다

—「동지」 전문

겨울이 시작되면서 온갖 "벌레들"도 "다 땅 속에 숨"(「입동」)어 들어 긴 잠을 청한다. 소설小雪의 눈보라와 대설大雪의 큰 눈을 맞으면서 점점 세상은 추위와 어둠으로 깊어져서 마침내 밤이 가장 긴 동지에 이른다. 동지는 여름의 하지의 대칭점이다. 조선시대의 황진이가 동짓날 긴긴밤의 한 허리를 잘라내었다고 해서 동짓날 밤이 짧아진 것은 아니다. 오히려 제각기 동짓날의 긴 밤을 잘라내어 붙이고 싶었던 소중한 날들을 회상하게 되면서 밤은 더욱 길게 느껴지게 된다. 밤의 지층이 깊이와 더불어 자신의 내면의식의 발견 또한 심화된다.

그러나 동지 또한 일음일양지위도一陰一陽之謂道의 이치에 따라 양의 기운으로 선회하는 출발점이 된다. 음의 기운이 음의 기운에 막히어 양으로 선회하는 지점이다. 그래서 고대인들은 이 날을 태양이 죽음으로부터 부활하는 날로 인식하기도 했다. 긴 밤은 역설적으로 낮을 불러오는 동인으로 작용하는 것이다.

한편, 동지를 지나 소한을 거쳐 대한에 이르면 세시풍속은 자신의 꼬리를 덥석 문 우로보로스의 뱀처럼 순환 주기의 매듭을 짓게 된다. 한 해가 마무리되면서 새해의 역동적인 출발을 준비하게 되는 것이다.

정말로 소한小寒한테 놀러 갔는지
놀러 가서 남은 추위 다 꾸어주고
제풀에 널부러졌는지

큰대大짜가 무색하게 날이 푹하다
한 나절 내내 햇살에 지친 누렁이는
날씨 탓인지 나그네를 짖지도 않는다
저러다 느닷없는 강추위처럼
사납게 다가올지도 모르지
대한날 제풀에 오갈 든 나그네가
조심조심 누렁이 옆을 지나고 있다

—「대한大寒」 전문

"대한"은 절기의 명칭상으로 가장 추운 때이지만 사실은 추위가 한 풀 꺾인 때이다. 그래서 '대한이 소한 집에 놀러 갔다가 얼어 죽었다.'는 말이 생겨나기도 했다. "느닷없는 강추위"가 올 수도 있지만 그러나 "큰 대大짜가 무색하게 날이 푹하"다. 이제 얼어붙었던 대지와 차가운 하늘도 서서히 몸을 풀기 시작한다. 섣달그믐 날 수세로 불을 놓아 묵은 한 해를 완전히 폐기시키면서 다시 왕성한 한 해의 출발지점을 향하게 되는 것이다. "제풀에 오갈든 나그네가/ 조심조심 누렁이 옆을 지나고" 있는 것은 제액초복의 풍요를 맞이하는 여유로운 모습으로 읽힌다.

세시풍속은 천체의 운행원리에 따른 시간 주기와 이에 대응하는 인간의 시간 의식과 생활양식의 총화이다. 그래서 세시풍속의 제의 과정은 인간의 생활 철학과 우주관을 집약적으로 드러낸다. 특히 세시풍속의 문화 현상은 자연을 경배하고 모시는 생명 공동체의 대동적 삶을 보여준다. 따라서 세시풍속에 관한 시적 탐구는 인간 삶의 우주적 존재성과 본질을 각성시키는 중요한 의미를 지닌다. 특히, 오늘날 '상인의 시간'이 주도하는 현실에서 신성한 근원의 시간을 추적해보는 것은 그 자체로 현재적 삶의 성화와 우주적 도道의 율동의 자각으로서 중요한 의미를 지닌다.

다만, 정양의 시집 『철들 무렵』의 세시풍속에 대한 시적 탐색이 민속신앙의 현재적 가치, 세시풍속의 주술성, 민속놀이의 대동적 신명 등에 대해 좀 더 깊이 헤집고 들어갔다면, 자신의 삶의 내성의 언어를 넘어 우주공동체적 영성의 웅혼함을 획득할 수 있었을 것이다.

한편, 정양의 이번 시집 2부는 1부의 연장선에서 자신의 삶에 대한 감각적 성찰을 주조음으로 하고 있다. 이것은 그의 삶의 연대기가 어느덧 황혼의 시간 혹은 늦가을의 절기에 해당된다는 것과 무관하지 않다.

은행나무 줄줄이 서서
노랗게 눈부신 길로
늙은 내외가 걸어갑니다
길바닥에 깔리는 노란 잎새 사이
드문드문 떨어진 누런 열매를
발길 멈추며 줍기도 합니다
아직 잎새가 푸른 은행나무도
드문드문 서 있습니다
떨어질 열매도 없는 아직도
푸른 잎 무성한 은행나무 밑에서
은행나무도 수컷은 철이 늦게 드나보다고
할머니가 혼잣말처럼 두런거립니다
철들면 그때부터는 볼 장 다 보는 거라고
못 들은 척하는 할아버지 대신
가을바람이 은행나무 푸른 잎새를
가만가만 흔들며 지나갑니다

—「철들 무렵」 전문

시적 화자는 "노랗게 눈부신 길로" 걸어가는 "늙은 내외"의 모습을 바라보고 있다. 할머니가 혼잣말을 한다. "은행나무도 수컷은 철이 늦게 드나보다". 이에 할아버지는 마음속으로 응답한다. "철들면 그때부터는 볼 장다 보는 것"이라고. 물론 여기에서 할아버지의 응답은 시적 화자의 내면의 언어이다. 시적 화자는 스스로 관찰의 대상이면서 관찰자이기도 하다. 시상의 바탕을 이루는 가을 이미지는 성숙한 수렴과 성찰의 지점에 도달한 시적 화자의 내면 의식을 가리킨다.

어느 철학자는 황혼이 깃들 무렵에야 미네르바의 부엉이가 날개를 퍼덕이기 시작한다(헤겔)고 설파한 바 있다. 황혼이 깃들 무렵 세상을 응시하는 지혜의 눈빛이 가장 밝아진다는 것이다. 낮의 시간의 굴곡을 두루 거친 이후의 여유로운 황혼의 풍경 속에 선 정양의 시선이 앞으로 더욱 하늘과 땅의 생명 원리와 인간 삶의 영원한 근원을 유현하게 직시하고 노래할 것으로 기대하게 된다.

비움 혹은 자아를 찾는 여로

-김초혜의 시 세계

김초혜의 시집 『사람이 그리워서』는 절제와 여백의 미적 형식을 통한 비움의 여로를 종요로운 생활 언어를 통해 펼쳐내고 있다. 그는 자신의 연륜이 더해갈수록 더욱 맑고 순수한 어린아이가 되길 갈망한다. 그리하여 궁극에는 자아의 존재조차 망각된 무심無心과 무아無我의 경지에 이르고자 한다. 이처럼 자신과 자신을 둘러싼 외부 세계를 비우고 지우는 무화의 도정이란 무엇인가?

이에 대해 불가의 『반야심경』은 등불 같은 일깨움을 전한다. 관자재보살 행심 반야바라밀다시 조견오온개공 도일체고액觀自在菩薩 行深 般若波羅密多時 照見五蘊皆空 度一切苦厄. 관자재보살이 깊은 반야바라밀다를 행할 때에 오온이 모두 공했음을 비추어보고 일체의 괴로움과 액란에서 벗어났다. 오온이란 무엇인가? 그것은 색色, 수受, 상想, 행行, 식識을 가리키는 바, 우리가 '나'라고 믿고 있는 것이다. 오온이 무상하고 공하다는 것은 곧 자아가 무상하다는 것이다. 만물의 생멸은 이처럼 무상한 것의 모임이며 흩어짐이다. 젊음, 재산, 명예, 애인, 친구 등 나를 구성하는 모든 것들은 장마철 구름처럼 수시로 변한다. 나의 구성물이 변화하고 소멸한다는 것은 '나'란 실체가 아니라 공空이며 무無임을 가리킨다. 물론, 사정이 이렇다고 해서 삼라만상 제각각의 존재성이 없는 것은 아니다. 산은 산이고 물은 물이다. 그러나 어디에도 영속하는 실체는 없다. 오직 수시로 변화하는 오온의 물결에 따라 모이고 흩어지는 형태가 있을 뿐이다. 산은 산이 아니고 물은 물이 아닌 것이다. 그래서『반야심경』은 다시 노래한다. 색불이공 공불이색 색즉시공 공즉시색 수상행식역부여시色不異空 空不異色 色卽是空 空卽是色 受像行識 亦復如是. 색은 공과 다르지 않으며 공 또한 색과 다르지 않아서 색즉시공, 공즉시색이니, 수, 상, 행, 식 또한 이와 같다.

김초혜의 시 세계는 이처럼 모든 존재는 유한하며 무상하다는 명제의 직시에서부터 출발한다.

> 먼저 핀 꽃도
> 나중 핀 꽃도
> 모두 다 지는 꽃이라
>
> 그대가 어제 피운 꽃 한 송이
> 오늘은 내게 와서 지고 있다

—「편지」 전문

세상의 모든 있음은 없음이 된다. "먼저 핀 꽃"이든 "나중 핀 꽃"이든 이 점은 다르지 않다. "어제" 피고 "오늘"은 진다. 꽃이 핀다는 것은 지는 과정이며 지기 위함이다. 세상의 모든 삼라만상이 무상無常하다고 말하지 않을 수 없다. 불가의『열반경』에서는 제행무상시 생멸법諸行無常是 生滅法이라고 적고 있다. 무상하다는 사실이 나고 죽는 세상의 법인 것이다. 우리 존재도 변화하고 우리의 존재를 구성하는 환경도 수시로 변화한다. 오온五蘊이 공空이지 않은가.

그러나 이를 가리켜 세상사는 모두 헛되고 무가치하다고 성급하게 비관하는 것은 옳지 않다. 오히려 모든 삼라만상이 제각기 고유한 실체가 아니라 무량한 인연의 실타래의 산물이라는 점에서 더욱 깊고 신성하게 느껴진다. "먼저 핀 꽃도/ 나중 핀 꽃도" 모두, 시인 서정주 식으로 말하면 봄밤의 소쩍새 울음, 여름날의 천둥소리, 가을밤의 무서리의 신묘한 인연들 속에서 탄생한 우주적 결정체이다. 삼라만상이 모두 취산聚散하는 우주적 인연의 열매이기에 더욱 가치 있고 더욱 무궁하다. 모든 개체가 고유한 절대적 본질이 아니라 끊임없이 자기 조직화하는 우주적 인연의 산물이라는 사실은 궁극적으로 절대적 자아 또한 없다는 사실을 일깨워준다. 오온이 공空한 줄 알면 아공我空도 분명해지는 것이다.

이렇게 보면, 나의 몸도 '나'가 아니라 수시변통하는 나의 구성물이다. 따라서 나의 몸이란 잘 다스리고 다루어야 할 '나의 것'이지 '나' 그 자체는 아니다.

몸이 비대해지면
내가 지고 갈 수 없고

내가 황폐해지면
몸이 나를 지고 갈 수 없으니

—「몸살」 전문

몸이 대상화되면서 자아와 구별되고 있다. 몸이 곧 절대적 자아라는 인식은 몸의 욕망, 감각, 충동의 충족을 삶의 궁극적 목적으로 생각하게 한다. 그러나 몸의 탐욕에 대한 추종은 결국 나를 해치는 행위가 된다. "몸이 비대해지면/ 내가 지고 갈 수 없"게 된다. 그래서 나의 삶은 파탄을 맞게 된다. 따라서 몸은 잘 다스리고 관리해야 할 대상이다. 그렇다고 해서 '몸'과 변별되는 고정 불변의 자아가 존재하는 것은 아니다. 몸을 제외한 다른 나의 구성물이 "황폐해지면" "몸이 나를 지고 갈 수 없"게 된다. 그래서 나의 삶은 파탄을 맞게 된다. 자아란 몸과 마음을 비롯한 다양한 생명의 그물망의 소산이다. 이를테면, 오늘날 생태시가 주목하는 바와 같이 개체 생명은 무수한 보생명(주생명을 돕는 주변 생명)과의 연속성, 순환성 속에서 형성되는 것이다. 이를테면, 사람이 잠시라도 사람으로 생존할 수 있기 위해서는 산소, 물, 음식이 있어야 하며, 산소, 물, 음식은 또 다른 무엇이 있어야 하며 또 다른 무엇은 또 다른 무엇이 전제되어야 하는 지속적인 연쇄의 과정이 요구된다. 하나의 개체 생명은 우주 생명의 공동체이며 우주 생명의 공동체는 하나의 개체 생명으로 현현한다. 그야말로 우주는 서로 서로 연결된 무량한 인드라망의 산물이다.

그러나 세속적 현실의 풍조는 오직 폐쇄적인 자아 중심주의에 입각하여 주변의 모든 대상을 서슴없이 수단화한다.

남을 불쌍히 여기지 않는다
의로운 일에는 눈을 감는다
어른 아이 없이 물질로 대한다
남을 속이는 지략을 몸에 익힌다
어제의 친구도 적이 될 수 있다

—「부자가 되는 방법」 전문

현실에서 "부자가 되는 방법"은 자신의 삶의 원상과 가장 대척되는 지점에서 찾아진다. "타협과 굴종"이 "부귀영화"가 되고 "능력도 있고 실력도 있"(「세상은 요지경」)다는 평가를 받는 것이 지배적인 세태이다. 그래서 세상에는 아집, 탐욕, 지략, 속임, 갈등이 난무하게 된다. 무아無我를 자아自我로 잘못 인식하면서 본성의 맑고 투명한 평화를 잃고 "허상"의 늪에 허우적거리게 되는 것이다.

천둥 번개에도
꿈적 않던

그대가 사물에 빠져
강물에
목이 잠겼구나

—「허상」 전문

화려한 부귀영화의 성채는 "천둥 번개에도/ 꿈쩍 않는" 위용을 자랑한다. 그러나 그 성채가 높을수록 그로 인해 스스로 질식해버린다. 부귀영화에 대한 집착은 스스로 자신을 부귀영화의 노예로 쉽게 전락시킨다. "사물"의 "허상"에 빠지면서 "강물에/ 목이 잠"긴 형국이 되는 것이다. 이것은 "눈 뜬 장님"에 다름 아니다.

장님이 길을 가다
길 가던 사람과 부딪쳤다

눈 먼 주제에
눈 뜬 장님 탓하랴

—「내 탓이로다」 전문

"눈 먼" "장님"보다 "눈 뜬 장님"이 더욱 치명적이다. 육신의 장님이 가는 길을 마음의 장님이 오히려 방해하고 있는 실정이다. 바깥세상을 보지 못하는 것보다 자신의 본성을 보지 못하는 장애가 더욱 심각하다. 이 세상에 "지성과 재능은 넘쳐"(「이 세상에」)나지만 아수라의 고통이 떠나지 않는다.

이러한 일련의 행위들은 자아가 공空하고 오온五蘊이 공空하다는 사실을 제대로 인식하고 실천하지 못한 데서 비롯된다. 이처럼 삶의 "장애인"을 강요하는 요지경의 세상사에서 벗어날 수 방법은 무엇일까? 다시 말해, "마음엔 금이 가 있고/ 몸체는 기울었고/ 여울진 삶에/ 옹이옹이 맺힌 어둠" "그 속에 갇힌/ 당신"을 찾는 방법은 무엇일까?

쉬었다는 생각도
쉬어버리고

잊는다는 생각도
잊어버린 채

몸, 그것마저
놓아버린다

저 빛은
무슨 빛인가

눈을 감아도
빛부신 한낮

—「어떤 무심無心」 전문

모든 자의식과 의지를 내려놓고 더 나아가 "몸"마저 놓아버리고 있다. 방하착放下着의 실행이다. 나를 구성하고 있는 생각의 더미와 육신의 무게로부터 놓여난다. 이제 나는 텅 빈 공空으로 진입한다. 나의 삶의 원상으로 회귀하는 것이다. 이제 시적 화자는 "눈을 감아도/ 빛 부신 한낮"을 구가하는 절대 행복을 만끽한다. 자신을 둘러싼 모든 인위人爲와 분별심의 외피로부터 초연한 절대 자유의 무위無爲를 구가하고 있는 것이다. 여기에 이르면, 시적 화자는 비움과 무화의 심연을 이해하는 차원이 아니라 깨닫고 향유하는 차원에 이르고 있음을 알 수 있다.

그렇다면 김초혜가 자신의 삶에서 자신과 세계에 대한 비움의 이치를 구체적인 생활 감각으로 실천할 수 있는 방법은 무엇일까? 그것은 어린 손자와의 동일시에 대한 추구를 통해 나타난다.

빨리
어른이 되고 싶다는
손자 재면이

어린시절로
돌아가고 싶은
할머니

—「삶」 전문

먹을 만큼 먹고
잘 만큼 잔다
태어날 때의 마음
그대로 자란다

어린이는 만물의 어버이

—「천심天心」 전문

"할머니"는 "손자"와 같은 어린 시절로 돌아가고 싶어 한다. "어린이는 만물의 어버이"이고 "천심"의 주인공이기 때문이다. "먹을 만큼 먹고/ 잘 만큼" 자는 천진난만한 모습은 하늘의 마음이며 동시에 잃어버린 자신의 삶의 원상이다. "태어날 때의 마음"은 바로 '하늘(天)' 그 자체인 것이다. 어른이 되어가는 과정은 자신의 본모습과 점점 멀어지는 과정이다. 시적 화자는 이것을 자아의 "죽음"과 같은 것으로 인식한다. 죽음이란 "나를 떠나 멀리 있는 것"이며, "남들 속에 있"(「죽음」)으면서 나를 잃어버리는 것이라고 인식되기 때문이다. 따라서 시적 화자가 스스로 "손자 재면이"의 모습으로 돌아가고 싶어 하는 것은 자신의 참모습을 살고 싶어 하는 바람이다. 이것은 또한 우리를 둘러싸고 있는 모든 고통과 번뇌와 슬픔은 오온五蘊이 공하다는 것을 깨우치면서 벗어날 수 있다는 묵시론적 일깨움이기도 하다. 생활 속에서 전하는 무상의 이치에 대한 깨달음의 언어이다. 김초혜의 시집『사람이 그리워서』의 절제와 여백의 형식미를 통한 비움의 여로가 우리의 내면을 정화시켜주는 까닭이 여기에 있다.

존재와 초월, 그 빛의 피라미드

－송재학의 시 세계

1. 초극의 언어와 색채 미학

1986년 시단에 나온 이래 6권의 시집을 상재한 송재학은 절망, 침울, 죽음으로부터 부드러운 평온과 절대 자유를 구가하기 위한 도정을 뚜렷하게 보여주었다. 그의 이러한 시적 삶은 무거움에서 가벼움으로, 닫힘에서 열림으로, 현실에서 환상으로, 억압에서 자유로, 부동성에서 역동성으로 나아가는 성향을 보인다.

특히 그의 이러한 시적 성향은 색채 미학에 매우 민감하게 반응하는 양상을 보인다. 그의 시적 감성과 감각이 섬세하고 내밀한 무늬 결을 이루면서 색채의식의 미감으로 반사되고 있는 것이다. 이것은 다르게 표현하면 색채의 마법이 그의 시적 삶을 이끌어가는 동력으로 작용하고 있었다고 할 수 있다. 그의 시적 상상의 중심을 이루는 색채의식은 절망의 덩어리에 해당하는 검은빛에서부터 출발하여 초감각적인 동경을 드러내는 푸른빛, 부드러운 고요와 평온을 추구하는 초록빛, 그리고 존재 초월의 경계를 비약적으로 넘어서는 무한 자유를 표상하는 흰빛의 세계가 수직적인 피라미드 형태로 전개된다.

색채의 미의식은 언어의 의미론적 기능보다 더욱 직접적이고 근본적이다. 음악과 언어와 달리 색채 미학은 전달하고자 하는 내용을 한 순간에 제시하고 정신적 감응을 풍요롭게 불러일으킨다. 그래서 색채 이미지를 통한 시적 정서와 내용의 전달은 더욱 전일적이고 총체적이다. 따라서 송재학의 시 세계를 색채론적 미감에 따라 추적해보는 것은 그의 시 세계의 진경과 미적 여정을 온전히 이해하는 데 도움을 줄 것이다. 이 글에서는 이러한 문제의식을 바탕으로 색채 이미저리의 전개 과정에 초점을 두고 그의 시적 삶을 순차적으로 따라가보기로 한다.

2. 검은빛, 절망과 죽음

송재학의 시적 출발은 검은빛의 세계에서부터 시작된다. 그의 첫 시집 『얼음시집』과 『살레시오네 집』은 어둠, 감금, 절망, 죽음의 이미저리가 주조를 이룬다. 하이멘달에 따르면 검은색은 "생명을 향해 열려 있는 흰색의 반대색으로, 어둠에 갇혀 있는 것 같고 탄화된 삶과 같으며, 죽음의 색과 어두운 비밀, 금기와 마법의 색으로 보인다."라고 전언한다.

과연 송재학의 초기 시편은 암흑의 마성에 에워싸여 있다. 이러한 점은 첫 시집 첫 작품에 해당하는 「서시」에서부터 분명하게 제시되고 있다.

> 그는 돌아왔다. 칠월. 어느 날.
> 비름풀 밟으며. 들끓는 노을에
> 가슴 뜯긴 채. 몇 권의 책. 遲遲한
> 세월 마른 먼지로 풀썩일 때
> 절벽 아래. 으깨
> 지는 물과 바위. 흰 파편 따위 잊고.
> 죽음처럼 걸어왔다.

불붙은 고요 길 위로. 숱한
사람들 산산이 부서져간 어둠의 켜켜로
이 땅 한숨 안으로. 검은 눈의 그가.
다가와. 붉끈 손 내밀고.

—「서시」 전문

시상의 전반이 암흑의 위협 속에 노출되어 있다. "죽음/어둠/검은" 등의 시어들이 시적 분위기를 비관주의로 몰아넣고 있다. 검은빛이 모든 다른 가능성들을 제압하고 있는 형국이다. 검은빛의 절망과 소멸의 원형 의식이 발현되고 있는 현장이다.

"그는 돌아왔다"로 시작되는 화법이 시적 삶의 출사표처럼 비장감을 느끼게 한다. 때는 "칠월, 어느 날". 하늘은 열기로 "들끓"고 대지는 "먼지로 풀썩"인다. 그 어디에도 생명이 온전히 서식하기 어렵다. 따라서 화자는 "죽음처럼 걸어"올 수밖에 없었다. 그가 도착한 이곳의 풍경 또한 불모지이기는 마찬가지이다. "사람들 산산이 부서져" 사라지고 "한숨"만이 곳곳에 스며든다.

그렇다면 "돌아"온 "그가" 머물 안식의 집은 과연 어떤 모습을 하고 있을까?

슬픔이 사라진 후 그는 집을 찾는다
지금은 아무도 되돌아가지 않을 때!
집으로 가는 길은 무엇에 닫혀 있는지

…(중략)…

갈 수 없는 집은 마음에 안기지도 않는다
그 집을 떠나는 사람들은
낄낄 웃고 불을 지른다

사람은 벽처럼 더러워지고
거친 길들의 백양나무조차 볼 수 없다
아무도 돌아보지 않는다 길은 저녁을 만나고
울타리에서 발목까지 푸른 가시로 덮인다
마지막 손가락이 흰 뼈마디를 보이며 부러진다
꺼져가는 불빛이 늙은 짐승의 입으로 집을 삼키면
그곳엔 아이들만 울음처럼 남는다

—「살레시오네 집」 전문

"집으로 가는 길"이 단절되어 있다. 설령 돌아갈 수 있다 할지라도 집은 더 이상 안식의 공간이 아니다. "그 집"의 사람들은 정신적으로나 육체적으로나 심각한 질병을 앓는다. "집을 떠나는 사람들"이 "낄낄 웃고 불을 지"르거나 "마지막 손가락이 흰 뼈마디를 보이며 부러"지는 재앙에 시달린다. 지상의 어디에도 안식의 집이 없는 것이다. 집이 없는 그가 할 수 있는 선택은 거리를 떠도는 일밖에 없다. 그러나 그가 떠도는 거리 역시 암흑에 뒤덮여 있다. 그가 걷는 길은 "밤길"(「밤길」)이고, 이동을 위해 타는 열차는 "짐승처럼 헐떡이"는 "밤열차"이며, 바라보는 바다는 "저녁바다"(「저녁바다」)이다. 밤의 어둠으로 뒤덮인 지상에서는 온통 "병"(「섬 2」)이 깊어가고, 죽음이 반복(「섬 3」)되고, "지귀"(「志鬼의 노래」)가 들끓고 있다. 이러한 비관주의적 현실은 가족사적 층위(아버지, 어머니, 아우, 종형 등)와 사회역사적 층위(김형모씨, 다산, 사마천 등)가 서로 중첩되면서 더욱 "헝클어져/ 가령 죽음도 쉽사리 그 속을 빠져나가지 못"하는 상황이 된다.(「저무는 바다」) 어둠의 검은빛깔은 모든 가능성을 구심력적으로 수렴하여 경직시키고 응고시킨다. 그래서 송재학의 첫 시집은 절망적인 부동태에 해당하는『얼음시집』이 될 수밖에 없다. 어둠, 소멸, 절망, 울분, 억압의 응고된 덩어리가 송재학 시 세계의 원형질이며 토대인 것이다. 그렇다면 이 암흑의 성채를 벗어날 수 있는 방법은 무엇일까? 송재학의 초기 시 세계에서는 이러한 절박한 물음을 제기하지 않을 수 없게 만든다.

3. 푸른빛, 초감각의 동경

송재학의 시적 출발을 이루는 "죽음도 쉽사리 그 속을 빠져나가지 못"(「저무는 바다」)하는 검은빛의 덩어리에도『푸른빛과 싸우다』에 이르면, 비교적 밝고 환한 푸른 색조가 투영되기 시작한다. '가능성이 없는 무無, 지는 해를 쫓아가는 죽은 무, 미래와 희망이 없는 영원한 침묵과 같은 검은색'(칸딘스키)에도 열린 꿈의 빛깔이 감돌기 시작하는 것이다. 뤼셔의 관찰에 따르면 푸른색은 종교적, 철학적, 명상적 성향에 가까우며, 생리적으로 휴식을, 심리적으로 충족, 만족, 평화를 희구한다. 칸딘스키 역시 푸른빛에서 초감각적인 동경을 읽어낸다. 그는 푸른빛이 짙어질수록 인간을 무한의 심연으로 불러들이며, 순수한 것에의 동경과 초월적인 것에의 동경을 불러일으킨다고 설명한다.

송재학의 시 세계에서 푸른빛에는 초감각적인 동경의 정서가 배어 나온다. 아직 검은빛의 마성이 채 가시지는 않았으나 그는 마음으로부터의 자기 초극을 도모하고 있는 것이다.

> 저 잡음 속으로 거슬러가고픈 날, 저 소리의 몸을 더듬었을
> 일천구백이십몇 년의 농현과 마음이 내 귀를 제치고 때로 엷은 때가
> 묻은 동정 때로 낡은 중절모의 풍경 때로 쓸쓸한 사람의 활동사진을
> 느리고 흐리게 갈아끼운다 그러다가 저 잡음마저 숨죽인 푸른 산 푸른
> 골짜기를 첩첩 쌓아올리는 장양조의 젊은 아낙과 나루터까지 들어오는
> 새우배를 타고 어디론가 떠나버리는 중머리산조의 물소리! 그녀, 가
> 얏고,
> 식민지의 희미한 푸른 빛 깊이를 배운 한나절의 학습
>
> —「푸른빛과 싸우다 2」 부분

"푸른빛"이 이곳에서 저곳으로의 초월을 표상한다. 농현의 오래된 에스

피판 음반에서는 잡음과 더불어 신산고초의 삶의 내력이 묻어 나온다. 문득 "푸른산 푸른 골짜기를" 닮은 "장양조"가 울려 퍼지면서 시상의 층위는 비약적인 변화를 이룬다. "젊은 아낙과 나루터까지 들어오는/ 새우배를 타고 어디론가 떠나버리는" 초월적인 달관의 장면이 펼쳐진다. 색채 심리학에서 푸른색은 하늘에 살고 있다고 믿어지며, 그곳에서부터 영향을 끼치는 신과 인간의 중재자 역할을 감당한다. 그렇다면, 푸른빛의 생성 원리는 무엇일까?

> 빛일까 어둠일까 쇠 같은 허공을 긁어대자 어딘가 숨어 있던 울음이
> 鷄子欄干을 붙들고 몸 안으로 들어와 푸른 방 자주 소반을 만든다
>
> —「철아쟁」 부분

"빛"과 "어둠"이 "허공을 긁어대"는 혼합 과정을 거치면서 "푸른 방 자주 소반"의 음색을 발하고 있다. 이것은 빛과 어둠이 대립되는 짝패가 아니라 서로 엇섞일 수 있는 연금술의 질료라는 것을 가리킨다. 그래서 "밝음과 어둠"은 고정 불변의 실체가 아니라 서로 이월되고 결합하는 질료이다. 다음 시편은 이 점을 좀 더 직접적으로 보여준다.

> 등대가 보이는 커브를 돌아설 때 사람이나 길을 따라왔던 욕망들은 세계가 하나의 거울인 곳에 붙들렸다 왜 푸른빛인지 의문이나 수사마저 햇빛에 섞이고 마는 그곳이 금방 낯선 것은 어쩔 수 없다 밝음과 어둠이 같은 느낌인 바다
>
> 바다 근처 해송과 배롱나무는 내 하루를 기억한다 나무들은 밤이면 괴로움과 비슷해진다 나무들은 잠언에 가까운 살갗을 가지고 있다 아마 모든 사람의 정신은 저 숲의 불탄 폐허를 거쳤을 것이다 내가 만졌던 고기의 푸른 등지느러미, 그리고 등대는 어린 날부터 내 어두운 바다의 수평선까지 비추어왔다

돛이 넓은 배를 찾으려고 등대에 올라가면 그 어둔 곳의 바다가 갑자기 검은 비단처럼 고즈넉해지고 누군가가 불빛을 보내고 그의 항로와 내 부끄러움을 빗대거나…… 죽은 사람이 바다 기슭에 묻힐 때 붉은 구덩이와 흰 모래를 거쳐 마침내 둥근 지붕 생기고 그 아래 파도와 이어지는 것들…… 혼자 낡은 차의 전조등 켜고 텅 빈 국도를 따라가면 고요를 이끌고 가는 어둠의 집의 굴뚝이 보인다, 낯선 이가 살았던 어둠, 왜 그는 등대를 혹은 푸른빛을 떠나지 못하는가

바다를 휩쓸고 지나가는 햇빛은 폭풍처럼 기록된다, 그리고 등대

—「푸른빛과 싸우다 1—등대가 있는 바다」 전문

바다는 "왜 푸른빛"일까? 그 "의문이나 수사마저 햇빛에 섞"이면 모두 푸른빛으로 변화된다. 그래서 "밝음과 어둠"은 서로 다르면서도 다르지 않다. 밝음과 어둠은 함께 섞이면서 제3의 푸른빛을 탄생시킨다. 이것은 또한 밝음과 어둠이 푸른빛을 지향한다고 표현해도 무방하다. 푸른빛의 심리적 원체험은 밝고 투명한 하늘과 깊고 넓은 물에서 근거한다. 그래서 푸른빛은 기본적으로 한계를 넘는 초월성과 포괄성을 환기시킨다.

2연의 "아마 모든 사람의 정신은 저 숲의 불탄 폐허를 거쳤을 것이다"라는 전언은 누구나 침울, 억압, 죽음, 고통 등으로 얼룩진 검은빛의 체험을 내면에 지니고 있다는 것으로 읽힌다. 검은빛의 침전물을 바탕으로 하면서 이로부터 푸른빛이 반사되고 있는 형상이다. 3연에 집중적으로 개진되고 있는 "검은 비단" "어둠의 집" "죽은 사람" 등의 검은빛의 이미지군이 여기에 해당된다. 송재학의 시 세계에서 검은빛의 표상이 죽음에서 소생의 이미지로 전이되고 있는 지점이다. "왜 그는 등대를 혹은 푸른빛을 떠나지 못하는가"에서 "푸른빛"은 어둠을 정화시키고 어둠을 초극한 "등대"와 등가를 이룬다. 또한 "등대"의 불빛은 "검은 비단처럼 고즈넉한" "바다"의 어둠을 원료로 하여 점화되고 있는 것처럼 보인다. 이렇게 보면, 이제 "검은빛

은 죽음이 아니다, 비애가 아니다 검은빛은 환하다/ 때로 파도와 맞물리면서 新生의 거품을 떠밀”(「주전」)기도 한다고 노래될 수 있다.

송재학의 시 세계에서 소생의 표상으로 전환된 검은빛의 이미지는 다음 시편을 통해서도 구체적으로 확인된다.

> 그 나무가 완전히 죽기까지 몇 달이 걸렸다 어느 날 나무를 흔드니 남은 잎들이 남김없이 떨어졌다 버쩍 갈라진 고무나무 근처 봄이 시작되고 식구들은 소철의 부쩍 커가는 잎을 즐거워했다 어머니가 죽은 나무 아래 망개를 심었다
> 몇 달이 지나 여러 화분 틈에서 그 나무는 살아 숨쉬는 것처럼 보인다 망개 덩굴이 치렁치렁 감고 올라간 고무나무는 푸른 잎과 푸른빛을 내뿜는다 흰 살결에 덩굴 흔적이 제대로 패이고 오래 전부터 망개 덩굴을 위해 잎을 모두 털어버리고 몸을 바꾼 것처럼 여겨지는……
>
> —「별을 찾아 몸을 별로 바꾸는 이야기가 있다」 부분

고사한 “고무나무”에서 “푸른 잎과 푸른 빛”이 뿜어져 나오는 과정이 묘사되고 있다. 완전히 죽은 고무나무가 “망개”의 덩굴이 자랄 수 있는 받침대 역할을 하고 있다. “오래전부터 망개 덩굴을 위해 잎을 모두 털어버리고 몸을 바꾼 것처럼 여겨”진다. 죽음이 삶을 위해 헌신하고 있는 대목이다. 다시 말해서, 죽음이 “푸른 잎과 푸른빛”을 신장시키는 동력이 되고 있다. “별을 찾아” 스스로 자신의 “몸을 별로 바꾸는 이야기”이다.

한편, 검은빛의 원형 의식은 이와 같이 소멸이나 죽음과 달리 대지의 색깔, 즉 생산과 모성의 여신을 표상하기도 한다. 검은색으로 그려진 이집트의 여신 이시스는 자신의 오빠이며 연인인 오시리스의 시체를 나일강의 가장 끝에서 찾아 재합성하여 소생시키고 그와의 사이에서 아들까지 낳는다. 이시스에 대한 숭배는 고대로부터 내려오는 대지에 대한 숭배의 상징성을 지닌다.

송재학의 시 세계에서 검은빛이 소멸, 죽음의 표상에서 소생, 헌신의 표상으로 전환되면서 푸른빛의 초감각적 동경이 현실화되고 있는 것이다.

4. 초록빛, 부드러운 평온

송재학의 시 세계는 푸른빛의 초감각적인 동경을 지나 『그가 네 얼굴을 만지네』 『기억들』에 이르면 초록빛으로 전이되는 성향을 선명하게 드러낸다. 초록빛에 이르면서 그의 시적 삶은 절대 고요와 평온을 지향한다. 칸딘스키에 의하면 원심적 운동이 활발한 노랑색과 구심적 운동이 활발한 푸른색이 서로 합쳐진 초록은 완전한 부동과 정지 상태를 표상한다. 그것은 어느 쪽을 향해서도 움직이지 않으며, 기쁨과 슬픔, 정열 등을 반영하지도 않고 그 무엇을 불러내거나 요구하지 않는다. 검은빛과 푸른빛의 프리즘을 통과한 이후 송재학의 시편에서는 다음과 같은 초록의 세계가 울려 퍼진다.

초록이 밀사를 보냈다네
그 왕국은 아직 선포되지 않았지
며칠 전 이 늪은 고요하기만 했었네
지금 초록은 물에 비치는 푸르름만으로
한껏 울지 못하겠다고
마침내 밀사를 보내
수면에 제 왕국의 흥망을 빽빽하게 펼쳤네
수많은 초록이 물 위에 누워 한껏 게을러졌다네

—「개구리밥」 부분

"초록"이 "푸르름"을 넘어서서 자신만의 "왕국"을 펼쳤다. 시적 정황은 "수면에" 건설된 "초록"의 "왕국" 속에서의 게으름이 주도하고 있다. 이러한 게으름이 초록의 속성이다. 칸딘스키에 의하면 초록은 자연이 일 년 중에 질풍노도의 계절인 봄을 견디어내고 자기만족적인 평온 속에 침잠해 있는 여름의 지배적인 색깔이다. 물론 이때의 게으름은 충만한 만족과 평온에서 비롯된다. 만족과 평온은 욕망이 끊긴 육탈의 자리에서 가능하다. 그래서 이를 인간 삶에 비유하면 원숙한 노년기에 해당된다.

> 꽃의 색깔이 잎과 같은 초록색인 천남성은
> 외할머니의 남은 것 중 몸에 가장 가깝지만
> 그 몸이 더 맑다
> 비 그친 하늘가에서 팔십 년을 보냈다면,
> 옆구리에 패일 찬샘처럼
> 잎이 변해 깔때기같이 길게 구부러진 초록 꽃잎은
> 이제 뻣뻣해지는 손이나 발이 생각해내는 젊은 살결처럼
> 저 피안에서 다시 사용할 노잣돈처럼
> 숨은 노래를 다시 감추고 있다,
>
> ―「천남성이라는 풀」 부분

"꽃"과 "잎"이 모두 "초록색인 천남성"이 "팔십"에 도달한 외할머니의 앙상한 "몸"에 비견되고 있다. 괴테가 녹색이 주는 조화와 균형의 효과에 대해 '더 이상 갈 수 없고 더 이상 가려고 하지 않는' 정점이라고 지적한 바처럼 팔십에 이른 외할머니의 "몸"은 어떤 욕망도 원망도 없다. 그래서 외할머니의 "몸"은 모든 것을 되돌려준 탈속의 맑음을 표상한다. "검은 눈알을 꺼내어/ 전나무 숲의 말없음이나 눈 위에 쏟으면/ 뼈만 남아 내소사 설경과 다름없이 고요해질 몸!"(「내소사 韻」)이 곧 초록의 색채의식에 대응되는 것이다.

이러한 탈속의 정점에서 가능한 "느티나무 잎 안에 들어가본 내 생각"(「입김 같은 절」)이 생활 감각의 차원에서 표현되면 다음과 같은 시가 쓰여진다.

그가 내 얼굴을 만지네
홑치마 같은 풋잠에 기대었는데
치자 향이 수로를 따라왔네
그는 돌아올 수 있는 사람이 아니지만
무덤가 술패랭이 분홍색처럼
저녁의 입구를 휘파람으로 막아주네
결코 눈 뜨지 말라
지금 한쪽마저 봉인되어 밝음과 어둠이 뒤섞이는 이 숲은
나비 떼 가득 찬 옛날이 틀림없으니
나비 날개의 무늬 따라간다네
햇빛이 세운 기둥의 숫자만큼 미리 등불이 걸리네
눈뜨면 여느 나비와 다름없이
그는 소리 내지 않고도 운다네
그가 내 얼굴을 만질 때
나는 내 순과 닮아서 그에게 발돋움하네
때로 뾰루지처럼 때로 갯버들처럼

—「그가 내 얼굴을 만지네」 부분

시적 분위기가 매우 부드럽고 평화롭고 고요하다. 화자는 "홑치마 같은 풋잠에 기"대어 눈을 감고 환상의 숲을 유영하고 있다. 환상의 숲 속에서 "돌아올 수"없는 "그"를 만나 "옛날"을 살고 있다. "돌아올 수 없는 그"이기에 "눈뜨면 소리 내지 않고도" 울게 되는 것이 현실이다. 그러나 시적 정황은 비애로 빠지지 않는다. "나비 날개의 무늬"가 애상적인 하강의 분위기를 경쾌하게 상승시키고 있기 때문이다.

송재학의 초기 시 세계를 지배하던 죽음, 울분, 소멸 등의 하강적 이미저리가 순화되면서 "나비 날개의 무늬"와 같은 상승 곡선이 몽환적으로 펼쳐지고 있다.

5. 흰빛, 절대자유의 가능성

송재학의 시 세계에서 초록빛의 환상적인 상승 곡선은 점차 흰색으로 전이된다. 검은빛의 하강과 상반되는 흰빛의 심리는 절대적 자유의 상징이다. 칸딘스키에 의하면 흰색은 물질적인 성질이나 실체로서의 모든 색깔이 날아가버린 세계이다. 그러나 이것은 죽음이 아니라 가능성으로 가득 차 있는 침묵이다. 이렇게 보면, 송재학의 시적 삶은 닫힌 죽음의 무無에서 가능성으로 가득 차 있는 젊은 무無를 추구해왔음을 알 수 있다. 다음 시편은 상승하는 흰색의 역동성을 실감있게 보여주고 있다.

그 새들은 흰 빰이란 영혼을 가졌네
거미줄에 매달린 물방울에서 흰색까지 모두
이 늪지에선 흔하디흔한 맑음의 비유지만
또 흰색은 지느러미 달고 어디나 갸웃거리지
흰빰검둥오리가 퍼들껑 물을 박차고 비상할 때
날개소리는 내 몸속에서 먼저 들리네
검은 부리의 새떼로 늪은 지금 부화중,
열 마리 스무 마리 흰빰검둥오리가 날아오르면
날개의 눈부신 흰색만으로 늪은 홀가분해져서
장자를 읽지 않아도 새들은 십만 리쯤 치솟는다네
흰빰검둥오리가 떠매고 가는 것이 이 늪을 포함해서
반쯤은 내 영혼이리라
지금 늪은 산산조각나기위해 팽팽한 거울,
수면은 그 모든 것에 일일이 구겨지다가 반듯해지네

—「흰빰검둥오리」 전문

"늪"이 온통 "흰빰검둥오리"의 세상이다. "흰빰검둥오리" 떼의 흰빛이 늪을 부화시키고 있다. "흰뺨검둥오리가 날아오르면" "늪"도 "홀가분해"진다. "흰뺨검둥오리"가 이 늪을 "떠매고 가"기 때문이다. "흰뺨검둥오리" "날개의 눈부신 흰색"이 주도하는 무한 자유와 도약의 풍경이다.

그렇다면 이러한 무한 자유가 지향하는 궁극적 세계는 무엇인가? 칸딘스키는 흰빛의 색채학에서 '우리들로부터 너무 높이 떨어져 있기 때문에 우리는 거기에서 아무런 음향도 들을 수 없다.'고 말한다. 흰빛이 지향하는 절대 자유는 현재적 삶의 영역을 넘어선 아득한 저편에 존재한다는 것이다. 송재학에게 이것은 "영혼"의 세계로 표상된다.

> 느티나무 가지에 앉은 눈의 무게는 나무가 가진 갓맑음이 잠시 모습을 드러낸 것이다 느티나무가 입은 저 흰 옷이야말로 나무의 영혼이다
>
> —「눈의 무게」 부분

> 버들강아지에는 하늘거리는 영혼이 있다 봄날을 따라다니며 쫑알거리는 강아지의 흰 털도 버들강아지와 같은 종족임을 알겠다
>
> —「버들강아지」 부분

"느티나무"에 내린 눈의 "흰옷" "버들강아지"와 "강아지"의 "흰 털"에서 "영혼"의 세계를 감지하고 있다. 다시 말해, 영혼이 현실 속에서 흰빛을 통해 투사되고 있는 것이다. 현실과 초월, 이승과 저승의 영역이 내밀한 소통을 이루고 있다. 이렇게 보면, 송재학의 시 세계에서 흰빛의 자유의지는 영혼과 '전생 혹은 후생'의 세계를 향한 존재 초월의 지점을 향하는 것으로 파악된다. 그가 "전생"과 "후생"을 넘나드는 시간 여행을 자연스럽게 노래하는 배경이 여기에 있다.

> 아마 내 전생은 축생이었으리 누군가 내 감정을 건드린다면 하루아

침에 나는 누에로 되돌아가버릴지 모른다 출퇴근길에 만나는 강변의 야산이 친애하는 벌레처럼 다가오곤 했다 그러고 보니 잠들면 나는 늘상 몸을 뒤척이며 어디론가 가고 있었다

—「누에」 부분

내가 어느 서역승의 후생이란 것을 안다. 정신이 아니라 그의 팔다리가 내 영혼으로 바뀌었다고 속삭이는 건 역시 그 고행승을 뒷바라지하며 수행했던 자이다

—「환생」 부분

자신의 존재의 비의를 고백하고 있다. 화자는 전생이 "누에"였거나 "서역승"이었다. 따라서 그는 어느 순간 "나비"를 비롯한 다른 그 무엇으로 비약적인 도약을 통한 변화를 이루어낼 수 있을 것이다. 송재학이 서역의 모래사막 위에 자신의 "왕오천축국전"(「나의 왕오천축국전」)의 지도를 체험적으로 그리고 있는 것은 궁극적으로 "흰빛"이 상징하는 절대 자유의 추구 과정이었던 것으로 해석된다.

6. 맺음말: 사막의 얼굴을 위하여

지금까지 송재학의 시적 삶에 대해 어둠과 절망의 덩어리가 날것으로 뒹구는 검은빛의 색채 의식에서부터 출발하여 푸른빛의 초감각적 동경과 초록의 절대적 평온 그리고 흰빛의 절대자유에 이르는 과정을 추적해보았다. 물론, 그의 시 창작 방법론이 자각적으로 색채 미학의 상징성에 의존한 것으로 보이지는 않는다. 그러나 우리는 그의 시적 전개 과정의 층위가 검은빛, 푸른빛, 초록빛, 흰빛에 이르는 스펙트럼을 분사시키고 있음을 발견할 수 있었다. 그의 여리고 섬세한 시적 정서와 언어의 결이 색채의식

의 감각과 감성에 민감하게 물들어 있었던 것이다. 그의 시 세계가 반사시키는 색채 마술의 피라미드가 지향하는 것은 궁극적으로 존재와 초월로 집약된다. 그렇다면, 존재와 초월의 경계는 무엇일까? 이러한 물음 앞에 6번째 시집『진흙 얼굴』에 수록된 다음 시편이 전면에 다가선다.

> 내 몸에 터 잡은 사막이 느껴지는데
> 어디건 맘껏 울음 터트릴 저수지라도 쌓아볼까
> 뱃속의 책을 다 끄집어내어 햇빛에 말릴까
> 나, 없어지면
> 모래구릉 하나 봉분처럼 솟거나
> 모래웅덩이 움푹 파일 텐데
> 필생의 소리 한번 내고 부서지는 종鍾의 울음이 들렸다면
> 어느덧 나는 모래사막에 숨은 거라
> 나, 지금 바닥도 없고 위도 없는 중심을 이해하는 중이다
>
> ―「사막에 숨는다면」 부분

존재와 초월의 변별 공간이 "바닥도 없고 위도 없"고 오직 하나의 "중심"만이 있는 것으로 묘사되고 있다. 그렇다면, 그토록 헤매고 다녔던 "사막"은 무엇인가? "사막" 역시 "내 몸에 터잡"고 있었던 것이다. 다시 말해, 내가 곧 사막이었던 것이다. 그래서 "나, 없어지"는 것은 "모래구름 하나 봉분처럼 솟거나/ 모래 웅덩이 움푹 파"는 것에 해당된다. 그의 존재와 초월의 여정은 결국 자기 탐구의 과정이었던 것이다. "그러니까 내 얼굴도 흩어지는 모래를 감싸고 여민"(『진흙 얼굴』) 것임을 발견하는 도정이었다. 여기에 이르면, 송재학의 시 세계의 빛의 피라미드는 곧 자기 발견에 이르는 빛의 만다라였음을 알 수 있다.

사랑 혹은 치명적인 매혹의 노래
—이재무의 시 세계

그리스 로마 신화의 한 장면으로 시간 여행을 떠나보자. 섬에서부터 사이렌의 노래가 울려 퍼지고 있다. 너무도 찬연하고 아름답고 고혹적이다. 정신을 송두리째 잃어버리지 않을 수 없는 황홀감의 극치이다. 사이렌의 노래에 취한 뱃사람들은 자기도 모르게 섬으로 다가가고 선박은 바위에 부딪혀 어김없이 파손되고 만다. 사이렌의 매혹적인 노래는 곧 죽음의 노래이다.

오디세우스는 사이렌의 노래를 감상하고도 죽지 않은 인물이다. 트로이 전쟁을 승리로 이끌고 귀국의 항해 길에 오른 오디세우스는 사이렌을 만나게 될 것이라는 예언을 듣고 자신의 몸을 배의 돛대에 묶게 하고 부하들은 모두 밀랍으로 귀를 막은 채 노를 젓게 한다. 과연 상체는 아름다운 여인이지만 하체는 물고기인 물의 요정 사이렌의 노래가 울려 퍼져온다. 오디세우스는 부하들에게 누구보다 명석하고 냉정한 영웅임에도 불구하고 배를 사이렌의 노래가 좀 더 잘 들리는 섬 쪽으로 이동시키라고 다급하게 외친다. 다행히도 부하들은 모두 귀를 막고 있어서 그의 명령을 듣지 못한 채 노를 저어 섬으로부터 멀어지게 된다. 오디세우스가 파국의 위기를 가까스로 넘어서는 대목이다.

그렇다면 이 유명한 오디세우스의 모험의 귀향길에서 만나는 사이렌의 치명적인 매혹의 노래를 사랑의 신화적 상징으로 해석해볼 수는 없을까? 이성적 판단을 무력화시키는 황홀감과 깊은 배반의 고통으로 이어지는 플롯은 사랑의 서사와 동일성을 지닌다.

이재무의 시집『나를 우는 사람이 있다면』을 순차적으로 감상해나가면 이 점을 더욱 분명하게 확인할 수 있다. 결핍－사랑－파국－결핍－사랑 구조의 순환적인 반복이 이 시집의 구성 원리를 이룬다. 다음 시편은 이재무의 사랑의 담론이 아포리즘의 화법을 빌려 집약적으로 전언되고 있다.

> 생에 옹이가 많은 사람은 결핍과 부재에의 보상을 위해 맹목의 사랑에 헌신한다
> 이 얼마나 끔찍하고 피곤하고 힘에 부친 일인가
> 좋아하고 사랑하는 것을 다 갖고 품으려면 자신의 전생을 바칠 수 있어야 한다
> 과연 그런 일이 사는 동안 행위로서 가능할 수 있는 일인가
>
> —「아포리즘」 부분

결핍과 부재는 사랑의 갈망을 낳는다. 사랑은 분명 결핍과 부재를 일소하는 충만한 보상물이다. 그러나 그 사랑의 대가로 "전생을" 바쳐야 한다. 이것이 "사는 동안 행위로서" 실천하기에 가능한 일인가. 사랑을 얻는 일은 결국 삶의 파탄을 대가로 지불해야 하는 것이다. 결핍이 사랑을 불러오고 그 사랑을 맞이하는 것은 치명적인 파탄에 부딪히게 되는, 출구 없는 죽음의 비극적인 연쇄 사슬이 사랑의 운명인 것이다.

실제로 이재무의 시 세계에서 사랑의 담론은 이와 같은 죽음의 연쇄 사슬의 미로를 헤매는 양상을 보인다. 그렇다면 사랑의 황홀을 구가하면서도 죽음의 미궁에 빠지지 않는 방법은 없는 것일까? 그것은 사랑으로부터 일관되게 적당한 거리를 유지하는 것이다. 일종의 유사 사랑에 머무는 것이다. 이 대목에서 다음 시편이 쓰여진다.

사랑하는 사람과의 거리 말인가
대부도와 제부도 사이
그 거리만큼이면 되지 않겠나

손 뻗으면 닿을 듯, 그러나
닿지는 않고, 눈에 삼삼한,

사랑하는 사람과의 깊이 말인가
제부도와 대부도 사이
가득 채운 바다의 깊이 만큼이면 되지 않겠나

그리움 만조로 가득 출렁거리는,
간조 뒤에 오는 상봉의 길 개화처럼 열리는,

사랑하는 사람과의 만남 말인가 이별 말인가
하루에 두 번이면 되지 않겠나
아주 섭섭지는 않게 아주 물리지는 않게

—「제부도」 부분

서해 인근에 제부도와 대부도가 서로 공존할 수 있는 것은 적당한 거리를 유지하고 있기 때문이다. 현실 속에서 사랑하는 사람과의 관계 역시 이처럼 적당한 거리를 유지할 때 파탄에 직면하지 않을 수 있다. "손 뻗으면 닿을 듯, 그러나/ 닿지는 않고, 눈에 삼삼한" 아쉬움을 견디고, "그리움 만조로 가득"고이면 잠시 찾아오는 "상봉"의 기쁨에 만족할 때 삶의 파탄은 모면할 수 있다. 그러나 이와 같은 적당한 사랑의 거리는 자기 의지에 의해 유지할 수 없다. 그것은 마치 고향에 두고 온 사랑하는 처자와 부모님을 간절히 그리워하며 귀향하던 오디세우스가 사이렌의 노래에 넋을 빼앗기자 모든 것을 잊고 오직 그곳으로 가자고 외치는 맹목의 상황과 동일하다. 이때, 귀향하는 항해길의 오디세우스의 목숨을 지킨 것은 그를 돛대에 묶은 밧줄이었다. 불가항력의 외적 강제의 장치가 없었다면 오디세우스는 이미 저승을 떠도는 망령이 되고 말았을 것이다.

이재무의 사랑의 속성 역시 이와 같아서 항상 냉정한 자기 의지의 사정권 밖에 존재한다. 그래서 그의 사랑의 서사는 어느새 전생을 투척하는 맹목의 경계를 향해 질주한다.

내 몸 둥그렇게 구부려
그대 무명 치마 속으로
굴려놓고 봄 한철 홍역처럼 앓다가
사월이 아쉽게도 다 갈 때
나도 함께 그대와
소리 소문도 없이 땅으로 입적하였으면

—「목련꽃」 전문

시적 화자는 "목련꽃"과의 완전한 합일을 꿈꾸고 있다. "내 몸 둥그렇게 구부려/ 그대 무명 치마 속으로" 들어가고자 한다. 시적 화자의 영원한 자궁 회귀의 갈망이 그려지고 있다. 여기에서는 "목련꽃"과의 객관적 거리가 완전히 무화되고 있다. 오직 그는 완전한 합일의 사랑의 관계를 추구하고 있는 것이다. 이것은 이미 자신과 "목련꽃"과의 지속적인 생의 공존을 포기하는 일이다. 그래서 "나도 함께 그대와/ 소리 소문도 없이 땅으로 입적하는" 결과를 낳게 된다. 사랑을 얻는 대가로 자신의 죽음까지도 수락하고 있다. 아니 오히려 현실적 삶의 파국을 통해서라도 영원한 사랑이 성취되길 바라는 형국이다. 사랑의 열정이 현실적 이성의 감각을 완전히 압살하고 있는 대목이다. 시적 정황이 지고지순한 목련의 아름다움으로 빛나고 있다.

이와 같이 사랑의 열정이 현실적 이성의 균형 감각을 완전히 휘발시키는 구체적인 과정은 어떻게 이루어지는 것일까? 이점을 보여주는 다음 시편은 너무도 구체적이어서 흥미롭다.

사월에 나는 생을 조율하는 한 연주자를 만났오
시도 때도 없이 몸의 안쪽에서 드럼을 치다가
플롯을 불다가 첼로를 켜기도 하는 이여,
길 위 시간의 현 느슨하게 풀었다
팽팽하게 조이는 당신의 연주로
온갖 사물은 발효된 술에 취한 듯 흥분으로 발랄하다오
좌우로 흔들던 고개
앞뒤로 끄덕이게 만드는, 신명나는 가락에 맞춰
비 온 뒤 통통 살 오른 냇가 거슬러오르는
송사리떼처럼 힘차게 거리를 활보하는 날 많아졌다오
내 몸을 빠져나와 거리로 번지는 음악
새롭게 태어나는 저 말랑말랑한 것들!
세상은 환하고 젊어졌다오

—「연주자」 전문

시적 화자의 삶의 일상은 이미 외부의 "연주자"에 의해 완전히 조율되고 있다. 그의 몸과 마음은 "침략자처럼 갑작스럽게 쳐들어온"(「사랑이 지나간 자리」) 타자에 의해 조종, 관리되고 있는 것이다. "몸의 안쪽에서" 드럼, 플롯, 첼로가 화려한 연주를 하면서부터 "온갖 사물은 발효된 술에 취한 듯 흥분으로 발랄"하고, 시적 화자는 스스로 싱싱한 "송사리"가 되어 거리를 활보한다. 세상은 온통 신명, 젊음, 부드러움, 경쾌함으로 탄성 진동한다. 이미 그에게 세상은 지복한 천국이다. 그 어디에도 "결핍과 부재"(「아포리즘」)의 그림자가 없다. 자신과 세계에 대한 이 모든 변화의 상황은 오직 "사월에" 어느 대상과의 만남에서 기인한다. 사랑이 이처럼 지상 위에 천국을 건설한 것이다.

이러한 "죽음 같은 환희"(「바람」)를 구가하는 상황에서 시적 화자에게 냉정한 현실적 균형감각을 요구할 수는 없다. "나도 함께 그대와/ 소리 소문도 없이 땅으로 입적하였으면"(「목련꽃」) 하는 원망에 몰두할 수밖에 없는 것이 시적 화자의 형편이다.

다음 시편 역시 이와 같은 사랑을 향한 뜨거운 열정을 실감나게 전해준다.

먹이에 눈먼 날파리로 달려가마
나의 온 생을 가두어다오 끈적끈적한
그대 사랑의 감옥 안에
갇히고 싶다 파닥거리는 동안이
님이 준 삶의 선물이리라
거미여, 보여다오 모습을.
언제나 숨어서 내 생의 전부를 관장하는
그대여, 오늘도 나는 보이지 않는
그대 촘촘한 그물 속으로 투신한다
갇히는 희망 그대여, 늘 깨어 아픈

―「거미의 방」 부분

시적 화자는 현실의 실존적 자유보다 오히려 "끈적끈적한" "그대 사랑의 감옥 안에" 갇힌 수인이 되길 원한다. "사랑의 감옥"이 건강한 삶의 근원이고 본질이다. 그래서 그는 "먹이에 눈 먼 날파리로 달려"가겠다고 외친다. 사랑이 없는 현실이란 늘 외로운 허기의 나날이다. 사랑의 감옥에서 "파닥거리는 동안이" 절대적인 "님이 준 삶의 선물"의 시간이다. 따라서 그에게 현실 세계는 영원히 버리고 싶은 결핍의 유산이다.

그의 현실 세계에 대한 부정과 회의는 어느새 반문명적인 원시의 세계에 대한 갈망으로 거침없이 질주한다. 다음 시편에서는 그의 사랑의 열정이 이미 일상의 율법을 돌파하고 원시적 생명의 건강성에 대한 탐닉의 모습을 보여준다.

내 여생 간절한 꿈이 있다
70년 전 채털리 부인과 그녀의 산지기
연인이 그러했던 것처럼 몽상의 숲속
문명과는 상관없이 저 홀로 야생을 살아온
여인 만나 하늘 뻥 뚫린 듯
가래떡처럼 줄기차게 쏟아져내리는 빗 속에서,
두 마리 짐승으로 날뛰며 난무 즐겨보는 일
일체의 제도 일체의 인습 일체의 윤리나
도덕 따위 양심 따위 뼈다귀만도 못한 것

—「채털리 부인의 연인처럼」 부분

"생의 원색과 야만"의 빛깔이 시 세계의 전반을 물들이고 있다. "하루하루가 전시인 세상"의 일상에서 "쌓이는 설움, 두려움"(「부나비들은 저렇게 사랑을 하는구나」)은 그 어디에도 찾아볼 수 없다. 오직 "두 마리 짐승"의 원시적 생명력이 불꽃을 피우고 있다. 현실계의 규율에 의해 억눌리고 주눅 들린 원시적 건강성이 소생되고 있는 대목이다. 이 시편은 D.H 로렌스의 『채털리 부인의 사랑』의 차용에서도 드러나듯 사랑의 절정이란 원시적 자연과 생명력의 갈망이며 회복이란 점을 강조하고자 하는 것이다.

그러나 이와 같은 낙원의 신화는 현실계의 시간성에 부딪히면 쉽게 휘발되고 만다. 현실계의 운용원리는 항상 "제도/인습/윤리/도덕/양심"을 전면에 내세우고 있기 때문이다. 파괴된 낙원의 신화는 쉽게 변질되어 "충분히 추하고 역겹고 아"픈(「아포리즘」) 상처들로 뒹군다. 그래서 사랑의 아름다움은 철저한 배반의 고통을 흔적으로 남긴다. 대부분의 사랑 시편이 "찬란한 축복이 아니라 지독한 형벌"(「누군가 나를 울고 있다면」)의 모습으로 나타나는 까닭이 여기에 있다. 사랑은 마치 기다리던 소풍이 끝나는 것처럼(「소풍은 끝났다」) 허망하게 일과성으로 지나가고 만다. 그래서 이재무의 사랑 노래 역시 대부분 형벌처럼 가슴 저미는 아픔으로 그려진다.

> 떨어져도 쉽게 구겨지거나 깨지지 않는 플라스틱잔과 달리
> 단 한 번의 실수도 용납할 줄 모르는
> 저 도도하고 고고한 교양 우리의, 늘 조마조마하고 아슬아슬하여
> 불안했던
> 집 밖의 사랑도 그렇게 바닥을 치고 산산조각
> 날 선 무기가 되어 영혼의 발등 마구 찌르고 할퀴어댔다
>
> —「유리잔」 부분

> 바람이 지나간 자리
> 썰물 뒤의 개펄처럼 생에 주름이 생기고
> 고독은 파랗게 눈을 뜨죠
>
> —「바람」 부분

> 땡감처럼 떫은 그리움 베어먹다 뱉는다
>
> 유통기한 지난 사랑의 명란젓이나 헤적이다가 헛배 부른 듯 하품
> 을 한다
>
> 불편한 식사가 끝난 식탁 자리 어지럽고 처참하다
>
> —「사랑이 지나간 자리」 부분

"사랑이 지나간 자리"는 온통 "불편한 식사가 끝난 식탁 자리"의 "어지럽고 처참"한 풍경과 흡사하다. 그곳은 "영혼의 발등 마구 찌르고 할퀴"는 공

격성과 "생에 주름"을 깊게 파고 "고독"에 파랗게 질리게 하는 아픔들이 날 것으로 뒹군다. "모두들 그렇게 떠"나면서, "차마 잊을 순 없겠다는/ 말 바늘 끝 되어/ 귓속 아프게 하"(「송가送歌」)고 또 다시 "자꾸 덧나는 고통"(「덧나는 슬픔」)으로 작용한다. 낙원의 환희가 지옥의 고통을 몰고 오는 동인으로 작용하고 있다.

그렇다면 이토록 아프고 처참한 사랑의 흔적들을 빨리 청산할 수 있는 방법은 무엇인가? 그것은 물론 서둘러 사랑의 대상과 추억들을 미련 없이 망각하는 것이다. 시적 화자 역시 이 점을 모르지 않는다.

오래된 벽지와도 같은 미련에 지지 않아야 하리
아무리 배고파도 유통기한 지난
사랑의 통조림에 눈독 들이지 말며
이별의 버스를 향해 더는 손 흔들지 말자
자궁 벗어난 그날로부터 저, 예정된
홀로의 길을 걷는 것 사람의 운명이므로
사는 동안 찾아오는 내밀한 슬픔과 기쁨
누구와도 속속들이 함께 할 수는 없다

—「새로운 시작을 위하여」 부분

외로움은 삶의 운명이다. 오직 "홀로의 길을" 홀로 걷는 것이 우리들 모두의 삶의 속성이다. "내밀한 슬픔과 기쁨"을 "누구와"함께 나누려고 하는 것은 처음부터 잘못된 욕망이다. 다시 말해, 완전한 사랑은 이승에 존재하지 않는 것이다. 이처럼 명징한 이성적 판단을 정립하고 나면 "새로운 시작"을 하지 못할 까닭이 없다. 그러나 사랑의 시작이 이성적 판단에 의해 이루어지지 않았듯이 그 마무리도 이성적 판단에 의해 이루어지지 않는다.

공원의 호수 속 달빛

바람 불면 물결과 함께 흔들리는
너의 감옥 벗어나려고
컥컥, 목 찌르는 울음 삼키며
온밤을 조롱박으로 퍼올린다
부질없는 줄 알면서 퍼올려도
호수의 바닥은 보이지 않고
퍼올려도 너는 호수를 떠나지 않는다
살아 있는 동안 이 형벌로
나 괴롭고 즐거우리

—「囚人」 부분

호수의 물을 거듭 퍼 올려도 달그림자를 퍼 올릴 수는 없는 것처럼 호수 안에 비치는 그리운 모습은 결코 조롱박으로 퍼 올릴 수 없다. "부질없는 줄 알면서도" "온 밤을 조롱박으로 퍼 올"리는 것은 사랑의 대상을 잊기 위한 노력이지만, 사실은 상대에 대한 그리움과 애착을 거듭 확인하는 일일 뿐이다. "사랑의 감옥"(「거미의 방」)의 수인이 이별과 그리움의 수인이 된 형국이다. "살아 있는 동안 이 형벌"에서 완전히 벗어날 수 없을 것 같다.

이처럼 처연하게 반복되는 수인의 고통으로부터 완전히 해방되는 길은 사랑을 하지 않는 것이다. 그러나 시적 화자는 또 다시 스스로 사랑의 문을 노크한다. 오디세우스의 넋을 앗아간 사이렌의 노래와 같은 사랑의 노래가 일상 주변의 도처에서 그를 현혹시키고 있기 때문이다. 그래서 "독감처럼 거듭 찾아오는 바람 앞에서/ 존재는" 끊임없이 "불안으로 펄럭"(「바람」)이면서도 이를 뿌리치지 못하고 수인처럼 끌려간다.

저 환장하게 빛나는 햇살
나를 꼬드기네
어깨에 둘러맨 가방 그만 내려놓고

오는 차 아무거나 잡아타라네
저 도화지처럼 푸르고 하얗고 높은
하늘 나를 충동질하네
멀쩡한 아내 버리고 젊은 새 여자 얻어
살림을 차려보라네

—「저 못된 것들」 부분

통통, 바람 많이 든 공처럼 그녀의 종아리가 튀어 오르면
수음하는 소년처럼 나는 숨이 가쁘다 두 팔에 힘을 주어
그녀가 라켓을 휘두를 때 마다 깜짝깜짝 놀라며 파랗게 몸을 뒤집는
이파리들, 내 마음의 사기그릇들 반짝반짝 웃는다

—「테니스치는 여자」 부분

"저 환장하게 빛나는 햇살"이나 "테니스 치는 여자"는 모두 시적 화자에게 일탈을 부추키는 "저 못된 것들"이다. 마치 "봄비의 혀가/ 아직, 잠에 혼곤한/ 초록을 충동질"하는 것처럼 그의 주변 일상의 가장 가까운 대상들이 그를 달뜨게 하고 흥분하게 만든다. "환장하게 빛나는 햇살"에서 "오는 차 아무거나 잡아 타"라는 동요와 "푸르고 하얗고 높은 하늘"에서 "아내 버리고 젊은 새 여자 얻어/ 살림을 차려"보라는 충동질을 느끼는 장면은 순백하고도 천진스럽다. "테니스 치는 여자"의 "라켓을 휘두를 때마다 깜짝깜짝 놀라며" "내 마음의 사기그릇들 반짝반짝 웃"고 있는 장면에서는 "몸 늙으면 마음도 함께 늙었으면 좋겠"으나 "몸 늙어도 마음"이 "늙지"(「청승」) 않고 있음을 보여준다.

그러나 이러한 시적 화자의 반응을 두고 감각적 민감성의 과잉을 지적하는 것은 옳지 못하다. 그의 순정하면서도 천진스런 사랑의 감각에는 존재론적인 외로움과 모성성에 대한 뿌리 깊은 갈망이 바탕을 이룬다. 진중한 회감과 성찰에 젖어드는 저녁의 시학을 드러내는 다음 시편은 이점을 암시

적으로 드러낸다.

비오는 날의 바다는
밴댕이회 한 접시, 도토리묵 한 사발을 내놓고
자꾸만 내게 술을 권했다

몸보다 마음이 얼큰해져서
보문사 법당에 오르며
생에 무늬를 남긴 인연들을 떠올렸다

비를 품고 더욱 단단해지기 위해
저녁 길은 골똘히 생각에 잠겨 있었다

비오는 날의 바다가 쓰는
생의 주름진 문장들을 읽는 동안
마음의 자루가 터져
담고 온 돌들이 하나 둘 빠져나갔다

얼마나 더 큰 죄를 낳아야
세상에 지고도 너그러워질 수 있을 것인가
나는, 섬에 와서도 내내 뭍을 울고 있는 내가 싫었다

자애로운 저녁은 어머니의 긴 치마가 되어
으스스 추워오는 몸을 꼬옥 안아주었다

—「석모도의 저녁」 전문

시적 배경은 "석모도의 저녁"이다. 저녁의 성찰적 분위기가 시상을 침중하게 만들고 있다. 하루해가 저무는 저녁 시각에 그는 자신의 지난 삶을 반추하고 있다. "석모도의 저녁"이 권하는 술은 "몸보다 마음"을 먼저 취하게 한다. 그래서 시적 화자는 마음의 기억에 새겨진 지나온 삶에 대한 회감에 젖게 된다. "생에 무늬를 남긴 인연들"과의 여정은 "비를 품고 더욱 단단해지기 위해" "골똘히 생각에 잠"긴 "저녁 길"의 풍경으로 그려볼 수 있을 것 같다.

한편, 바다는 언제나 넉넉하고 포용적이다. 그래서 "단단해지"기 위해 품고 있는 "마음의 자루"의 "돌들"을 풀어놓게 한다. 바다는 너그러움을 가르치지만 시적 화자는 아직 "뭍"의 일들을 잊지 못하고 "울고 있"다. 언제쯤에나 "세상에 지고도 너그러워질 수 있을 것인가". 그는 아픈 상념에 잠긴다. 이때 "저녁은 어머니의 긴 치마가 되어/ 으스스 추워오는 몸을 꼬옥 안아"준다. 아니 그는 이 저녁에 "어머니의 긴 치마"자락을 간절히 그리워하고 있었다. 그는 으스스한 섬의 저녁 한기와 아픈 회한의 상념 속에서 자신도 모르게 어머니를 찾고 있었던 것이다.

이렇게 보면, 이재무 시인의 바닥을 가늠하기 어려운 결핍감에는 마흔여덟 나이에 "철없는 막내"의 "몸부림"(「엄니」, 『섣달그믐』)을 뒤로하고 돌아가신 어머니에 대한 하염없는 그리움이 작용하고 있었던 것으로 보인다. 물론 이 기다림의 대상이 반드시 육신의 어머니를 가리키지 않아도 무방하다. 바닷물결에서 "어머니의 긴 치마"자락을 문득 연상한 것은 분명 모성성에 대한 간절한 정서적 갈망이 바탕을 이루고 있는 것이다. 여기에 이르면 우리는 그의 부단히 사랑을 갈구하는 외로움에는 "온다던 사람은/ 다음날도 그 다음날도 오지 않았고/ 내 마음의 산비탈에 핀/ 머루는 퉁퉁 젖이 불고 있었"(「온다던 사람 오지 않았다」)던 모성적 결핍과 부재의식이 중심항을 이루고 있는 것으로 이해된다. 그렇다면 그의 "비 만난 양철지붕처럼 시끄럽고 요란했던"(「아포리즘」) 만남과 이별의 숱한 인연들이 실은 "다음날도 그 다음날도 오지 않"은 "온다던 사람"에 대한 기나긴 기다림의 역정은 아니었을까? 그렇다면, 그 "온다던 사람"의 성향은 구체적으로 어떤 양상을 드러낼

까? 다음 시편은 이에 대한 답변으로 "꽃그늘"과 같은 고요한 대지적 평화의 세계를 묘사하고 있다.

꽃그늘 속으로,
세상의 소음에 다친 영혼
한 마리 자벌레로 기어갑니다
아, 그 고요한 나라에서 곤한 잠을 잡니다

꽃그늘에 밤이 오고
달 뜨고
그리하여 한 나라가 사라져갈 때
밤눈 밝은 밤새에 들켜
그의 한 끼가 되어도 좋습니다

꽃그늘 속으로
바람이 불고
시간의 물방울 천천히
해찰하며 흘러갑니다

—「꽃그늘」 전문

시상의 흐름이 "꽃/밤/달/물방울" 등의 여성형을 통해 개진되고 있다. 이재무의 사랑의 시편이 남성적인 역동성을 침잠시키고 여성적 부드러움으로 표현되면 이처럼 결 고운 적멸의 감성이 배어 나온다. "세상의 소음에 다친 영혼" "한 마리 자벌레"가 되어 "꽃그늘" 속으로 기어간다. "꽃그늘"이 "자벌레"의 상처를 위무해준다. "자벌레"는 "고요한 나라에서 곤한 잠"에 든다. "꽃그늘" 아래에서 적멸의 열락을 감득하고 있는 것이다. "꽃그늘에 밤이 오고" "한 나라가 사라져"간다는 것은 "꽃그늘" 아래에 탈현실적인 우주가 펼쳐졌다는 것을 가리킨다. 따라서 화자가 "밤 눈 밝은 밤새"의 "한 끼가 되어도 좋"다는 것은 우주 생명의 질서에 대한 회귀의 바람을 가리킨다. 마지막 연의 "꽃그늘 속" "바람이 불고/ 시간의 물방울 천천히" 흘러가는 풍경에 대한 묘사는 "꽃그늘"로 표상되는 여성성 속으로 사라진 죽음의 세계이다.

여기에 이르면 이재무가 추구하는 궁극적인 시적 삶은 적멸의 열반으로 집중된다. 따라서 그의 환희와 고통이 교차하는 사랑의 역정은 죽지 않고 죽음을 체험하는 일련의 과정이라고 해석된다. 다시 말해, 그의 사랑 노래는 '사랑을 사랑하는 것'에 해당한다는 것이다. 그의 "다음날도 그 다음날도 오지 않았"던 "온다던 사람"과의 완전한 해후는(「온다던 사람 오지 않았다」) 죽음을 지불할 때 가능하다. 이렇게 보면, "꽃그늘" 아래의 열반을 꿈꾸는 이재무의 시적 삶의 항해는 오디세우스를 죽음으로 유혹하는 사이렌의 노래를 향해 조금씩 자맥질하고 있는 과정이라고 할 수 있을 것이다.

질박한 서정

–안상학의 시 세계

안상학의 시적 정조는 질박하다. 그의 시적 언어는 세련되고 날카롭고 민첩한 감각과 감성을 자랑하는 법이 없다. 그는 마치 이러한 시적 성향을 의도적으로 역행하려는 듯, 질박한 감성과 화법을 꾸준히 견지한다. 그래서 그의 시편들은 새로움의 충격보다는 재래적인 구태에 더욱 가까워 보인다. 그러나 그의 질박의 미의식의 지속적인 추구는 점차 더욱 내밀한 시적 진정성과 믿음을 획득하는 동력이 된다. 그래서 그의 시 세계는 마치 흑백 사진을 보는 듯한 친숙한 정감과 아득한 여운을 전해준다.

이 점은 질박의 미의식이 공자가 설파한 어짐(仁)의 세계와 상통한다는 것과 무관하지 않을 것이다. 공자는 『논어』에서 '강의목눌剛毅木訥이 근인近仁'이라고 하여 강건, 의연, 어눌과 더불어 꾸밈없고 소박한 질박을 인仁에 가깝다고 설명한다. 다시 말해, 질박함이 인仁을 추구하고 반영하는 미의식의 요체라는 것이다. 주지하듯, 유교의 덕목 중에 가장 으뜸에 해당하는 인은 '관계의 대상을 사랑하는 정情'으로 요약된다. 맹자는 『공손추편公孫丑篇』에서 인을 측은지심惻隱之心, 즉 불쌍하게 여기는 마음의 극치로 설명하여 의지예신義禮智信의 이지적 판단의 성향과 변별되는 감성적 덕목으로 규정한다. 한편, 여기에 주자는 다시 형이상학적인 해석을 부여하여 현실적인 애정과 구별되는 것으로서, 정情을 낳게 하는 고차원적인 본성本性으로 파악한다. 이와 같이 인仁은 기본적으로 냉정한 이지적 도덕성이 아니라 심미적 감수성과 정의情意에 가깝다.

안상학의 시 세계는 질박한 언술을 통한 인간적 덕성, 연민, 그리움의 정서가 주조를 이룬다. 다음 시편은 그의 시적 삶의 체질과 성향을 예각적으로 보여준다.

> 신문 지국을 하는 그와 칼국수 한 그릇 할 요량으로 약속 시간 맞춰 국숫집 뒷방 조용한 곳에 자리 잡고 터억하니 두 그릇 든든하게 시켜놓고 기다렸는데 금방 온다던 사람은 오지 않고 국수는 통통 불어 떡이 되도록 제사만 지내고 있는 내 꼴을 때마침 배달 다녀온 그 집 아들이 보고는 혹 누구누구를 만나러 오지 않았냐고 은근히 물어오길래 고개를 끄덕였더니만 홀에 한 번 나가보라고는 묘한 미소를 흘리길래 무슨 일인가 싶어 마당을 지나 홀 안을 빼꼼 들여다보니 아연하게도 낯익은 화상이 또한 국수를 두 그릇 앞에 두고 자꾸만 시계를 힐끔거리고 있는 것이 아닌가.
>
> —「안동숙맥 박종규」 전문

시적 화자와 그의 친구와의 만남이 오래된 풍경화처럼 정겹게 펼쳐지고 있다. "국수집 뒷방"에서 기다리는 화자와 "홀"에서 기다리는 친구가 서로 거울처럼 동일한 모습을 보이고 있다. 그래서 "안동숙맥 박종규"는 '안동숙맥 안상학'이란 말로 치환시켜도 무방하다. 이 둘의 약속은 처음부터 어떤 이해타산적인 일을 도모하거나 해결하기 위한 목적과는 거리가 멀다. 그저 "칼국수 한 그릇 할 요량"이다. 그러나 이들의 만남의 약속은 다소 어긋나게 된다. 그리고 이 어긋남이 이들의 진실하고 따뜻한 우정과 인간적인 덕성을 드러내는 틈새가 된다. 이들은 약속이나 한 듯이 제각기 "칼국수"를 두 그릇 시켜놓고 기다린다. "국수는 통통 불어 떡이 되"어가고 있으나 어느 한 사람도 자기의 국수 그릇에 손을 대지 않는다. 비록 "국수"가 불어 "떡이" 된다 할지라도 기다리는 친구와 함께하고자 하는 것이다. 물론, 여기에는 기다리는 친구가 반드시 올 것이라는 신뢰가 전제되어 있다. "퉁퉁 불"은 국수는 바로 이 둘의 튼실한 우정과 신뢰의 깊이를 나타낸다. "국수를 두 그릇 앞에 두고" 서로 친구를 기다리는 단순한 풍경이 잔잔한 감동을 전해주는 것은 어떤 꾸밈이나 가식도 없는 질박함 그 자체에서 연원한다. 안상학은 어떤 미적 장식이나 수사도 없이 어진 사람의 인간미를 진솔하게 그려내고 있는 것이다.

공자는『논어』에서 "교언영색 선의인巧言令色 鮮矣仁"이라고 설파한다. 말 잘하고 표정을 꾸미는 사람치고 인仁한 이가 드물다는 것이다. 안상학의 이번 시집『아배 생각』의 특징적인 창작 방법론은 꾸밈없이 순정한 질박의 미의식을 통해 어진 인仁의 덕성을 노래하는 데에서 찾아진다. 그렇다면 그의 이러한 시적 특성이 형성된 주된 배경은 어디에 있을까? 그것은 안상학의 시적 삶의 환경과 깊이 연루되는 것으로 파악된다. 다음 시편은 이러한 문면에서 더욱 깊은 주목을 요구한다.

> 안동으로 드나드는 천변 주막거리 외따로
> 기느리댁 사랑채 사랑어른은 품이 깊기로 유별났다는데
> 등짐장수들 고개 넘다 산도적 만나 다 털리고 한뎃잠 자면
> 일일이 불러다가 깡조밥에 물 한 사발
> 새우잠이라도 재워서 보냈다 한다
>
> 여름 겨울 익사사고 많이 나는
> 이무기가 살아도 떼로 산다는 선어대소가
> 천변 주막거리 어느 집보다 가까운 기느리댁 사랑채
> 물에 빠져 장승같이 굳은 사람 우선 누이고
> 때로는 염을 하고 때로는 되살리곤 하였다는데

얼음이 바닥까지 얼었으리라는
그 어느 쩡쩡한 겨울에는
나무꾼이 한 짐 지게 밀고건너다
얼음구멍에 빠져 무명천 엮어 어찌어찌 건져내어
윗목에 누이고 몸을 녹이는데
동네 남정네도 지나던 등짐장수도 차례차례 들어가 옷을 벗고 품는
중에도 사랑어른 일곱 살 난 딸내미 자야는 기느리댁 뒤에 숨어 왜 따
뜻한 아랫목에 누이지 않느냐고 어찌 군불 더 넣지 않느냐고 자꾸만
제 어미 치맛자락을 당기며 글썽이는 눈을 맞추었다 한다

—「기느리댁 사랑채」 전문

시적 배경은 경북 안동의 어느 "천변 주막거리" 외딴 집, "기느리댁"이다. "기느리댁 사랑채 사랑어른"은 어려운 사람들을 지극정성으로 동정하고 보살피는 사람으로 알려져 있다. 그의 사랑채는 "산도적 만나 다 털"린 사람, "얼음 구멍에 빠"진 나무꾼 등을 돌보는 곳이기도 한다. 이야기 형식으로 전개되는 이 시의 씨눈은 "기느리댁"의 "일곱 살 난 딸내미 자야"의 마음씨이다. 어린 아이가 "얼음 구멍"에서 건져낸 나무꾼을 "아랫목에 누이지 않"고 "군불 더 넣지 않느냐고 자꾸만 제 어미 치맛자락을 당기며 글썽이는 눈을 맞추"는 대목은 측은지심惻隱之心을 지닌 인간의 착한 본성을 명징하게 환기시킨다.

또 하나 이 시에서 눈길을 끄는 것은 "얼음구멍"에서 건져 올린 나무꾼의 몸을 녹이기 위해 "옷을 벗고 품"는 "동네 남정네"들과 "지나던 등짐장수" 등의 지극한 동정심이다. 마을 사람들이 모두 인仁에 근간을 두는 측은지심의 실천 주체들이다. 개인주의와 이기주의가 지배하는 오늘날의 세태에서 마을 사람들의 생활 속에 배어 있는 다른 사람의 고통과 슬픔을 동정하고 자신의 일처럼 보살피는 이타적 세계관은 깊은 감화를 준다.

이러한 정황은 공자가 『논어』에서 설파한 "里仁爲美 擇不處仁 焉得知(이

인위미 택불처인 언득지: 거처하는 동네가 인한 것이 아름답다. 거처를 구함에 있어서 인한 곳을 택하지 않으면 지혜롭지 못하다)"의 이치를 환기시킨다. 공자는 사는 동리를 선택하는 데 있어서 인한 동리에 사는 것을 우선으로 삼아야 한다고 강조했던 것이다. 이렇게 보면, 위의 시편에서 "안동으로 드나드는 천변"마을은 이인위미里仁爲美의 현장이라고 말해볼 수 있다. 인仁함 속에서 살고 인함 속에서 편안함을 느끼는 마을 사람들의 삶의 풍경이 이야기 형식을 통해 진솔하게 전달되고 있다.

한편, 다음 시편은 마을 사람들의 순박한 생명에 대한 외경과 보살핌의 덕목을 또 다른 각도에서 흥미롭게 보여주고 있어서 눈길을 끈다.

철도 들기 전 어느 늦봄 다랑논
아배는 모를 심으며
막판 힘에 부쳐 끙끙댔던가
나란히 모를 꽂던 반장댁 할매 옳다구나 싶어
쫘악하니 허리 퉁겨 젖히며
—아, 여보소, 무신 큰 심 쓴다꼬 그클 끙끙대긴 끙끙대노
그 말 날름 받아든 아배 짐짓 낮고 다급한 목소리로
—어허, 아 깬다마는
그 말 떨어지기 무섭게 두레꾼들
한바탕 배를 잡고 웃었다
못줄 잡고 마주 앉은 누이와 나는
벙벙한 눈만 마주치며 고개를 갸웃거렸다

그 말뜻 알만한 나이가 되어
약쑥 개쑥 뿌리 뽑으며 끙끙대다 문득 돌아보니
아배 어매는 태연하게도 내외하며 잠든 척하신다

—「한식」 전문

모심기를 하던 어느 봄날, "두레꾼들/ 한바탕 배를 잡고 웃"게 했던 아버지의 농담이 시적 소재가 되고 있다. 사투리로 전개되는 시적 상황을 조금 풀어서 정리하면, 모심기에 지쳐 힘들어하는 아버지를 향해 "반장댁 할매"가 지청구하듯 농을 건넨다. '무슨 큰 힘 쓴다고 그렇게 끙끙대며 힘들어하는가'. 이에 아버지는 전혀 예상 밖의 응수로 상황을 전환시킨다. "-어허, 아 깬다마는". 이것은 '아이가 깰지도 모르니 조용하고 삼가 해야 한다'는 의미이다. 몇 단계를 건너뛴 유쾌한 도약이 이루어지고 있다. 온종일 심은 모들이 평안하게 잠든 아기에 비유되고 있는 것이다. "두레꾼들/ 한바탕 배를 잡고 웃"는다. 두레꾼들이 약속이나 한 듯이 일제히 폭소를 터트리는 것은 아버지가 모두의 공통된 내면의식을 유쾌하게 충격했기 때문이다. 농경공동체 속에서 서로 어우러져 살아온 마을 사람들의 모심기에 대한 공통적인 근원 심상을 보여주는 대목이다. 작은 "모" 하나도 조심스럽게 보살펴야 할 어린 아기와 같은 생명체이다. 작은 대상도 아끼고 보살피고 돌보는 마음으로 살아가는 마을 사람들의 생활 세계가 아버지에 대한 회억 속에 배어나오고 있는 것이다. 앞에서 지적한 이인위미里仁爲美, 즉 인의 마을의 아름다움을 다시 한 번 목도할 수 있다.

안상학은 이와 같이 사랑하고 보살피는 정을 가리키는 인仁의 정서가 살아 숨 쉬는 마을 속에서 스스로 그러한 덕성을 생활 감각으로 내면화하여 자신의 독특한 화법으로 노래하고 있는 것이다. 특히 이번 시집에서는 위의 시편의 경우처럼 "아배"에 대한 간곡한 그리움이 집중적으로 드러난다. 돌아가신 아버지가 아들에게는 누구보다 애잔한 연민의 대상으로 다가온다.

> 뻔질나게 돌아다니며
> 외박을 밥 먹듯 하던 젊은 날
> 어쩌다 집에 가면
> 씻어도 씻어도 가시지 않는 아배 발고랑내 나는 밥상머리에 앉아
> 저녁을 먹는 중에도 아배는 아무렇지 않다는 듯

—니, 오늘 외박하냐?
—아뇨, 올은 집에서 잘 건데요.
—그케, 니가 집에서 자는 게 외박 아이라?

집을 자주 비우던 내가
어느 노을 좋은 저녁에 또 집을 나서자
퇴근길에 마주친 아배는
자전거를 한 발로 받쳐 선 채 짐짓 아무렇지도 않다는 듯
—야야, 어디 가노?
—예……. 바람 좀 쐬려고요.
—왜, 집에는 바람이 안 불다?

그런 아배도 오래전에 집을 나서 저기 가신 뒤로는 감감 무소식이다.

—「아배 생각」 전문

화자와 아버지의 대화에 반어와 언어유희가 무르녹아 있다. 안동 지역의 토속적인 사투리의 직접적인 나열은 구체적인 삶의 현장성을 배가시키고 있다. 집에서 자는 것을 "외박"으로 표현하여 아들의 잦은 외박을 해학적으로 꾸짖고, "바람"의 동음이의어를 곡예 하듯 즐기는 모습을 보여준다. 그러나 이처럼 웃음을 유발시키는 해학적 분위기는 마지막 연에 이르러 슬픔과 그리움의 정서를 더욱 극적으로 심화시키는 역할을 수행한다. 아버지의 목소리가 살갑기보다는 투박하고 무뚝뚝했기에 막상 "감감 무소식이" 되면서 더욱 큰 격절감을 불러일으킨다. 아들을 향한 아버지의 화법이 그리 다정다감하지는 않지만 그러나 거기에는 무한한 사랑이 배어 있는 것처럼, 아들의 아버지에 대한 회억도 그리 곰살궂지는 않지만 그러나 거기에는 무한한 그리움이 가슴 뭉클하게 배어 있다.

한편, 안상학이 이처럼 아버지를 그리워하는 것은 아버지에 대한 동정과

함께 자신의 삶을 통한 체험적 동질성을 바탕으로 한다.

공중전화 부스에서 딸에게 전화 걸다
문득 갈라진 시멘트 담벼락 틈바구니서 자란
도라지꽃 보았네 남보랏빛이었네
무언가 울컥, 전화를 끊었네

딸아
네 아버지의 아버지도
환하지만 아주 환하지는 않은 저 남보랏빛 꽃처럼
땅 한 평, 집 한 칸 없이 저리 살다 가셨지

지금 나도 저렇게 그렇게 살아가고 있겠지
환하지만 아주 환하지는 않은 얼굴로
아주 좁지만 꽉 찬 신발에 발을 묻고 걸어가고 있겠지
도라지의 저 거대한 시멘트 신발 같은 걸 이끌고
네 아버지의 아버지처럼

환한 딸아 지금 내가 네 발밑을 걱정하듯
네 아버지의 아버지도 내 발 밑을 걱정하셨겠지
필시, 지금 막 도라지꽃 한 망울 터지려 하고 있다

—「도라지꽃 신발」 부분

시적 화자가 "딸"과 전화를 하다 문득 바라본 "도라지꽃"이 1연에서는 아버지의 이미지로 2연에서는 "지금 나"의 이미지로 전이되고 있다. "시멘트 담벼락 틈바구니서 자란" 도라지꽃의 척박한 상황이 바로 가난하고 처연하게 살았던 아버지의 삶을 연상시킨 것이다. "땅 한 평, 집 한 칸 없이" 사셨던 화자의 아버지와 "시멘트 담벼락"에 의지해 사는 "도라지꽃"이 상동 관계를 이루고 있다. 그리고 "지금 나도 저렇게 그렇게 살아가"는 형편으로서 신산스러웠던 아버지의 삶과 유사하다. 물론 여기에서 "시멘트 담벼락"의 척박한 환경은 아버지대로부터 내려오는 가난의 유산만을 가리키지는 않는다. 아버지가 걱정했던 나의 "발밑"과 지금 내가 걱정하는 딸의 "발밑"은 "시멘트 담벼락"처럼 결코 호락호락하지 않은 세상사를 가리키기도 한다. 이렇게 보면, 시적 화자는 스스로 세상사를 경험하고 자식을 키우면서 더욱 깊이 아버지에 대한 애틋한 그리움을 지니게 된 것으로 보인다.

이번 시집에서 아버지가 중심 소재로 등장하는「아버지의 검지」「아버지의 감나무 이야기」등의 작품 역시 아버지에 대한 곡진한 그리움과 연민을 노래하고 있다. 일반적으로 돌아가신 아버지를 소재로 하는 시편들이 보여주는 존경과 추모의 양상이 아니라 측은한 동정과 혈연의 정이 주조를 이룬다.

한편, 이번 시집에서는 간절한 측은지심惻隱之心의 대상으로 아버지뿐만이 아니라 어머니와 누이동생의 죽음도 등장한다.

어머니 잃고 시를 얻었다
화살 하나 심장에 꽂은 채
삼십 년을 아무렇지도 않은 듯 걸어왔다
종종 시만 조금 아픈 듯 힘겨워했다

누이동생 앞세우고는 그런 시도 잃었다
심장에 불화살 꽂은 채
한 삼십 년은 또 너끈히 걸어갈 테지만
더 아픈 시는 없을 것 같다

사진 속 멀쩡한 누이처럼

무통분만의 시만 남아 이렇듯 서러울 것이다

—「망매가」 전문

화자는 이미 "삼십 년" 전에 어머니를 잃었고 누이동생마저 "암"(「아버지의 감나무 이야기」)에 잃고 말았다. 어머니가 돌아가신 이후 "아무렇지도 않은 듯 걸어왔"듯이 누이동생이 죽은 이후에도 역시 "한 삼십 년은" "너끈히 걸어갈" 것이다. 그러나 어머니가 돌아가신 이후 "조금 아픈 듯 힘겨워"하던 "시"가 누이동생의 죽음 이후부터는 분명 "더 아픈 시는 없을 것 같"다. 외적으로 의연한 모습을 견지할지라도 속내는 견딜 수 없는 슬픔에 흠뻑 젖어 있는 상황이다. 시적 화자는 이처럼 부모와 형제의 임종을 지켜보아야 하는 감당하기 어려운 슬픔을 겪어야 했던 것이다. 그래서 그의 시적 삶의 이면에는 하염없이 슬픈 그늘이 진하게 드리워져 있다.

또한, 위의 시편을 통해 볼 때 이번 시집이 우리 시사의 대부분의 경우처럼 어머니 지향성이 아니라, 제목 『아배 생각』에서도 드러나듯, 아버지가 시적 소재의 중심에 놓이게 된 이유를 짐작할 수 있다. 어머니는 이미 "삼십 년" 전, 시인의 청소년기에 세상을 떠나고 말았던 까닭에 아득한 원경을 차지하고 있기 때문이다.

한편, 이와 같은 안상학의 남다른 가족사적 슬픔에서 발원된 동정과 측은지심의 정서는 가족사의 울타리 내부에서만 그치는 것이 아니라 범 문단적으로 확장되어 나타나기도 한다.

누구라도 이젠
밤늦게 전화해도 반갑게 받자고
차비 만 원 달래면 웃전까지 얹어 주자고
천 리고 만 리고 택시 타고 달려오면
택시비에 술값까지 마련해서 버선발로 마중가자고
마음먹기도 전에 박찬 시인이 갔다.

그래, 이젠 정말 어느 누구라도
살아 있을 때 잘 해 주자고
술 한 잔 더 하자 하면 흔쾌히
앞장서서 이차고 삼차고 가자고
전화 오기 전에 먼저 전화 하자고, 암, 그러자고
마음 단단히 먹기도 전에

—「박영근 이후」 부분

가난한 노동자 시인 박영근이 죽자 시적 화자를 비롯한 주변 사람들은 누구라도 생전의 박영근처럼 "밤늦게 전화해도 반갑게 받"고 "차비 만 원 달래면 웃전까지 얹어주자고" 다짐한다. 그러나 세월은 야속하게도 주변의 가까운 사람들을 쉼 없이 돌아올 수 없는 먼 곳으로 데려간다. 박찬 시인도 별안간 죽음을 맞이한다. "이젠 누구라도 살아 있을 때 잘해주자"고 결의한다. 이것은 물론 문단의 울타리를 넘어 죽음을 앞둔 유한자로서의 우리 인간 모두에게 적용되는 서로간의 예의이며 동정이며 사랑이다.

이렇게 보면, 안상학의 이번 시집 『아배 생각』은 인간 삶의 원상과 그 예의를 특유의 순백한 화법을 통해 그려 보이고 있는 것으로 보인다. 아버지에 대한 불화, 갈등, 부정, 전복 등의 정서들이 다채로운 이미지를 통해 변주되고 확산되는 근자의 시적 유행과 달리, "아배"에 대한 동정과 그리움을 노래하는 그의 시편들은 분명 너무도 낯익고 평이한 고전적 정전처럼 느껴지는 것이 사실이다. 그러나 이 점이 또한 독자들을 가장 친숙하고 평안하게 하는 영원한 가치의 구현 양식이기도 하다. 노자가 『도덕경』에서 어수룩하게 다스리면 백성이 순해진다고(其政悶悶 其政淳淳) 강조한 바처럼, 우리는 안상학의 꾸밈없이 순정한 시적 미감을 따라가면 어느새 스스로 순해지고 편안해지는 것을 느끼게 된다. 유가의 전통을 호흡하며 살아온 안동의 시인 안상학이 스스로 신산고초의 세월을 겪으면서 도달한 질박의 시학의 한 경지이다.

발견의 시학과 화엄적 사랑의 추구
-신덕룡의 시 세계

시와 종교는 공통적으로 인간의 유한적 존재자로서의 근원적인 결핍과 결점에서부터 기인한다. 그러나 종교는 결핍과 결점을 지닌 인간 존재의 맞은편에 신이라는 완전한 존재를 세우면서 영원한 삶을 상정한다. 인간은 이러한 종교에 의해 죽음으로부터 구원을 받았으나 한편으로 지상의 삶을 자신의 부족한 존재성에 대한 속죄의 과정으로 바치게 된다. 수직적인 구원의 종교는 영원한 삶의 이름으로 죽음을 죽임으로써 삶도 죽이는 결과를 가져왔던 것이다.

그러나 시는 인간의 근원적인 결핍과 결점의 조건을 발견하고 그것을 인정하는 것이다. 이렇게 되면 인간의 유한적 존재성은 더 이상 치명적인 결점으로 작용하지 않는다. 죽음은 인간 밖에 있는 것이 아니라 인간의 일부분이라는 사실을 알게 되기 때문이다. 삶이 죽음을 포함하고 있으며 더 나아가 죽음을 통해 완성되어지는 것이라고 인식하는 것이다. 태어남이 죽음을 암시하는 것이라면 죽음 역시 태어남을 끌어안고 있다. 우리는 살면서 죽고 죽으면서 산다. 그래서 우리는 존재를 통해 무로 다가갈 수 있으며 무를 통해 존재로 다가갈 수 있다. 이렇게 보면, 삶과 죽음, 존재와 무, 결핍과 충만, 부정과 긍정은 우리 안에 공존한다. 이것이 바로 인간의 존재성의 실체이다.

시인의 시적 상상력은 이러한 존재성의 본질을 만나게 해주는 통로이다. 다시 말해, 시적 상상의 도약은 신비적 초월이 아니라 삶의 본성에 대한 발견의 행로이다. 그래서 시적 상상이 섣불리 존재론적 초월이나 영원성과 손잡는 것은 자신의 삶의 정체성에 대한 부정과 상실이 된다.

신덕룡의 시집『아주 잠깐』은 이와 같이 삶과 죽음, 고통과 환희, 결핍과 충만이 서로 다른 것이 아니라 하나의 총체라는 발견의 시학을 다채롭게 개진한다. 그는 과거와 미래, 전생과 후생을 자유롭게 넘나드는 비약적인 상상과 직관의 언어를 통해 존재의 본질과 현상을 동시적으로 노래하고 있는 것이다. 그래서 그의 시 세계는 개별적 실존은 물론 사회적 존재자의 정체성과 본질을 만나게 해주고 아울러 이를 긍정하고 포괄할 수 있는 길을 열어 보여준다. 그의 시 세계가 죽음, 슬픔, 불안, 고통 등을 지속적으로 수반하고 있으나 비관적인 절망이나 낙관적인 초월로 편향되지 않는 이유가 여기에 있다. 그는 인간 존재의 대칭점에 초월적 존재자를 설정하지 않음으로써 실존적 삶의 본질과 깊이를 풍요롭게 확보해나가는 발견의 시학을 내밀하게 견지하고 있는 것이다.

그렇다면 그의 발견의 시학의 동력학에 해당하는 시적 상상의 비약적인 이륙 지점은 구체적으로 어디일까? 그의 시적 상상의 비약적인 이륙 지점을 인지하는 것은 그의 시적 상상력의 성격과 지향성을 짐작하는 데 직접 도움이 될 것이다.

> 방에 들어와 앉으니 통영 앞바다에 불이 켜진다. 예까지 따라오던 빗
> 길들이 하나 둘 어둠속으로 사라지는 걸 보면
> 돌아 돌아서 멀리 왔구나.
>
> …(중략)…

제대로 떠나지 못했구나 눌러앉지도 못했구나, 팽팽한 존재와 부재
사이가 한 끗이다. 틈을 벌려 한가운데 자리 깔고 누우니
오늘밤 턱 턱, 발에 걸리는 꿈들 많겠다.

—「물 속에서 하룻밤」 부분

시적 화자는 "따라오던 빗길"이 사라지고 새로운 길이 열리는 전이 지점에 놓여 있다. 그곳은 "제대로 떠나지도 못했"고 "눌러앉지도 못"한 경계 지점이다. 과거와 현재, 부재와 존재의 "틈새"에서 그는 독백조로 말한다. "오늘밤 턱 턱, 발에 걸리는 꿈들 많겠다." 물론, 이때 "꿈"이란 어둠과 함께 밀려오는 "잊어버린 지우지 못한 기록들"과 '지금, 여기'의 "누추한 풍경"(「동해반점」)의 무의식적 재현을 가리킨다. 서로 다른 공간과 시간 의식이 교차하는 변곡점에서 그의 시적 상상은 가장 역동적인 도약을 전개한다. 이러한 정황을 조금 다르게 표현하면, 그의 시적 상상은 '지금, 여기'의 드러난 차원의 현상만이 아니라, 드러난 현상을 규정하는 숨은 차원까지 동시적이고 전일적으로 직시한다. 다음 시편은 그의 이러한 시적 상상의 특성을 구체적인 대상을 통해 감각화하고 있다.

누가 내다 버렸을까. 저 유모차, 엉덩이에 흙탕물이 튄 채 말라붙었
다. 공원으로 마트로 때로는 차를 타고 먼 바닷가, 텃밭, 고추밭, 마
을회관으로 돌아다니던 짧은 다리를 허공에 걸쳐 놓고

…(중략)…

몇 번이고 버둥거렸을 팔다리가
만든, 파헤쳐놓은 꿈길이 어수선하다.

이 집 노인을 닮아 자리보전하고 누웠나. 쉽게 일어나지는 못하겠다만

발가락 꼼지락거렸다 눈 찡그렸다. 짧은 다리로 기를 쓰며 한사코 제 안의 그늘을 밀어내는가 보다, 저 낡은 유모차.

―「낡은 유모차」 부분

쪼그리고 누워 있는 저것은
큰 의문부호다.
밖으로 돌아누운 등은 시렵고
코를 박고 끌어안은 가슴 안쪽은 따뜻하다.
머리맡에 놓인 빈 소주병은 기다림에 눌린 시간
뜯어가며 목을 축인 흔적일 터
빈 의자 위에 그는 동그랗게 잠들어 있다.
잠든 것이 아니라
신고 있는 구두는 계단을 오르내리느라 바쁘다.
어느 누구든 만나고 싶어
길바닥을 샅샅이 핥으며 돌아다닌다.
또다시 발길들이 우르르 쏟아졌다 몰려가고
쿵쾅거리며 기차가 떠난다.

―「서면 지하철역에서」 부분

여기에 "낡은 유모차"가 있다. 용도 폐기된 앙상하고 녹슨 물건이 "짧은 다리를 허공에 걸쳐놓"은 채 뒤집혀 있다. 실로 보잘것없는 폐품일 따름이다. 그러나 시적 화자의 상상력은 이 "낡은 유모차"의 간곡한 생애를 되살려내고 있다. "유모차"의 짧은 다리와 바퀴의 흔적들은 "공원으로 마트로 때로는 차를 타고 먼 바닷가, 텃밭, 고추밭, 마을회관으로 돌아다니던" 시간을 증언하고 있다. 또한 여기에서 더 나아가 "낡은 유모차"는 자신이 버려지게 된 주변 사정까지도 전언하고 있다. "이 집 주인"이 "자리보전하고" 눕게 되면서 유모차의 신세도 이처럼 거꾸로 뒤집힌 채 버려지게 되었음을 암묵적으로 전언한다. “낡은 유모차”가 어린아이의 탈 것이 아니라 주로 시골 노인을 부축하는 용도로 사용되었던 것이다. 그러나 버려진 “낡은 유모차”가 회고주의와 비관주의에만 물들어 있는 것은 아니다. “낡은 유모차” 내부의 빛들이 “한사코 제 안의 그늘”을 밀어내고 있지 않은가. “낡은 유모차”는 지금도 “발가락 꼼지락거”리며 재생의 약동을 꿈꾸고 있다. “낡은 유모차”의 생의 의지와 몸짓은 “자리보전하고” 누운 “이 집 주인”의 생의 의지와 표정의 감각화이기도 하다.

두 번째 시편에는 일종의 “구두”의 현상학이 노래되고 있다. “서면 지하철역” 앞 “의자” 위에 한 노숙자가 “큰 의문부호”의 모양으로 누워 있다. 여기에서 시의 초점은 그의 발에 신겨 있는 “구두”로 모아진다. 구두의 모양과 형질은 들판에서 일을 할 때 신는 구두, 건달이 싸움을 할 때 신는 구두, 춤출 때 신는 구두 등 용도에 따라 서로 다르다. 그러나 여기에서 구두의 특성은 용도의 성격을 넘어선다. 노숙자의 구두의 표정은 극심한 가난, 소외, 고독에 시달리고 있다. 노숙자는 잠들어도 구두는 잠시도 잠들지 못한다. “어느 누구든 만나고 싶어/ 길바닥을 샅샅이 핥으며 돌아다닌다.” “또 다시 발길들이 우르르 쏟아”진다. 그러나 그와 반갑게 만나주는 “발길”은 어디에도 없다. 구두는 또 다시 더욱 극심한 외로움의 고통에 떨게 된다.

이와 같이 신덕룡의 시 세계에서 시적 대상은 사물 그 자체에 그치지 않고 존재자의 세계－내－존재의 심연을 개시開示하는 중심으로 작용한다. “낡은 유모차”와 “구두”가 스스로 주변의 정황까지 끌어들여 자신의 존재론적 본질을 암묵적으로 드러내고 있는 것이다. 이러한 존재론적 심연을 향한 시적 상상력이 존재론적 외연으로 전이되면 다음과 같은 시편을 낳게 된다.

> 산도 많이 야위었다. 살가죽 벗겨져 등뼈 드러낸 돌부리들, 헐벗은 나무들 모두 비뚤하다. 오체투지, 두 손으로 바닥을 짚어가며 매달리듯 미끄러지며 절할 수밖에 없다. 한 걸음 한 걸음 턱까지 차오르

는 한꺼번에 몰아쉬는 한숨마저 다 토하고 나서야 위아래가 트이니,
누가 여기까지 끌어당겼나. 햇살 끝에 매달려 휘뚤휘뚤 산길 혼자 흘
러가는 거 내려다보인다. 길 끝에서 노인이

가으내 거둬 말렸다는 곶감을 파는데
달다, 오르는 길에 그대도 맛보았을 게다.

—「추월산」 전문

시적 화자는 "추월산"을 오르고 있다. "오체투지" "매달리듯 미끄러지며 절"을 올린다. 겸허와 공경의 도저한 행보 앞에 문득 "추월산"은 자신을 드러낸다. "한꺼번에 몰아쉬는 한숨"을 "토하고" 나자 "위아래가" 한꺼번에 트이지 않는가. 부단히 자신의 몸과 마음을 낮추고 비우는 과정 속에 문득 "추월산"이 성큼 가슴속으로 들어온 것이다. "오체투지"의 과정이 "추월산"의 내면화를 이룬 것이다. 이제 그의 눈에는 "햇살 끝에 매달려 휘뚤휘뚤 산길 혼자 흘러가는 거 내려다보인다." 시적 화자의 "추월산"에 대한 포월包越적인 수렴의 현장이다. "길 끝에서 노인이" 파는 "곶감"의 맛이 "달다". "추월산"의 존재감이 전하는 미각이다. "가으내 거둬 말렸다는" 것은 "추월산"의 존재성이 "가으내" 스며들었음을 가리킨다. "추월산"의 존재가 감성과 감각을 통해 전일적으로 인지되고 있는 대목이다.

이와 같이 시적 대상을 전체적, 동시적, 연속적으로 감지할 수 있는 방법은 어디에서 기인하는 것일까? 그것은 시적 화자 자신의 자기 무화에 의해 가능하다. 다음 시편에는 아름다우면서 고요한 무자성無自性의 공空의 경지가 그려지고 있다.

마른 잎이 툭 떨어진다.
흔들리는 나뭇가지의 낮은 떨림 아래
눈 감고 앉아

들고 나는 숨소리를 고요히 헤아리는
지켜보는 내가 없어졌다.

아주 잠깐, 누구인가
먼 길을 돌아온 듯 두리번거리는 이는.

—「아주 잠깐—원당일기 14」 전문

온통 고요하다. 어떤 움직임도 없다. "마른 잎이 툭 떨어진다". "툭" 소리와 함께 고요를 깨트리는 파문이 인다. 이 파문은 더욱 깊은 고요를 불러온다. 고요의 중심으로 "들고 나는 숨소리를 고요히 헤아리는/ 지켜보는 내가 없어졌다." 절대 무아의 경지이다. 어떤 욕망도 집착도 번뇌도 없다. 자기 무화를 통해 영원의 존재가 열리는 지점이다. 무아의 경지는 불가의 '열반적정涅槃寂靜'을 환기시킨다. '열반적정'은 번뇌의 불이 꺼지고 아무 것에도 어지럽혀지지 않는 이상적인 상태로서 자타불이의 정점이다. 2연에 오면 "아주 잠깐, 누구인가"가 드러난다. 무화된 자아가 잠시 현시한다. 그러나 이때의 자아는 타자와 구별되는 자아가 아니다. 모든 삼라만상이 연기緣起 속에 어우러진 한 몸이라는 것을 깨우친 자타불이의 자아이다. 자아의 무화를 통해 자아와 대상의 직접적인 내적 인식이 가능한 지점이다.

여기에 이르면, 신덕룡의 시적 삶은 자기 무화를 통한 선정禪定과 함께 자타불이의 전일적인 세계관을 추구하고 있음을 볼 수 있다. 그리하여 그의 시적 대상에 대한 드러난 현상과 부분을 넘어 심연과 외연을 아우르는 총체적 인식은 삶과 죽음, 고통과 환희, 결핍과 충만, 긍정과 부정, 주체와 객체 등을 서로 다른 둘이 아니라 하나로 파악하는 특성을 보인다.

다음 시편은 그의 이러한 시적 인식이 개별적 존재론의 층위에서 표 나게 드러나는 경우이다.

① 저 안에 누군가 앉아 있다.

시월의 문턱을 막 넘어 선, 환한 절정

가스라진 귀밑머리 축 처진 어깨위에 몰아쉬던 한숨들 덕지덕지 많다. 힘들었겠다. 가지마다 피우고 지우고 지운 자리에 또 꽃피웠으니 떨어져 누운 꽃잎들 모두 전생이었을 터, 여러 생이 한 몸이었구나. 바싹 말라비틀어진 자리가 경계다. 한 번도 저쪽으로 넘어가거나 이쪽으로 훌쩍 건너 뛰어보지 못한

그 길, 반들반들 닳았겠구나
한 시야視野 급하게 트이는 걸

—「백일홍」 전문

② 대흥사 침계루枕溪樓 현판 아래 거기, 늙은 소나무 가지에 물소리 바람소리 대신 호랑이가 매달려 있다.
저 큰 덩치에 억울하겠다.
두 팔과 다리가 함께 묶여 축, 늘어진 꼬리나 등허리와 달리 위엄은 잃지 않으려는 듯 고개를 빳빳이 쳐들었는데
히죽히죽 웃는다.

여기도 마음 놓고 몸 누일 곳 아니라는
온통 가시밭이라는 걸 알겠다.

언제 저 오랏줄 풀고 활개쳐보랴. 그림을 읽는 눈길 분주하다만 들여다볼수록 내 늑골 안쪽에 박힌 슬픔들도 울그락 불그락 할 말이 많다.
멀었다 한참 멀었다, 뒤돌아서는데

오래 묵고 삭은 상처들도 뚝심을 쓰는지, 통증조차 몸이 쓰는

법문法文인 양 못 보던 길 하나를 툭, 던져 놓는다.

저렇듯 속없이 웃고 있으니……

―「가시에 찔리다」 전문

시 ①은 "백일홍"의 "환한 절정"을 노래하고 있다. "환한 절정"이란 아름다운 충만의 극치이다. 극치의 아름다운 충만을 구성하는 형질은 무엇인가? "처진 어깨위에 몰아쉬던 한숨들"이고 "힘들었"을 시간이다. "가지마다 피우고 지우고 지운 자리에 또 꽃 피웠"던 반복되는 생의 내력이 "한숨"과 힘겨운 시간들의 과정이다. 그리고 이들 반복되는 "여러 생"의 고통의 결정체가 "환한 절정"의 "백일홍"이다. "백일홍"의 "환한 절정"은 몇 번씩 반복된 전생의 "한숨"과 고통의 산물인 것이다. "백일홍"에는 한숨의 고통과 절정의 환희가 한 몸으로 내재되어 있었던 것이다. 모든 존재자에 고통과 환희가 공존한다는 사실이 시적 순간 속에 드러나고 있는 것이다.

시 ②에서 시적 자아는 "늙은 소나무 가지에" 매달려 있는 "호랑이" 그림을 응시하고 있다. 호랑이는 "히죽히죽 웃는다." 호랑이를 감상하는 나의 "늑골 안쪽에 박힌 슬픔들"이 "울그락 불그락"거린다. "내 늑골 안쪽에 박힌 슬픔들"은 "히죽히죽 웃"고 있는 호랑이의 슬픔이기도 하다. 시적 정황이 마지막 연에 이르면 급격하게 전환된다. "상처"와 "통증"이 "법문法文인 양 못 보던 길 하나를 툭, 던져놓"고 있지 않은가. "슬픔/상처/통증"이 "길 하나를 툭" 열고, "속없이 웃고 있"는 웃음을 낳고 있다. "슬픔/상처/통증"과 깨달음의 "법문/웃음"이 서로 다른 둘이 아니라 연속성을 이루는 하나라는 일원론적 통찰이 드러나고 있다.

한편, 물-자체의 실존적 삶에 대한 순수 직관의 현상학이 사회적 층위로 확산되면 다음과 같은 시편을 낳게 된다. 개별적 실존에 대한 전일적 인식이 사회적 층위로 확산되면서 번화한 일상 속의 어두운 이면을 동시적으로 발견하고 감각화하는 면모로 나타나고 있는 것이다.

빨간 모자 하나가 용산 전철역 플랫홈에 둥, 둥 떠 있다. 전동차를 기다리느라 몰려 서 있는 사람들 머리 위로 보였다 말았다, 부침을 거듭하며 다가오는데

가만 보니, 내 나이는 됨직한 풍 맞은 사내다. 한 손에 플라스틱 동냥 바구니를 들고 균형을 잡으려고 뒤뚱거리는, 다 쏟아낼 듯한 몸뚱이를 떠받치는 건 부력浮力 아닌 바닥이다.

아슬아슬하다. 한 걸음 한 걸음 꾹, 꾹 눌러 밟는 자국 뚜렷하다만 몸속에 들어와 깊게 뿌리박은 바람이 그의 전 생애를 뒤흔드는지, 한쪽 다리는 연신 헛청, 헛청

헛발질 하느라 바쁘다.
뿔뿔이 흩어지는 길을 눌러 앉히려는 듯, 나도

용을 쓰는 데 앞길 뒷길 사이 이음매라곤 없으니 저 모자, 애타면서 뒤틀리면서 깜빡거리는 경광등 같다. 방전 중인, 슬픔의 코드로 해독할 수 없는 불씨 하나, 자동自動이다.

—「빨간 모자」 전문

"용산 전철역 플랫홈"의 번화한 풍경 속에서 "부침을 거듭"하는 "빨간 모자"를 발견하고 있다. "환한 절정" 속에 "한숨"과 고통이 내재되어 있는 것처럼 "몰려 서 있는 사람들"의 무리 속에 "균형을 잡으려고 뒤뚱거리는" 사람도 내재되어 있다. 시적 거리가 가까워지면서 그의 정체도 분명해진다. 그는 "몸 속에 들어와 깊게 뿌리박은 바람"에 의해 "전 생애"의 뒤흔들림을 겪고 있는 것이다. 그의 걸음걸이는 "부력이 아닌 바닥"의 힘에 의해 지탱된다. 다시, 시적 거리가 멀어지면서 시상은 관조의 풍경이 된다. "경광등

같"은 저 모자를 어떻게 해석할까? 단순히 "슬픔의 코드"로만 해독되지는 않는다. "용산 전철역 플랫홈"의 번화한 풍경이 안고 있는 "자동"의 "불씨" 같은 것이다. 이 "불씨"가 또한 "용산 전철역 플랫홈"의 번화한 풍경을 낳는 근원이기도 할 것이다.

이와 같이 모든 존재자는 죽음과 결핍을 앓는다. 그러나 동시에 죽음과 결핍은 삶과 충만의 또 다른 근원이고 현상이다. 그렇다면, 이러한 인간 존재의 원초적이고 영원한 조건을 인식하는 것이 구체적으로 어떤 의미를 지닐까? 그것은 이타적인 화엄적 사랑과 운명애를 낳는 배경이 된다. 여기에서 화엄적 사랑과 운명애가 자기 초극과 숙명적인 순응의 의미를 지니는 것은 아니다. 이것은 자기중심적인 고양이나 수동적 체념이 아니라 자타불이의 전일적 인식을 전제로 한 적극적인 포용성을 지향하기 때문이다.

① 나, 오늘부터 이 자리에 나무로
선 채로 깊숙이 뿌리내려
두 팔과 머리에 봄비 맞아 새순 틔우고
새순으로 꽃피워 주렁주렁 열매를 매달고 싶다.
슬픔이 슬픔에게 말을 건네듯
큰 그늘이 작은 그늘 포근하게 감싸듯
석양을 지고 걷는 노숙자처럼 절룩이는 저 고달픈 길
가만히 받쳐주고 싶은데

—「날아간 새—원당일기 6」 부분

② 그는, 오늘따라 등허리에 짊어진 거름더미가
목덜미를 움켜쥔 손 같았다며
부드럽고 따뜻해서 뿌리치고 싶지 않았다며
밭둑에 걸터앉아 담배를 피워 문다.
내가 보기에도 그의 탄식은 물기 빠져나간 검불 같은데

헐렁한 등이 부려 놓은 거름더미들이
산비탈의 피폐한 땅에
길을 만든다면 뿌려질 씨앗의 싹을 틔울 양식이라면
봄볕 아래 수많은 생을 한꺼번에 풀어 놓는 큰 손바닥일 터
어떤 손이 이보다 더 크고 따스하랴.
산 아래쪽 세상을 향해 눈빛 반짝이는 꿈들 사이
느닷없는 연민이 끼어들었으니

―「김씨 이야기―원당일기 12」 부분

시 ①에서 시적 화자는 "나무"가 되고 싶어 한다. 그것은 "나무"가 "열매"를 맺어 먹이가 되어주고 "큰 그늘"로 "작은 그늘"을 "포근하게 감싸"주고 "노숙자처럼 절룩이는 저 고달픈" 삶들을 "가만히 받쳐"줄 수 있기 때문이다. 불가에서 강조하는 자신의 욕망과 집착과 과시로부터 자유로운 화엄적인 절대 사랑의 노래이다.

시 ②의 씨눈은 "크고 따스한 손"이다. "크고 따스한 손"의 주체는 "거름더미"이다. "거름더미"는 "뿌려질 씨앗의 싹을 튀울 양식"인 까닭에 "수많은 생을 한꺼번에 풀어놓는 큰 손바닥"이다. 물론, 여기에서 "큰 손바닥"은 "거름더미"를 뿌리는 농부의 손을 가리키기도 한다. "피폐한 땅"을 살리는 생명 가치의 실현에 대한 경이가 배어 나온다.

여기에 이르면, 신덕룡의 존재론적 본질을 구현하는 시적 상상의 궁극적인 지향점은 화엄적 사랑과 생명의 경이로 요약된다. 다시 말해, 이번 시집 『아주 잠깐』은 우리에게 인간과 세계의 존재론적 정체성과 본질을 만나게 해주면서 아울러 시적 삶을 통한 긍정과 포용의 가능성을 보여준다. 지난 첫 시집에서 "소리의 감옥"에서 "허공과 맞닿은" 절대 "고요"(「고요」)의 중심을 추구하던 그가 이번 시집에서는 "내가 없어"(「아주 잠깐」)지는 자기 무화의 과정을 통해 "소리의 감옥"으로부터도 스스로 자유로워지는 열림의 길을 추구하고 있는 것이다. 그는 지속적으로 인간 삶의 맞은편에 수직적인 종교

적 구원의 절대적 존재자를 상정하지 않음으로써 실존적 본질과 정체성을 누구보다 깊고 풍요롭게 직시하면서 이를 감싸 안고 넘어설 수 있는 가능성을 열어갈 수 있었다. 이제 우리의 시선은 그의 다음 시집이 펼쳐 보일 새로운 세계를 향하게 된다. 아마도 본격적인 화엄적 사랑의 여로를 펼쳐 보일 것으로 짐작된다. 4부의 "원당일기" 연작이 "들고 나는 숨소리를 고요히 헤아리는"(「아주 잠깐」) 자신의 실체까지 내려놓는 도저한 마음공부의 여정으로 향하고 있기 때문이다. 얼마나 아름답고도 신성한 길인가.

입고출신入古出新의 전위를 위하여

-박현수의 시 세계

입고출신入古出新이라 했던가? 옛것으로 들어가서 새것으로 나온다. 박현수는 입고출신의 화법을 자재롭게 구사하고 있다. 그래서 그의 시 세계는 깊은 시간성을 호흡한다. 그는 시집『위험한 독서』에서부터 "사고전서를 털어놓은 듯한" 어휘들의 집적 속에서 "새 문법"(「타작」)을 끌어올리고 있었다. 입고출신의 화법은 자연스럽게 입고출신의 유현한 사유를 동반한다. 그의 첫 시집에 대한 김지하의 표사 역시 이 점을 주목하고 있었다. "여기 東夷의 상상력으로부터 문화개벽을 불러일으키는 시행들이 터져 나오고 있다." 그의 첫 시집『위험한 독서』는 그래서 위험한 언어들이었다. 어눌하고 성글게 개진되는 고문의 어법 사이로 삶의 근원과 예감에 가득 찬 부정의 정신이 서늘하게 배어 나오고 있었다. 그는 스스로 "영원히 제자題字 원리에 묻히지 않는 문자"(「위험한 독서」)를 구사하는 "날선 정신들"(「대숲」)로 무장해가고 있었다.

이번『다층』에 발표하는 작품에서도 그의 입고출신의 문법이 흥미롭게 개진되고 있다. 다음 시편은 입고출신의 문법을 찾기 위한 자기 고투의 과정이 토로되고 있어 주목을 끈다.

사물에 닿기 전에
시선보다 먼저 도착하는 구절들이 있다
내가 도둑맞은 미래의 문장들
가을 하늘에 새겨진
'눈이 부시게 푸르른 날' 같은 것
갈매나무 앞에 가로 놓인
'그 드물다는 굳고 정한' 형용 같은 것
시선을 가로막고 서 있는,
신내림처럼 쟁쟁하고
강화유리처럼 투명한 저 구절들

남의 시집에 밑줄 긋는 비애를
혹한처럼 나는 견디어 왔다
밑줄을 긋기 전에
그 구절은 이미 내 것이 아니었던가
밑줄을 그을 때마다
우렛소리처럼
셔터문 내리는 소리 들린다
세계는 이미
낡은 시어들로 무장되어 버렸다

—「백석 없이 갈매나무보기」 전문

우리는 서산대사의 시 「답설야중거踏雪野中去」를 기억한다. "눈 덮힌 들판을 걸어갈 때 어지러이 함부로 가지 말라./ 오늘 내가 가는 이 발자취가 뒷사람의 이정표가 될지니……"(踏雪野中去 不須胡亂行/ 今日我行跡 遂作後人程) 항상 후진들에게 귀감이 될 수 있는 삶을 살아야 한다는 당위성을 죽비처럼 서늘하게 일러주고 있다. 그러나 한편으로 성현들의 발자취는 뒷사람의 길잡이가 되어주기도 하지만 동시에 감옥으로 작용하기도 한다. 이것은 마치 인도에 갈 때는 인도의 여행 안내서를 보지 말라는 이치와 같다. 알음알이(分別智)의 벽에 갇히면 내재된 자신의 가슴속의 지혜의 등불을 잃어버리기 쉽다. 그래서 실제 사물의 진경을 제대로 만나지 못하게 되기 쉽다. 또한 위대한 성현의 어록과 유산들은 우리들에게 얼마나 많은 열등감과 절망감을 안겨주었는가.

이점은 특히 시의 경우에 더욱 심대하게 나타난다. 시적 화자는 "남의 시집에 밑줄 긋는 비애를" "혹한"에 비유하고 있다. "밑줄"을 그으면서부터 자신의 모든 생각은 그 밑줄 속에 갇혀버린다. "사물에 닿기 전에/ 시선보다 먼저" 선배 시인들의 "구절들이" "도착"하고 있지 않은가. 서정주의 "눈이 부시게 푸르른 날"이나 백석의 "그 드물다는 굳고 정한" 같은 형용이 시적 화자의 자유로운 상상력을 그 속에 가두어버리고 마비시킨다. "세계는 이미/ 낡은 시어들로 무장되어 버렸다." 모든 사물이 마치 "차압 딱지" 같은 명패 속에 갇혀 있는 형국이다. "신내림처럼 쟁쟁하고/ 강화유리처럼 투명한 저 구절들"의 벽을 어떻게 돌파할 것인가? 다시 말해, "백석 없이 갈매나무 보기"는 어떻게 가능할까? 그것은 스스로 시의 가장 기본적인 본질을 재점검하는 데에서부터 시작될 수 있지 않을까?

다음 시편은 이 점을 "길"의 속성에 빗대어 암시적으로 드러낸다.

격자무늬의
시대는 지났다
다음 시는 길에서 태어난다

언덕의
겨드랑이에서
빠져 나오는 저 끝없는 말들

아메바처럼 증식하는 길
애초에 위족이라
아무도 다리를 자를 수 없다

갈라지고 찢어지고
덧나고
늘 찰나뿐인 저 길의 매듭들

허공의 틈으로 뻗어가는
번개처럼
길은 대지의 균열을 닮는다

길,
아물지 않는 상처
미래의 문법이 균처럼 퍼져간다

—「시는 길을 닮는다」 전문

"시는 길에서 태어난다." 그래서 시의 생리는 길의 자기 조직화 운동과 동일한 양상을 드러낸다. 다시 말해, "길"의 생리를 탐색하는 것이 시의 본질을 규명하는 것과 같다. "길"은 "아메바처럼 증식"하고 "번개처럼" 소멸한다. "길"은 본래 완성이 아니라 형성이며 실체가 아니라 "위족"이다. "갈라지고 찢어지고/ 덧나"면서 늘 한순간의 "찰나"로만 출몰하고 사라진다. "길"은 파생, 분열, 균열의 과정을 되풀이한다. "길"이 이처럼 변화한다는 것은 삶의 모든 이치와 가치가 매순간 수시변통隨時變通하는 것임을 가리킨다. "길"은 끊임없이 '옛 거울을 부수고 나'오는 존재의 전회를 경험한다. 물론, 이러한 길의 특성은 시적 특성과 상통한다. 그래서 시 역시 계속 "갈라지고 찢어지고/ 덧나"고 파생되는 나무뿌리의 생리와 같다.

전위田衛는 불란서현 사람이다 호장豪莊한 시풍으로 일세를 풍미하였다 그의 눈은 네 개이며 보는 곳이 모두 다르다 대개 눈꺼풀이 처져 있어 걸으면서도 꿈을 꾼다 시 속에 수많은 상상 동물 키우기를 좋아하여 끼니를 거르는 일이 많다 재봉틀과 우산을 가지고 다니며 사람들을 놀라게 한다 말의 빈틈을 크게 벌리어 세상이 한때 그곳에 빠져 헤어나지를 못 하였다 말과 말 사이의 전위차電位差를 측정하는 전기기사를 하기도 하였으며 졸년은 미상이다

—「시인 전위—시국시편 11」 전문

"시국"을 논하는 시선 속에 포착된 시작 풍경이 그려지고 있다. 시 창작은 "전위"의 속성을 지닌다. "세계는 이미/ 낡은 시어들로 무장되어 버"(「백석 없이 갈매나무 보기」)린 상황에서 새로운 창조란 그 자체로 부정, 파괴, 혁신의 실험적 모색이고 모험이다. "눈은 네 개이며 보는 곳이 모두" 다를 때, 사물에 대한 관습적 사고를 탈피한 입체적 통찰과 발견이 가능해진다. 그래서 "말과 말 사이의" 관습적 질서에 위배되는 불연속의 "전위차"는 클 수밖에 없다. 끊임없이 새롭고 이질적인 문법과 언어 감각이 요구된다. 이것의 시의 존재론이며 시인의 삶의 숙명적인 연대기이다.

한편, 다음 시편은 시인의 삶의 초상을 또 다른 각도에서 "매미"를 상관물로 하여 흥미롭게 그리고 있다.

숲 속의 가객歌客 한 분이 돌아가셨다 오장육부에 감겨 있던 노래 다 풀어내자 육신이 훨씬 가벼워졌다 노래 빠져 나간 가객의 몸이란 이렇듯 텅 빈 관棺일세 염을 하던 바람이 한 마디 하자 풀잎들이 연신 고개를 끄덕인다 소리 하나로 뼛속까지 탕진한 삶이니 제 누운 곳이 곧 양명亮明한 자리다 십 년 독공獨功으로 얻은 수리성 거두어 버리자 숲도 바스락거리는 꺼풀에 지나지 않았다 기나긴 행렬을 이끌고 운구는 개미가 맡았다

—「매미」 전문

가을 숲의 풍경이 숲이 주체가 아니라 매미가 주체로 그려지고 있다. "가객歌客의 몸"에서 "노래"가 모두 "빠져나"가자 스스로 "텅 빈 관棺"이 된다. "매미"는 노래의 집이었다. "매미"의 소리가 그치자 "숲도 바스락거리는 꺼풀에 지나지 않았다." "매미"의 "십 년 독공獨功"의 "수리성"으로 인해 가을 숲의 정취는 깊고 그윽했던 것이다. "십 년 독공獨功"이 모두 쏟아져 나온 육신을 "개미"의 "기나긴 행렬"이 "운구"하고 있다. 가을 숲의 장례식이 자못 엄숙하고 장엄하다. 가을 숲의 그토록 스산한 고적감은 "가객"의 장례식에서 배어 나오는 처연한 정감일지 모를 일이다. "매미"를 초점으로 하여 가을 숲의 비경이 입체적으로 드러나고 있다.

한편, 시적 화자는 "매미"의 일생에서 시인의 삶의 자세를 읽고 있는 것으로 보인다. 시인이란 노래가 곧 정신이고 육체이며 삶이고 죽음이라는 것이다. 이것은 또한 박현수가 스스로 그리는 시인의 초상을 가리킨다.

이렇게 보면, 박현수가 이번에 발표한 시편들은 자신의 시에 대한 미적 인식론과 창작 방법을 집중적으로 노래하고 있는 것으로 보인다. 특히 여기에서 고전적인 문어체는 시에 대한 미적 인식과 방법론에 대한 객관적이고 엄숙한 권위를 부여한다. 입고출신의 화법이 시에 대한 스스로의 자성과 확신을 동시에 제공하고 있는 것이다. 이제부터 그의 시 세계는 더욱 본격적으로 입고출신의 문법이 가져올 정신사적 깊이와 전위적 모험을 펼쳐 나갈 것이다. 우리는 이제 그의 시 세계가 펼쳐 보일 "말과 말 사이의 전위차電位差" 속에 깊이 빠져볼 차례이다. 기대되는 설렘의 순간이 아닐 수 없다. 국적 없는 들뜬 전위가 아니라 입고출신의 깊은 시간성을 지닌 전위이기 때문이다.

순연한 마음의 풍경

-윤효의 시 세계

윤효의 시 세계는 순백하고 단아하다. 그렇다고 그의 시적 삶이 탈속적인 초월적 세계에 머무르고 있는 것은 아니다. 그의 시편은「아름다운 학교」 연작에서도 드러나듯 누구보다 구체적인 삶의 일상에 바탕하고 있다. 그러나 그의 시 세계는 세속적 현실의 혼탁한 얼룩과 열기가 말끔하게 가셔져 있다. 그래서 그의 시편을 읽으면 어느새 번잡한 마음의 소용돌이와 부유물이 진정되고 정화되는 것을 느끼게 된다. 비루한 현실 속에서 맑고 투명한 언어는 그 자체로 평정과 위안의 치유력을 지닌다.

이와 같이 맑고 순정한 시적 정서는 그의 형식 미학에서도 동일하게 나타난다. 윤효의 시편들은 서사성에서 서정적 절조를 날카롭게 포착하여 양식화하는 남다른 능력을 보여준다. 그의 시편이 강한 서사성을 띈다고 해서 결코 시적 형식의 방만함으로 기우는 것은 아니다. 그는 서사의 응축을 통해 서정적 절조를 빚어내는 연금술을 발휘하고 있는 것이다. 그렇다면 그가 이와 같이 내용과 형식 미학에 걸쳐 표나게 순백하고 단아한 위의를 견지할 수 있는 배경은 어디에서 연원하는 것일까?

그것은 윤효의 시적 삶이 외부 세계에 대한 욕망과 집착으로부터 스스로 자유롭기 때문이다. 이를테면 그는 간곡한 사랑의 정감을 노래할 때에도 상대에 대한 뜨거운 열망과 소유욕에 빠지지 않는다.

> 물푸레 이파리 한 잎 동봉합니다.
> 사발에 띄워 머리맡에 두시기 바랍니다.
> 그대 그리워하는 마음 아직도 그 물빛입니다.
> 푸르스레 번져가는 그 물빛입니다.
>
> —「봄 편지」 전문

상대에 대한 사랑과 그리움을 노래하고 있다. 그러나 이 시편에는 뜨거운 열기나 화사한 장식이 없다. 굳이 이 시편의 체온을 측정한다면 사람의 평상적인 체온에 가장 가까울 것이다. 시적 화자가 상대에게 요구하는 것은 자신의 마음을 확인해달라는 것뿐이다. 시적 화자의 사랑이 "물푸레 이파리"의 초연한 감성에 비유되고 있다. 대체로 사랑은 「진달래꽃」(김소월의 경우)이나 「접시꽃」(도종환의 경우) 등과 같은 강렬한 선홍빛의 꽃잎을 통해 표상하지만, 이 시편에서는 "물푸레 이파리"의 냉정한 푸르름으로 표상하고 있는 것이다. 사랑의 속성에 내재된 마약 같은 흥분과 감흥과는 처음부터 거리가 멀다. 오히려 시간의 지연을 통한 차분한 절제와 정제가 기본 정조를 이룬다. 시적 화자의 그리움을 감지하기 위해서는 "사발에 띄"운 "물푸레 이파리"의 빛깔이 번져 나올 때까지의 시간이 요구된다. 그리고 이 시간의 길이가 바로 그리움의 내밀한 깊이를 느끼게 하는 공간으로 작용한다. 시적 화자는 이처럼 물감이 번지듯 차분하고 고요하게 전이되는 사랑을 드러낼 뿐 이에 대한 상대의 특정한 반응을 요구하지 않는다. 다만 자신의 변치 않은 사랑과 그리움의 정서를 확인시킬 뿐이다. 사랑하는 대상을 향한 합일의 욕망과 집착의 열도는 어디에도 스며 있지 않다.

그렇다면 이와 같이 자기 의지와 욕망으로부터 자유로운 사랑의 교감은 어떤 양상으로 나타날까? 다음 시편은 이에 대한 답변의 실마리를 제시한다.

연분홍 꽃잎들이 봄빛을 타고 11층 베란다 유리창까지 날아오르고
있었다.
영산홍이 화분을 딛고 서서 그 광경을 오래도록 바라보고 있었다.

—「아득한 봄날」 전문

지상의 "연분홍 꽃잎"과 "11층 베란다"의 "영산홍" "화분"이 서로 동기감응同氣感應하고 있다. "연분홍 꽃잎"이나 "영산홍" 모두 어떤 의도나 욕망의 매개 없이도 존재 그 자체로 상호 교감을 이루어내고 있다. '그 무엇도 하지 않으면서도 정작 그 어떤 것도 하지 않음이 없는' 자연自然의 속성이 실현되는 장면이다. 시상 전개의 동력으로 작용하는 '자연'의 속성에 대해 좀 더 깊이 알고자 할 때, 다음과 같은 시편이 다가선다.

간밤 비바람에 나뭇잎 다 지고 까치집만 남았다.

그 아스라한 수삼나무 우듬지에 햇살이 벌써 달려와 있었다.

—「자연」 전문

자연은 이처럼 어떤 의지나 의도의 매개 없이 '저절로 그러하니 그러하다'는 원리에 따라 스스로 자기 조직화 운동을 유기적으로 벌여나간다. 일찍이 노자가 『도덕경』에서 설파했던 "고요하여 의도하는 바가 없으면 세상이 스스로 바르게 될 것이다."(不欲以靜 天下將自正)는 잠언을 환기시킨다. 그래서 윤효는 세상의 주체가 인위人爲가 아니라 무위無爲이며 자연이라는 사실을 강조한다.

일요일은 해
월요일은 달
화요일은 불

수요일은 물
목요일은 나무
금요일은 쇠
토요일은 흙

이렇게 써 놓고 보면
이 초록별 주인이 누구인지 단박에 드러난다.

—「지구의 주인」 전문

"초록별 주인"이 누구인지를 안다는 것은 초록별 지구의 존재론적 속성을 올바로 이해하는 것과 연관된다. 지구는 해와 달의 순환 주기를 중심축으로 하여 "불/물/나무/쇠/흙"이 서로 만나고 흩어지는 상생과 상극의 과정을 통해 삼라만상의 생성과 소멸을 이루어낸다. 상생이란 이를테면 물이 흐르면서 나무가 무성해져 숲이 우거지는 것과 같은 이치이며 상극이란 나무의 자기확산이 쇠의 기운에 의해 통어되는 것과 같은 이치이다. 지구는 이처럼 제각기 서로 다른 존재들이 어우러져 교접운화交接運化의 과정을 거치면서 생성과 소멸의 율동을 창출해나간다. 이것이 바로 "초록별 지구"의 가장 근원적인 존재 원리이며 조화의 실체이다.

윤효의 시적 삶은 이와 같은 우주 생명의 존재 원리를 자각적으로 동경하고 추구한다. 그래서 그의 시적 대상은 주로 인간사의 세속적 가치에 역행하면서 삶의 근원적 가치를 추구한 행적들에 이목을 집중한다.

전교생이 만세를 불렀다는 이유로 그들은 불을 질러버렸지만 이제
우리가 다시 일으켜 세워야 하지 않겠느냐고

스물세 살 청년이 찾아와 거금을 내놓았다.

할아버지 몰래 땅문서 맡기고 빌린 돈이었다.

1919년 오산학교에서 있었던 일이다.

—「노호 김기홍 1」 전문

선생님이 지각한 아이를 불러 앉혔다.

"절름거리는 강아지를 만났어요."

"주인 찾아주고 왔어요."

—「아름다운 학교 4」 전문

위의 시편들은 본연의 삶의 가치를 기리고 있다. 짧은 형식미로 표현되고 있으나 시적 바탕은 서사성을 지향하고 있다. 우리의 삶의 주변에서 이처럼 시의 불꽃으로 점화될 수 있는 감동적인 사건들이 결코 적지 않은 것이다. 일상 속에서 세속적 일과성이 아니라 영원한 가치를 추구하는 삶의 소중함을 환기시키고 있다.

한편, 이와 같이 순연한 자연적 삶의 척도에서 바라보면 세속적 일상이란 미망의 감옥임을 발견하게 된다.

죄수들을 괴롭히는 교도관이 있었습니다.

그 궁리로 나날을 지샜습니다.

무궁무진하였습니다.

먹잇감도 끊이지 않았습니다.

그 안에만 머물고 싶었습니다.

그는 평생을 그 안에서 살았습니다.

—「어느 수인囚人」 전문

일생을 형무소에서 죄수들을 괴롭혀서 호의호식해온 인생이란 결국 일생을 스스로 "수인"으로 살아온 인생을 가리킨다. 물론 여기에서 교도관이란 형무소의 근무자만을 가리키지 않는다. 권모술수를 동원하여 자신의 부와 권력을 누리는 사람들을 가리킨다. 이들은 모두 자신의 탐욕과 거짓의 굴레에 감금된 수인인 것이다.

또한 이와 더불어 다음과 같이 과도한 상찬의 허사에 둘러싸인 것도 감금된 수인의 삶이다.

착한 어린이상, 개근상, 예절상, 봉사상, 우등상……. 세상은 눈멀었습니다. 이 빛나는 상들을 알아보는 이 아무도 없습니다.

—「음화陰畵 5」 전문

여기에서 "세상은 눈멀었"다는 표현은 중의적으로 해석된다. 세상은 온통 수상의 허명을 쫓는 것에 눈멀었다는 것과 진정한 수상의 영예를 누구도 알아보는 이 없다는 것을 동시에 가리킨다. 따라서 상의 종류가 넘쳐흐른다는 것은 그만큼 진정한 상이 없어졌음을 가리키기도 한다. 과도한 자기만족은 과도한 자기기만의 안주인 것이다.

이와 같이 윤효의 시 세계는 인간 삶의 자연적 근원과 이치를 집중적으로 추구한다. 특히 서사성을 바탕으로 서정적 절조를 이끌어내는 창작 방식은 우리들의 가장 가까운 일상 속에서 삶의 가치를 재발견하고 일깨우는 효과를 얻고 있다. 그러나 이처럼 삶의 영원한 가치를 노래하는 시편이 육화된 진정성과 사유의 깊이를 확보하지 못하면 자칫 도덕적인 정론의 수준에 그치기 쉽다. 누구나 좋은 말은 할 수 있지만 그러나 그것이 감동을 주기는 쉽지 않다. 이러한 관점에서 이번 시집의 주류를 이루는「아름다운 학교」 연작에서 다음 두 편의 시를 동시에 읽어보기로 하자.

① 판매원 없이 운영하는 협동조합에서
학생들 모두 돌아가고 난 뒤
결산을 해 보니
공책 한 권 값이 비었다.

이튿날,
학생들 모두 돌아가고 난 뒤
결산을 해보니
공책 한 권 값이 남았다.

—「아름다운 학교 1」 전문

② 체육시간, 먹구름 갑자기 몰려와 장대비를 퍼부어대고 있었다.

교실 처마 낙숫물에 갇혀버린 아이들 속에서 선생님은 그래도 수업을 이어가고 있었다.

"얘들아, 저길 보아라."

"장대비 혼자서 저 판판한 운동장 위에 물길을 대고 있구나."

—「아름다운 학교 10」 전문

위의 시편들은 각각 학교가 "아름다운" 까닭을 노래하고 있다. 시 ①은 학생들의 거짓 없는 생활상에서, 시 ②는 체육선생님의 심미적 감성에서 학교가 아름다운 이유를 묘파하고 있다. 그러나 시 ①과 ②의 공감의 깊이는 서로 다른 층위를 지닌다. 구체적인 사실을 매개로 한 시 ①의 경우는 시적 화자의 충만한 기쁨이 독자들에게까지 전이되고 있으나, 시 ②는 감상적 층위에서 크게 벗어나지 못하고 있는 것이 사실이다. 아름답게 느끼고자 하는 인위적인 의지나 감상적 수사가 개입되면 "아름다운 학교"는 아름답게 느껴지기 어렵다. 오히려 아름답게 보고자 하는 감상적인 의도만이 도드라질 뿐이다. 대체로 진정한 아름다움이란 추의 미학의 절정을 넘어서는 지점에서 가장 눈부시게 피어난다. 따라서 학교의 아름다움은 학교의 그늘진 굴곡으로부터 발견하고 끌어내는 심미안이 요구된다. 물론 그늘진 대상을 시적 소재로 삼았다는 그 자체가 중요한 것은 아니다. 가령 「용산역에서」와 같은 작품의 경우 노숙자의 척박한 삶을 대상으로 하고 있으나 "종이베개 머리맡에 낯익은 꿈도 한 자락 오도카니 놓여 있었다."와 같이 너무 표피적인 관습적 상상으로 처리되면 노숙자의 삶 속의 절실한 미의식을 오히려 휘발시켜버리게 된다. 사실 윤효의 시적 성패의 중요성은 여기에 있다. 다시 말해, 삶의 순연한 이법을 노래하는 것이 도덕 교과서식의 정론적 도식성이나 표면적인 감상성으로 떨어지기 쉬운 함정에서 벗어날 수 있는 미적 방법 찾기가 관건인 것이다.

삶의 근원적 가치가 정서적 공감을 불러일으킬 수 있는 방법은 시적 화자의 마음으로부터 울려나오는 진정성과 절실한 체험적 동질성이 토대를 이룰 때 가능할 것이다. 시적 화자 스스로 절실한 자신의 내적 마음의 물결을 따르는 것이 순연한 자연의 창작 방법론에 이르는 것이다. 이를테면, "햇살이 참 좋습니다/ 바람결 또한 살랑거립니다./ 이등병 아들이 널어놓은 빨래가 오늘은 참 잘 마르겠습니다."(「빨래」)와 같은 시편처럼 자신의 육화된 내면의 울림이 매개될 때 시적 완성도 역시 높아질 수 있는 것이다. 이러한 작품들이 보여주는 지적 사유와 표면적인 감상성을 넘어선 내밀한 마음의 풍경이 윤효 시 세계가 이룩한 가장 높은 성과의 사례이며 앞으로 한결같이 추구되어야 할 지향점이라고 할 것이다.

결별과 탈출의 심리학
-허혜정의 시 세계

허혜정의 시편에는 격렬하고 처절한 결별의 고통과 파문들이 날것으로 뒹굴고 있다. 시의 숨결 마디마다 고열과 통증에 시달리지 않는 곳이 없다. 이토록 힘겨운 결별의 드라마를 그는 왜 감행하고 있는 것일까. 만남의 매듭이 없었다면 결별의 상실은 태어나지 않았을 것이다. 대체로 인연의 고리는 세월의 물결에 침식되면서 번뇌의 진원으로 변질된다. 그것은 이 세상의 생태적 여건이 선연선과善緣善果의 결실을 어렵게 만들기 때문이다. 특히 이 점은 이성적 사랑의 경우에 더욱 직접적으로 적용된다.

대부분의 아름다운 사랑의 서사는 이성 간의 만남의 방정식에 바쳐진다. 우리의 춘향과 이 도령의 경우도 그렇고 영국의 로미오와 줄리엣의 경우도 그렇다. 로미오와 줄리엣이 사랑의 열정의 정점에서 죽음을 맞이함으로써 사랑을 해치는 어떤 불순물로부터도 자유로울 수 있었던 것처럼 춘향전의 경우도 서울로 간 춘향과 이 도령의 결혼 이후의 일상에 대해서는 언급을 자제한다. 많은 경우, 만남의 방정식을 둘러싸고 있던 사랑의 마법이 걷힌 이후 당혹, 번뇌, 분노, 갈등에 노출된다.

존 그레이는 그의 베스트셀러 『화성에서 온 남자 금성에서 온 여자』에서 이성 간의 갈등의 구조에 대해 다음과 같이 흥미롭게 서술하고 있다.

옛날 옛적에 화성남자들과 금성여자들은 서로를 발견하자마자 한눈에 반했다. 사랑의 마법에 걸린 듯 그들은 무엇이든 함께 나누면서 기쁨을 느꼈다. 비록 서로 다른 세계에서 왔지만 그 차이를 인정하고 서로 사랑하고 조화를 이루며 함께 살았다. 그러다가 지구에 와서 살게 되자 그들은 이상한 기억상실에 빠진다. 자신들이 서로 다른 행성에서 왔고, 따라서 서로 다를 수밖에 없다는 사실을 잊어버린 것이다. 서로의 차이를 인식하고 그것을 존중해 왔던 사실이 기억에서 모두 지워지면서 그들은 충돌하기 시작했다.

남자와 여자는 출생지와 성장 배경이 전혀 다르다. 그래서 사랑의 마법에서 벗어나는 순간 서로 큰 격차가 있는 다른 존재라는 사실의 확인으로 인해 당혹과 분노와 실망에 부딪치게 된다. 만남의 방정식은 대체로 '보는 만큼 믿는 것'이 아니라 '믿는 만큼 본다.'는 명제에 충실한다. 그래서 대부분이 사랑의 대상에게 접근할 때 그 실체와는 무관하게 '또 다른 나'라는 전제를 두는 경향이 있다. 이러한 일종의 '인지 부조화'는 점차 현실 속에 갈등, 충돌, 실망, 체념을 불러온다. 그래서 대부분이 '인지 부조화'의 갈등을 극복하기 위한 노력을 경주한다. 그러나 누구나 이러한 노력의 결과물로 적절한 타협과 화해의 공유 지점을 찾아내는 것은 아니다. 이때, 결별의 파국은 전염병처럼 쉽게 침범해 들어오게 된다.

자막조차 필요 없는 연극. 폐막식은 시끄럽지 않았다. 묘비 앞에 서 있는 침통한 사내처럼, 눈물은 너의 코에서 턱으로 흘러내렸다. 한 파가 물러가지 않는 주차장에서 담배연기를 날리던 네 모습은 멀리 사라져갔다. 너의 침대, 책상, 테니스라켓, 골프가방, 앨범, 모든 것이 사라졌다.

…(중략)…

누가 현명했던가. 질문은 없기에 대답은 없다. 얼마나 그 시간을 경멸했는지는 누구도 모른다. 가족석에 꼼짝할 수 없이 갇혀 우스꽝스런 역할놀이를 하던 얼굴. 호사스런 모피를 걸치고도, 조소를 머금고, 스테이크를 썰던 순간. 포복절도를 하면서도 천 갈래로 찢겨져나간 영혼. 맹세코 우리는 아니다. 천만번 다시 태어나도 우리 같은 인간들은 안된다.

—「결별」 부분

결별이 감행되고 있다. 그러나 그 "폐막식은 시끄럽지 않다". "자막조차 필요없는 연극"처럼, 구체적인 상황 변화의 행위만이 전개될 뿐이다. "너의 침대, 책상, 테니스라켓, 골프가방, 앨범, 모든 것이 사라졌다." 결별이란 이렇게 상대방의 일상들이 주변에서 완전히 사라지는 것이다. 이처럼 "시끄럽지 않"은 폐막식이 있기까지는 "포복절도를 하면서도" "천갈래로 찢겨져나간 영혼"의 시간들의 반복이 있었다. "가족석에 꼼짝할 수 없이 갇혀 우스꽝스런 역할놀이를" 하던 때에도 사실은 가족이 아니었던 것이다. 가족 공동체의 일상 속에서도 견고한 무형의 장벽이 가로놓여 있었다. 그래서 "결별"은 소통 부재와 단절의 견고한 장벽으로부터 탈출의 의미를 지닌다.

시베리아 사슴뿔은 진료실 뒤 약재장 위에 걸려 있었다
여기서는 당연했던 그 풍경이 내겐 이상했다
굽정이 발굽으로 툰드라의 벌판과 우랄 산맥까지
지의류의 땅을 떼지어 달렸을 사슴
한때 당당한 가지마냥 들어올린 뿔에는
백목련도 장미도 피어났으리

그의 집에는 문드러진 녹용찌꺼기를 긁어내던
커다란 스텐레스 가마와, 사슴뿔을

동전보다 얇게 썰어내던 작두가 있었다
누렇게 뜬 살빛으로 주름진 상처를 안고 있던 중국삼
돈으로 우려내던 오가피와 감초뿌리도

뭐니뭐니해도 녹용이 최고라는 말을 나는
헛기침이 매서운 고집센 주인에게서 들었다
노인이 제 아들을 작은 독재자로 두들겨만드는 동안
독한 약재냄새 흥건한 지하실 바닥을
짐승처럼 엎드려 닦아내야 했었다
길게 버티던 발이 모질게 꺾여지고
마취가 풀리고서야 느꼈던 아픔

그들이 뿌려놓은 먹이를 애써 피해온 나는
제발 숨막히는 현관을 무사히 벗어나
백지로 도망칠 시간만 기다리곤 했다
절름절름 울무에서 풀려나
인간의 세상을 분노로 돌아보다
제 살던 벌판으로 고개돌리는 짐승처럼
솔제니친과 푸쉬킨의 나라를 더듬어갔다

다시 방문하기까진 흉터가 아무는 시간이 필요했건만
문간에 앉아 있다 코트를 집어들고 나가는 나를
그들은 다시 웃으며 꿇어앉혔다
몇 번이나 정신 속을 스쳐갔는지 모를 끔찍한 톱소리
귓바퀴와 이마까지 뜨거운 비린내로 물들어
바닥에 괸 제 핏물을 응시하는 짐승처럼
여기에서 나는 몇 번이나 미쳤던가

—「그의 집」 전문

시적 화자는 "그의 집"의 질서 속에 편입되지 못하고 있다. "그의 집"은 화자를 미치게 한다. 그래서 그곳은 간절한 탈출의 대상이다. 화자와 "그의 집"의 성향은 이를테면 '금성'과 '화성'처럼 편차가 크고 멀다. "사슴/백목련/장미/솔제니친과 푸쉬킨" 등의 수평적인 감성과 자율의 이미지 계열이 화자와 동일성을 지닌다면, "작두/독재자/톱소리" 등의 수직적인 이성과 억압의 이미지 계열이 "그의 집"과 동일성을 지닌다. 전자가 자연스런 평화와 유대를 위한 '관계 지향적 성향'에 가깝다면 후자는 인위적인 규범과 원칙의 '목적지향성'에 가깝다. 그래서 화자는 "그의 집" 에 머물 때면 자신이 "녹용"의 재료로 물질화된 "사슴"과 동일성을 느끼게 된다. "몇 번이나 정신 속을 스쳐갔는지 모를 끔찍한 톱소리"가 화자를 향한 공격성으로 느껴지는 까닭이 여기에 있다.

그래서 "그의 집"에서 시적 화자는 육체와 정신의 상호 모순과 분리에 시달리게 된다. 이때, "나의 논문, 책들"과 "직업"(「대화」)의 의미는 존재할 자리가 없다. 물론, 여기에서 "그의 집"과 화자의 서로 다른 성향에 대한 우열을 규정하기는 어렵다. 다만, 전자가 후자를 향해 '내가 원하는 것을 원하고 내가 느끼는 대로 느끼기'를 기대하고 강요하고 있는 점이 문제를 야기하고 있는 것으로 보인다. "코트를 집어 들고 나가는 나를/ 그들은 다시 웃으며 꿇어앉혔다"는 진술이 그 예증이다. 결혼 제도는 일반적으로 여성이 남성적 질서 속에 편입될 것을 기대한다. 따라서 화자가 부딪혀야 할 대상은 "그의 집"의 질서와 더불어 우리 사회 일반의 결혼 제도와 관습까지 포괄된다.

쉽게 표현할 순 없지만
하나의 세상이 부서져내리는 느낌
백미러 속으로 미끄러져가는 나의 모든 얼굴들
내 속에는 제집을 휘발유로 불태운 십대 소년과
자기를 미행하는 남자친구를 가위로 찔러죽인
미친 계집아이가 함께 살고 있었다

나는 나를 용서한다
세상이 가르쳤던 것들을 모두 지우고
멀쩡히 살아나온 것만도 감사해야 할 시간
당신의 찬란한 꽃다발은 왔다

…(중략)…

끝이 보이지 않는 대륙을 홀로 여행하고도
악기상자조차 열어보지 못한 바보처럼
너무나 눈물이 흐르게 했던 대수롭지 않은 음악
눈물 맺힌 턱을 끌어당기며 당신은 말했다
도대체 왜 이렇게 됐어!
손바닥의 면적을 재다, 두 손을 쥐고
콧잔등에 닿아오던 말은 따스했지만
무엇이 달라질 거라고 생각하진 않는다
미안하지만 나는 강한 여자다
충분히 더 일해야만 한다
그러나 사랑하고 싶다
당신을 사랑한다

—「대화」 부분

시적 화자는 스스로를 향해 "세상이 가르쳤던 것들을 모두 지우"겠으며 아울러 자신은 "충분히 더 일해야만 한다"는 의지를 표백하고 있다. 세상의 관행과 자신의 주체적 삶의 영위가 서로 상충관계를 이룬다. "당신을 사랑" 한다고 할지라도 상대방을 자신의 사고나 행동의 틀에 맞추려는 기대와 강요의 관습이 있는 한 결별할 수밖에 없다. 그래서 "손바닥의 면적을 재다, 두 손을 쥐고/ 콧잔등에 닿아오던 말은 따스했지만/ 무엇이 달라질 거라고 생각하진 않는다". 상대와의 관계성에 대한 희망을 갖지 않음으로써 절망에 시달리지 않기 위함이다. "당신을 사랑"하지만 그러나 그 사랑을 부정할 때만이 자신의 주체적 삶의 "르네상스"가 가능한 슬픈 역설의 상황이다.

> 잿빛의 찬송가로 가득한 허구로 빚어진 천국에서
> 어차피 혼자여야만 하는 독방으로 돌아온 그는
> 부르크하르트의 르네상스를 읽고 있다
> 중세는 얼마나 오래 지속되는가
> 신성한 역사를 새겨넣은 악마의 벽에 이마를 부대던 지성은
> 눈부신 비탈, 하얀 솜점퍼를 걸친 소나무처럼 살아있다
> 별들이 기웃대는 시골방에 우리는 등을 기대고
> 턱없이 빛바랜, 대학시절 글을 읽는다
> 천하의 백치처럼 그저 시간을 죽이고 있었을지 모를 그는
> 죽은 것은 아니다. 장난감이 되는 생을 거부했을 뿐
>
> ―「돌아온 유다」 부분

인본주의가 말살된 "중세는 얼마나 오래 지속"될 것인가? 그는 어두운 "중세"의 현실 속에서 자신의 주체적 삶이 복권되는 "르네상스"를 꿈꾸고 있다. "신성한 역사를 새겨 넣은 악마의 벽에 이마를 부대던 지성"이 "소나무처럼 살아 있"는 것이다. 그래서 "천하의 백치처럼 그저 시간을 죽이고 있었을지 모를 그는/ 죽은 것"이 아니다. 중세 사회의 지배 논리에 예속된 "장난감이 되는 생을 거부"하는 하나의 방식인 것이다.

이처럼 죽음을 통해 죽지 않고 삶을 영위할 수 있는 방식이 전혀 다른 시적 정조와 어조로 표현되면 다음과 같이 "섭정"을 관장하는 여인의 모습으로 나타나기도 한다.

> 싸늘하게 식어버린 병풍을 지키며

핏기 없이 정좌해 서책을 넘기던 여인
새끼를 지키는 사나운 암컷이 되어
붉은 노송들이 뒤엉킨 쓸쓸한 흉가에서
날이 선 회초리로 어린 왕제를 키우던 여인
검은 귀밑머리를 날리던 한설바람은
휑한 침묵 속으로 쓸어 넣어야 했다
캄캄한 먹장구름 밀려오는 죽음 같은 밤
먹비늘이 일도록 족제비털붓 한 필은
받아들일 수 없는 이름을 썼다
이제야 싸늘한 박명이 밀려드는 침묵의 대전
천하가 제 것이라 선포하는 서푸른 눈빛은
오로지 피의 어명만을 받쳐들 뿐이니
보라. 명부冥府에서 울려나온 서늘한 음성으로
여인의 첫 행은 참살할 이름을 언명하는 것이다

—「섭정」 부분

여인은 "새끼를 지키는 사나운 암컷이 되어/ 붉은 노송들이 뒤엉킨 쓸쓸한 흉가에서" 와신상담臥薪嘗膽의 세월을 보내고 있다. "한설바람"과 "캄캄한 먹장구름"의 시간을 견디는 것은 "천하가 제 것이라 선포하는" 날을 기다리기 위함이다. 그는 복수의 희망을 꿈꾸고 있는 것이다. "서늘한 음성으로" "참살할 이름을 언명"할 때를 기다린다.

이와 같은 복수에 대한 결의는 상대는 물론 자신의 내적 고통까지도 배가시키는 속성을 지닌다. 그래서 시상의 전반이 차갑고 음울하다. 무엇이 이토록 극심한 어둠과 고통을 불러온 것일까? 그것은 앞에서 지적한 바대로, 이성/감성, 수직/수평, 규율/자율, 공존/경쟁, 자연/인위 등의 서로 다른 성향의 경계선을 극복하지 못한 데에서 기인한다. 이들 서로 다른 성향은 상호보완의 요소로 작용할 수도 있을 것이다. 그러나 많은 경우에 이러한 차이는 어느새 자기 성찰을 어렵게 하는 '확증 편향'으로 치달으면서 대립 관계의 악무한적인 자기 재생산으로 귀착된다. 이와 같은 파행의 악순환을 상생의 선순환으로 전환시킬 마술적 방법론은 없을까? 존 그레이는 30여 년간에 걸친 이만 오천여 건 이상의 부부 상담을 바탕으로 저술한 『화성에서 온 남자 금성에서 온 여자』에서 '상대방을 변화시키려고 하지 말고 있는 그대로의 그를 사랑하라'는 너무도 단순하고 공소한 내용을 결론으로 강조한다. 그러나 현실 속에서 이를 제대로 실천하는 것이 너무도 어려운 것을 어찌할 것인가. 사랑의 성취와 그 사랑으로 인한 고통의 나락에 시달리는 것이 인생사의 중심 문제라는 것을 수많은 인간 삶들이 반복적으로 증거하고 있지 않은가. 현실 세계의 생태적 여건은 분명 선연선과善緣善果의 수확을 어렵게 한다. 그리하여 결별의 파국 앞에서는 어떤 논리적인 질문과 대답도 개진하기 어렵다.

몸으로 글쓰기 혹은 생명의 곡선

-김명원론

김명원의 시적 정조는 부드럽고 따뜻하다. 그의 시 세계는 이성적 논리의 날카로움이나 지적인 주장과는 처음부터 거리가 멀다. 그가 사물과 세계를 만나는 방법론은 여성적 몸의 감각과 감성이다. 그는 몸의 감성을 통해 대상과 교감하고 소통하고 공명한다. 그래서 그의 시 세계는 온유한 미적 감응과 느낌으로 전달된다. 이성적 글쓰기가 사물에 대한 인식의 시각과 판단을 강조한다면 몸으로 글쓰기는 사물에 대한 직관과 체험적 감득이 우선시된다. 그래서 몸의 언어는 주장이 아니라 느낌이고 분석이 아니라 직관이고 이해가 아니라 공감에 가깝다.

특히, 여성적 몸의 글쓰기는 여성의 몸의 특징적인 구조 원리와 연관된다. 남성 중심의 담론이 위계질서의 일관된 통일성을 강조한다면 여성적 몸의 언어는 리비도적 다중성을 지향한다. 그래서 남성적인 글쓰기가 수직적인 권력 지향성을 지닌다면 여성적 글쓰기는 수평적인 원형의 포용성을 특성으로 한다. 남성의 성적 감흥이 남근 중심의 중앙 집권적이라면 여성의 성적 감흥은 온몸에 분산되어 있기 때문이다.

프랑스의 엘렌느 씨쑤는 자신의 글쓰기에 대해 "여성의 무의식/ 이드가 말하는 곳, 바로 거기에 내가 있다"고 전언한다. 남성적 지배 질서 속에서 억압되었던 여성의 몸의 무의식적 욕망이 거주하는 자리가 글쓰기의 자리라는 것이다. 김명원의 시 세계 역시 우리 사회의 통상적인 지배 담론과는 조금 빗겨난 자리에서 시작된다. 자신의 성적 욕망과 충동이 글쓰기의 감각적 거점이 되고 있다. 그러나 그의 시적 언어는 불협화음의 미의식이 아니라 화해, 포용, 생성의 미의식을 드러낸다. 그것은 그의 시적 언어가 사회적 관계성 이전의 본원적인 여성의 몸을 품고 있기 때문이다.

다음 시편은 김명원에게 글쓰기의 욕망이란 출산하고 싶은 왕성한 자궁의 욕망과 등가임을 드러낸다. 시의 제목인 「내가 못 쓰는 시」란 내가 쓰고 싶은 시라는 의미의 역설적인 강조이다.

가령 나는 이런 시를 쓸 수 없다
질膣 밑바닥에 육십 촉 알전구를 켜고
밤새 아파요, 세상아, 문 열어라,
진땀 범벅인 구름아, 비 내려라,
비명 끝에 핏덩이로 솟아오르는 딸아이 낳고 싶다고
아직 따순 울음소리에 터지는 젖을 물리며
살살 물어라, 오래 오래, 성적흥분이
나를 저 푸른 남십자성 별빛과
능욕하게 한다고

열여섯 살, 언제 내 몸에서 달아났는지
기억도 없지만 산만큼 커버린 딸아이를 두고
딸 하나 낳고 싶다는 욕망으로 젖는 시 쓸 수 없다
그러나, 쓰고 싶다, 쓰고 쓰고 또 쓰고 싶다
밤마다 내 몸에 별 뜨는 어둠 속
헤엄쳐 들어가면 만날까, 바다보다 더 비린
애무와 키스를 한 사발씩 마시고 마셔 취해

새벽을 지나는 골목에 이르면, 아, 아파라,
또 태어날 것 같아요, 한 번도 이르지 못했지만

꿈마다 꿈꾸는 엄마의 엄마, 나는
낳고 싶어요, 꿈꾸지 못한 꿈까지
나는 불경과 정사하고, 마른 몽정의 달빛을 핥아
잠 못 드는 모든 남성들 밤꽃 숲을 내달리며
무의식의 황홀을, 끝없이
출산하고 싶어요
다시 그 몸 빌려 우주를 임신할
딸의 딸을 자꾸 낳고 싶어요

—「내가 못 쓰는 시」 전문

이리가라이와 씨수는 "여성이 자신이 누구인지를 발견해내고 표현하려면, 바꿔 말해서 남성 중심적 역사가 억압해온 것을 표면으로 이끌어내려면 여성들은 자신의 성욕에서 출발해야 한다. 그리고 그들의 성욕은 그들의 신체와 함께 시작되며, 성기 및 리비도에서의 남성과의 차이에서 시작된다"고 전언한다. 페미니즘적 시각을 부각시킨 이러한 문맥에서 "남성중심적 역사"를 일상성의 지배질서로 바꾸면 여성의 몸으로 글쓰기의 일반론으로 유효성을 지닌다.

1연은 강렬한 자궁 충동이 묘파되고 있다. 화자는 "질膣 밑바닥"이 "밤새" 아파서 "진땀 범벅"이 되는 "능욕"의 밤을 욕망한다. 자궁의 욕망은 "핏덩이"의 욕망이고 "젖을 물"리는 수유의 욕망이며 출산과 양육의 욕망이기도 하다.

2연은 1연의 자궁 충동이 구강 충동으로 전이되면서 글쓰기의 욕망으로 전치되고 있다. "애무와 키스를 한 사발씩 마시고" 새벽 골목을 지나는 욕망이란 일상의 지배 질서 속에서 금기시되고 억압된 무의식의 욕망을 가리킨다. 이러한 구강충동이 글쓰기의 욕망과 중첩되고 혼융되고 있는 것은 글쓰기의 욕망이 곧 자신의 억압된 원망임을 가리킨다. 다시 말해, 글쓰기란 성애의 오르가즘을 느끼고자 하는 몸의 본능처럼 자신을 속속들이 살아내고, 향유하고, 느끼고 싶은 욕망이라는 것을 가리킨다. 그래서 그에게 성욕은 곧 언어의 욕망이며 창작의 욕망과 등가가 된다.

3연 역시 온 몸의 성적 충동이 노래되고 있다. "불경과 정사하고" "잠 못 드는 모든 남성들 밤꽃 숲을 내달리"고자 한다. "무의식의 황홀"에 대한 상상적 탐닉이다. 시적 화자에게 "무의식의 황홀"은 일상 속에서 스스로 검열하고 억압해온 적나라한 몸의 욕망을 가리킨다. 이것은 글쓰기가 간곡한 "무의식의 황홀"이라는 점과 아울러 이와 같은 자연발생적인 몸의 반응으로서 글쓰기를 전개하고 싶다는 것이다. 시적 화자에게 자신의 신체적 욕망이 글쓰기의 직접적인 근원으로 존재하는 한, 글쓰기는 자신의 억압된 무의식의 의식적인 실현의 장으로서 의미를 지닌다. 이것은 또한 김명원에게 글쓰기란 "몇십 년 동안 단단히 쌓아둔 말들을/ 이제야 비누거품으로 풀어놓는"(「빨래 7」) 자연발생적인 욕구의 표현이며 자기 정체성의 정립이라는 것으로 정리된다.

다음 시편은 이러한 리비도적 욕망의 표출로서 삶의 정체성 찾기에 대해 조금 다른 각도에서 흥미롭게 그리고 있다.

> 이백 년 전인가
> 아님 이천 년 전인가, 언제 태어난 건지
>
> 네 생의 판독이 불가능하다
>
> 하늘의 벽돌 사이에서 태어난 건지
> 땅 속 어디에서 무한강정 소스라침으로 솟아난 것지
>
> 오르기 위해 네 꿈을 말아 올린 건지

내려서기 위해 수많은 발자국들을 버리고 있는 건지
앙다문 틀니 사이에 네 대답이 끼어있는 한

네 생의 판독이 불가능하다

온몸 구석구석에 숨겨진
무수히 긁힌 낭떠러지들을 감히 부여잡고
우격다짐으로 서로 서고 또 서는
그 우둔함과 걸판지게
섹스하고 싶다

집어넣어도 넣어도 끝이 없을
그 무한함에 와락
질리고 싶다

―「밧줄」 전문

"밧줄"이 강인한 남성성을 환기시킨다. 화자는 "밧줄"과의 "걸판"진 "섹스"를 꿈꾼다. 밧줄의 "집어넣어도 넣어도 끝이 없을/ 그 무한함에 와락 질리고 싶다"는 것은 밧줄과의 완전한 합일의 열망으로 해석된다. 그렇다고 이를 남근에 대한 동경으로만 해석하는 것은 지나치게 표면적인 이해이다. "밧줄"은 낭떠러지로부터 스스로를 지키는 힘이며 동시에 낭떠러지를 수직 초월할 수 있는 힘이다. "앙다문 틀니 사이에" "생의 판독이 불가능한" 신산고초와 자기 초극의 의지가 문신처럼 배어 있지 않은가. 따라서 "밧줄"과의 성애는 스스로 밧줄 되기, 즉 강렬한 자기 초극의 생명적 의지로 해석된다.

이와 같이 김명원의 시 세계에서 자신의 신체와 성적 쾌감이 자신의 자의식 탐구를 위한 출발점이며 형성과정인 것은 사실이지만 이것이 곧 기존 질서의 부정과 전복의 불온성을 가리키는 것은 아니다. 오히려 그에게 이것은 화해의 포용의 성향에 가깝다. 그에게 남성은 부정의 대상이 아니라 오히려 자신의 수렴과 보살핌의 대상이다.

얼마나 빨아 주어야
만족하겠니?

밤새 충혈된 햇살이
자꾸 등을 기대며 눕는 아침

…(중략)…

어지간히 빨아서는
저항하는 팔목이 잘리지 않은 채
구석구석 숨어 있는 이성의 반란,
교묘히 닦달하던 수치羞恥들에게의 굴욕,

얼마나 얼마나
내 입이 타도록 빨아 주어야
깨끗하게 온몸 살아나겠니?

무구히 사정하며 물방울 튀기며
탈수되겠니, 절정의 접점에서
비로소 가득 찬 신음 소리 내겠니?

—「빨래 3」 부분

여성 자신을 위한 성 행위가 아니라 남성을 위한 성 행위이다. 여성이 남성의 여성으로서 존재한다. 그러나 이를 두고 남성 중심적인 개념들로 구조화된 세계의 여성의 성으로 규정하는 것은 지나친 논리의 편협이다. 오히려 신비롭고 우월한 여성의 강렬한 성욕이 남성을 포용하는 역량으로 해석된다.

이것은 크리스테바가 전언한 '여성적 몸의 말이 남성지배 담론의 국외자로서의 부정성과 공격성을 지'닌다는 논리와는 거리가 멀다. 크리스테바는 여성 자신이 열락을 깨닫고 또 과감히 주장하는 것이 남근 중심적인 지배질서를 들추어내고 전복시키는 방법이라고 본다. 여성의 성적 역할을 가부장적 권력의 수동적 피해자로 규정하고 개진하는 논리이다. 크리스테바의 이와 같은 페미니즘적 시각이 우리나라에서도 상당한 영향력을 지니면서 섹슈얼리티 시의 해석 방법론으로 주장되어왔다.

그러나 김명원의 몸의 욕망은 자신은 물론 자신의 주변의 보호와 보살핌과 치유의 에너지로 작용한다. 그녀의 자궁은 모성적 생성의 공간이다.

아버지를 카톨릭 묘지에 묻고 돌아서던 날
숱한 십자가 직선들이 언어를 누르고
그때부터 실어의 바다으로 내동댕이쳐진 후
허구한 날, 내 자궁에서 아버지를
시로 만지고 있었다는 최근 기억을

—「약력」 부분

자궁은 시를 생성하고 죽은 아버지에 대한 슬픈 기억의 파편을 치유한다. "내 자궁에서 아버지를/ 시로 만지"는 것은 몸으로 글쓰기이면서 동시에 아버지의 신생이다. 죽은 아버지가 화자의 자궁을 통해서 언어 속에 재생하는 것이다. "추억은 효모와 같은 것"(「만추 2」)에 이어서 "자궁에서" 성장하기도 한다. 이것은 화자에게 아버지가 온몸으로 절실하게 그리운 대상이라는 것을 가리킨다. 그래서 그의 아버지에 대한 "추억"의 효모는 부풀어 올라 「아버지 학교」와 같은 15연의 긴 장시를 탄생시킨다.

소리가 소리를 끌고
작은 개미 떼로 숨죽이며 걷는 여름
둥근 허공을 에워싸고 있는 운동장
성실 명랑 협동, 정겨운 교훈이 새겨진
검은색 머릿돌이 땀을 흘리며
방학을 묵묵히 지키는 작은 여학교

나른한 흙먼지 몇 점
지느러미를 세워 날아오르고
뜨거운 모래알을 털며 발뒤꿈치를 세우는 구령대에서
한때는 힘차게 쏟아지는 소낙비처럼
교장 선생님으로 훈시를 하셨을
아버지, 우쭐주쭐 여학생들 푸른 풀잎으로
힘차게 적셔 키우던 그 시절

—「아버지 학교」 부분

"아버지 학교"가 생물체로 살아 있다. "허구한 날, 내 자궁에서 아버지를/ 시로 만지"(「약력」)고 있었던 결과이다. "검은 색 머릿돌이 땀을 흘리"고 "흙먼지 몇 점" "지느러미를 세워 날아오르고" 있다. "대신 가봐 줄 수 있겠느냐"는 중환자실의 아버지 부탁에 따라 학교에 온 화자는 스스로 아버지의 몸의 기억과 감성으로 지각하고 표현하고 있다. "아버지 학교"가 풍경의 대상이 아니라 체험적 삶의 대상이 되고 있다. "아버지의 학교"가 자신의 학교가 되어 있는 것이다. 이것은 물론 시적 화자와 아버지의 절대적 친연성에서 비롯된다. 그러나 이와 동시에 시적 화자의 학교를 바라보는 온유하고 부드럽고 따뜻한 여성적 몸의 감성을 느끼게 한다.

한편, 이와 같이 몸으로 글쓰기는 주변의 세계와 사물과의 만남 역시 살결이 맞닿는 몸의 교감으로 전개된다. 이를테면 "제비꽃"에 대한 다음의 시편 역시 이 점을 선명하게 확인시켜준다.

> 둥글게 휘어진 꿈의 얼굴, 가느다란 목을 눕혀 안겼을 초경 즈음 입맞춤, 설레는 조갯빛 입술, 견디지 못한 부끄럼으로 말아 올리는 몸의 기억을 들추는 아침, 무수한 프리즘이 네 자궁속에서 추억의 알들을 깐다. 작은 아기주머니 속에 옛 시간을 더듬더듬 소중히 집어넣고, 다시 시작인, 빚지지 않고 홀로 일궈 내는 바람의 숨결, 오롯이 제 힘의 결로만 견고히 섰는 가벼운 날갯짓, 연한 살 속에 얕게 숨겨진 단호한 열정이 흔들거린다. 한 번도 의심을 품은 적 없는 보랏빛 희망 단 파장이 네 젖꽃판 위로 부풀어 오른다. 이별을 선행하는 맑은 영혼이 있듯 아무런 두려움 없이 골똘히 뽑어내는 오로지 생명의 곡선이 눈부실 뿐.
>
> —「제비꽃」 부분

김명원에게 시적 상상력은 몸의 감응의 해석능력이다. 이때, 몸은 인간과 세계가 만나는 통로이다. 따라서 몸의 감응은 숨겨진 의미를 직시하는 인식 활동인 동시에 의미를 투영하는 창조의 과정이다. 시적 화자는 "제비꽃"의 "세세한 몸의 무늬"와 "자궁 속"을 응시한다. 제비꽃의 식물성의 성적 감각이 시상의 주조음을 이루고 있다. "연한 살 속에 얕게 숨겨진 단호한 열정"이 제비꽃의 욕망의 언어이다. "보랏빛 희망 단파장이" "젖꽃판 위로 부풀어" 오르는 "제비꽃"은 "생명의 곡선"으로 눈부시다. 시적 화자와 제비꽃이 나누는 몸의 대화적 상상이다.

또한 여기에서 "생명의 곡선"이란 김명원의 시적 화법의 양식이기도 하다. 앞에서 강조한 바대로 그의 여성적 몸말은 불온한 전복과 저항의 날카로움이 아니라 둥근 곡선의 온유한 미감에 가깝다. 사회 현상과 남성과의 대타적 관계 속에서의 몸이 아니라 존재의 원형으로서 몸이다. 그래서 그의 성적 충동은 육체적 접촉으로 전환된 사회적 관계가 아니라 그 이전의 생명적 본원성이다. 그래서 그의 몸말은 일종의 '순수몸'의 지각과 표현을 가리킨다. 김명원 시편, 「과수원 일지」「아침에」「시인의 강」「아드린느를 위한 발라드」 등의 시편은 자신과 자신의 주변 일상에 대한 따뜻하고 포용적인 여성성이 투영되어 있음을 보여준다.

이와 같이 김명원의 시 세계는 자신의 몸의 말이며 여성적 살결의 감각과 감성으로 대상을 지각하고 표현하는 미학적 특성을 지닌다. 특히 "자궁"을 중심으로 한 성적 충동과 감흥이 그의 글쓰기의 중심 에너지이며 동력으로 작용하고 있음을 알 수 있다. 그래서 그의 시적 정조는 기본적으로 여성적 섬세함, 포용성, 생산성 등으로 물들어 있다.

앞으로 김명원 시 세계의 몸의 언어는 메를로－퐁티 식의 화법을 빌려 말하면, '자아론적인 몸말'을 넘어서서 상호 신체성에 바탕한 '타자론적인 몸말'의 길을 열어나가는 데 관건이 있을 것으로 보인다. 자아론적인 몸말은 자신의 몸의 감각으로 세상을 느끼고 받아들이고 투영하는 주체 중심적인 성향에 치중한다. 그래서 "몇십 년 동안 단단히 쌓아둔 말들을" "비누거품으로 풀어놓는"(「빨래 7」) 양상이 특징을 이룬다. 이에 반해 '타자론적인 몸말'은 타자의 몸과 만나면서 자신의 몸의 성찰과 자각이 이루어지는 단계에서 개진된다. 타인이 내가 만지지 못하고 보지 못하는 나의 몸까지 볼 수 있듯이 타인의 몸을 통해 나의 몸은 근본적인 성찰과 재발견이 이루어진다. 타인의 몸을 통한 나의 몸의 반성의 필요성이 여기에 있다. 이것은 자신과 타인 간의 상호 신체성의 가능성을 열어준다. 메를로－퐁티가 전언하는 상호 신체성이란 고립된 나의 독자성과 절대성이 근원적인 것이 아니라 나와 타인 간의 공동성이 근원적인 것임을 알려준다. 개인성이 발전해서 공동성으로 되는 것이 아니라, 공동성에서 "개인성이 추상되어 나오는 것이다."(조광제) 김명원의 시 세계가 여기에 이르면 공동체적인 자아의 몸말을 형상화하는 길을 열어갈 수 있을 것이다. 이때, 그의 몸의 화법인 "생명의 곡선"(「제비꽃」)은 새로운 차원의 웅혼한 공동체적 무의식과 영성과 지혜를 노래하는 단계로 나아갈 수 있을 것으로 생각된다. 이러한 가능성이 앞으로의 그의 시 세계를 더욱 주목하게 하는 요소이다.

충동, 분열, 탈주의 고독한 미로
-정원숙의 시 세계

정원숙의 시 세계는 뜨겁고 아프고 불온하다. 그의 시적 삶은 환상과 실제, 무의식과 의식, 상상과 현실의 가학적인 충돌, 분열, 위반의 다채로운 파생 속에서 전개된다. 그래서 그의 시편들은 여리고 섬세하고 화려하면서도 불경스럽고 야수적이고 일탈적인 충동의 열기가 지속적으로 뿜어져 나온다. 그의 이러한 시적 특성은 프로이트식 화법으로 말한다면, 의식의 저변을 이루는 본능적 충동(이드)의 전복적 작용과 분출의 산물인 것이다. 그렇다면, 이와 같은 무의식적 욕망과 현실적 지배질서의 심각한 불협화음의 연원은 무엇일까? 정원숙의 시 세계에 대한 이해는 여기에서부터 출발한다.

> 최초의 목소리는 심장과 항문 속에 묻히고 미처 열리지도 않은 구멍들을 찢고 터져나오던 각혈. 핏덩이가 핏덩이를 쏟아내던. **I was born;** 폐인 나는 당신 등에 업혀 숲길을 내달렸죠. **아버버버**…… 숲이 울고 **어버버버**…… 나무가 젖고 당신 등은 자궁 속보다 따뜻했죠. 상처가 고통이 될 때까지 고통이 고름이 될 때까지 고름이 고해를 할 때까지 나는 늘 당신 등에 업혀 각혈하는 핏덩이. **I was born;**

pain 천둥과 번개에게 목소리를 먹히우던, 탯줄에 묶인 뿌리에게 발목을 잡히우던, 태어남이 곧 죽음이던 그 밤, 당신 등은 너무 따뜻했어요. 자, 보세요. 손가락 발가락을 다시 세어볼 게요. 천둥 번개 치던 그 밤을 부디 잊지 말아요.

—「I was born」 부분

시적 화자의 탄생 설화가 기술되고 있다. 시적 배경을 이루는 "천둥/번개/비" 등의 이미져리가 원시적 자연의 신비감을 자아낸다. 인간사에서 어린 아이의 탄생은 그 자체로 축복이고 축제이다. 그러나 여기에서는 오히려 불안, 공포, 고통, 상처가 주조음을 이루고 있다. 아이의 목소리가 "천둥과 번개" 소리에 먹히고 있다. 그래서 화자는 "등"이 따뜻했던 "당신"으로 인해 생명의 보존은 가능했지만 그러나 "태어남이 곧 죽음이"었다고 회고한다. 시적 화자에게 외부 세계는 처음부터 배타적이고 억압적이었던 것이다. 다시 말해, 화자는 처음부터 욕망의 억압과 좌절에서 오는 강박적 신경증에 시달릴 수밖에 없었던 것이다. 인간은 누구나 사회적 구성원으로 진입하면서 욕망의 억압으로 인한 신경증으로부터 자유롭지 못하지만, 그러나 대부분이 자연스럽게 '충동의 승화'를 통한 현실계와의 타협을 이루어낸다. 하지만, 시적 화자의 경우 이와 같이 "태어남이 곧 죽음"이 되는 극단적인 자기 부정의 길을 경험하게 된다. "태어남이 죽음"이기에 시적 화자에게 외부 세계는 허위이고 "허구"이다. 현실적 자아와 본질적 자아는 처음부터 서로 극한적으로 어긋나는 길을 향하고 있다. 다음 시편은 이러한 특징적 출발을 보이는 정원숙 시 세계의 창작 방법론을 보여준다.

딱 한 가지만 기억해요.
그게 뭐죠?
내가 아는 모든 것이 허구에 지나지 않는다.
당신이 아는 나도 허구란 말인가요?

당신은 왜 내 두개골 뚜껑을 찾아다니죠?

글쎄요.

당신은 나의 육체이고 나는 당신의 이드죠.

그럼 두개골 뚜껑은 뭐죠?

당신 아버지를 파묻으세요.

왜죠?

그 뒤부터 당신도 허구에 대해 확실히 깨닫게 될 테니까요.

—「인터뷰」 부분

"내가 아는 모든 것"은 "허구"이다. 이미 나 자신은 '나'가 아니기 때문이다. 현실적 자아는 타자에 의해 구성되어진 자아이다. 따라서 나의 목소리는 타자의 목소리이다. 그래서 "당신"이 나의 "육체"이고, 나는 "당신"의 의식의 지층 속에 침전된 "이드"이다. 즉 나는 당신에 의해 억압된 무의식으로 존재한다.

이 부분은 '나는 생각한다 고로 나는 존재한다'고 언명한 데카르트의 통합된 주체를 라캉이 '나는 내가 존재하지 않는 곳에 존재한다'고 전도시킨 논법을 환기시킨다. 라깡은 자신의 이와 같은 논법을 저 유명한 '거울 단계'(mirror image)를 통해 설명한다. 어린 아이는 자신의 몸을 가눌 수도 없지만 거울에 비친 자신의 모습을 보고 총체적이고 완전한 것으로 이해한다. 자아와 타자를 구분하지 못하는 이러한 이상적 자아(ideal-ego)의 단계를 지나 언어를 통해 외부의 금기, 관습, 질서를 습득하면서 상징계에 진입하면, 스스로 자신에게 바라봄의 주체와 보여짐의 주체가 있음을 발견한다. 이것은 바라보기만 하는 나가 아니라 보여짐을 당하는 나도 있다는 주체의 객관화이다. 이때 타자에 대한 자의식이 생기면서 상상계에서의 '원초적 동일시'와 구별되는 '상징적 동일시'가 형성된다.

한편, 이 시의 "당신 아버지를 파묻으세요."에서 "아버지"는 라깡의 어법에 따르면 상징적 질서의 표징이다. 즉 상상계의 단계에서 상징계로 진입할 때 거치게 되는 오이디푸스 컴플렉스의 통과 제의의 문턱으로 해석된다. 따라서 "아버지를 파묻"으면 구성된 자아가 활동하는 무대로서의 상징계(현실계)의 허구적 실체를 온전히 이해할 수 있다는 것으로 풀이된다.

이와 같은 시적 주체의 존재론적 특성과 창작 방법론은 다음 작품을 통해 좀 더 구체적으로 암시된다.

> 퇴근 후 코르셋을 벗는다 내 속의 어두운 짐승 한 마리, 쥐가 눈을 번쩍 뜬다 먹어도 먹어도 배 고픈 쥐 길게 자란 앞니와 낮동안 파묻혀 있던 발톱으로 몸통을 할퀴어대고 이빨 가는 소리를 내는 침대 스프링 몸 속 척추뼈도 갈비뼈도 엉치뼈도 울음을 터뜨린다 귓속으로 저벅저벅 걸어 들어온다 오늘은 꼭 너를 잡고야 말 테야 쥐는 출구를 찾아 뛰어다니기 시작한다 자궁을 지나 음순을 열고 몸 밖으로 뛰어나간다 편의점을 지나 야식집을 지나 하수구로 들어간다 쥐의 발자국을 따라 나는 편의점을 기웃거리고 야식집 쓰레기봉투를 뒤지고 하수구에 발을 담근다 한순간 쥐는 다른 쥐를 만나 몸을 섞는다 교미소리 자동차 경적소리에 묻히고 나는 쥐의 꼬리 쪽으로 손을 뻗는다 잡힐 듯 잡히지 않는 쥐 나를 옭아매는 또 다른 굴레를 의심하며 쥐를 쫓는다 새벽 별빛 사위어 갈 때 축축한 이슬을 묻힌 채 내 속으로 뛰어들어오는 쥐 음순을 갉아먹기 시작한다 코르셋을 입는다 낯설지 않는 사람들이 비린내를 풍기며 지나가는 출근길 누군가 내 속의 풀리지 않는 질, 문을 마구 두들겨대고 있다
>
> —「코르셋」 부분

"코르셋"을 벗자 "어두운 짐승 한 마리 쥐가 눈을 번쩍" 뜨고 활보하기 시작한다. 코르셋에 감금되어 있던 내적 자아가 해방된 것이다. 이때 "코르셋"은 라캉식 논법에 의지하면 타자에 대한 자의식으로 형성된 상징적 자아를 가리킨다. 따라서 코르셋을 벗자 상징계에 의해 억압되어 있던 상상계

의 '이상적 자아'가 분출하듯 탈출하는 모습을 보인다. "쥐"가 "자궁을 지나 음순을 열고 몸 밖으로 뛰어나간다"는 것은 현실계와 대위되는 잠재적 자아의 본질적 존재성이 강조되는 대목이다.

정원숙의 시 세계는 이처럼 상징적 자아와 "내 속의 어두운 짐승 한 마리" 처럼 살고 있는 이상적 자아의 충돌과 분열의 미로 속에서 전개된다. "내 속의 어두운 짐승"은 상징계의 억압에 대한 반항과 탈출을 갈망한다. 이러한 충돌과 분열은 '발화의 주체'와 '발화된 것의 주체' 사이에 일어나는 불협화음의 양상을 낳기도 한다. 여기에서 발화의 주체는 스스로의 '상상적 관계'에서 오는 것이고 발화된 것의 주체는 타인이 부여한 '상징적 관계'에서 온다. 정원숙 시 세계의 생경하고 원색적인 화법은 전자와 연관되고 친숙하고 안정된 구조는 후자와 연관되는 것으로 보인다.

세실리아, 너는 위대한 예술가를 꿈꾸었지
메트로놈처럼 딸깍거리는 슬픈 심장을 연주했지
그러나 너는 검은 방에서 손가락을 툭툭 분지르고 날개를 뜯어냈지
그러므로 너의 비상은 불협화음으로 환치되었지

—「검은 개」 부분

몸통만 한 생의 비애를 등에 지고
사제와 형제자매와 사도 바울에게 침 뱉는 저녁의 협객, 저녁의 침공, 엄지공주들이
엄지만한 음표로 우물을 허물고 붉은구름의 주재소를 부수고 노을을 찢으며
네 발 달린 것들과 공중의 날개 달린 것들과
그리고 땅 위에 사는 모든 초록 빛깔의 것들을 몰고 기진맥진 달려오는 것 본 적 있다네

—「엄지공주」 부분

목이 잘린 말들이 아카시아 향을 입에 가득 물고 바람결에 흔들리네

당신도 나도 알지 못하는 늙은 도시에 마음까지 읽어내는 장님이 살지 사람들은 충만한 거지같다고 돌을 던지고 침을 뱉지

내일밤 죽은 내가 모레 아침 태어난 나를 시타처럼 감싸안네 아카펠라를 흥얼거리네

―「아카펠라, 집시」 부분

비교적 문법적 구조는 안정되어 있으나 소통 부재의 생경하고 일탈적이고 원색적인 어사들이 시집 전반에 넘쳐나고 있다. 시적 질료들 역시 매우 이국적이고 낯설다. 이것은 그의 시편들이 현실계의 상징적 질서로부터 해방되고자 하는 강렬한 탈주 욕망에서 비롯되는 것으로 보인다. 관습적이고 관행적인 일상성의 회로로부터 이탈하고자 하는 열망이 이국적인 문화 감각을 추수하게 된 것으로 보인다. 또한 시적 호흡이 공통적으로 매우 빠른 속도감과 높은 열도를 지니고 있다. 이것은 억압된 내적 욕망의 충동과 분출의 강렬성에서 기인하는 것으로 보인다.

따라서 시적 화자의 분열, 충동, 탈주의 언어들이 고열에 들뜬 채 질주하고 있으나 그 시적 정조는 매우 우울하고 슬프고 고독하다. "위대한 예술가를 꿈꾸"는 "세실리아"의 연주곡이 "슬픈 심장"이고 "엄지공주"가 "몸통만한 생의 비애를 등에 지고"있는 면모를 보인다. 이들이 표현하는 몸짓과 언어들은 "손가락을 툭툭 분지르"거나 "초록 빛깔의 것들을 몰고 기진맥진 달려오는" 강한 열정을 담고 있지만 그러나 의식적인 현실계 속에서 온전한 실체를 얻지는 못한다. "검은 개"와 "엄지공주"로 비유되는 작고 미약한 동화적 상상력의 층위를 벗어나지 못하고 있는 것이다. 이들의 전언은 현실계에서 자신의 음성을 얻지 못한, 즉 "목이 잘린 말들"로서 "아카시아 향"과 같은 정서적 감각을 통해서만 의사 전달이 가능하다. 그래서 시적 화자의

본질적 자아는 매일 죽으면서 죽지 않고 태어난다. "내일 밤 죽은 내가 모레 아침 태어난 나를 시타처럼 감싸안네"라는 표현이 이를 증거한다. 현실적 질서 속에서는 분명 부재(죽은) 하지만 그러나 자신의 존재적 활동에 해당하는 정서적 감응을 지속적으로 발현하고 있는 것이다.

정원숙의 시 세계는 이처럼 현실계의 상징적 질서 속에서 이를 부정하고 탈주하는 잠재적(본질적) 자아의 언설이 주조를 이룬다. 이것은 또한 자신의 내면의 상상적 동일성과 타자의 자의식에 입각한 상징적 동일성의 충돌과 분열의 미로라고 표현할 수도 있다. 그래서 그의 시 세계는 쉽게 "이미 타고난 죄를 누구에게도 발설하지 않았지만 모든 이들이 알"(「결빙과 해빙 사이」)게 되는 불협화음의 모습을 생래적으로 노정한다. 그리고 이러한 생래적 불협화음은 시적 화자의 삶을 공간적으로 세계의 일상성과 거리를 지닌 "고독한 섬"으로 인도하기에 이른다.

이번 시집의 후반부에 이르면 폐쇄적인 자기만의 공간에 해당하는 "내 마음의 독도"가 빈번하게 생활 배경으로 등장한다. 이들 시편들에는 자기 분열과 충동의 폭발적 에너지보다는 정태적인 권태와 고독의 정서가 짙게 묻어난다. 그는 "침묵의 망명자"인 것이다.

> 우상도 없고 은유도 메마른 곳, 페루
> 침묵의 망명자인 새들만이 마지막 숨결을 몰아쉬며 날갯죽지를 모래톱에 묻어요
>
> 시간이 모두 정지해버린 페루
>
> 살아도 살아지지 않는 날들
>
> 그러므로 아무것도 기다리지 않고 아무것도 호명하지 않기로 했어요
>
> —「새들은 페루에 가서 죽다」 부분

시적 화자는 "우상도 없고 은유도 메마른 곳"에서 "시간이 모두 정지해버린" 절대 무의 공백을 느낀다. 이때 "우상"과 "은유"란 현실계의 상징적 질서와 그로 인해 다채롭게 변주되는 욕망의 언술을 가리킨다. 따라서 "우상"과 "은유"가 없다는 것은 상징계의 억압적 질서로부터 자유롭다는 것을 가리킨다. 그러나 정작 상징계의 지배 질서가 무화된 곳에서는 상상계의 욕망들 역시 무기력해진다. 무의식의 언설은 의식적 질서의 억압기제를 통해 생성되고 변주되기 때문이다. 그래서 "아무것도 기다리지 않고 아무것도 호명하지 않기로 했"다고 진술한다. 그러나 이러한 정지된 시간의 세계가 곧 이상적 자아가 구현된 세계를 가리키지는 않는다. 정지된 시간의식은 하염없는 그리움과 고독감을 불러들인다.

> 고독한 섬의 바람이 부네 탁자 위 밤새 눈물의 텍스트를 써나가던 촛불 혼곤히 잠이 들고 목마른 화병이 목을 비트네 나는 언제부터인가 내 이름조차 잊어 버렸네
>
> 세상의 은둔자 자월紫月의 산책자 침묵의 몽상가
>
> ―「크레바스」 부분

> 그러므로 나 누군가 사무치게 그리워져 바닷가에 돌탑을 쌓고 또 무너뜨리고 입 안 가득 오디 빛 물들이고 섬집으로 돌아가는 길 검은 염소 한 마리와 덜컥 눈이 마주치네 그 눈동자 속엔 그리운 얼굴들 한 무더기 음악으로 몽글몽글 피어오르네
>
> ―「저 바다의 악사들은 어디로 흘러가는가」 부분

시적 화자는 "세상의 은둔자 자월紫月의 산책자 침묵의 몽상가"(「크레바스」)가 되어 있다. 그는 이제 "내 이름조차 잊어"버린 일상 속에 살게 된 것이다. 그러나 이것이 곧 상징적 질서에 의해 억압된 총체적이고 완전한 자

기 동일성의 '이상적 자아'에 대한 복원을 뜻하는 것은 아니다. 현실계의 회로에서 벗어난 자리에 온통 그리움이 가득 차오르고 있다. "그러므로 나 누군가 사무치게 그리워져 바닷가에 돌탑을 쌓고 또 무너뜨"린다. 그리고 이러한 그리움의 정서는 "생이란 이렇듯 문득문득 찾아와주는 까마득한 기억들로 채워지는 항아리 같은 것"(「생의 소요」)임을 깨우쳐준다. 외부 세계의 상징적 질서로부터 멀어지면서 오히려 외부 세계의 의미를 재발견하는 형국이다. 다시 말해, 탄생기부터 시작된 세계와의 극심한 불화와 그로 인한 방황, 분열, 충동의 시적 열도가 오히려 세상으로부터 멀리 떨어진 "자월도"에 이르면서 어느 정도 진정되는 면모를 보인다. 이렇게 보면, 정원숙의 첫 시집 『바람의 書』는 자신의 존재론적인 삶의 극심한 고통의 심연을 넘어가는 고독한 미로라고도 할 수 있을 것이다. 이번 시집 전반에서 노정되는 과도한 발화와 언어의 남용이 시적 날카로움과 선명도를 떨어뜨리는 것이 사실이지만 그러나 생래적인 불협화음 속에서 고투하는 처절하고 치열한 시적 삶의 증표로 선명하게 작용한다. 이제 우리는 이와 같이 생래적 불화의 단계를 가로질러 넘어선 이후에 펼쳐나갈 그의 새로운 시적 삶을 기대하게 된다. 매우 불안하고 조심스럽지만 평온한 시적 삶의 가능성을 낙관해본다.

견딤의 일상, 일상의 견딤
-박순호의 시 세계

박순호의 시 세계는 자신의 주변 일상의 사실적인 반영에 집중한다. 물론, 이 점은 박순호뿐만이 아니라 많은 시인들에게서 볼 수 있는 공통적인 특성이다. 어느 시인들 자신과 자신을 둘러싼 일상으로부터 자유롭겠는가. 그럼에도 불구하고 박순호의 시 세계를 일상성의 시편으로 전면에서 강조할 수 있는 것은 이상성을 최대한 일상성 그대로 반사시키고 있다는 점에 기인한다. 그가 스스로 〈시인의 말〉에서 "지상 위의 아스팔트와 많은 건물, 가벼운 인연과 거짓을 말할 수 있었으므로 나는 여기까지 왔다"고 진술하듯이 그에게 시는 처음부터 일상적 경험의 투영에 집중한다. "거리에서 시 쓰는 법을 배운"(「가발 쓴 여자」) 그의 일상 시편은 매우 다양하고 다채로운 층위로 펼쳐진다.

대부분의 시인들에게 삶의 일상은 계급모순에 입각한 변혁의 대상이거나 후기 산업사회의 지배 메커니즘에 따른 병리적인 현상으로 접근하여 재구성하고 의미화하는 양상을 보인다. 그래서 일상성은 시인의 역사의식과 세계관에 대한 합목적적인 질료로써 존재한다. 따라서 '일상 시'라고 할 때 대체로 시적 지향성이 '일상'을 완전히 압도하는 형국이다. 이에 비해 박순호의 경우는 '일상' 자체가 훨씬 중요한 위상을 지닌다. 그래서 그의 시편은 이야기 지향성을 표나게 드러낸다. 그는 일상의 고통으로부터 섣부른 희망이나 전망의 출구를 내세우지 않는다. 오히려 그는 일상에 대한 비굴할 정도의 적응과 견딤을 선택한다. 그래서 그의 시편은 현학적이고 경색된 관념의 편향이나 감정의 과잉으로부터 처음부터 먼 거리를 두고 있다. 이 점은 많은 경우에 시인의 역사의식과 세계관에 따라 일상이 왜곡되고 변형되는 의도적 오류와 거리를 두고 있다는 장점이 있으나, 한편으로는 시적 인식의 집중성과 개성의 날카로움을 약화시키는 단점을 노정한다.

다음 시편은 시적 화자의 삶의 일상을 흥미롭게 드러내고 있어서 주목된다.

현관에 이르러서야 우산을 잃어버렸다는 것을 알았다.
지하철노선을 펼쳐놓고 환승역에서부터 이동경로를 되짚어보다가
다시 곰곰이 생각해 본다
지하철－서점－면접 본 회사－빌딩화장실－공원 커피자판기
아, 거기, 커피자판기!
비가 개어 접힌 우산을 세워 놓고 벤치에 앉아 커피를 마셨었지
도시의 땟물이 씻겨 내려가는 잔디를 보고 있었지
이 비를 온몸으로 받아내면 뿌리가 깊어질까
낡은 수첩에 받아쓰고 그냥 빈 몸으로 온 게 분명해
벤치에 기대어 무능한 주인을 기다리고 있을 갈색우산
하늘을 향해 둥글게 펼쳐지는지 확인하고는 누군가가 가져갔을 거야
작년 장마 때 어머니가 손에 쥐어주던 갈색우산

－「우산을 잃어버리다」 전문

"무능한 주인을 기다리고 있을 갈색우산"의 위치를 되짚어보는 경로가 시적 화자의 하루의 동선이며 일과이다. "지하철－서점－면접 본 회사－빌딩화장실－공원 커피자판기"로 전개되는 구직자의 이동 공간은 제각기 내밀

한 스토리텔링을 개진한다. 출근 시간이 지난 이후 비교적 한적한 지하철을 타고 서점에 도착하여 면접과 관련된 책자를 뒤적인다. 긴장감과 치밀어 오르는 자괴감을 달래면서 마침내 면접 시험장으로 가서 차례를 기다려 면접을 보고 빌딩 화장실에 들러 허무, 좌절, 피로, 기대 등이 엇섞인 복잡한 심정을 해소하려는 듯 용변을 본다. 그리고 특별히 남은 일과가 없음을 스스로 자각하면서 공원 벤치로 가서 자판기 커피를 마신다. 커피를 특별히 좋아해서라기보다는 한 가지 일을 마친 자신에 대한 위로의 시간을 갖는 것이다. 이때 유난히 달거나 쓴 자판기 커피의 자극은 몸과 마음을 다시 재생시키는 좋은 각성제가 된다. 그러나 그는 공원에 우산을 둔 채 돌아온다. 면접 시험의 파장이 이처럼 삶의 리듬을 은밀하게 와해시키고 있는 것이다.

구직자의 이동 공간이 표상하는 이러한 유형의 스토리텔링은 우리 시대의 한 풍속화이기도 하다. 공간 이동의 틈새에서 "이 비를 온몸으로 받아내면 뿌리가 깊어질까"라는 진술은 고단한 삶의 일상을 집약적으로 환기시킨다. 얼마나 더 신산고초를 견뎌내야 지상에 "뿌리"를 내릴 수 있을까? 하는 스스로에 대한 반문이기 때문이다.

물론, 이것은 비단 시작 화자에게만 해당되는 사항은 아니다. "이 비를 온몸으로 받아내면 뿌리가 깊어질까"라는 질문은 다음과 같은 여러 유형의 삶에 고스란히 적용된다.

> 1.
> 황급히 머리핀을 가방에 쓸어 담는 노점상인
> 좌판을 고였던 벽돌, 나무상자, 널빤지를 담장 뒤편에 모아놓고
> 도로를 건너와 빗물에 축 처진 머리카락을 쓸어 올린다
> 뒤통수에 묻은 나의 시선을 의식했는지
> 힐끗 뒤돌아보는 그
> 사람의 눈과 눈이 마주친 순간이 얼마만인가
> 음식점 유리창에서 배어 나오는 아득한 습기 탓에 쓸쓸한 눈동자를

잃어버리고 협곡峽谷으로 사라진 굽은 등을 놓치고 말았다

2.
전신에 푸른 결 세우며 각재들이 비를 맞고 있다
야트막한 처마 하나 없는 이곳
처마를 만들기 위한 변명처럼 어지럽게 널려있는 각재가 비에 뒤틀
리고 썩을 것이 걱정 되는지
온몸으로 빗물을 받아내며 자재를 추슬러 모으고 있는 인부
언젠가 강 하류에 버려진 부패한 물고기 신세라며 소주잔을 기울
였던가
나의 우산은 그에게 처마도 되어주지 못한 채 빗속을 뚫고 지나갔다

3.
생계를 책임질 자본의 면전面前에서 묵묵히 삶의 발길질을 잘도 참
아왔다
중간의 틈새를 살피며 쥐새끼처럼 밥그릇을 잘도 지켜왔다
장하구나
그늘로 내몰리지 않기 위해 치욕을 견뎌낸 나여
평생 맑은 날과 근육을 믿고 사는 사람 사이에서
중간을 지켜내는 적막 사이에서
길게 내뱉는 한숨
주머니 속의 보랏빛 머리핀이 손에 잡힌다

—「그날 내린 비」 전문

비가 오면 "노점"은 파장이다. 그래서 "노점상인"은 "머리핀을 가방에 쓸어 담"고 돌아선다. "힐끗 뒤돌아보는 그"와 서로 눈이 마주친다. 서로 한마디 말도 건네지 못했지만 그러나 한순간 고단한 인생사의 소회가 통절하

게 교감된다.

한편 비가 내리면 "각재"를 다루는 "인부"들도 심란하기는 마찬가지다. 그는 "온몸으로 빗물을 받아내며 자재를 추슬"리고 있다. 이들은 모두 "언젠가 강 하류에 버려진 부패한 물고기 신세"가 될지 모른다는 두려움을 갖고 있다. 그렇다면 이러한 사회적 존재의 불안과 공포로부터 벗어나기 위한 방법은 무엇일까? 그것은 어디에도 없다. 다만, 견딤의 길만이 있을 뿐이다. 그래서 시적 화자는 스스로를 향해 탄식조로 격려한다. "생계를 책임질 자본의 면전面前에서 묵묵히 삶의 발길질을 잘도 참아왔다". "그늘로 내몰리지 않기 위해 치욕을 견뎌낸 나여". 시적 화자는 척박한 일상을 초극 할 수 있는 희망의 출구를 말하기보다는 체념적인 견딤에 적응하고자 한다. "세상과 분리되지 않기 위해 발을 동동 구르며 애를"(「분리수거」) 쓰는 정황이다. 그래서 시상의 흐름이 무료할 만큼 단조롭고 평면적이다. 그러나 희망의 허구성을 포기함으로써 일상의 현장성을 실감 있게 반사시키는 데 성공하고 있다.

물론 이와 같이 신산스러운 삶의 이상은 비단 오늘날만의 새삼스런 현상은 아니다.

> 개구리가 우는 통에 잠을 이루지 못한다
> 뭐가 그리 서러웠는지 낮에는 아무 말 없이 토라져 있다가
> 주저리주저리 중얼거리며 밤을 샐 모양이다
>
> 마당에서 삼십 미터 쯤,
> 한때 할아버지 소유였던 세마지기 논을 바라보는 일이 괴롭다
> 사업을 한답시고 논두렁까지 가방에 넣어 서울로 가서는
> 제대로 추수 한 번 못한 채
> 병을 얻어 할아버지보다 먼저 저승길을 밟은 아버지
> 선산先山으로 가지도 못하고

저 누런 벼이삭처럼, 달랑 수의 한 벌 입고서
봉창 하나 없는 눅눅한 곳에 누워 계신다

말똥말똥한 정신을 일으켜 세우고 무덤으로 가는 길
돌이라도 던지면 조용해지다가도 얼마 가지 않아
이러쿵저러쿵 우리 집안 얘기를 다시 늘어놓는다

—「왈가왈부曰可曰否」 부분

어느 집이나 "밤을" 새며 우는 개구리의 울음만큼이나 간단치 않은 수준의 내력을 머금고 있다. 고향집의 논을 팔아 "서울로 가서는/ 제대로 추수 한 번 못한 채/ 병을 얻어 할아버지보다 먼저 저승길"을 간 아버지 이야기부터 시작하여 그로 인해 파생된 여러 가지 사연들이 밤새 우는 개구리 소리만큼이나 길고 복잡하다. 대부분의 이야기가 다시 이야기를 낳는 것처럼 아버지의 사연이 나의 운명적 내력을 낳는 플롯이 된다. 그래서 아버지의 삶의 내력은 과거형이 아니라 현재진행형이다.

박순호의 시 세계는 산다는 것은 이처럼 수많은 이야기를 만들어내는 것임을 실감나게 보여준다. 다음 시편 역시 이러한 면모를 드러낸다.

생전 처음 보는 거리가 그를 내려놓았다
그는 촌놈처럼 가방을 가슴에 품고 두리번두리번 거린다
가무잡잡한 피부와 진하게 접힌 쌍꺼풀을 가진 그는 아무래도
동남아시아 쪽 어딘가에 까지 둥둥 떠가는 풍문을 붙잡고서 온 모양이다
천하고 힘든 일은 굶어죽어도 하지 않는 신사들만 모여 사는 나라
거기에 가서 바람의 손목은 아니더라도 발목쯤은 붙잡아와야지
그 희망만을 가지고 와서는 저렇게 두리번거리고 있을 것이다

반쯤 유리창을 열어놓고 담배를 피워 물었다
공중전화 부스에서 그의 커다란 웃음이 담배연기를 헤집고 차안으로 들어왔다
뒤통수를 쓰다듬는 손가락빗질이 안정적이다
오른쪽 어깨에 걸려있는 커다란 가방에는 거룩한 생계가 들어있을까
도시의 후미진 곳에 놓아두고 온 사랑이 들어있을까

―「안산역 부근」 부분

"안산역 부근"에서 일어나는 이야기를 담담하게 투영하고 있다. 안산은 "동남아시아"에서 온 노동자들이 밀집해 있는 곳이다. 그래서 "가무잡잡한 피부와 진하게 접힌 쌍꺼풀을 가진" 사람들을 자주 볼 수 있다. "바람의 손목은 아니더라도 발목쯤은 붙잡아와야지/ 그 희망만을 가지고 와서는 저렇게 두리번거리고 있"다. 이들은 "희망"을 붙잡고 있기에 "커다란 웃음"과 "손가락 빗질"의 "안정적"인 모습을 보여줄 수 있다. 희망은 이처럼 작은 행동에서부터 생기와 활력을 만들어낸다. 그래서 시적 화자의 정서 역시 상당히 활달해진다. "오른쪽 어깨에 걸려 있는 커다란 가방에는 거룩한 생계가 들어 있을까/ 도시의 후미진 곳에 놓아두고 온 사랑이 들어 있을까". 연속되는 의문에는 생동하는 호기심과 흥미가 배어나온다. 그러나 여기에서도 그 이상의 낙관적인 전망은 없다. 왜냐하면 시적 화자는 이미 "목재더미를 거처 단층 상가를 지나서야 도착한 곳/ 과로로 쓰러진 인부가 들것에 실려 구급차로 옮겨지고 있"(「무전을 받다」)는 상황을 적지 않게 목격했기 때문이다.

그래서 박순호의 시 세계는 다시 다음과 같은 고단한 인상으로 회귀한다.

세수를 하다가 코피가 나는 아침
붉은 대야의 물속에 풀어지는 핏방울을 들여다본다
참을 만큼 참았던 과로가 둥글게 팽챙하고

몸 스스로가 핏줄을 뚝 부러뜨린 것이다
어두운 동굴 안에 피 흘리는 누군가가 있는 것처럼
멈추지 않고 새어나오는 핏방울……
누구한테 얻어맞은 것도 아닌데 왜 이리 서러울까
일러바칠 사람이 없다는 것이 슬픔일까
피범벅 된 얼굴이 거울 밖에서 코를 틀어막는다
오늘 저녁은 굵은 소금이 뿌려진 갈치구이를 먹어야겠다

―「코피를 흘린 그날 저녁」 부분

"참을 만큼 참았던 과로가" 팽창하면서 코피로 터져 나온다. "누구한테 얻어맞은 것도 아닌데 왜 이리 서러울까". 시적 화자를 서럽게 하는 것은 과로를 팽창시키는 일상이다. 그러나 화자가 할 수 있는 일은 "코를 틀어막는" 것일 뿐이다. 이처럼 서럽고 무기력한 현실 속에서도 시적 화자는 "오늘 저녁은 굵은 소금이 뿌려진 갈치구이를 먹어야겠다"고 말하고 있다. 현실을 낙관하지도 않지만 지나치게 비관하지도 않는 것이다. 그는 인생이란 삶의 고통을 견디는 것이라는 점을 알기 때문이다.

물론, 박순호의 시 세계가 이와 같이 척박한 일상성만을 다루고 있는 것은 아니다. 「새의 행방」 「붉은 방울소리」 등의 시편에서는 "상상이 풍부하게 차오르는 시간"(「지금은 한밤 중이다」)의 언어를 보여주기도 한다. 그러나 이러한 시편들 역시 생동하는 활기보다는 "늙은 세월이 늙은 사내에게"(「늙은 세월이 늙은 사내에게」) 전언하는 건조하고 무료한 관념의 범주에서 크게 벗어나지 않는다. 그것은 박순호의 시 세계가 기본적으로 "삶의 막장을 먼저 알아버린 자"(「거미인간」)의 노래이기 때문이다. 이미 "삶의 막장을" 보아버린 자에게 현실의 희망이나 전망은 모두 허구적인 장식으로 보일 뿐인 것이다. 그래서 그의 시는 반복되는 일상을 일상 그대로 반사시키는 데 충실한다. 그의 이러한 시적 특성은 너무 지엽적이고 개별적인 소재주의의 범주에 갇혀 있는 답답함을 느끼게 하는 것이 사실이지만 그러나 이것이 분명 오늘날과 같은 복잡한 삶의 문제적 상황을 체험적으로 환기시키는 효과적인 창작 방법론인 것도 사실이다. 다만 "말의 근육이 대지의 몸에 밀착되어 풀줄기와 말갈기가 같은 방향으로 눕는 장면"처럼 "구불텅거리는 대지의 근육"(「대지의 근육」)이 그의 시 세계에 섭수되었으면 한다. 이것은 지나치게 반복되는 단조롭고 평면적인 시적 진술에 입체적인 명암과 탄력성을 불어넣는 데 도움을 줄 것이다.

시조 미학과 "카메라탐방"의 창작 방법론

-서우승의 시조 세계

1.

아름다움은 침묵을 강요한다. 사물의 진경과 섬광처럼 마주칠 때 대체로 우리는 먼저 고요한 정적을 느끼게 된다. 아름다운 대상에 대해 아름답다고 생각하고 설명하는 것은 곡두 같은 미적 쾌감의 찰나가 지난 이후의 추체험의 상태에서 대체로 그 본래의 아름다움을 추상화하고 일반화시키는 경우이다. 아름다움에 대한 체험적 감각은 처음부터 관습적인 사고와 언어의 영역 밖이기 때문이다. 그래서 찰나의 강렬한 미적 인식에 대한 언술은 말하지 않기 위한 말 또는 침묵을 목표로 한 말이다. 물론, 이때의 침묵은 부재를 통해 현존하는 무수한 말들의 처소이다.

시조 양식이 오늘날 현대시와의 경쟁 속에서도 생존할 수 있는 가장 중요한 거점은 여기에 있지 않을까. 시조 양식은 기본적으로 초장, 중장, 종장의 3장 6구의 형식론을 통해 응축적으로 환기시키는 미적 체험의 장이다. 다시 말해, 3장 6구라는 작은 체격의 마디절은 말하지 않기 위해 하는 말들의 넌출거리는 신경 조직망이며 촉기이다. 그래서 3장 6구의 형식원리는 무수한 말 없음의 말들이 소통하고 분산하고 활성화하는 창조의 공간이다.

현대시의 자유로운 형식과 언어의 풍요에 대한 시조 양식의 경쟁력은 이와 같은 견고한 내적 응축의 확산에서 찾아질 수 있을 것이다.

이러한 문면에서 오랜 세월 동안 널리 회자되는 정철의 다음과 같은 시조 한 편을 감상해보는 것은 어떨까?

재 넘어 성 권롱 집에 술 익단 말 어제 듣고
누은 소 발로 박차 언치 놓아 지즐 타고
아희야 네 권롱 계시냐 정 좌수 왔다 하여라

시간과 공간의 속도감 있는 변화 및 이동과 더불어 화자의 활달한 신명의 박동이 생동감 있게 펼쳐지고 있다. 짧은 형식 속에 "술 익단 말"을 들은 어제부터 이미 "성 권롱" 집에 도달한 현재까지의 이틀의 시간과 함께 화자의 집에서 "재 넘어 성 권롱 집"까지의 공간이 포괄되어 있다. 특히 중장의 "지즐 타고"에서 "지즐"은 술을 마시러 가는 호쾌한 흥취를 온몸의 근육감각으로 드러내는 표현이다. 그래서 우리는 화자의 소를 타고 가는 자세, 표정, 기세 등을 어느새 감각적으로 체험하게 된다. 초, 중, 종장의 행간의 여백은 이틀간의 시간과 "재"를 넘는 공간 속에서 일어나는 사건은 물론 화자의 우거寓居에 유폐된 처지와 낙관적인 인생관 등이 서로 모이고 흩어지면서 시적 의미를 생성시키는 창조적 배경으로 작용하고 있다.

시조의 형식 미학의 가장 큰 미덕은 바로 이와 같이 여백의 창조적 가능성을 최대한 열어놓는 데 있다고 할 것이다. 일찍이 노자는 천하 만물은 유에서 나오고 유는 무에서 나온다(天下萬物生於有 有生於無, 노자, 『도덕경』 40장)고 하지 않았던가. 시조 미학은 이와 같은 창조적인 무無 혹은 여백의 땅을 거느리는, 작으면서 큰 역설적 형식론의 속성을 지닌다는 점은 아무리 강조해도 지나치지 않을 것이다.

2.

서우승의 시조 세계는 앞에서 지적한 시조 양식의 작으면서 큰 역설적 형식 미학의 특장을 대표적인 연작시의 제목으로 발표한 바도 있는 일종의 "카메라탐방"의 창조적 방법론을 통해 시범적으로 보여준다. 카메라의 작은 렌즈를 통해 외부 세계의 무한을 폭넓고도 집중적으로 포착해내듯이 그는 단형의 시조 양식을 통해 우주적 깊이와 넓이를 포괄해내고자 시도한다. 특히 그의 초기 시 세계의 주류를 이루는 「카메라탐방」 연작은 제목에서 드러나듯 카메라 렌즈를 통한 외부 세계의 새로운 인식과 묘사에 집중되고 있다. 그리하여 그의 시 세계는 사진 미학의 특성에 비견되는 일상 속의 일상, 사물 속의 사물의 심연에 대한 묘사가 표나게 드러난다.

특히 다음과 같은 시편은 그의 창작 방법론의 특이점을 성공적으로 보여준다.

> 한 발짝 물러서서 실눈으로 오월을 보면
> 햇살과 편을 짜고 바다와 내통하는 산
> 새물 탄 피라미떼의 대이동이 눈부시다.
>
> ―「카메라탐방―필름 20」 전문

청명하게 눈부신 오월의 풍경의 심연을 "한 발짝 물러"선 미적 응시를 통해 직시하고 있다. 바다와 산이 "햇살"을 매개체로 서로 "내통"하고 있지 않은가. 바다, 산, 햇살이 하나의 유기적인 연속성을 이루고 있다. 산이 바다를 그리워하고 바다가 산을 그리워한다. 그리고 이들 사이를 햇살이 이어주고 있는 것이다. 산과 바다가 정태적인 무생물이 아니라 살아 있는 역동적인 생물로 활성화되고 있다. 산과 바다의 입자들이 햇살을 통해 이동하는 모습은 마치 "피라미 떼의 대이동"과 같다. 오월의 대낮 풍경은 이렇게 분주하고 활기차고 아름답다. 서우승은 시조의 작은 육체 속에 살아 있는 대우주의 비경을 펼쳐내고 있다.

한편, 다음 시편은 비움의 양상으로 존재하는 우주적 존재성의 본령을 투사하고 있다.

> 가을은 청상靑孀을 위해 귀뚜라밀 불러 놓고
> 또 누군 귀뚜라밀 위해 가을을 비우나 보아
> 내 생엔 짝될 사람아 너는 무얼 비우며 사나.
>
> ―「카메라탐방―필름 79」 전문

가을은 자리를 비워 "귀뚜라미"를 불러들인다. 청상의 외로움과 고적함을 위무하고 달래기 위해서이다. 가을은 이처럼 자신을 비움으로써 진정한 가을이 된다. "또 누군"가는 가을을 위해 자신의 가을을 비운다. 그리하여 또 다른 대상에 대한 사랑과 배려의 공간이 열린다. 세상의 모든 존재는 스스로를 비움으로써 본래의 자아가 될 수 있다. 마치 넘치는 물컵은 이미 물컵일 수 없듯이 비움의 공간을 두어야 자신의 본성을 획득할 수 있다. 그래서 이 시의 결구에서 "너는 무얼 비우며 사나"는 "내 생의 짝"뿐만 아니라 우리 모두를 향해 던지는 화두로 이해된다. 우리들 자신의 우주적 본성과 그 가능성을 날카롭게 환기시키고 있는 것이다. 그래서 이제부터 이 시의 전개는 독자들의 창조적 응답이 된다.

한편, 다음 시편 역시 서우승 시조 미학의 특장을 이루는 우주적 유현함을 또 다른 각도에서 보여주고 있다.

> 갈 길 바쁜
> 저녁답,
> 뜬금없이 걸돌에 받힌 듯
> 누구냐
> 날 여기 세워

지는 해가 좀 보잔다니

오늘을
돌려달라는 눈빛
수평선
저리 달군다.

—「석양 앞에서」 전문

번잡한 일상에 "갈 길 바쁜" 시적 자아가 "걸돌에 받힌 듯" 멈춰 서고 있다. "지는 해가 좀 보"자고 불러 세운 것이다. 지상의 화자와 천상의 "지는 해"가 서로 아득히 감응하고 있는 대목이다. "지는 해"는 아무 말 없이 화자의 눈앞에 석양에 물든 "수평선"을 드넓게 펼쳐놓고 있다. 이 침묵이 전언하는 말 없음의 말은 무엇인가? "오늘을/ 돌려달라는" 것이다. 흘러간 하루에 대한 성찰과 그리움과 아쉬움이 수평선을 붉게 물들이고 있었던 것이다. 물론, 이것은 시적 화자의 "갈 길 바"쁘게 살아온 일상에 대한 깊은 성찰과 아쉬움을 가리킨다. 자신의 삶의 일상에 대한 성찰적 인식과 발견이 석양에 물든 "수평선"을 통해 감득되고 있다. 간명한 한 편의 시조 속에 지상과 천상, 세속과 신성이 서로 몸바꿈을 하며 펼쳐지고 있다.

한편, 그의 이와 같은 삶의 심연에 대한 우주적 자각과 발견의 시선이 내적 자아를 향하면 다음과 같은 시편으로 변주된다.

사랑이 미움에게
바다에서 만나자 했다네
강은 달라도 물소리는 통하여
한바탕
소용돌이 끝에
짠맛으로 거듭났다네.

뭇 생각도 단풍들면

고요 쪽으로 기우는 법

지명知命이 내게 자꾸 잊을 일 잊었냐 묻네

얼룩을

만들고 지우고……

사는 일이 다 그렇잖냐며.

—「생각도 단풍들면」 전문

바닷물들로부터 강의 유래를 찾는 것은 무의미하다. "강은 달라도 물소리가 통하여" 이미 "짠맛으로 거듭"나지 않았는가. 바다의 "짠맛"은 서로 다른 강들이 엇섞이어 숙성된 결정체이다. 이 "짠맛"의 정점에 이르면 바다로 모인 강들의 편차나 유사성을 논하는 알음알이 자체가 무의미해진다. '지금, 현재' 전전긍긍하는 사안들이라 할지라도 좀 더 큰 범주에서 바라보면 그 모두가 부질없음을 깨우치게 되는 것이다.

바다가 일러주는 이러한 가르침은 인간사의 일상에서도 동일하게 적용된다. "뭇 생각도 단풍들면" "고요"의 세계로 결정화된다. 삶의 모든 갈등과 부침들이 세월과 함께 숙성되면 "고요"의 질료가 된다. 마치 들판의 온갖 잡초들이 겨울이 되면 텅 빈 정적으로 치환되는 것과 같은 이치이다. 이러한 우주적 삶의 깨우침 앞에 서면 "얼룩을/ 만들고 지우고……" 하는 일상의 과정은 풍경처럼 대상화된다. 시적 양식이 현대시의 담론 구조를 섭수하는 과정에서 시조 양식의 고유한 응축적 절제와 여백의 미감이 다소 약화되는 모습을 보이고 있으나, 시인의 인생론에 대한 근원적 발견의 언어가 선명하게 음각되고 있는 점이 표나게 드러난다.

위에서 살펴본 바처럼 서우승은 "이승과 저승의 틈새/ 실눈 뜨면 보이는 날"(「그 분의 하늘 아래선」)을 잡아 "카메라탐방"의 창작론을 시도하고 있다. 카메라의 작은 렌즈가 드넓은 세계를 담아내듯이 그는 간결한 시조 양식을 통해 우주적 상상력을 펼쳐내고 있는 것이다. 그러나 그의 시 창작 방법론은 후기로 접어들수록 일상적 소재와 주제의식의 범주로 함몰되는 성향을 드러내는 것도 사실이다. 이때 그의 시조 세계는 작은 형식 속의 작은 내용에 그치는 아쉬움을 노정한다.

다들 벗으니
마침내 정직하구나
별의별 치장으로 가리웠던 저 진실들
더러는
훈장만 같은
흉터로
편력도 읽고

다들 벗으니
마침내 평등하구나
빈부가,
상하가,
헛기침이,
조아림이,
증기 속
한데 어울려
세상과도
화해하네.

—「목욕탕에서」 전문

현대시의 담론 양식을 섭수하여 비교적 큰 형식을 지향한 변격 시조이다. 그러나 정작 시조의 내적 영토는 "목욕탕" 내부만큼이나 협소하다. 1연에서의 "치장/훈장/흉터" 등의 어사나 2연의 "빈부/상하/헛기침/조아림" 등의 어사의 반복이 오히려 시조 미학의 창조적 영토를 침해하고 있는 형국이다. 그래서 시적 주제 의식 또한 심원한 깊이로 나아가지 못하고 표층적인 상투성에 머무르고 있다.

물론, 이러한 세태 비판의 시편도 나름의 의미를 지니겠지만 굳이 시조 미학을 통해 드러낼 필요가 있겠는가? 하는 질문을 던지게 된다. 「반세기를 끌어안은 날」과 같은 시사적時事的 소재를 다룬 시편이나 「이런 연상」과 같이 지나친 서술적 시편의 유형들에서 특히 시적 상투성과 의미의 단순성이 노정되고 있다. 앞에서 이미 강조한 바대로 동양의 회화 미학에서 회자되는 '만획萬劃의 근원으로서의 일획'(중국의 화가 석도는 "一劃이 萬劃이다"는 명제를 강조한다)과 비견되는 단형 시조의 미학적 원리가 현저히 약화되고 있다. 서우승은 가장 작지만 가장 큰 역설적 형식론이 시조 장르의 미학적 특성이란 점을 스스로의 창작 세계를 통해 비교적 선명하게 보여주고 있다고 할 것이다. 이 점은 또한 그가 자신의 시조 미학이 지향해야 할 좌표를 창작 체험을 통해 스스로 확인하고 있다고 표현할 수도 있을 것이다. "바다와" "산"을 "내통"시키는 오월 햇살의 "피라미 떼"(「카메라탐방－필름 20」)를 단형의 시조 속에 펼쳐내는 "카메라탐방"의 창작 방법론의 재활약을 거듭 기대한다.

절제와 절정의 정신사를 위하여

–정수자의 시조 세계

시조는 절제의 미학을 기본 속성으로 한다. 3장 6구의 정제된 형식을 통한 응축과 긴장의 언어 의식이 시조 양식의 기반을 이룬다. 시조의 형식 미학은 고려시대 말엽 이후 500여 년 동안 유가적 도와 이념의 응집된 예술적 승화를 온전히 감당해왔다. 그리하여 불안, 격정, 욕망, 슬픔 등의 원초적 정서들도 시조 양식을 통해 형상화되면서 전아한 미감과 절도를 지니게 되는 특성을 보인다. 마치 작은 창을 통해 외부 세계를 응축적으로 바라보고, 드넓은 외부 세계를 작은 창 속에 응축적으로 불러들이는 것과 같은 이치이다. 물론, 이러한 시조 양식 역시 정형의 틀을 벗어나는 경우가 없는 것은 아니다. 그러나 정형의 틀을 벗어나는 엇시조, 사설시조 등의 경우도 안정 속의 일탈, 절도 있는 파격미의 범주에 속한다.

그러나 조선시대의 500여 년 동안 절정을 이루었던 시조의 영예는 근대사회로 접어들면서 자유시에 내어주게 된다. 시조의 단아한 정형이 다층적으로 다변화하는 근대사회에 창조적 대응력을 지니지 못한다는 것이 주된 배경이다. 그럼에도 불구하고 오늘날에도 시조의 창작 전통이 면면히 이어지고 있다. 그 주된 이유 역시 시조의 단아한 절제의 미학에서 찾아볼 수 있을 것이다. 형식과 내용의 무한 자유, 이미지의 과잉, 언어의 과소비 등이 심화될수록 시조의 담박한 미적 구조의 의의와 가치는 새삼 주목된다. 시 작품에서 이미지와 언어의 과소비는 사상과 감정의 과소비와 생활 태도의 방만함을 조장하기 쉽다. 이것은 마치 일상생활에서의 과소비 풍조의 조장과 다르지 않다. 지나친 소비가 개인은 물론 사회의 건강한 생활을 해치듯이 언어의 과소비 역시 인간과 사회의 건전한 정서적 삶을 해치게 된다. 언어의 물량 위주의 과소비는 그 자체로 자본주의의 과소비적 행태에 결탁하는 결과를 초래하기 쉽다. 자발적 가난의 언어가 청빈한 삶의 가치와 정신을 각성시키고 인도하는 거울이 될 수 있기 때문이다.

또한, 현대 시단은 포스트모더니즘과 해체의 시학을 통과하면서 가치의 다원화와 사고의 민주주의의 무한 확장을 이루어내었으나 한편으로 스스로 소통 부재의 고립된 개별성에 갇히는 결과에 봉착하기도 했다. 개성의 강조가 폐쇄적인 고립을 가져오기도 했다는 것이다. 따라서 시조의 경우와 같은 보편적 양식에 대한 향수를 지니게 된다. 지나친 개성의 추구가 오히려 보편적인 공통된 양식을 불러오는 계기로 작동할 수 있다는 것이다.

이렇게 보면, 오늘날의 시단에서 요구되는 시조의 중요한 가치는 절제의 미학과 보편적 양식에 대한 향수로 요약된다. 물론, 여기에서 강조하는 절제의 미학과 보편적인 양식이 지나치게 고답적일 필요는 없을 것이다. 오늘날의 문화적 소통과 감각에 창조적으로 대응하는 형식적 변이는 적극적으로 검토되어야 한다. 그러나 이러한 형식적 변이 역시 우리 시대가 요구하는 시조의 창작 원리가 시조 고유의 절제의 미학과 보편적 양식이라는 전제 속에서 전개되어야 할 것이다.

정수자의 시조집 『허공우물』은 시조 양식의 지속성과 변화의 미의식에 대한 균형 감각 속에서 담박한 정서적 미감을 견지하고 있다. 그에게 '시조란 무엇인가?'라고 물으면 다음과 같은 "금강송"을 그려 보여줄 것이다.

군말이나 수사 따위 버린 지 오래인 듯

뼛속까지 곧게 섰는 서슬 푸른 직립들

하늘의 깊이를 잴 뿐 곁을 두지 않는다

꽃다발 같은 것은 너럭바위나 받는 것

눈꽃 그 가벼움의 무거움을 안 뒤부터

설봉의 흰 이마들과 오직 깊게 마주설 뿐

조락 이후 충천하는 개골의 결기 같은

팔을 다 잘라낸 후 건져 올린 골법 같은

붉은 저! 금강 직필들! 허공이 움찔 솟는다

—「금강송」 전문

시적 화자의 "금강송"을 향한 경이와 미적 지향성이 드러나고 있다. "금강송"은 모든 "군말이나 수사 따위"의 장식을 배제한다. 오직 "서슬 푸른 직립"으로 "하늘의 깊이"와 이치를 터득하기 위한 거경궁리居敬窮理의 의지만이 충일할 뿐이다. "금강송"은 점점 "조락 이후 충천하는 개골의 결기"로 무장한다. 이제 "금강송"은 그 자체로 "허공"을 "움찔" 떨리게 하는 "금강 직필"의 문자가 된다.

바로 이와 같은 "금강 직필"의 문자가 바로 시조 양식의 본령이라고 할 것이다. 도저한 내성의 탐구를 통해 "허공"과 피뢰침처럼 강렬하게 공명하는 "금강송"의 결기가 바로 시조 미학의 궁극적인 형식이고 내용인 것이다.

다음 시편 역시 시조의 양식과 창작 원리의 표상을 읽어볼 수 있다.

은자隱者같은
꼿꼿한 시간의 표백 같은

혹은
손이 희어서 슬픈 자작 같은

제 안만
오롯이 보다
뼈가 된
고독 같은

그 결에
하늘 못의 심연을 훔친 듯한

장백長白의
물보라를 늠연히 세운 듯한

뼈마다
경이 들릴 듯
눈 시리다

은빛
직립

—「백두산 자작」 전문

"백두산 자작"이란 무엇인가? "꼿꼿한 시간의 표백"을 통과하면서 육탈의 "뼈"만 남은 "은빛 직립"의 결정체이다. 그러나 "고독 같은" "뼈"에는 "하늘 못의 심연"과 "경"(팔만대장경)들의 뜻이 체화되어 있다. "제 안만/ 오롯이 보"던 내적 수행의 공력이 백두산과 천지의 기상과 뜻을 견고하게 내면화하고 있었던 것이다. "백두산 자작"의 정신세계가 "백두산 자작"과 같이 절제된 언어 형식을 통해 노래되고 있다. 이처럼 어떤 허상도 배제한 채, 겨울나무처럼 견고한 "은빛/직립"의 형식이 "은빛/직립"의 정신사를 머금고 있었던 것이다. 이 점은 절제의 형식이 절정의 내용을 뿜어낼 수 있다는 사실을 보여주는 대목이기도 하다. 이것은 또한 시적 장식과 이미지의 과잉이 삶의 태도의 방만함을 조장하기 쉽다는 논법이기도 하다. 이렇게 보면, 정수자의 시 창작 원리는 "금강송"과 "백두산 자작"으로 표상할 수 있는 견고한 내성의 미의식으로 요약된다. 물론, 그의 이러한 시적 성취는 전통적인 시조 양식의 절제의 미학적 특성에서 기인한다. 그는 전통적인 시조 양식에 충실하면서 현대적 변용을 효과적으로 시도하고 있는 것이다.

물론, 시조의 절제와 절정의 미학이 초장, 중장, 종장의 기본 형식에 의해 이루어지는 것만은 아니다. 시조의 구성 원리는 병렬(초장, 중장)과 접속 종결(종장)의 율동적인 전개 방식에서 찾아진다. 병렬－접속 종결의 미적 구조는 조화와 균형의 비주신형非酒神形 미학과 전환의 미감을 추구하는 주신형酒神形의 미학을 동시에 포괄한다. 비주신형적 주신형의 시형은 무질서 속의 질서, 비균제 속의 균제, 무기교 속의 기교를 우리 전통 미학으로 하는 본원적 미학에 어울리는 것으로 파악된다(최준식, 『한국미, 그 자유분방함의 미학』). 정수자의 시조가 이러한 단시조의 원형을 그대로 재현하고 있는 것은 아니다. 그는 단시조의 특성에 입각하여 이를 확장 발화하는 현대적 변용을 시도하고 있는 것이다.

> 윗돌이 아랫돌을 온몸으로 끌어안는
> 아랫돌이 윗돌을 온몸으로 받쳐주는
> 성벽의 잇짬들마다 시간이 지긋 들어

때때로 치고 가는 눈과 비와 바람의
오래 기른 무늬들을 죄다 받아 적은 듯
시간의 거멀못 같은 돌 틈마다 꽃밭일레

李代老味 金自斤老味 울근불근 땀내도
그 속에 전부 스며 한 결을 일구는지
느꺼운 시간의 꽃들 벽을 안고 화엄일레

―「화엄 화성」 전문

3연의 연시조이다. 각 연의 초장, 중장이 상황의 병렬이라면 종장은 시상의 갈무리를 통한 응축적인 전환에 해당한다. 초장과 중장에서의 보여주기의 열림이 종장에서 의미 규정의 닫힘으로 정리되고 있는 것이다. 그리하여 초장과 중장은 감각적 구체에 가깝고 종장은 추상적 관념에 가깝다. 1연에서의 초, 중장은 성벽의 돌들이 쌓여 있는 구체적 감각이고 종장은 관념적인 시간이다. 아랫돌과 윗돌의 "끌어안고" "받쳐주는" 풍경은 시간의 감각적 표상이었던 것이다. 2연에서는 성곽의 돌 틈 사이의 흔적과 자욱들에 주목하고 있다. 풍상의 여정에 대해 "시간의" "꽃밭"이라는 명제를 부여하고 있다. 3연은 화성 성벽의 스밈과 짜임 속에서 이루어진 "한 결"에서 시간의 화엄적 신성성을 읽어내고 있다. 각 연들이 기본적으로 병렬(열림)과 전환(닫힘)의 미의식을 근간으로 하고 있다. 또한 개별적 독자성을 지닌 각 연을 병풍을 펼치듯 펼쳐서 전체적으로 조망하면, 1연과 2연의 적층을 거쳐 3연에 이르러 포괄적인 전환의 마디절이 성립되고 있음을 볼 수 있다. 1연과 2연에 걸쳐 성벽 틈새의 풍경으로 감각화되고 있는 시간 의식이 3연에 이르면 화엄의 시간 의식으로 결정화되고 있는 것이다.

시조의 절제미와 병렬과 전환의 구조를 통해 감각과 관념, 구체와 추상, 순간과 영원의 동시적 연속성이 응축적으로 형상화되고 있는 현장이다. 이 때에 정수자의 시 세계 역시 가장 높은 미적 완성도에 이른다.

한편, 이러한 논의의 연장선에서 다음 시편의 구성 양식을 살펴보기로 하자.

쓰라린 기억들이 집을 찾아 나섰네
상처의 길을 따라 자릴 잡고 앉더니
한 열흘 포진을 할 듯
자위가 자못 붉네

그 속으로 물의 집이 가둬가는 시간과
그 밖으로 터질듯이 부푸는 대치 끝에
소소한 가려움조차 화인으로 남을지니

딱지란 견딘 만큼의 시간의 허여임을
흉터란 또 그 시간의 겸허한 봉인임을

이르듯
무른 과일께로
고요히 드는
가을

—「물집의 시간」 전문

연시조를 전체적으로 조망하면 1연과 2연이 각각 초장과 중장에 해당되고 3연과 4연은 종장에 해당된다. 물집이 생성되는 과정과 그 의미에 대한 묘파가 순차적으로 전개되고 있다. 1연의 "상처"와 "포진"의 시간을 거쳐 2연에 이르면 "물의 집"이 만들어지고 3, 4연에 이르면 시상의 전환을 통한 의미 부여의 마디절이 형성된다. "물의 집" 즉 물집은 상처의 기록이고 "딱지"와 "흉터"는 그 "견딤"과 "겸허한 봉인"의 과정에 해당된다. 그리고 이러한 일련의 과정이 이른 "가을"을 스스로 맞이할 수 있는 준비로서 의미를 지닌다. 여기에서 종장이 선명한 전환의 미감을 보여주지 못하는 것은 4연을 설명하는 3연 때문이다. 절제의 미학을 미덕으로 하는 시조 양식에서 설명하기는 항상 경계해야 할 것이다. 절제의 미학을 특장으로 하는 시조에서 군더더기는 어느 장르보다 시적 긴장과 내밀성을 치명적으로 약화시키는 요인이 되기 때문이다.

한편, 이와 더불어 시조의 미적 완결성은 병렬–전환의 구조에서 종장의 낙차 큰 전환의 미의식이 중요한 관건으로 파악된다.

벚꽃 참꽃 사람꽃이 흐드러진 청명 나절

그중 외진 개울가에 자리 편 두 노인네

빈 병만 벌렁 눕힌 채 하염없이 물을 보네

쌍계 십리 꽃구름이 천상으로 가든 말든

유정천리 꽃사태에 산이야 지든 말든

연분홍 물굽이 따라 마음굽이 흠씬 젖네

–「쓸쓸한 소풍–봄날은 간다」 전문

종장이 앞에서 전개된 시상과 변별되는 새로운 전환의 마디절을 선명하게 부각시키지 못하고 있다. "연분홍 물굽이 따라 마음굽이 흠씬 젖네"라는 종장의 시상은 앞에서 전개된 봄날의 정경의 평면적인 연장선에 놓인다. 그래서 시적 정서가 봄날의 상투적인 감흥의 범주에서 크게 벗어나지 못한다. 종장의 마디절이 낙차 큰 시상으로 새롭게 확산될 때 시적 의미의 중층적 탄력성이 배가될 수 있을 것이다. 다시 말해, 찰나와 영원, 범속과 신성, 구태와 새로움, 슬픔과 환희, 그늘과 빛을 서로 연속성 속에서 소통시키고 공명시키는 동력은 종장의 전환의 마디절의 유현한 역동성에서 가능하다.

정수자의 시조집『허공 우물』은 인생론에서부터, 일상성, 여행, 산수 경물 등의 비교적 다양한 소재를 자발적 가난의 언어의 골법과 묘용을 통해 노래하고 있다. 그러나 그의 시조는 대체로 높은 성취도를 보이는 절제의 미감에 비해, '병렬－전환'의 미적 구조에서 전환의 수렴과 확산의 동역학이 미약한 아쉬움을 드러낸다. 특히 3부의 주류를 이루는 여행 시편들의 경우 병렬적 묘사의 범주를 넘어서는 상상적 지평의 심화와 확산이 전개되지 못하고 있다. 그래서 이들 시편에서는 새로움과 인식적 확장이 주는 역동성과 해방감을 감지하기 어려운 것이 사실이다. 자연 경물을 묘파하는 서경의 단계를 비약적으로 넘어서는 인식론적 사유가 드러난다면 그의 시적 완성도 역시 더욱 높이 비약할 것으로 보인다.

서두에서 지적한 바처럼, 현대 시사에서 조선시대 500여 년 동안 문학의 가장 중심부에서 유가의 이념과 도를 예술적으로 형상화해온 시조의 영예가 자유시로 넘어간 것이 사실이다. 그럼에도 불구하고 오늘날 시조 창작이 활성화되고 있는 것은 시조의 보편적인 절제의 양식과 전환의 미적 구조를 통한 소통과 의미의 확대, 심화에서 찾아진다. 따라서 오늘날 현대시조는 전통시조 미학의 이러한 미덕을 더욱 확장하여 오늘날의 시대정신의 절정을 응축적으로 직시하고 표현하는 방안을 꾸준히 모색해야 할 것이다. 현대시조가 현대자유시의 흉내 내기가 되면서 자신의 본령의 상실을 경계해야 하는 까닭이 여기에 있다.

그리하여 그의 다음과 같은 시편은 그의 시적 삶의 자세이면서 동시에 오늘날의 현대시조가 가야 할 이정표로서 빛을 발한다. "옛 시에 기대어 겨운 봄을 건너"면서 동시에 "홀로 깊어"가는 "늑골에 되우 걸리는 시"를 향한 창작 정신이 읽혀지기 때문이다.

옛 시에 기대어 겨운 봄을 건너가네

꽃샘이 가끔 일어 꽃술에 볼 붉히듯

그 곁에 꽃가지 하나 당신께 휘어지듯

하냥 그린 꽃사태를 다시 이냥 보내고

먼 낙화 그림자에 하염없이 물 고이듯

늑골에 되우 걸리는 시만 홀로 깊어라

—「옛 詩에 기대어」 전문

시조 미학과 거경궁리居敬窮理의 언어

-백이운의 시조 세계

1.

일찍이 최남선은 시조에 대해 "조선인이 가지는 정화적精華的 전통의 가장 오랜 실재"로서 "시방까지의 그 최대건립最大建立이오 또 언제까지든지 그 일대세력一大勢力은 의심할 수 없"(『時調類聚』, 1928)다고 했다. 그의 전언대로 시조는 21세기의 중심부로 진입하고 있는 오늘날에 이르기까지 꾸준히 쓰여지고 읽히고 있다. 그렇다면 이처럼 시조가 민족적 정화로서 지속적으로 생명력을 유지할 수 있는 배경은 무엇일까? 시조 미학의 본질과 연관된 이러한 질문에 대한 응답은 시조의 내용 가치와 형식 미학에 대한 다양한 논의를 통해 가능할 것이다. 그러나 기본적으로 형식이란 내용의 반영이며 결정체로서의 속성이 있다는 점을 감안할 때, 시조 미학이 추구하는 내용 가치의 원형을 살펴보는 것이 우선되어야 할 것이다.

시조는 발생 초기부터 중심 창작층이 사대부였다는 점에서 보듯 성리학적 이념과 풍류의 미의식이 기본 요소를 이룬다. 사대부들은 성리학적 이념의 탐구와 실천을 모색하면서 풍류의 격조를 구가하는 삶을 시조 양식을 통해 추구했던 것이다. 성리학적 이념의 시적 추구는 학문적 삶은 물론 정치, 교육, 문화의 국면으로 다양하게 변주되어 훈민, 학문, 송축 등의 양상으로 나타난다. 성리학적 이념의 시적 추구 방식은 거경궁리居敬窮理의 양상을 특징으로 한다. 주자朱子가 학문하는 방법에 대한 설명으로 사용한 거경궁리는 학문하는 이론적 방법이면서 학문을 통하여 얻어진 가치 실현의 실천적 방법을 가리킨다. 궁리라는 이론적 학습을 통해 앎을 얻고 거경이라는 구체적인 행위를 통해 앎을 실천한다. 물론 여기에서 거경궁리가 지향하는 궁극은 인간과 우주의 존재 원리와 본체에 해당하는 '이理' 혹은 도道의 세계에 해당한다. 따라서 시조가 보여주는 거경궁리의 성향은 인간과 우주의 존재 원리와 본성을 찾고 이를 생활 속에 내면화하는 양상으로 나타난다. 따라서 시조의 미의식은 희로애락애오욕喜怒哀樂愛惡慾의 감성이 아니라 지극한 도를 깨닫고 실천하는 법열法悅의 기쁨에 가깝다. 시조는 거경과 궁리라는 학문의 조화, 시적 자아와 학문과의 일치를 위한 학문 수양을 지향하고 이를 생활 속에 실천하는 삶을 주조로 했던 것이다.

물론, 시조 양식은 점차 조선시대 중기를 넘어서면서 엇시조, 사설시조를 거쳐 오늘날의 현대시조로 이어지는 형식적 변주와 더불어 성리학적인 학문, 훈민, 송도, 강호의 주제론이 점차 가라앉고 생활 세계의 정서와 감각이 전면에 떠오르게 된다. 물론, 이러한 변화가 거경궁리의 미의식을 원형으로 하는 시조의 태생적인 생리로부터 완전히 벗어나는 것은 아니다.

지금까지의 논의는 앞에서 제기한 시조가 오늘날까지 창작되고 있는 주된 배경에 대한 대답으로 거경궁리의 미의식을 제시하고자 한 셈이다. 이것은 시조의 정제된 형식적 절조는 삶의 존재론적인 본성과 근원에 대한 진지한 탐색과 실천 의지의 응결체로서 해석되기 때문이다. 오늘날 현대시의 위세가 시단의 전반을 압도하고 있으나 한 켠에서 시조가 지속적으로 쓰여지고 발표되는 것은 인간과 우주의 근원적 존재 원리에 대한 인식과 실천의 문제가 한시적인 역사성을 넘어서는 영원성을 지니기 때문인 것으로 해석된다. 이러한 논의에는 현대시조의 경우 매우 다양한 양상의 변주를 보이고 있지만, 그러나 현대시와 변별되는 시조의 정체성으로 절도 있는 정제미의 형식론적 특성과 더불어 거경궁리의 미적 추구를 지속적으로 견지하는 것이 바람직하다는 인식을 전제로 한다. 이것은 현대시의 압도적 위세 속에서도 시조가 지속적으로 생명력을 유지할 수 있는 존재론적 거점이며 가치로서 의미를 지닌다고 할 것이다.

2.

백이운의 시조 세계는 이와 같은 시조의 존재론적 의미와 가능성에 대한 문제의식을 제기하게 한다. 그의 시조 세계는 주로 일상적 삶의 세계를 바탕으로 하고 있으나 거경궁리의 언어의식을 통한 자신과 세계의 존재론적인 근원과 본질에 대한 인식이 표나게 두드러진다. 그리하여 그의 시조는 일상 속에서 환기하는 신성, 이성적 영역 속에서 소통하는 영성의 요소가 빈번하게 드러난다.

먼저, "神의 길"과 "궁리"의 언어 세계가 노래되고 있는 다음 시편을 살펴보기로 하자.

내 안에 길이 있어 神이 지나다녔네
그 길은 행복했네 갈 데 없이 행복했네
길 또한 신이 되는 길을 골똘히 궁리했네.

내 안에 길이 있어 窮理가 지나다녔네
그 길은 행복했네 올 데 없이 행복했네
그 길도 천제가 되는 길을 궁리하고 궁리했네.

신이 되는 길을 궁리하던 궁리와
천제가 되는 길을 궁리하던 궁리가

의좋게 합세하는 길을 궁리하고 궁리했네.

—「옛날옛적에 窮理가 있었네」 부분

"내 안에 길이 있어 신이 지나다녔"다는 인식은 신기통神氣通의 원리를 환기시킨다. 조선 후기의 실학자 최한기가 설명하는 신기통의 이치에 귀 기울여보면, "하늘이 낸 사람의 형체形體는 모든 수용須用을 갖추고 있는데, 이것이 신기를 통하는 기계(器械, 신체의 기관)이다. 눈은 색을 알려주는 거울이고, 귀는 소리를 듣는 대롱이고, 코는 냄새를 맡는 통筒이고, 입은 내뱉고 거둬들이는 문門이고, 손은 잡는 도구이고, 발은 움직이는 바퀴이니, 통틀어 한 몸에 실려 있는 것이요, 신기神氣는 이것들의 주재主宰이다." 이와 같은 신기의 주재가 있음으로 인해 비록 어리석은 사람이라 할지라도 "눈으로 보고 귀로 들으며 코로 냄새 맡고 입으로 맛보며 손으로 잡고 발로 다니는 것과 목마르면 마시고 주리면 먹는" 과정들을 태어나면서부터 오차 없이 시행할 수 있는 것이다. 이러한 신기는 궁리를 통해 터득되고 발현될 수 있다. 궁리는 "내 안에" 있는 "神"을 깨우고 발현시키는 작용을 한다. 물론, 여기에서 "神"이란 자신의 삶을 관장하는 우주 생명의 본성을 가리킨다. 인간은 안으로 닫힌 개체 생명이면서 동시에 우주적으로 열린 영성한 존재인 것이다. 따라서 "궁리"를 통해 "내 안"의 "길"로 지나다니는 "神"을 발견함으로써 "길" 또한 스스로 "신이 되는 길"을 궁리할 수 있게 된 것은 자연의 이법과 도道의 원리에 따른 근원적 삶에 대한 추구와 갈망으로 해석된다.

백이운의 시 세계에서 신기통에 입각한 "궁리"의 면모는 구체적인 일상사 속에서도 발견된다.

① 매화가지 몸을 굽혀 무슨 말을 할 듯 말 듯……
정적의 한순간 한 꽃잎 떨어져
찻잔에 파문도 없이 神의 길이 열린다.

—「속삭임」 전문

② 너의 향기 끝내는 난초꽃으로 오는구나
정릉 숲 골짜기에 조그맣게 숨어서
심령의 밑바닥까지 퍼올리고 있구나

—「白露에」 전문

③ 황금빛 가사장삼 화려하게 둘렀다가도
때 되자 미련 없이 떨치고 가는 나뭇잎
가서는 제 뿌리 곁에 나부죽이 엎드렸네.

—「本色」 전문

시 ①에서 시적 화자는 매화차 잔을 앞에 놓고 있다. “몸을 굽혀 무슨 말을 할 듯 말 듯”하던 “매화가지”가 낙화의 광경을 통해 내밀한 말을 전하고 있다. 매화 “꽃잎”이 “파문”도 없이 “神의 길”을 열어놓고 있었던 것이다. 영성한 “神”은 이처럼 일상생활 주변에서도 늘 함께한다. 다시 말해, 우주 생명의 이법은 일상사를 주재하는 운행 원리이기도 한 것이다.

시 ②는 “향기”로 다가오는 “너”를 묘사하고 있다. “정릉 숲 골짜기에 조그맣게 숨”은 “난초꽃”의 향기에도 절대적인 신의 모습이 반사되고 있는 것이다. “난초꽃”의 개화는 우주적 협동의 산물이다. 다시 말해, 모든 삼라만상은 독자적 개체이면서 동시에 우주적 자아인 것이다. 이때 신의 존재성이란 인간은 물론 모든 삼라만상에 내재하는 우주적 영성을 가리킨다. 시 ③은 “나뭇잎”을 통해 자연의 이법의 “本色”을 그리고 있다. “황금빛 가사장삼”을 “미련없이 떨”친 나뭇잎의 생애에서 우주생명의 운행 원리를 읽어내고 있다.

이처럼 근거리에서 포착된 신의 존재성을 원거리에서 바라보면 다음과 같은 풍경을 펼쳐 보인다.

초여름 늦은 비가 점호하여 지나간 뒤

뒤뜰 개구리 떼 일제히 발 구르고

하늘은 귀를 막고서 초승달만 내보냈다.

—「견디다 못해」 전문

신의 존재성이 "하늘"로 구체화되어 나타나고 있다. "귀를 막고" 있는 "하늘"은 정적인 모습을 보이고 있지만 사실은 매우 분주하게 움직인다. "초여름 늦은 비"를 내려 "개구리 떼 일제히 발 구르"도록 하고, "초승달"이 창공으로 떠오르도록 한다. 하늘은 아무 일도 하지 않는 듯 태연하게 머물러 있으면서도 정작 하지 않는 일이 없다. "개구리"의 울음소리에도 "하늘"의 섭리가 작용하고 있음을 흥미롭게 노래하고 있다.

이와 같은 "신"의 현신 혹은 "하늘"의 운행 원리를 인간사에 대응시키면 "따뜻하고 슬픈 운명"의 표정으로 나타난다.

無慾의 계절을 완성하기 위하여

여인은 고개 숙여 담배에 불을 단다

연기에 피어오르는 따뜻하고 슬픈 운명

아득한 마음의 발 지친 벌판을 달려

忍苦랄 것도 없는 無盡 꽃을 피우고

시간은 상채기 하나 없이 마구 잎을 날린다.

—「소품」 전문

인간 삶이 하늘의 운행 원리에 순응하는 것은 스스로 "無慾의 계절을" 사는 것이다. 물론 "無慾의 계절"은 인간의 선택 사항이 아니라 "시간"이 만들어내는 세계의 본모습이다. "시간은 상채기 하나 없이" "無盡 꽃을 피우고" "마구 잎을 날린다." "황금빛 가사장삼"도 모두 "때 되자 미련 없이 떨"(「本色」)쳐내야 하는 나무의 존재와 상응한다. 다시 말해, 무욕의 삶을 사는 것이 "시간"

의 원리에 순응하는 것이며 "하늘"의 이법을 내면화하는 것이다. 그리고 이것이 또한 인간 삶의 "따뜻하고 슬픈 운명"의 실체인 것이다.

그렇다면 인간 삶에서 "무욕의 계절" 혹은 하늘의 이법이 가장 잘 구현된 경우는 언제일까? 그것은 천진무구한 어린 시절이다. 어린아이는 인간의 근원적 모습이며 가장 자연에 가까운 형상인 것이다. 그래서 어린아이는 누구나 "부처"이다.

> 小金井 작은 하늘이 지상으로 길을 놓아
> 굴렁쇠를 굴리며 내달려온 이가 있다
> 둥그런 세상을 여신 또 한 분 아기 부처.
>
> 동그랗게 입을 모아 '우'하고 불러보고
> 환하게 웃음 지으며 '희'라고 불러주면
> 저쪽 별 이름은 잊고 까만 눈만 깜빡인다.
>
> 아기 부처가 활짝 펴든 세상은 환한 연꽃
> 연꽃 사랑 연꽃 웃음 한 입 가득 물고서
> 오늘은 優希란 한 송이로 하늘다이 우뚝하다
>
> ―「優希란 이름의 부처」 전문

"하늘이 지상으로" 놓은 "길을" 따라 "한 분 아기 부처"가 "굴렁쇠를 굴리며 내달려" 오고 있다. 하늘 "저 쪽 별"에서 이곳으로 건너온 것이다. "아기 부처"에게 "하늘과 땅 사이는 진진한 삶의 놀이터"(「生, 기쁨 뒤에 오는」)이다. 천상과 지상, 신성과 세속이 연속성을 지닌다. 그가 "펴든 세상"이 "환한 연꽃"이기 때문이다. 스스로 "연꽃 사랑 연꽃 웃음 한 입 가득 물고" 있는 어린아이에게 지상은 천상과 다를 바 없다. 이처럼 천상의 원리가 지상에서 향유되면 지상이 곧 천상인 것이다.

한편, 백이운의 시조 세계에서 지상과 천상, 이성과 영성의 혼재와 연속성은 다음과 같은 간곡한 그리움의 언어를 통해서도 드러난다.

어머니가 저쪽 나라에서 신호를 보내신다

나는 이쪽 나라에서 그 신호를 받는다

손거울 마주치면서 歡喜하는 한순간!

—「번개」

필시 무슨 기쁜 일 그곳에 있는 게야,

어머니 손전등 켜들고
내 집 지붕 비추시니.

하늘은
잎새 한 장도
허투루 떨구지 않네.

—「기별」

지상과 천상, 이승과 저승, 삶과 죽음의 경계가 무화되고 있다. "번개"의 불꽃을 어머니와 나의 "손거울"의 조우로 표현하고 있다. 시적 화자와 죽은 어머니가 서로 교감교통하고 있는 찰나이다. 죽은 어머니는 화자의 반응이 없을 때에도 수시로 나타난다. "그곳"에서 기쁜 일 있으면 "손전등 켜들고/내 집 지붕 비추시"기도 한다. 어머니는 자신이 다녀간 자리에 "잎새"를 흔적으로 남긴다. 시적 화자는 "잎새 한 장"에서 어머니의 자취를 느끼고 있는 것이다. 이성적 영역과 영성적 영역이 동시에 소통하는 모습을 보여준다.

이와 같이 세속과 신성, 이성과 영성의 영역이 연속성을 이루는 백이운의 시적 삶의 지평은 자연스럽게 웅혼한 풍류의 미감을 거느리게 된다.

① 천하 명가에 비전된
寶刀 한 자루 있었네
바람을 가르면
붉은 꽃잎 날렸네
안개비 흩뿌린 날엔
太虛보다 아득했네

―「寂」 전문

② 계곡 물에 발 담그고 졸다 말다 바윗돌들
물소리 풀어놓고 소리개를 날린다
눈인사 하는 둥 마는 둥 제 갈 길로 가는 바람

―「百潭에서」 전문

③ 초여름 땡볕을 머리에 담뿍 이고
조막만한 모과가 툭, 툭 떨어진다
지구의 중심을 향해 자신을 던지는 거다
익기를 기다리지 않고 고스란히 바치는
모과 같은 사랑 있어 가을은 또 오는 거다
저토록 사무치게 기리는 누군가가 아름답다

―「願」 전문

작은 시조의 형식 속에 어느 현대시에서도 찾아보기 어려운 크고 웅혼한 기개와 기운이 펼쳐져 있다. 시 ①의 "寶刀 한 자루"가 바람을 가르자 "붉은 꽃잎" 흩날린다. 신천지가 열리는 개벽이 일어나고 있는 것이다. 시적 화자는 이처럼 웅혼한 스케일을 지니고 있기에 "안개비" 내리는 정적에서 우주가 열리던 아득한 태초의 "太虛"를 응시할 수 있다. 생명의 에너지로 충만하던 기원의 시간의 신성성이 서늘하게 감지된다. 도가적 풍류의 현묘한 격조가 느껴지는 작품이다.

시 ②는 백담의 "바윗돌들"과 "바람"의 한가롭고 무정한 듯한 일상이 그려지고 있다. "졸다 말다" 하는 "바윗돌들"이 "물소리 풀어놓고 소리개"를 날리고 있다. "바윗돌들"이 있어서 물소리가 여울지고 "소리개"가 제 흥에 겨워 날게 되는 것이다. 이 점은 바람의 경우에도 크게 다르지 않다. 바람이 있어서 또 다른 무엇인가가 생성되고 신명나고 흥겨워진다. 우주의 모든 삼라만상은 이처럼 중중무진重重無盡의 인드라망의 주체이며 객체이다. 이러한 사정을 바위돌이나 바람은 너무도 잘 안다. 그러나 이들은 서로 "눈인사 하는 둥 마는 둥 제 갈 길로" 간다. 자연이 일러주는 여백과 여유의 멋이며 풍류의 진경이다.

시 ③은 "모과"의 낙과를 "지구의 중심을 향해 자신을 던지는" 사랑으로 느끼고 있다. 모과의 몸을 던지는 간절한 사랑의 행위로 인해 지구에는 가을이 온다는 것이다. 인간사의 범주를 넘어서는 사랑의 담론을 통해 계절적 변화의 계기성을 포착해내고 있다.

이와 같은 시편들이 공통적으로 보여주는 인간과 자연, 세속과 신성, 이성과 영성의 범주를 포괄하는 격조 높은 풍류의 울림은 백이운의 거경궁리의 언어의식이 도달한 시조 미학의 절정이며 아울러 우리시조가 견지해야 할 거경궁리의 지향성에 대한 한 가능성을 환기시킨다.

3.

시조가 우리 민족의 전통적인 문학의 정화로서 지속적으로 창작되고 읽혀질 수 있는 가능성은 어디에서 찾아볼 수 있을까? 이 글은 이러한 문제의식에 대한 응답으로 시조 미학의 본령에 해당하는 거경궁리居敬窮理의 언어 의식을 들고 아울러 이러한 관점에서 백이운의 시조 세계를 집중적으로 살펴보았다. 백이운의 시조 세계는 삶의 일상 속에서 인간과 자연의 존재론적 근원과 본성에 대한 거경궁리의 미적 탐색을 표나게 보여주었다. 그리하여 그의 시조는 현상과 본질, 세속과 신성, 이성과 영성이 서로 소통하고 교감하는 미적 사유의 웅혼한 지평과 여기에서 울려 나오는 현묘한 풍류의 미의식을 보여준다. 시조의 작은 형식이 어느 현대시보다 더욱 깊고 드넓은 사유의 경지를 펼쳐 보이고 있는 것이다. 백이운의 이러한 시적 특장은 그의 소중한 개인적 성과물이면서 동시에 앞으로 우리 시조가 적극적으로 추구해야 할 거경궁리의 미적 가능성을 새삼 진지하게 환기해보는 계기가 된다는 점에서 더욱 중요한 덕목을 지닌다.

제3부

상상과 소통

달과 여성적 지배력

1. 달, 생식과 파멸의 여성성

태양이 남성적인 로고스의 형질에 상응한다면 달은 여성적 에로스의 형질에 상응한다. 태양의 질서가 자연의 카오스적 혼돈을 정돈하고 자연의 힘을 재조직화하는 데 반해 달의 질서는 자연의 풍요와 창조적 힘, 본능적 지혜, 자연법칙의 순응을 지향한다. 따라서 근대 이성주의의 확립 과정은 달의 숭배로부터 태양의 숭배의 대체 역사라고도 할 수 있을 것이다. 근대 이성주의 기획이 가속화되면서 세계의 신비적이고 영성적인 요소들은 과학적 합리주의와 지성에 의해 통제되고 억압되고 배제되어 왔다. 그러나 예술적 상상력은 합리적인 의식의 통제로부터 탈출하여 생명의 근원을 향한 어두운 혼돈의 길을 지향한다. 태양이 숭배되는 시대에 달의 흔적을 탐사하고 있는 것이다.

한편, 해와의 상동관계 속에서 나타나는 달의 여성원칙의 성격은 무엇일까? 그것은 풍요로우면서도 잔인하고 창조적이면서도 파괴적인 양가성이다. 달의 여성원칙이 머금고 있는 자연의 수태, 다산, 번식, 풍만의 이미지들이 태양의 남성원칙과 마주하면 어둠, 하강, 추위, 파멸의 대위적 상반성을 표나게 드러낸다.

동양의 전통적 세계관에서 달의 여성원칙은 음양陰陽의 원리에서 음陰의 기운에 해당한다. 음의 기운은 어둡고 무겁고 차가운 형질을 지닌다. 낮에는 해가 뜨고 밤에는 해가 진다고 할 때, 음의 기운은 해로 표상되는 양의 세력을 제압하는 어둠의 힘이다. 마찬가지로 가을이 되어 여름 햇살의 더위를 누르기 시작하는 세력은 겨울의 추위와 밤이다. 중국인들에게 여성원칙의 원형인 태음太陰은 이빨과 발톱으로 먹이를 움켜쥘 준비를 하고 살금살금 풀밭을 기어가는 호랑이로 표상된다. 그것은 사나운 짐승이라는 사실마저 눈치 채지 못하도록 조심스러운 모습으로 다가와서 해를 삼키는 힘을 발휘하는 형세이다. 여성원칙이 포용적, 통합적, 수렴적인 성격만으로 존재하는 것이 아니라 상호 관계성에 따라 공격적, 확장적, 경쟁적 속성을 지향하기도 하는 것이다. 이것은 마치 그리스에서의 에로스가 사랑의 의미와 더불어 증오의 의미를 동시적으로 지니는 것과 상응한다.

물론 음과 양은 이처럼 대립적인 상극관계의 긴장을 본령으로 하지 않는다. 주역에서 종지宗指로 내세우는 "일음일양지위도一陰一陽之謂道"에서 보는 바처럼 음양의 기운은 상호 작용과 보완의 구조이다. 상대적 대립관계가 스스로 변화의 작용을 추동시켜 균형 잡힌 상생의 계기를 마련한다.

이러한 달의 여성원칙에 대한 인식을 바탕으로, 여기에서는 달의 지배력이 시적 상상에 작용하는 실제 상항을 살펴보기로 하자. 이것은 여성적 기운이 세상을 주도하면서 '달의 축제'(한가위)가 벌어지고 있는 요즈음 절기에 대한 시적 이해라는 점에서 더욱 흥미롭다.

2. 달, 신생의 힘

달의 대표적인 상징성은 여성원칙의 생식과 풍요이다. 원시인들은 달이 여성의 수태 능력의 원천이라고 생각했다. 그것은 임신한 여성들의 배가 달처럼 '부풀어 오르기' 때문만이 아니라, 여성이 달의 주기와 똑같은 월 주기(월경)를 지니는 사실에서 더욱 직접적으로 연원할 것이다. 에스터 하딩에 따르면, 아트족의 여인들은 아기를 가지기를 원하면 초승달의 빛을 받거나 달을 향해 제사를 올린다고 전한다(『사랑의 이해』). 달의 이와 같은 생식, 풍요, 수확 등을 주관하는 마법적 힘은 농사의 과정에서도 밀접하게 나타난다. 씨를 뿌리고 밭을 갈고 추수를 하는 일련의 행위가 달력의 시간 주기에 충실하게 따르고 있음은 그 증거이다.

한편, 이와 같은 생식의 씨앗이며 수호자로서의 달의 마법은 시적 화자의 "미라가" 된 기억을 깨우는 힘으로도 작용한다. 이를 다르게 표현하면, 시적 화자의 기억의 상상력은 생명의 근원 질서에 해당하는 달의 여성성과 만나면서 생기를 회복한다고 할 수도 있다.

미라가 된 성녀여
시신屍身에 꽃을 뿌려놓았던가
어느 페이지에선 향기가 난다
책장의 한구석에 처박혔다
우연히 발굴된 낡은 책을
창가에 서성이며 달빛에 비춰본다

누런 책갈피 속에 꽂힌 꽃잎이
바스라져 있다
영원히 해갈되지 않는,
겨우 배고픔만 면하게 해주는
밥과 같은 그런 언어를,
풍화된 성녀의 치아가
꽉 물고 놓아주지 않는구나

책을 펼치니
엄지와 검지 사이에서 중얼거리던
펜촉이 남긴 밑줄과 메모,
달빛에 부풀어 포자처럼 날아간다
이 밤 향내에 배어
잠들어 있던 기억이
얼룩덜룩한 달그늘 밑을 배회한다

—박형준, 「시신에 밴 향내」 전문(『시작』, 2007. 8.)

"미라가 된 성녀"란 "책장의 한구석에 처박"혔던 오래된 "책"을 가리킨다. "우연히 발굴된 낡은 책을" "달빛에 비춰본다". 오래된 책 속의 언어들은 그 의미를 쉽게 드러내 보여주지 않는다. 바스라진 "책갈피 속"의 "꽃잎"처럼 오래된 "책" 역시 자신을 안으로 단단히 잠그고 있다. "풍화된 성녀"(오래된 책)의 "치아가/ 꽉 물고 놓아주지 않"는 "언어"를 "부풀"게 하여 해방시킬 수 있는 방법은 없을까? 그것은 "달빛"을 받게 하는 것이다. "달빛" 아래에 "책을 펼치"자 "펜촉이 남긴 밑줄과 메모"들이 "부풀어" 올라 "포자처럼" 날린다. 미라처럼 앙상하게 말라 있던 책이 소생하고 있는 것이다. 그리하여 책 속에 "잠들어 있던 기억이" "달 그늘 밑"으로 걸어 나와 "배회"하게 된다. 시적 화자의 기억의 상상력이 "달빛"을 받으면서 살아나고 있는 장면이다. 생명의 근원으로서의 달의 질서가 시적 화자에게 작용하고 있는 열린 공간이다.

3. 달, 악마적인 모성성

달은 해의 남성성과 변별되는 모성적 포용성을 상징하기도 한다. 우리는 지상에서 달을 통해 간절한 원망을 투사하고 위안을 얻는다. 그래서 달을 응시하는 사람은 쉽게 유약해진다. 어느새 달의 모성성에 감싸인 어린아이가 되고 말기 때문이다. 이때, 달은 지상의 내면의식의 거울이면서 동시에 이를 장악하는 힘으로 존재한다.

달은 모래로 뒤덮여 있어
바람이 불면 모래 쓸리는 소리가 들려오지
모래바람 속으로 걸어가 누워봐
부우연 달빛 속 둥그렇게 떠오르는 모래무덤들이 보이지
여기저기 흩어진 모래무덤에서
희디 흰 뼈들이 빛을 뿜어내고 있어
죽어가는 자가 뿜어내는 빛이 지상에 가득 차
세상을 더욱 적막하게 가라앉히고 있어
사방에서 모래가 흘러내려
발등을 덮고 가슴을 덮고 내 온몸을 덮고
아, 나 또한 서서히 모래무덤이 되어가는 걸까
밤새 달이 푹푹 빠지는 달 속을 헤매다 돌아오면
옷깃에서도 구두에서도 모래알이 툭툭 떨어져 내리지
달은 모래로 뒤덮여 있어
아무도 가보지 못한 달의 어두운 저편
거기 내가 누울 자리가 기다리고 있어
바람이 불면 내 몸에서 씻겨 나온 모래알들이
부우연 달빛 속에서 하염없이 흩날리지
허공을 떠다니는 무덤에서 한 방울
눈물이 떨어져 내려도
이내 막막한 허공 어디선가 말라붙어버리지
아무도 없어
아무 소리도 들리지 않아
다만 차가운 어둠 속에서 우리 모두 이렇게

죽어가는 거야

달의 어두운 저편

－남진우, 「달의 어두운 저편」 전문(『현대문학』, 2007. 8)

"달의 어두운 저편"이란 달의 뒷면을 가리킨다. 달은 공전과 자전 주기가 같기 때문에 우리의 육안은 항상 달의 앞면만을 볼 수밖에 없다. 그래서 "달의 어두운 저편"은 우리에게 달의 잠재적인 원시적 지층으로 존재한다.

그렇다면 "달의 어두운 저편"의 내면풍경은 어떠한가? 그곳은 온통 "모래"로 뒤덮여 있다. 모래 더미는 강한 바람을 만나면 쉽게 치명적인 죽임의 공격성을 지니게 된다. 그래서 달에는 "모래무덤"들이 여기저기 즐비하게 흩어져 있다. 달의 표면은 "죽어가는 자가 뿜어내는" 인골의 빛들로 환하다. 달의 치명적인 공격성이 시적 화자를 향해 엄습하기도 한다. 모래바람이 "발등을 덮고 가슴을 덮고 내 온몸을 덮"기도 한다. "나 또한 서서히 모래무덤이 되어가는 걸까". 이 위기의 국면에서 시적 화자는 달을 떠나 '지금, 여기'로 "돌아"온다. 그의 달을 헤매는 방랑은 "밤새" 빠져들었던 몽상의 미로였다. 다시 말해, 달의 풍경은 현실적 자아의 내면의식의 투사체에 다름 아닌 것이다. 그래서 달은 현실적 자아의 삶의 원상과 운명을 비춰주는 반사체이다. 달의 저편에 "내가 누울 자리가" 보인다. 나는 슬픔의 눈물을 흘린다. 그러나 이것마저 이내 흔적도 없이 휘발되고 만다. 오직 그곳에는 소리 없는 죽음만이 있을 뿐이다.

시적 정조의 전반이 과도한 허무와 비애의 감상으로 물들어 있다. 시적 화자의 정서가 유소년의 감상성으로 퇴행한 모습을 감추지 못하고 있다. 그 주된 이유가 무엇일까? 그것은 달의 여성성에서 찾아볼 수 있지 않을까? 여성성의 에로스적 본능은 긍정적인 생성과 부정적인 파멸의 속성을 동시에 지닌다. 그래서 남성들은 여성들에게 부드럽고 풍요로운 모성성을 지니도록 주문함으로써 파멸의 성향의 분출을 예방하려고 한다. 그러나 이것이 남성들이 여성의 악마성으로부터 해방되었음을 뜻하지는 않는다. 에스터 하딩에 따르면 '여성을 어머니처럼 생각함으로써 남성 자신은 어린이로 변하여 자신의 유치함의 희생물이 될 위험이' 있다고 경고한다. 이러한 경우에, 남성은 자신의 유약함의 희생물이 되는데, 그것은 결국 여성성에 장악된 결과를 초래한다. 남성이 여성원칙의 지배력에 종속되는 형국이다.

여기에 이르면 이 시는 달의 여성원칙이 시적 화자를 유약한 퇴행으로 몰고 감으로써 "눈물"과 죽음의 방만한 감상에 젖어들게 한 것으로 해석된다. 다시 말해 이 시편은 달의 "모래바람"의 악마적 공격성이 조장한 남성성의 유약한 퇴행의 희생을 드러내고 있는 것이다.

4. 검은 달, 죽음의 질서

달빛이 전혀 없는 밤의 세상은 어떠할까? 다시 말해 '검은 달'이 지배하는 세상의 풍경은 어떻게 펼쳐질까? "검은 달"은 음의 기운이 극점에 이른 시기이다. 추위, 어둠, 무거움, 하강의 기운이 극성해지면서 세상은 온통 파괴와 어둠의 카오스로 치닫게 된다. 달의 생식과 풍요의 힘이 작동을 멈춘 시간이다. 이때 세상에는 죽음의 "자장가"만이 울려 퍼지게 된다.

> 어두운 대지에 얼굴을 파묻기 위해 차가운 지붕 아래로 흘러내리는 밤, 그걸 두꺼운 담요처럼 덮고 누워 난 오직 하나만을 기억해. 이를테면 단식하는 개들, 개들의 뜨거운 이빨과 허공의 외투를 껴입은 슬픔의 최적량. 그리고 지하도에 누운 늙은 왕의 귓바퀴를 흐르던 마지막 눈물. 오늘 밤을 지나 검은 쥐들은 얼어붙은 강물 위를 달려가고 토할 때까지 꺽꺽 울다가 사라지는 발자국들. 얘야, 입을 다물렴. 누군가 등을 어루만지면 조금 추위를 느낄 수도 있지. 불멸의 잠은 한없이 포근하고 개들의 벌어진 입을 스치는 먼 바람, 고요의 목구멍에 쌓이는 희고 푸른 재. 슬픔을 모르는 늙은 왕처럼 두 팔을 활

짝 벌리면 따뜻한 오줌이 흘러나와

—이기성, 「자장가」 전문(『문학과 사회』 2007년 가을호)

어둠이 "두꺼운 담요처럼" 세상을 뒤덮고 있다. 어디에도 빛의 실마리는 보이지 않는다. 검은 달이 지배하는 세상인 것이다. 어둠의 "허공"은 "슬픔의 최적량"으로 작용한다. 그래서 허공 속에는 슬픔, 눈물, 죽음이 미만해진다. "슬픔의 최적량"에 시달리던 "개들"은 입을 벌린 채 "불멸의 잠"(죽음)에 빠져들고, 지하도에 누운 늙은 왕은 "두 팔을 활짝 벌"린 채 죽어간다. 어둠 속이라고 해서 "검은 쥐들"이 마음대로 활보할 수 있는 것은 아니다. "검은 쥐"들 역시 "토할 때까지 꺽꺽 울다가" 사라지고 만다. '검은 달'이 지배하는 세상은 "슬픔도 모르"고 "추위"도 느낄 수 없다. 모든 생명들이 검은 달의 지배력에 마비되고 질식되어버린다.

이 시편의 시상이 지속된다면 다음 대목에는 어떤 장면이 펼쳐질까? 아마도 귀신들의 세상이 되지 않을까? 고대 신화에서 "검은 달"은 유령들의 우두머리에 해당하는 검은 악마성의 여왕으로 인식되어왔다. 그러나 지상에 이러한 유령의 세상이 결코 오지는 않는다. 음의 기운의 극점인 검은 달은 양의 밝은 빛을 불러오는 근본으로 작용하기 때문이다. "일음일양지위도一陰一陽之謂道"의 수시변통隨時變通의 이치가 작동하는 것이다. 음이 극성해지면 그 음에 막히어 양으로 선회하고 양이 극성해지면 그 양에 막히어 음으로 선회하는 것이 우주의 리듬이다. 그래서 동지冬至는 하지夏至를 향해가는 출발점이고 하지는 동지를 향해가는 출발점이 된다. 따라서 삼라만상을 조락으로 몰아넣는 달의 기운이 주도하는 세상을 맞이하고 있다고 할지라도 너무 허무와 비애에 젖을 필요는 없다. 하강하는 음의 기운은 그 심연으로부터 양의 기운을 불러오는 상승의 동인을 축적하고 있기 때문이다.

마음의 생태와 시적 상상

1. 마음에 관한 단상

마음이란 무엇인가? 라는 질문도 가능할까. 마음의 실체를 알 수 있다면, 마음을 보고 만지고 고치는 사람도 있지 않을까? 마음공부를 위한 용맹정진의 종교적 수련이 이와 직접 관계되지 않을까? 이러한 의문들 앞에 다음의 예화에 귀 기울여보기로 하자.

> 제자 혜가가 달마를 찾아와 말한다.
> "제 마음이 평안을 찾지 못하고 있습니다. 청컨대 제 마음을 편안하게 해 주십시오."
> 이에 달마가 대답한다.
> "어디 너의 마음이란 걸 내놓아 보아라. 그러면 그 마음을 편안하게 해주겠다."
> 한참 동안 침묵이 흐른 뒤 혜가는 마음을 찾아보았으나 발견할 수 없다고 고백한다.
> 그러자 달마가 말한다.

"자, 이제 내 이미 너의 마음을 편안하게 해 주었다."

혜가는 마음을 찾아보았으나 발견하지 못한다. 그에게 마음은 없는 것이었다. 그러나 달마에게 마음은 현존한다. 그래서 그는 상대방의 마음을 자유자재로 치유하고 있다. 그렇다면, 혜가가 찾지 못한 마음과 달마가 치유하는 마음은 서로 같은가, 다른가. 물론 서로 다르지는 않을 것이다. 혜가가 감각적인 층위에 머무르고 있었다면 달마는 그 너머의 근원적인 층위에 거점을 두고 있다. 이처럼 마음의 존재성은 가시적으로는 부재하면서도 분명히 현존하는 역설적인 특성을 지닌다.

한편, 혜가의 고통스런 마음과 달마가 편안하게 치유한 마음이 가리키는 것은 구체적으로 무엇일까? 그것은 망상에 사로잡힌 마음과 망상으로부터 자유로운 본래의 마음을 가리키는 것으로 해석된다. 따라서 달마가 "너의 마음을 편안하게 해주었다"고 하는 것은 망상으로부터 벗어나서 너의 본래의 마음을 깨닫고, 그곳으로 되돌아가라는 것으로 읽힌다. 그러나 망상[妄心] 역시 본래의 마음[眞如]과 더불어 우리들의 마음의 일부인 것은 틀림없다. 다만 스스로 어떻게 마음의 생태적 평형을 이루어내느냐가 관건일 것이다. 특히 불가에서는 일체유심조一體唯心造라 하여, 일체의 제법諸法이 그것을 인식하는 마음의 나타남이고, 존재의 본체는 오직 마음이 지어내는 것임을 종지로 한다. 그렇다면 외부 세계의 질서는 기본적으로 마음의 반영태에 해당한다. 마음의 생태가 우주의 근원을 이루는 것이다. 그래서 마음공부의 길은 깊고도 멀고 지난하다.

2. 소용돌이치는 마음들

김혜순은 바닷물결의 변화처럼 잔잔하고 일렁이고 부딪치고 가라앉고 충돌하고 물어뜯는 "마음"의 파노라마를 펼쳐 보여주고 있다. "마음"은 소용돌이치는 바다의 드라마를 살고 있는 것이다. 다음 시편은 먼저 우리들 내면에 이토록 많은 "마음"들이 살고 있었던가 하는 감탄을 불러일으킨다.

분홍색 얇은 꽃 이파리 결 따라 팔랑거리는 물
암술 수술의 간절함으로 흔들리는 가녀린 물
비린 거울처럼 내가 비춰지는 몸 속의 물
비추다가 순식간에 사라지는 물
바람에 섞여 흩어지다 머리칼을 적시는 물
방바닥까지 내려온 구름처럼 나를 잠기게 하는 물
흐릿한 먹물로 찍어 쓴 초서처럼 내 몸 위에 씌어지는 물
그 물결로 나를 살랑살랑 흔드는 물
햇볕에 흐르는 희디흰 광목에
보고 싶은 형상으로 번지다 마는 물
알약과 함께 삼켜지는 물
저녁나절 창문을 어루만지다 돌아가는 물
어항에 담겨 물고기의 숨이 되는 물

방 한가운데서 거룩하게 끓어오르는 물
향기로운 차 잎을 적시는 물
서로 마주 앉아 예를 다해 정중하게 마시는 물
내장을 닦고 방광에 모이는 물
더러운 물
썩어서 끓어오르는 물
네 살갗의 작은 구멍마다 송송 맺힌 물
짠 물

물이 물을 때렸어. 뱀처럼 엉킨 물, 발가벗은 물, 물이 물을 박살냈

어. 척썩철썩 때리는
물의 손가락. 기어가는 물. 뒹구는 물. 쇠처럼 굳은 물. 참지 못하
고 마침내 쏟아지는 물.
뺨 위에 씌어지다 귓바퀴 뒤로 흘러내리는 물. 물과 물이 마주 앉아
서로를 비추다 가버렸어. 물 속에 차곡차곡 쌓이는 나날의 그림자.
축축한 이 거울이 죽으면 나도 죽게 되는 물.

—김혜순, 「마음」 전문(『시작』 2007년 가을호)

마음이 "물"의 이미지를 통해 묘파되고 있다. 4연에 걸쳐 기, 승, 전, 결의 과정으로 전개되는 "물"의 파노라마는 폭풍 같은 사랑의 질곡을 그려 보이고 있다. 1연은 애틋하고 경쾌한 물이다. "암술 수술의 간절함"이 "분홍색"과 "비린" 냄새로 팔랑거린다. 시적 화자는 점차 사랑의 물에 잠겨들고 있다. 2연은 느리고 간절하고 사색적인 물이다. 사랑의 대상을 향한 그리움이 온몸으로 "번지"면서 이미 견딜 수 없게 된 화자는 "창문을 어루만지다 돌아가"는 행위를 보이기도 한다. 3연은 거룩함에서 더러움으로 전이되는 물이다. "향기로운 차 잎을 적시는 물"이 무겁게 가라앉아 썩으면서 고열이 발생되는 전환기를 맞고 있다. 내면으로부터 "썩어서 끓어오르는" 고통의 물이 "살갗의 작은 구멍"으로 표출되고 있다. 4연은 요동치는 물이다. 물과 물이 서로 충돌하고 흩어지고 부서지고 뒤틀리고 쏟아지고 있다. 이토록 소용돌이치는 열정의 물에 "나날의 그림자"가 차곡차곡 쌓이면서 고통은 더욱 깊어진다. 그러나 "축축한" 이 물의 "거울"이 "죽으면 나도 죽게" 된다. 이것은 사랑의 질곡과 파탄이 삶의 운명이며 전체라는 점과 더불어 마음이 소멸하면 화자 자신도 소멸하게 된다는 사실의 전언이다.

이 시편은 새삼 우리들의 사랑의 과정이 이토록 다채로운 마음들의 모이고 흩어지는 소용돌이의 역사였음을 자각시킨다. 그러나 사랑뿐이겠는가? 삶 속에서 부딪히는 모든 일들에는 이토록 수많은 마음들이 구름 떼처럼 일어나고 소멸하지 않는가? 마음은 너무도 많고 다채롭고 변화무쌍하다.

3. 마음 없음의 마음

수많은 파도성이의 물결이 결국 하나의 바다로 환원되듯이 마음 또한 무수히 다채롭지만 마음이라는 하나의 전일체로 귀결된다. 그것은 마치 폭풍의 바다가 혼돈의 소용돌이를 소용돌이 자체에 맡김으로써 스스로 평형의 질서를 찾아가듯이 마음의 거친 분란도 스스로 진무되면서 평형을 찾아간다. 이것이 "물의 업"이며 마음의 업이다. 그리고 또한 마음의 업의 궁극은 "마음 없음"의 "마음"의 양상을 드러낸다.

> 내 마음인데 내가 가질 수 없는 마음 위다 끊임없이 무늬를 놓아주는 게 물의 업이듯 나도 발무늬를 지우며 그 위를 걸어본다 천천히, 고통이 헐린 뒷면을 매혹적으로 풀어헤치며 수면 아래로 가라앉는다 열세 번째 은유를 끌어안고 자결한 묵음들이 수면위로 올라와 하얗게 입을 벌리고 모든 불투명들은 제 그림자를 닦으며 저문다 불빛 하나 꺼뜨려 더 큰 어둠으로 환해지는 꿈속의 잠을 열고 파문도 없이 내가 스며든 것일까 아름답게 눈을 뜬 무명無名의 시신들이 나른하게 헤엄쳐와 어느새 나를 노닐고 저승 냄새 살가워진다 마음 없음이 마음이라 덜그럭거리지도 않고 마냥 아름다운 이여,
>
> －고은강, 「월광 소나타－adagio sostenuto」 부분
>
> (『문예중앙』 2007년 가을호)

우주적 무한의 마음은 자기 자신의 것이면서 자신의 것이 아니다. 자신의 마음에 대해 어느 누구도 제대로 알지 못하며 가지지 못하고 있지 않은가. 마음은 처음부터 소유의 대상이 아니라 물이 "끊임없이" 제 "무늬를 놓아주"듯이 놓아주는 것이다. 스스로 놓아주면서 마음의 흔적들은 "수면 아래로 가라앉는다". "수면 아래로 가라앉는다"는 것은 의식적 감각의 층위에서는 스스로 소멸되는, 일종의 '자결'과 같은 것이다. 그러나 이러한 "자

결" 역시 "열세 번째 은유"를 반복하면 스스로 "수면위로 올라와" "불투명"한 부유물로 작용한다. 의식의 지층에 침전된 무의식이 축적되면서 다시 의식적 질서에 작용하는 것을 가리킨다. 그러나 이러한 "모든 불투명들" 역시 스스로 "제 그림자를 닦으며" 어둠 속으로 묻혀간다. 그리고 "어둠"속에 묻힌 "불투명들"은 다시 "꿈 속"으로 스며들어와 희미한 꿈의 언어로 나타나기도 한다. 꿈의 언어를 거친 "불투명들"은 마침내 없음의 지점으로 사라진다. "마음 없음"의 "마음"에 해당하는 공空의 경지에 이른 것이다. 이곳에는 "무명無名의 시신들이 나른하게 헤엄쳐와 어느새 나를 노닐고 저승 냄새 살가워진다".

이 시는 마음의 시원이며 궁극은 "없음" 혹은 공空의 세계임을 시사하고 있다. 마음의 원형은 본래 이처럼 없음의 세계이기 때문에 "덜그럭거리지도 않"고 "마냥 아름다운" "월광소나타" 같은 것이다. 그러나 수시로 마음이 고통스러운 것은 수많은 망상과 환영들이 마음의 원형을 어지럽히며 구름장처럼 모여들어 에워싸고 있기 때문이다. 그래서 불가에서는 "참 본성이 맑으니 이 마음을 쓰라 그러면 성불할 것이다."(혜능, 『육조대사법보단경』)라고 하지 않았을까? 물론, 여기에서의 "참 본성"의 "마음"의 형상은 "마음 없음"의 마음이다. 이때의 "없음"이란 위의 시적 전개의 촉기에 해당하는 스스로 "놓아주는" 무위無爲와 같은 것으로서 마치 하늘과 땅 사이가 텅 비었으나 온갖 만물을 모두 생성시키는 것과 같이 '하지 않음이 없는 없음'의 세계를 가리키는 것으로 해석된다. 마음은 이처럼 '없는 것'이다.

4. 마음의 생태와 우주 생명

마음의 본령이 공空의 속성을 지니고 있다는 것은 마음이 모든 것의 시원임을 가리키는 것으로 해석된다. 모든 있음은 없음에서부터 유래되고 생성되고 형성되기 때문이다. 마음을 어떻게 지니느냐에 따라 외부 세계의 의

미, 가치, 존재 등의 성격이 규정된다. 일체의 제법諸法은 그것을 인식하는 마음의 나타남이고, 모든 존재의 실체는 오직 마음이 지어내는 것이라는 불가의 저 도도한 일체유심조一體唯心造의 가르침은 마음의 본령과 더불어 세계의 근원에 대한 깨우침을 충격적으로 전하는 공안인 것이다.

다음 시편은 마음의 생태가 투사시키고 있는 충만한 우주 생명의 생태를 펼쳐 보여주고 있다. 다시 말해, 마음으로 인해 깨닫는 충만한 우주 생명이다.

갓 부화한 병아리들처럼
파릇파릇 배냇짓 앙증맞은 모들을 본다
온통 6월 들판이 시끄럽고 분주하다
논은 있는 힘껏 젖 내밀어
새끼들 입에 물리느라 여념이 없다
첫애 순산한 새댁 젖가슴처럼 물컹물컹,
그걸, 바라보고 있자니
나도 모르게 살갗 속 숨은 예민한 촉수
뾰죽뾰죽 돋아나서는 저릿저릿 소름꽃을 피운다
불량기 가득한 구름 소년 몇
바지 벗고 철없이 까불대며 찰방거리고
사방팔방에서 나이 든 풍경들 몰려와
은근슬적 다투어 후끈 단 몸 담궜다 빼기도 한다
그러거나 말거나 논은 애 엄마의 표정으로 한결같다
이윽고, 젖 물리도록 먹고 새근새근
잠든 어린 모들의 길고 긴 여름 하루가 저문다

하루하루 모들의 키가 자라날수록
들판은숯불다리미 다녀간 풀먹인 광목처럼

수평으로 팽팽하게 당겨질 것이다

—이재무, 「하루」 전문(『시인세계』 11월호)

“논”의 충만한 생명성을 노래하고 있다. 논을 거점으로 분주하게 펼쳐지고 있는 우주 생명의 관능적인 건강성이 시상의 중심음을 이루고 있는 것이다. 6월의 논을 “첫애 순산한 새댁”처럼 느끼는 것은 시적 화자인 “나”뿐만이 아니라 어린 “모” “구름 소년” “나이 든 풍경” 모두 한결같다. “첫애 순산한 새댁”의 모성성은 “앙증맞은 모”들을 키우고, 그네의 여성성은 “은근슬쩍 다투어 후끈 단 몸 담궜다 빼”는 일련의 관능적인 행위들을 받아낸다. 분주한 “논”의 “하루”가 반복되면서 “들판은 숯불다리미 다녀간 풀먹인 광목처럼/ 수평으로 팽팽하게 당겨”진다. 이때 들판의 “팽팽”한 “수평”이란 들판에 가득한 모성성을 가리키면서 동시에 충만한 에로스적 욕망과 우주 생명을 가리킨다. 그러나 이러한 모든 풍경들을 관장하는 근원은 시적 화자의 건강한 마음의 생태라고 할 것이다. 이처럼 마음은 우주 생명이 사는 나라인 것이다.

5. 맺음말

김혜순의 「마음」이 장마철의 구름장들처럼 많은 마음들을 보여주고 있다면, 고은광의 「월광소나타」는 마음 없는 마음의 전일성을 보여주고 있다. 물론, 이 둘의 시편에 드러난 마음은 서로 다르면서 또한 같다. 감각적인 현상의 층위에서는 분명 다르지만 그 본체는 동일하다. 이를테면 마치 소용돌이치는 파도가 바다이고 바다가 파도인 것과 같은 이치이다. 그러나 이러한 사실보다 더욱 중요한 것은 마음의 생태적 평형을 어떻게 견지하느냐에 따라 모든 외부 세계의 풍경, 의미, 가치, 성격 등이 규정된다는 것이다. 그래서 불가의 『화엄경』은 “일체만법이 오직 마음뿐이요, 마음 밖에 따로 아무것도 있을 수 없거니"(三界唯一心心外無別法一)라고 전언하고 있었던 것이리라. 이재무의 「하루」가 보여주는 마음의 생태학이 투사시키는 우주 생명의 건강한 질서는 이러한 문맥에서 실감 있게 이해된다. 이들 세 시인의 시편은 의도적이든 그렇지 않든 우리들에게 마음공부의 심원함과 중요성을 서로 다른 화법으로 새삼 일러주고 있는 것이다.

허공의 언어를 찾아서

불가의 선禪에서 말은 말하지 않기 위해 하는 방편이다. 이점은 시의 경우에도 크게 다르지 않다. 시 창작 방법론 역시 말을 줄여서 많은 말을 전하고자 하는 데에 집중된다. 압축, 절제, 생략을 통해서 시적 의미의 미적 환기와 독자의 창조적 상상력의 동참을 극대화하고자 하는 것이다. 이를 가리켜 일반적으로 시적 언어의 경제학으로 규정한다. 그러나 이러한 규정적인 설명에서 논의를 그치는 것은 지나치게 평면적이고 피상적인 데 머무르기 쉽다. 시적 언어의 경제학이 추구하는 궁극적인 목적이 무엇인가? 하는 문제를 해명하는 것이 요구된다. 그것은 한 편의 시에서 언어의 틈새를 넓혀 허공을 확보하는 데에 있다. 선禪에서 침묵은 허공 혹은 도道의 세계와 공명하고 순응하기 위한 수행의 방법론이기도 하다. 시에서도 시어의 틈새와 행간의 여백을 확보하는 것은 궁극적으로 우주의 운행 원리, 즉 도道의 세계의 소통 공간을 확보하고자 하는 것이다. 실제로 허공이야말로 우주의 주체이며 모든 삼라만상의 생성의 풀무가 아닌가. 노자의 도덕경에서 "하늘과 땅 사이는 풀무와 같아서 비어 있음으로 다함이 없고 움직일수록 더욱 나온다."(天地之間 其猶橐籥乎 虛而不屈 同而愈出)라고 했던 것도 이런 문맥에 놓인다. 한 송이 아름다운 꽃 역시 허공이 없으면 존재할 수 없다. 따라서 무無는 모든 유有의 모태이며 회귀처이다. 이렇게 보면 시에서 언어의 경제학은 우주 생명의 근원으로서의 무無 혹은 도道의 기운이 창조적으로 소통하고 개입하고 작용하도록 하는 미적 방법론이다.

현대사회의 심각한 위기 현상의 원인에 대해 결론적으로 말하면, 인간 삶이 자연의 순리, 즉 도의 운행 원리를 따르지 않은 데에서 기인한다. 인위적인 있음(有)이 과도하게 무성하여 우주의 근원으로서의 없음(無) 혹은 도道의 세계의 개입을 가로막고 교란하기 때문이다. 오늘날의 우리 시 역시 많은 경우 소통 불능의 자폐적 양상을 드러내는 것은 이미지나 언어의 과잉으로 인해 공空의 생성과 소통을 가로막고 있는 데서 비롯된다. 따라서 우리 시의 형식 미학과 내용 가치 역시 우주의 주체로서의 공空 혹은 없음(無)의 존재성에 대한 재인식이 요구된다.

허공의 음성에 귀 기울이는 것은 자신과 세계의 존재론적 근원과 본성을 관음하는 것이다. 우리가 오늘날 허공을 재인식하고 복권해야 하는 까닭이 여기에 있다. 다음 시편에는 이러한 "허공"에 대한 인식이 날카롭게 드러나고 있지 않은가.

오, 불아
누가
훅 불어버린 불아
눈감고 눈 준
명목瞑目도 버려놓고
겁도 없이 겁도 없이
일확천금 허공만을 훔쳐서
떠돌이로 달아나는
너, 마지막 처음인
불아

—서정춘, 「혼불 1」 전문(『창작과비평』 2006년 여름호)

서정춘은 "혼불"에 대해 "허공"을 훔친 "떠돌이"로 묘사하고 있다. 일상 속에서 그 존재성조차 인식되지 못하고 있는 텅 빈 허공이 여기에서는 "일확천금"의 영역으로 그려지고 있다. 허공을 훔쳐 달아나는 도적의 이미지와 불안하게 일렁거리는 불의 이미지가 절묘한 비유의 대응을 이루고 있다.

"겁도 없이 겁도 없이" 허공을 훔친 "불"에 대해서, 조금 비약적인 해석이 가능하다면, 근대 산업 문명의 표상으로 해석해볼 수는 없을까? 실제로 근대 문명의 발전사는 허공을 훔치고 지배하고 압살하는 과정이었다. 무수한 공장, 건물, 매연, 그리고 각종 비행 물체 등 문명의 성장을 과시하는 대상은 대부분 허공을 훼손하고 침탈하는 인위적인 욕망의 바벨탑인 것이다. 근대 문명사에 대해 허공을 훔쳐온 역사라는 해석은 곧 자연의 순리와 이치를 몰각한 역사라는 것을 가리킨다. 여기에서 다시 한 번 비약적인 해석이 허용된다면, 오늘날 근대의 기획이 개인의 정체성은 물론 전 지구적 환경 파괴의 위기 현상을 초래한 것은 우주 생명의 존재 원리를 주관하는 허공의 운행 원리에 대한 일탈과 위반의 결과로 설명해볼 수도 있을 것이다.

다음 시편은 이와 같이 허공을 "훔친" 인공 문명의 반생명적인 성향을 내밀한 어법으로 그리고 있다.

> 붉은 그물 자루에 걸려 있는
> 양파야, 속이 매운 양파야
> 빗방울에 흙 비린내가
> 마른 껍질을 긁어대는 봄
> 바깥세상이 궁금하다고
> 정수리 푸른 안테나 뽑지 마라
> 몇 겹 몸속에 웅크리고 누워
> 꿈속에나 뿌리를 담가라
> 그물 속 팔딱팔딱 몸부림치는
> 네 호흡이 잠을 깨워도

모르는 척 버려 두어라
아무리 길게 뿌리를 뻗어도
닿을 수 없는 땅,
여기는 고소공포가 사는 아파트
뜯어먹을 건 네 몸뚱어리뿐
매운 눈물이 너를 삼켜도
양파야 싹을 올리지 마라

—길상호, 「양파야 싹을 올리지 마라」 전문(『시작』 2006년 여름호)

"붉은 그물 자루" 속에 담겨 있는 양파의 본능은 푸른 싹을 내는 것이다. "빗방울에" 묻어나는 "흙 비린내가" "마른 껍질을 긁어대"고 있다. 양파의 "그물 속 팔딱팔딱 몸부림치는/ 네 호흡이 잠을 깨"운다. 그러나 시적 화자는 절대 "정수리 푸른 안테나 뽑지" 말라고 당부하고 있다. 그저 "꿈속에나 뿌리를 담"근 채, 자신의 재생의 본능을 거세할 것을 거듭 강조한다. 왜냐하면, "여기는 고소공포가 사는 아파트"이기 때문이다. 땅과는 "아무리 길게 뿌리를 뻗어도/ 닿을 수 없"다. 양파가 싹을 올린다면, 그것은 멀지 않아 고사할 수밖에 없는 운명에 처하게 된다. 양파가 재생할 수 없는 공간이란 사람이 온전히 살 수 없는 공간을 가리키기도 한다. 텅 비어 있으면서도 만물을 생성시키는 풀무와 같은 허공의 운행 원리가 적용되지 않는 인공 문명의 실체가 날카롭게 그려지고 있는 시편이다.

한편, 다음 시편에는 "허공"의 참모습이 돌올하게 드러나고 있다.

사랑한다는 단어가 묵음으로 발음되도록
언어의 율법을 고쳐놓고 싶어 청춘을 다 썼던
지난 노래를 들쳐보며
좀 울어볼까 한다
도화선으로 박음질한 남색 치맛단이

불붙으며 큰 절하는 해질녘
창문 앞에 앉아
녹슨 문고리가 부서진 채 손에 잡히는
낯선 방
너무 늙어
몸 가누기 고달픈 어떤 때에
사랑을 안다 하고
허공에 새겨 넣은 후
남은 눈물은 그 때에 보내볼까 한다
햇살의 손길에 몸 맡기고
한결 뽀얘진 사과꽃 세상을
베고 누워서

—김소연, 「마흔살」 부분(『문학동네』 2006년 여름호)

김소연 시인은 자신이 "청춘"을 다해 노래하는 것은 "사랑한다는 단어"의 형체가 음성으로 포착되지 않는 "묵음"으로 발음되도록 하는 것이라고 전언한다. 자신의 삶에서 가장 정직하고 순정한 것에 대해 문자로 쓰일지라도 음성으로 감각화되지 않는, 그리하여 결코 언어의 감옥에 가두어지지 않는 "묵음"이 되도록 하고자 한다. 언어의 감옥에 갇히면서 이미 사랑은 사랑의 본성을 잃고 물화된다. 세상의 모든 사물은 언어에 의해 규정되면서 본래의 제 모습으로부터 멀어지는 속성을 지닌다. 시적 화자의 "사랑한다는 단어가 묵음으로 발음되도록/ 언어의 율법을 고쳐놓고 싶"은 노력이 성공하면, 그때 그는 "사랑을 안다 하고/ 허공에 새겨"볼 수 있게 된다. 사랑을 "허공"에 새긴다는 것은 무엇일까? 사랑이 허공가 등가가 되는 경지이다.

주지하듯 석가가 유언의 자리에서 '나는 한 마디도 설한 바가 없다'(四十九年不一設)는 고백이나, 노자가 도덕경의 첫머리에 밝힌 도가도 비상도道可道非常道라는 명제는, 공통적으로 진리란 상대적 의미나 규정의 차원을 넘어서는 것으로서 현상적인 말에 얽매여서는 안 된다는 것을 가리킨다. 이와 같이 "사랑"을 "허공"에 새긴다는 것은 사랑을 말하되, 사랑이란 말에 얽매이거나 막히지 않고, 절대적 사랑을 직접 느끼고 호흡하는 경지를 가리킨다. 위의 시편에서 "너무 늙어/ 몸 가누기 고달픈 어떤 때에/ 사랑을 안다하고/ 허공에 새"기겠다는 것은 시인 스스로 "몸 가누기 고달픈" 때까지 자신의 절대적 존재의 원상을 추구해나가겠다는 자기 결의이다. 이점은 그가 역시 최근에 발표한 "그들은 없어지는 것을 선택했다/ 자기 손으로 자기 얼굴을 지우기 시작했다/....../ 그들은 자기 배꼽을 물어뜯으며/ 자기 이빨로 자기 존재를 지우기 시작했다"(「詩人」, 『문학동네』 2006년 여름호)는 시편에서 다시 한 번 분명하게 확인된다. 스스로를 지우고 비움으로써 자신의 존재의 근원이며 우주의 본성인 공空 혹은 무無에 도달하고자 하는 것이 시인의 숙명이라는 인식이다.

다음 시편은 자연의 순리를 가리키는 도道로서의 무와 공의 미학에 대해 좀 더 실감 있게 노래하고 있다.

> 솟구쳐 올랐다 가라앉았다 가오리처럼 물결치는 새의 기억은 언제나 하늘에 있다. 가슴 가득히 바람을 안고 있는 천년고찰 목조 건물처럼 속이 비어 있는 새의 골격. 속이 비어 있는 탄력으로 대나무는 너울너울 연두색 바람을 만들지만, 펼친 날개를 젓는 새는 푸른 하늘의 높이를 만든다.
>
> —허만하, 「새에 관한 관찰」 부분(『작가세계』 2006년 여름호)

새와 대나무가 제각기 자신의 본래의 모습을 구가할 수 있는 것은 비움으로써 가능하다. "속이 비어 있는 탄력"으로 인해 대나무가 "연두색 바람을 만들"고, 새는 "푸른 하늘의 높이를 만"들 수 있게 된다. 목조건물이 천년고찰의 삶을 지속할 수 있는 것도 가슴 가득히 "바람"(허공)을 안고 있기 때문이다. 무위의 자연스러움에 맞추며 사는 것이 본래의 자신을 잃지 않는다는 것이다. 허만하 시인의 "새에 관한 관찰"은 도道의 삶에 대한 관찰의 기록물이다.

한편, 이러한 공空 혹은 무無의 활동을 구체적인 감각으로 포착해볼 수는 없을까? 이러한 물음 앞에 정병근의 다음과 같은 시편이 놓인다.

장고에 든 장기판은 목하 움직일 낌새 없고
한 떼의 여학생들 까르르 흩어지며 지나가는데
제 풀에 지친 구경꾼들도 침을 탁탁 뱉으며 제 갈 길 가는데
아까보다 좀 더 기운 햇살이 명자꽃 울타리에 쏟아질 즈음
가만히 보고 있던 큰 눈 하나가
불멸의 한 수를 슬쩍 두고 가신다 그때
목련꽃 한 송이 담장 밖으로 툭, 떨어진다

—정병근, 「불후의 장면」 부분(『작가세계』 2006년 여름호)

"구경꾼들도" "제풀에 지"쳐 떠나가고 있는 장기판의 무료한 정적이 "가만히 보고 있던 큰 눈 하나"에 의해 깨어지고 있다. "가만히 보고 있던 큰 눈 하나"가 "불멸의 한 수를 슬쩍 두고 가"면서 바둑판의 승부를 가름한다. 무료한 정적의 공간에 이 신묘한 "불멸의 한 수를" 놓고 간 "큰 눈 하나"의 실체는 무엇인가? 시인은 이에 대해 세상을 주관하는 허공, 즉 자연의 이법으로 보고 있다. "불멸의 한 수를 슬쩍 두고 가"시는 찰나에 "목련꽃 한 송이 담장 밖으로 툭, 떨어진다"는 묘사가 이를 뒷받침한다. 장기판 위에서 펼쳐지는 두 노인의 한가로운 무위무욕의 임계점에서 도道의 작용이 일어난 것이다. "불후의 장면"이 아닐 수 없다.

그렇다면 이와 같은 무 혹은 공의 세계에 대한 체험을 일상 속에서 가장 자각적으로 만날 수 있는 경우는 무엇일까? 그것은 열반(죽음)의 목도이다. 열반은 자신의 모든 형체와 욕망이 무화되어 본래의 자아, 공空으로 회귀한 지점인 것이다.

모로 누운 부처의
뒷모습을 보는 것 마냥
죽음은 일상에서 오는가

평상에 누워
미라처럼 누워
목침을 베고 누운 죽음처럼
관을 보는 것 마냥
죽음은 그렇게 오는가

—이세기, 「문신」 부분(『시작』 2006년 여름호)

"죽음"(열반)을 바라보는 자세가 죽음에 가깝다. 다시 말해 죽음은 물론이고 "모로 누운 부처의/ 뒷모습을 보는" 풍경이나 "목침을 베고 누운 죽음" 같은 "관을 보는" 자세가 적멸의 경지를 환기시킨다. 모든 존재하는 것은 이와 같이 세속의 중력으로부터 완전히 자유로운 죽음에 도달한다. 무無는 단순히 유有의 상대적 개념이 아니라 유有의 근원이면서 회귀지점이다. 이를 좀 더 적극적으로 해석하면, 모든 존재자가 위대한 것은 우주 생명의 본성인 무無로 돌아가기 때문인 것으로 생각해볼 수 있다.

니체는 10년간 자신의 정신과 고독을 즐기다가 하산한 짜라투스트라의 입을 빌려 가장 먼저 다음과 같이 설파한다(니체, 『짜라투스트라는 이렇게 말했다』). "사람에게 위대한 것이 있다면 그것은 그가 목적이 아니라 하나의 교량이라는 점이다. 사람에게 사랑받아 마땅한 것이 있다면, 그가 하나의 과정이요 몰락이라는 점이다." 이때 '몰락'이란 무의 세계로의 회귀를 뜻하는 것으로 해석해도 무방할 것이다. 이렇게 보면 '몰락' 즉 무無의 회귀는 인간 삶의 궁극적 좌표이며 목적이 된다.

바로 이 지점에서 다음 시편이 강렬한 빛을 발하며 비석처럼 서 있다.

> 사냥철에 사냥도 하지 않는게 무슨 사냥꾼이냐고 하면 언젠가 때가 오면 꼭 잡아야 할 짐승이 있다고 했다는구나 그때가 제 사냥철이라고 했는데 어느 날 드디어 그때가 왔었다는구나 그 사냥꾼은 아무도 모르게 넓은 평원으로 나가 오래 오래 지평선을 바라보았는데 몰래 뒤를 밟은 사냥꾼들은 숨을 죽였다는구나 그 사냥꾼이 마침내 그래, 마침내 탕! 무엇인가를 향해 한 방 쏘았는데 그랬는데 그 사냥꾼이 죽을힘을 다해 쏜 것은 '적막'이었다는구나 적막이라는 무서운 짐승!
>
> – 천양희, 「고독한 사냥꾼」 부분(『시작』 2006년 여름호)

"사냥철"에도 조용하던 사냥꾼이 와신상담 기다리던 짐승은 뜻밖에도 "넓은 평원"의 "적막"이었다. 사냥꾼은 자신이 "죽을힘을 다해" "적막"과 맞선 것이다. 사냥꾼이 "적막"과 최후의 일전을 벌였다는 것은 "적막"이 그의 삶의 시원이며 궁극적인 지향점이라고 해석된다. "적막"을 향해 쏜 사냥꾼은 어떻게 되었을까? "적막"은 총에 의해 쓰러질 대상이 아니지 않은가. 그렇다면 시적 화자 자신이 적막의 지평선 속에 묻혔을 것이다. 이것은 곧 사냥꾼이 자신의 삶의 근원, 즉 제행무상諸行無常의 지점으로 회귀한 것을 뜻한다. "적막"이 시의 전면의 중심 눈으로 떠오른 대목이다.

인류의 문명사는 채움과 풍요의 과정이었다. 이것은 인간 삶의 무한한 편리와 이기를 가져다준 것은 사실이다. 그러나 한편으로 극심한 자기 소외와 생명 가치 상실의 위기 상황을 초래시켰다. 이것은 우리의 삶의 근원에 해당하는 무위의 공空의 순행을 가로막고 교란시켜왔기 때문이다. 허와 공은 모든 삼라만상을 생성시키는 모태이면서 동시에 모든 삼라만상의 회귀처이다. 이제 우리에게는 모든 존재자의 원상이며 자연의 이법에 해당하는 허공을 재인식하고 발견하는 노력이 요구된다. 다시 말해 인위적인 채움과 풍요보다 무위의 비움과 가난을 추구함으로써 창조의 산실로서의 살아 있는 공空의 소통 공간을 열어놓는 것이 요구된다. 이것은 곧 우리의 삶의 본성을 발견하고 회복하기 위한 신생의 제의이기도 하다. 우리 시 역시 이 점은 예외가 아니다. 허공을 우리 시의 중심에 소생시켜서 그 참된 의미와 가치를 재인식하고 발견하고 더 나아가 형식화하는 노력이 요구된다. 이것은 한 편의 시에 자연의 이법과 예지가 개입하고 소통하고 작용하도록 하는 미적 방법론이다. 그래서 근자의 시편들에서 허공의 언어를 관음하는 기회를 갖는 것은 너무도 반갑고 소중하다. 이제 다음 기회에는 허공의 형식 미학에 대해서 논의할 차례이다.

시적 시간과 창조적 실존

1. 시간, 비선형적 혼돈의 존재성

이탈리아에서 르네상스의 봄을 불러온 전설적인 화가 레오나르도 다빈치의 명화「대홍수」를 감상한다. 흐트러진 마녀의 머리카락 같은 수많은 물줄기가 서로 뒤섞이고 충돌하고 뒤집히고 순환하면서 차원 변화하는 비선형적인 혼돈의 자기 조직화 운동을 하고 있다. "그저 상상만으로써 자연과 인간 사이의 통역자通譯者가 되려고 한 예술가들을 믿지 말라"고 갈파하며 스스로 이를 엄격하게 실천했던 레오나르도 다빈치에게 홍수는 결코 아래를 향해 선형적으로 흐르지 않는다. 바로 이 홍수의 흐름처럼 시간 역시 비선형적인 혼돈의 속성을 지닌다. 미셸 세르는 이 점을 명료하게 설명해준다. "시간은 선을 따라 흐르는 것도 아니요, 어떤 계획을 따라 흐르는 것도 아니다. 시간은 굉장히 복잡한 다양성을 따라서 흐른다. 말하자면 시간은 멈추는 지점들, 단절들, 구덩이들, 놀라운 가속도를 만들어내는 장치들, 균열들, 공백들, 우연히 씨 뿌려진 전체 등을 가시적인 무질서 속에서 보여준다. 이와 같이 역사의 발전은 '혼돈의 이론'이 묘사하고 있는 것과 진실로 닮아 있다."(미셸 세르,『해명』, 120쪽)

그렇다면 지금까지 과거－현재－미래의 직선적이고 비가역적인 시간관의 실체는 무엇인가? 그것은 우리들의 삶을 지배하고 관리하는 허구적 이데올로기인가. 실제로 인류사는 직선적 시간관이란 우리의 현재를 미래의 허구에 종속시키는 지배 이데올로기였음을 도처에서 증명한다. 이밥에 고깃국 먹는 미래의 그날을 위해 인민들에게 더욱 단단하게 허리띠를 졸라매라고 끊임없이 명령하는 북한의 통치 전략이 그러하고, 휴거를 내세워 신도들의 현재적 삶을 붕괴시킨 사이비 종교 단체의 행태가 그러하다. 마르크스의 직선적 역사관이 실패한 것 역시 그가 『정치경제학 비판』에서 장황하게 묘사한 공산주의 사회란 관념 속의 허상의 미래였기 때문이다. 특히 오늘날 우리의 일상은 서로 경쟁하는 시간관에 사로잡혀 있다. 이에 대해 미셸 세르의 말을 따라가보자. "그것은 시간이 아니라 단순한 선이다. 아니 선조차 아니라, 일등을 향한 명문대학을 향한 올림픽 경기를 향한 노벨상을 향한 달리기의 궤도이다. 그것은 시간이 아니라 경쟁의 단순한 놀이이며 전쟁이기도 하다. 왜 시간성, 지속을 다툼으로 대체해야 하는가?" 헤르만 헤세가 만년에 자신이 스케치한 그림 아래 '신과 인간만이 오늘을 산다.'고 했던 까닭이 여기에 있다. 신과 인간만이 자신의 시간을 구가한다는 것이다.

그러나 서정시의 서식처는 직선적 시간관이 범하지 못한 곳이다. 서정시는 '지금/여기'의 현재 속에 모든 삶의 시간을 응축적으로 수렴시키는 섬광 같은 찰나와 깊이의 형식을 지향한다. 그래서 서정시의 시간 의식은 현재적 시간성이고 지속적 시간성이며 실존적 시간성이다. 실존적 시간성은 시간의 화살이 '지금/여기'로 집중되고 다시 '지금/여기'에서부터 전방위로 확장되면서 새로운 차원 변화를 지향한다. 그래서 실존적 시간성에서는 '지금/여기'가 가장 극명하게 살아 있다.

2. 실존적 시간 의식과 자아 발견

장석남의 다음 시편은 시간의 화살이 자신의 내면에 "석류"처럼 환하게 빛나고 있는 모습을 그리고 있다.

> 당신은 내게 비단을 주어
> 비단을 딱 한 필만 주어
> 그걸 눈에 두르고
> 더듬어서 내 맘 속 둥그런 항아리 속으로 들어가 보게
> 그 항아리에 늘 허공이나 담아두는 당신의 뜻을 모르니
> 붉은 비단이나 두 눈에 곱게 두르고 들어가면 알려나?
>
> 하늘이 온통 노을로 꽃핀
> 이 부러진 듯 시디신 석류 익는 시간
>
> —장석남, 「석류 익는 시간」 전문(『문학사상』 11월호)

시적 화자는 "내 맘 속"에 핀 "이 부러진 듯 시디신 석류 익는 시간"에 경탄하고 있다. 그가 "석류 익는 시간"을 감상할 수 있었던 것은 "당신"의 도움에서 비롯된다. 우선, 시상의 전개 과정을 서술형으로 읽어보자. 시적 화자는 "당신"이 준 "비단"을 "눈에 두르고" "내 맘 속 둥그런 항아리 속으로 들어가"본다. "항아리 속"에는 "늘 허공"이나 있을 뿐이다. "당신"이 "항아리 속"에 늘 "허공"만을 담아둔 뜻은 무엇이었을까? 이를 알기 위해 "붉은 비단"을 두르고 마음속으로 들어가본다. 그에게 "석류 익는 시간"의 황홀이 펼쳐지고 있다. "허공"은 곧 충만한 생명의 근원이었던 것이다.

시상의 흐름의 씨눈에 해당하는 "당신"은 누구일까? 시적 정황으로 미루어 절대자인 신이라는 사실을 쉽게 짐작할 수 있다. "당신"은 화자에게 "비단"을 주고 "맘 속 둥그런 항아리"를 만들어준 당사자이기 때문이다. 그렇

다면 신이 내 마음 속에 "둥그런 항아리"의 "허공"을 두었다는 것은 무슨 뜻인가? 그것은 신이 내 마음 속에 내려와 있었다는 것으로 해석된다. 다시 말해 내 마음 속에는 신이 내려와 거처하고 있었던 것이다. 이러한 상황에서 '내가 신을 모시고 있다'라는 동학의 시천주侍天主를 연상하는 것은 너무 지나친 비약일까? 잠시 동학 이야기로 미끄러져 들어가보자. 동학의 2대 교주 해월 최시형은 제사를 지낼 때 "밥그릇을 벽을 향해 두지 말고(向壁設位) 나를 향해 두라(向我設位)"라고 하였다. 공경의 대상인 생명 가치의 본령이 현재의 저편에 있지 않고 '지금/여기'에 있다는 것이다. 모든 삶의 가치의 척도를 미래에 두었던 형이상학적인 직선적 시간관을 부정하고 실존적인 시간관을 제시한 것이다.

다시, 위의 시상으로 돌아와보면, "당신"의 "허공"이 "내 맘 속"에 있다는 것은 삶의 가치 척도가 나를 향해 있다는 것을 가리킨다. 그래서 시적 화자는 내 마음속에서 "이 부러진 듯 시디신 석류 익는 시간"의 충만을 발견하게 되는 것이다. '지금/여기'로 수렴되고 확산되는 실존적 시간성의 진경이다. 이것은 또한 장석남의 시적 생명력의 가능성이기도 하다. 현재의 비경을 있는 그대로 깨워내고 직시하고 감각한다. 실존적 시간 의식을 통한 자아 발견의 현장이다.

3. 실존적 시간 의식과 삶의 풍요

허만하의 다음 시편은 실존적 시간의식에 따른 풍요로운 삶의 음역을 노래하고 있다. 그는 '지금/여기' 속에 유년기의 삶을 함께 살고 있다.

> 사람이 없는 겨울바다 모래사장에 벌써 누군가의 발자국이 찍혀 있다. 그것은 어릴 적 내 발자국이었다. 새벽 눈 밟듯 조심스레 나는 조그마한 그 발자국 안에 들어섰다. 내 생애의 걸음 전부를 받아들이

고도 손가락 하나의 여유가 남는 크기. 물결소리는 다시 바람이 되어 발자국을 하늘에 남기지 않았지만 나는 두루마리로 불덩어리 젖먹이 동생을 싸안은 어머니를 놓칠세라 시린 바람 정면으로 맞서며 공사 중인 남산동 신작로를 필사적으로 걸었었다. 삽 자국이 번득이던 울퉁불퉁한 흙덩이들이 언덕 같았던 길, 그때의 어머니 가슴을 불던 바람소리, 나이든 내 발자국이 회상의 모래사장에 찍혀 있는 네 살배기 어린아이 발자국을 벗어나지 못하는 한겨울 광안리 아침 바다.

—허만하, 「영천약국 가는 길」 전문(『신생』 가을호)

시적 화자에게 유년과 노년이 공존하기 위해서는 우선 시간이 과거—현재—미래의 모든 방향으로 뚫리고 열려 있어야 한다. 그래서 그 모든 시간의 화살들이 '지금/여기'로 중첩되어 일체화되고 다시 사방으로 확산되면서 새로운 차원 변화를 거듭 이루어나갈 수 있어야 한다. 시적 화자의 "영천약국 가는 길"에는 삶의 발자국이 많다. 그에게 과거는 없다. 프랑스의 폴 리케르 식으로 말하면 '과거는 존재하지 않는 것의 현존'이다. 그에 따르면 과거를 과거이도록 하는 존재론적 기준은 그것이 바로 상실된 대상일 때이다. 오직 기억되는 것은 현재적 인식 속에 흡수된다. 시적 화자는 "겨울바다 모래사장"에서 "어릴 적 내 발자국"을 본다. "그 발자국 안에" 들어간다. "손가락 하나의 여유가 남는"다. 과거의 발자국이 오히려 현재를 감싸고도 여유가 남는다. 그렇다고 해서 나의 현존이 과거 속에 갇혀 있음을 뜻하는 것은 아니다. 과거가 무한한 가능성으로서 현재의 바탕이며 실체로 등장한다. "어머니를 놓칠세라" "필사적으로 걸었"던 "네 살 배기 어린아이 발자국"은 시적 화자의 일생에 언제나 작용하는 무한 가능성의 시간이다. 이것은 시적 화자의 현재적 삶의 시간 의식의 깊이를 가리킨다. 깊은 시간을 호흡하는 삶은 그만큼 깊고 풍요롭다. 이 시가 주는 정서적 감동은 시적 시간의 깊은 지층에서 울려오는 파장으로부터 연원하는 것으로 보인다. 실존적 시간 의식이 구가하는 삶의 풍요이다.

4. 무시간성과 영원성의 현재

송재학의 다음 시편은 무시간성으로서의 현재적 시간이 그려지고 있다. 사막이란 본래 시간의 움직임이 미미한 곳이지 않은가. 일찍이 현장법사가 이곳은 오직 앙상한 해골을 이정표 삼아 걷는다고 표백하던 곳이지 않은가. 사막의 생리는 영원히 정지된 시간의 세계를 지향한다.

> 사막의 모래 파도는 연필 스케치풍이다 모래 파도는 자주 정지하여 제 흐느낌의 像을 바라본다 모래무늬는 빗살무늬 종종걸음으로 죽은 낙타를 매장한다 모래장을 견디지 못하여 모래가 토해낸 주검은 모래 파도와 함께 떠 다닌다 모래 파도는 음악은 아니지만 한 옥타브의 음역 전체를 빌려 사막의 목관을 채운다 바람은 귀가 없고 바람소리 또한 귀없이 들어야 한다 어떤 바람은 더 많은 바람이 필요하다 모래가 건조시키는 포르말린 뼈들은 작은 櫓처럼 길고 넓적하다 그 뼈들은 모래 속에서도 반음 높이 노를 저어 갔다 뼈들이 닿으려는 곳은 모래나 사람이 무릎으로 닿으려는 곳이다 고요조차 움직이지 못하면 뼈와 櫓는 증발한다 물기 없는 뼈들은 기화되면 이미 내것이 아니다 너무 가벼워 사라지는 뼈들은,
>
> －송재학, 「모래葬」 전문(『문학과 사회』 가을호)

모래사막의 시간성이 무화되어 가는 미세한 과정이 그려지고 있다. 시간성의 휘발이란 곧 모든 생명의 휘발을 가리킨다. "연필 스케치풍"의 미세하고 가녀린 "모래 파도"의 주름이 사막의 시간의 표식이고 흔적이다. 시간의 힘이 미약한 사막에는 바람 소리 역시 미약하다. "모래 파도" 주름의 움직임이 있어 "뼈"들의 해체도 가능하다. 뼈들의 미미한 사그러짐이 사막의 시간성이다. 그러나 그 "고요조차 움직이지 못하면 뼈와 櫓는 증발한다." 사막은 무시간성으로 진입하는 것이다. 순간과 영원의 경계조차 없다. 무시

간성의 영원한 현재이다. 무시간성은 시간성의 근원이며 모태이다. 이 시가 주는 종교적 경건함과 신비는 이와 같은 기원의 시간의 신화이다. 실존의 시간이 도달한 신화적 신성성이다.

이상의 작품들은 시간의 관습적 지배로부터 자유로운 시간성의 실존적 표정을 보여주고 있다. 서정시가 비선형적인 혼돈의 시간적 존재성의 참모습을 증언하고 있는 것이다. 물론, 서정시에는 푸쉬킨의「삶이 그대를 속일지라도」나, 아폴리네르「미라보 다리」의 경향처럼 가지런한 선형적 시간관을 따르는 경우도 있다. 그러나 이들 시편들의 시간의식은 현재의 고통을 위로하기 위한 서사적 전략의 산물에 가깝다. 실제로 우리들의 삶에서 "우울한 날들을 참고 견디면 즐거운 날이 오"고 "괴로움에 이어서 오는 기쁨"의 과정은 세상의 보편적인 질서가 아니다. "우울한 날들"과 "괴로움"은 세월과 더불어 단절되는 것이 아니라 다양한 방법과 층위로 삶의 주변을 가학적으로 맴돈다. 이러한 시편은 허구적인 미래의 시간 의식을 끌어온 위안의 서사이다. 이런 유형의 시편들이 따뜻하고 부드러운 정조로 친숙하게 다가오는 것이 사실이지만 그러나 현재의 시간성을 체면에 들게 하고 화석화하는 속성을 지닌다. 그래서 서정시는 실존적 시간의식을 견지해야 되는 당위성이 강조된다. 서정시의 실존적 시간은 종교나 역사적 지배자의 시간과 달리 인간의 시간으로서 창조적 의미를 지니기 때문이다.

빛과 어둠의 우주율

1. 태극 혹은 전일적 인식론

밝음과 어둠, 빛과 그늘은 둘이면서 하나이고 하나이면서 둘이다. 선명하게 상반되는 서로 다른 성향이 사실은 하나로 수렴되는 다른 모습이고 다른 모습으로 분화되는 하나인 것이다. 동양의 자연법을 일러주는 주역의 종지는 '일음일양지위도一陰一陽之謂道'로 집약된다. 음이 극에 달하면 음에 막히어 양으로 선회하고, 양이 극에 달하면 양에 막히어 음으로 선회한다는 것이다. 그래서 밤은 낮에서 생성되고 낮은 밤에서 생성된다. 이를 1년 주기로 적용하면, 동지가 하지를 낳는 씨앗이고 하지가 동지를 낳는 씨앗이다. 빛 속에 어둠의 싹이 자라고 어둠 속에 빛의 싹이 자라기 때문에 태극의 모형은 항상 선형적 이분법이 아니라 기우뚱한 역동적 균현의 양상으로 나타난다. 이러한 빛과 어둠의 존재 원리는 삼라만상의 변화 원리의 근본 바탕이 된다. 다시 주역의 『계사상전』 제11장을 들춰보면 이렇게 적고 있다. "역에 태극이 있으니 태국이 양의를 낳고 양의가 사상을 낳고 사상이 팔괘를 낳으니, 팔괘가 길흉을 정하고 길흉이 대업을 낳는다."(故易有太極 是生兩儀 兩儀生四象 四象生八卦 八卦 定吉凶 吉凶 生大業)

그러나 합리적, 이성적, 분석적 사고를 절대화하는 서구적 세계관이 지배하면서 우리에게도 밤과 낮, 빛과 어둠, 있음과 없음, 형상과 여백 등등은 현상적인 이분법적 경계 속에서 인식되는 경향을 보인다. 그럼에도 불구하고 시인들의 시적 상상 속에서는 살아 숨 쉬는 태극의 역동적 우주율을 만날 수 있다. 시인이란 본래 인간과 우주의 심연을 직시하고 이를 노래하는 주술사의 후예들이기 때문이다.

2. 새 밤 혹은 새 아침을 위하여

시인 이성복은 이렇게 말한 바 있다.

> "나는 어둠을 보았고, 그로 인해 시를 알게 되었다. 내가 어둠을 떠나는 날-그것이 어둠 스스로의 모순에 의해서든(구원), 내 스스로 어둠을 망각하든(허위)-나는 시를 잃게 될 것이다."

어둠이 자신의 시의 영원한 뿌리이며 서식처라는 것이다. 불협화음의 미의식과 밤의 시간의식에 몰입하는 시적 특성을 뜨겁게 노래해온 박주택이 또다시 '새로 시작하는 밤'을 맞이하고 있다. 이것은 '새로 시작하는 시'의 전조가 아닐까? 다음 시편은 새로운 밤의 정서를 드러내면서 동시에 새로운 낮의 이야기를 열어가고 있다.

새로 시작하는 밤이어서 어둠이 깊다
이 무명에 고요까지 깃들면
마음은 혼자 있음이 고맙기까지 한데
둥글게만 퍼지는 그 한가운데 골이 깊다

한파주의보가 내린 밤
문틈으로 비집어 들어오는 세찬 흔적들
고요가 새로 시작하는 밤과 교차하고
산란과 평온이 교차하는
그 한가운데로 내리는 눈송이

나는 지금 어둠에 기대어 수많은 病이 포개져
두려움이 얕아가는 것을 느낀다
나에게 가르침을 주던 스승도
기억으로만 남아 기꺼이 그 무엇이 되었다

아무것도 새로울 것이 없는데
이렇게도 시작하는 밤
눈안에 든 무명
홀로
골 깊은 골짜기를 서성거린다

—박주택, 「새로 시작하는 밤」 전문

이 시의 제목은 예사롭지 않다. 새봄, 새 아침은 익숙한 표현이지만, 새밤, 즉 "새로 시작하는 밤"이란 발상은 매우 낯설다. 봄과 아침은 각각 가시적인 대상의 복잡한 변화 속에서 고유한 변별성을 확인할 수 있지만 밤은 그렇지 못하다. 밤은 가시적인 모든 대상들마저 비가시적인 장막 속으로 숨겨버리지 않는가. 따라서 새밤이란 비가시적인 영역, 즉 시적 화자의 내면의식의 새로움이 시작되는 밤을 가리킨다. 시상의 추이를 따라 시적 화자의 내적 정서의 숨결을 따라가보기로 하자.

시적 화자는 1연에서 "새로 시작하는 밤이어서 어둠이 깊다"고 전언한다. 어둠이 깊지 않은 밤이 있겠는가. 여기에서 "어둠이 깊다"는 것은 새로운 밤이 주는 낯선 공포와 두려움의 깊이를 가리킨다. 그러나 2, 3행에 오면, 새로운 밤의 두려움을 조심스럽게 받아들이고 그곳에 적응하려는 면모를 보인다. "혼자 있음이 고맙기까지" 하다는 진술은 밤의 어둠에 적응하기 위한 체념적인 자기 위안으로 읽힌다. 그렇다면 이 새로운 어둠 속은 어떠한가? 그것은 온전히 알 수 없다. 다만 "그 한가운데 골이 깊"다고 느껴질 따름이다. 골의 깊이를 정확히 가늠하지 못할 때 두려움의 긴장감은 떨칠 수 없다.

2연에 오면, 밤의 어둠에 "한파주의보"가 엄습하고 있다. 어둠과 추위가 섞이면서 공포감이 배가된다. "문틈으로" "세찬 흔적들"이 "비집어 들어"온다. 이것은 의식의 틈으로 비집어 들어오는 세찬 기억들로 해석된다. 이러한 정황이 모두 시적 화자의 내면의식의 층위에서 일어나는 일이기 때문이다. "산란과 평온이 교차"하는 시상은 점차 평온으로 향한다. "그 한가운데로" "눈송이"가 내린다는 것이 이를 뒷받침한다. "눈송이"는 평화롭고 온화한 정감을 전해주기 때문이다.

3연에 이르면 1, 2연의 내용이 좀 더 직접적으로 발화된다. 지금 "나는" "포개져" 있는 "수많은 病" 앞에서도 "두려움이 얕아가는 것을 느낀다"고 말한다. 그는 또다시 1, 2연의 경우처럼 주어진 상황을 체념적으로 받아들이고자 하는 것이다. "나에게 가르침을 주던 스승도/ 기억으로만 남아 기꺼이 그 무엇이 되었다"고 스스로를 향해 위무한다. 어째서 기억으로 남은 스승이 위안의 대상이 되고 있는가? 이 대목에서 문득 1, 2연의 "골의 깊"고 "눈송이"가 내리던 "한가운데"가 이승의 문턱을 넘어서는 어느 지점으로 추정된다. 화자는 너무도 엄청난 문제를 작고 낮은 음성으로 섬세한 마음의 결을 통해 표백하고 있었던 것이다. 시적 화자의 음성은 일관되게 고요하고 그 고요함은 더욱 깊은 비장감과 슬픔을 자아낸다.

4연은 외양적으로는 새로울 것이 없지만 그러나 "이렇게도 시작하는" 새로운 밤을 다시 언급한다. 밤이 새로운 것은 "가르침을 주던 스승"처럼 "기억으로만 남"을 지점과 닿아 있기 때문이다. 화자는 밤이 깊어가면서 "홀로/ 골 깊은 골짜기를 서성거린다". "새로 시작하는 밤"의 어둠 속은 이와 같이 늘 혼자이다.

여기에 이르면 "새로 시작하는 밤"은 지금까지의 자신을 "기억으로만 남"기고 또 다른 자신을 향해 출발하는 밤으로 정리된다. 이러한 전환의 한가운데에는 "수많은 病"이 작용했던 것으로 읽힌다. 그러나 이때의 "수많은 病"을 굳이 육체적인 질환으로 국한해서 해석하는 것은 너무 단조롭고 피상적이다. 지나간 삶에 대한 자기 부정과 새로운 삶을 불러오기 위한 의식적 과정의 충돌과 산란으로 이해하는 것이 바람직할 것이다. 이렇게 보면, "새로 시작하는 밤"의 "어둠"은 새로운 빛을 낳는 토양으로서 의미를 지닌다. 어둠의 극한이 새벽의 전조인 것과 같은 이치이다. 이제 우리는 박주택의 "새로 시작하는 밤"이 불러올 새로 시작하는 새벽의 노래를 기다릴 차례이다.

3. 빛의 그늘 혹은 그늘의 빛

모든 사물이 시각적으로 감지될 수 있는 것은 빛의 마술의 산물이다. 그렇다면 사물을 눈부시게 하는 빛의 다발의 질료는 무엇인가? 그것은 빛이면서 그늘이고 그늘이면서 빛이다. 이를테면 나무의 눈부심의 경우 빛과 그늘이 수시로 몸바꿈을 하며 물비늘을 연출해내면서 가능해진다. 그래서 나무의 빛은 그늘의 빛이고 나무의 그늘은 빛의 그늘이다. 서로 상반되어 보이는 계기들이 사실은 서로 상보적인 유기적 총체이다. 이것은 우리 삶의 일상에서 부딪히는 이항대립적인 '잘잘못'의 시빗거리들에서도 동일하게 적용된다. '잘잘못'의 상반성은 대체로 동일한 대상의 서로 다른 얼굴일 뿐이다.

> 이 나무 아래서 무슨 이별의 잘잘못 따질 일 있었던가
> 누군가의 등에 찍히는 나무 그늘이 매맞은 자국처럼 도드라진다
> 마른가지의 생그늘이 속옷까지 촘촘한 올에 짜인다

생그늘 가지가 아니라 가지의 생그늘 자국 뿌리가
한번 어둡게 드러났다가 다시 환해진다

길가 능수버들 한 채
잎 다 떨군 손들 늘어뜨린 채 어깨 치켜올리며
누가 그 아래 서든 바람에 눈부신 빛의 그늘 뿜어낸다

—이하석, 「빛의 그늘」 전문

여기 한 그루 나무가 있다. "능수버들"이다. 시적 화자는 "이 나무 아래서 무슨 이별의 잘잘못 따질 일 있었던가"라고 묻고 있다. "이 나무 아래서"는 "잘잘못"의 이분법적 분별이 불가능하다는 것이다. 그 까닭은 무엇인가? 이에 대해 시적 화자는 "매맞은 자국처럼 도드라"진 "나무 그늘"을 내보인다. 나무에 대해 "그늘"에 주목하면 "생그늘 가지"가 된다. 그러나 "가지의 생그늘"이 정확한 실체이다. 하지만 이것도 사실은 아니다. "한번 어둡게 드러났"던 생그늘이 "다시 환해"지고 있기 때문이다. 그늘이 빛으로 몸바꿈을 하고 있는 대목이다. 그렇다면 그늘의 실체는 무엇인가. 이 물음의 응답은 2연에서 드러난다. "잎 다 떨군" "능수버들"이 뿜어내는 "빛의 그늘"이 그것이다. "빛의 그늘"에서 격조사 "의"는 빛과 그늘의 등가를 가리킨다. 그래서 "빛의 그늘"은 "그늘의 빛"으로 표현해도 무방하다. "길가 능수버들 한 채"가 빛과 그늘이란 서로 다른 둘이 아니라 한 몸이란 것을 보여주고 있는 것이다. 다시 말해, 능수버들의 눈부심은 빛과 그늘의 총체적 산물이다.

물론 이하석은 이 시편을 통해 빛과 그늘의 전일적인 존재성만을 전언하고자 한 것은 아니다. 이것은 1연 첫 행의 "이 나무 아래서 무슨 이별의 잘잘못 따질 일 있었던가"에서 명시되듯이, "잘잘못"의 분별지는 항상 현상적인 층위에서 드러나는 상대적 성향이지 본질적으로는 근원 동일성을 지니기 때문이다. 그래서 세상 모든 사물은 이차원의 평면적인 단순성을 넘어 삼차원의 입체적인 눈부심으로 존재하는 것이리라.

4. 삼여三餘와 창조의 여백

빛과 어둠, 낮과 밤이 서로 다른 둘이 아니라는 것은 유有와 무無, 즉 형상과 여백의 관계에서도 동일하게 적용된다. 형상과 여백은 서로 긴밀한 유기적 관계성을 지닌다. 동양화에서 여백은 없음이 아니라 활동하는 없음이다. 형상의 인위人爲가 침윤되기 이전의 무위無爲의 잠재적 활동 공간이 여백인 것이다. 그래서 여백은 우주 생명의 기운이 자재롭게 소통하는 공간이며 독자들의 상상력이 풍요롭게 동참하는 공간이다. 중국의 화가 석도가 "처음 그는 일획이 뭇존재의 뿌리요, 온모습의 근본"(一者 衆有之本 萬象之根)이라고 한 것은 뭇존재와 온모습의 무한이 여백에 내재되어 있음을 가리키는 것으로 해석된다.

세상의 주인은 있음(有)이 아니라 없음(無)이다. 텅 빈 벌판에 도시가 건설되는 것을 보면 이 점은 더욱 분명하게 목격된다. 없음의 공간에 있음의 형체들을 채워 넣는 것이 아닌가. 그러나 우리는 있음이 주인이며 인간의 문명이 주체라고 생각하여 없음과 원시의 공백을 두려워한다. 이점은 일상생활에서도 마찬가지이다. 휴식의 공백이 편안함이 아니라 불안함으로 다가오는 것이 현대 삶의 일상이다. 유안진의 다음 시편은 이러한 문맥에서 소중한 가치를 지닌다.

> 휴가의 다른 말은, 밤이다, 비 오는 날이다, 겨울이다, 비 오는 겨울밤이다. 퇴직을 했은데도 휴가란 좋은 말이다, 늘 휴가를 누리면서도 휴가는 늘 좋다
>
> 글자가 왜 그리 오랜 세월 동안 검은 색만 고집해 왔는지
> 모든 색이 다 섞이면 검은 색이 되는지
> 검은 색이 왜 안면에 좋은지
> 새벽은 왜 깜깜 어둠에서 태어나는지

용서와 미안함은 왜 밤의 몫인지도 알 듯하다
불을 끄면 어둠은 얼마나 눈물겨워지던가
비에 흠뻑 젖으면 얼마나 후련해지던가
겨울비 속 밤길을 걷다 보면 산다는 게 얼마나 시시해지던가
혼자만의 시간은 늘 한밤중이고
혼자만의 왕국도 늘 겨울밤 비소리에 門이 열리지
비 소리를 따라가면 가 본적 없는 내 안의 낯선 나
우주이던 나는 콩알보다 작아져도 더욱 작아지고 싶어지지

세상이 정신없이 돌아가니, 바쁠 이유 전혀 없어도 덩달아 바빠져, 어지럽고 멀미날 듯 구토증세처럼 메스꺼워지는 때는, 세 마리의 잉어그림 한쪽을 받고 싶다. 잘 그릴 필요가 굳이 있겠는가, 아이들 장난질 같은 삼여三餘 한쪽을, 농경시대는 아니지만 겨울밤의 비 소리 누리듯 누리고 싶어서.

—유안진, 「삼여, 밤과 비 오는 날과 겨울」 전문

삼여란 여유로운 여백의 시간과 연관된다. 농경사회에서는 "밤" "비오는 날" "겨울"이 여기에 해당된다. 공자는 바쁜 일상 속에서도 공부할 수 있는 틈새의 시간으로 삼여를 들었다. 아무리 일상이 바쁠지라도 삼여만 있으면 학문을 익힐 여유가 있다는 것이다. 공자에겐 공부가 일상 속의 여가처럼 즐겁게 인식되었을 것이다.

또한 물고기 세 마리가 노니는 그림, 삼여도三餘圖를 그렸던 중국의 화가 제백석은 삼여를 다음과 같이 풀이한다. "그림이란 타고난 솜씨의 나머지요, 시도 졸음 끝에 얻어지는 것이며, 목숨도 영겁이란 긴 시간의 짜투리에 불과한 것이다."(畵者工之餘 詩者睡之餘 壽者 我之餘) 이것은 모든 창조적 삶과 예술이란 깊은 휴식과 여백의 산물임을 가리킨다. 휴식과 여백은 무의미한 공백이 아니라 우리들의 삶의 본령이며 원형이다.

시적 화자는 "늘 휴가를 누리면서도 휴가는 늘 좋다"고 진술하고 있다. 그래서 그는 "밤"과 "비오는 날"과 "겨울"을 좋아한다. "겨울비 속 밤길을 걷다 보면 산다는 게 얼마나 시시"한 것인가를 느끼면서 "본 적 없는 내 안의 낯선 나"를 만날 수 있다. 반면에 "세상"의 지배원리는 "바쁠 이유"가 "전혀 없"는 사람도 바쁘게 만들어 "정신"을 차릴 수 없게 한다. 그래서 화자는 삼여도의 "잉어그림 한쪽을 받고 싶"어 한다. 이렇게 보면, 시적 화자가 "휴가를 누리면서도 휴가"를 좋아하여 농경시대의 민속제의였던 삼여도를 받고 싶어 하는 것은 스스로 인위적인 일상적 삶의 굴레를 벗어나서 무위의 본모습으로 돌아가고자 하는 욕망으로 해석된다.

현대문명의 행진은 밤, 어둠, 그늘, 여백을 급속도로 추방하면서 전개된다. 그러나 사실 이 추방의 대상들은 낮 밝음, 빛, 형상의 모태이다. 그래서 문명적 진보의 가속도가 높을수록 시인들의 시적 상상은 밤, 어둠, 그늘, 여백에 더욱 천착한다. 이것은 사물의 존재성의 근원에 대한 올바른 직관의 결과이며 동시에 태극의 역동적 리듬의 균형을 복원하기 위한 것으로 해석된다.

결핍과 보상의 언어

프로이트가 『쾌락원칙을 넘어서』(1920)에서 예시한 저 유명한 어린아이의 실패 놀이 화소를 기억하는가? 그 대강을 요약하면 이렇다. 엄마는 밖에서 일을 해야 하기 때문에 하루 몇 시간씩 어린 아들을 집에 혼자 남겨둘 수밖에 없다. 빈집에 혼자 있는 18개월밖에 안 된 어린아이는 집에서 실패 놀이에 몰두한다. 그는 침대 가장자리로 실이 감긴 실패를 던지며 '오오(oooh)' 라고 외친다. 그리고 연이어 다시 실패를 자기 가까이 잡아당기면서 기쁨에 찬 모습으로 '아!(a!)' 라고 외친다. '오오'는 독일어의 'fort'로 해석되는 데 '멀리', '떠난'의 의미를 지닌다. 그리고 '아'는 '여기' '자(da)'의 뜻이다. 어린아이는 그의 어머니가 사라졌다가 나타나는, 고통스런 경험적 현실을 실패의 멀리 던짐과 잡아당김, 그 부재와 현전의 반복으로 대체시켜 표현하고 있는 것이다. 이처럼 고통스런 경험의 반복적 표현이 쾌감으로 전이될 수 있는 계기는 어디에 있을까? 이러한 놀이의 반복은 현실적인 고통을 소산(Abreagieren)시키고 아울러 일방적으로 당하는 수동적인 자아가 고통을 주는 대상까지도 능동적으로 관장하는 주체가 될 수 있게 해준다. 다시 말해, 어머니가 떠나는 결핍을 'fort-da 놀이', 즉 자신의 능력으로 사물을 사라졌다가 다시 돌아오게 주체적으로 연출함으로써 수동적인 결핍과 단절에 대한 심리적 보상을 얻는 것이다. 이렇게 보면 프로이트의 실패 놀이는 현실적인 결핍의 재현이며 이 재현을 통해 그 결핍의 상황을 객관화하여 정서적으로 초극하는 것에 있다. 이러한 상황을 다시 거꾸로 조망하면 현실의 결핍이 'fort-da'의 실패 놀이를 만들고 실패 놀이가 현실의 결핍을 주체적으로 견디고 넘어서게 하는 동인이 되고 있다.

여기에서 'fort-da'의 실패 놀이에 시 장르의 존재론을 연관시키면 어떨까? 수동적인 결핍의 현실이 시를 낳고 시를 통해 결핍을 능동적으로 객관화하여 정서적 극복을 추구하는 것으로 서술된다. 테리 이글턴은 이러한 정황에 대해 "잃어버림은 쓰라린 것이긴 하나 자극적인 것이기도 하다. 즉 욕망은 우리가 결코 소유할 수 없는 것에 의해 자극되며 이것은 이야기(노래)를 함으로써 얻는 만족의 한 원인이기도하다."고 설명한다. 잃어버렸거나 부재 상태인 어떤 것이 있을 때만이 시적 노래의 간곡함이 생성되고 전개된다는 것으로 해석된다. 만일 모든 것이 제자리에 놓여 있고 충만하다면 간절한 노래가 전개될 계기는 없다. 그래서 시는 영원한 결핍과 그 정서적 보상의 드라마인 것이다.

마침 김경인의 다음 시편은 "감겼다 풀리는 실놀이"를 소재로 하고 있어 흥미를 끈다. 시적 화자는 언니를 기다리며 'fort-da'의 실패 놀이를 하고 있다.

> 언니, 이야기는 언제 끝나는 걸까. 나는 아직 돌아오지 못했고
> 오늘 밤 구름은 갑충처럼 딱딱한 껍질을 벗고 있어. 언니, 감겼다
> 풀리는
>
> 실놀이를 좋아해? 실실 풀리는 이야기가 있고, 한순간에 엉켜
> 버리는 이야기가 있어. 언니를 기다리는 동안 나는 실꾸리를 던지
> 고 감아,
> 이야기가 다 끝나면 나는 무언가 될 것도 같아.

좀 더 많은 색실을 가지고 싶었는데 언니는 도르르 풀리는군.
언니가 언니 아닌 것이 되고 점점 작아지고 나와 꼭 닮은 얼굴이
될 때까지 한 꺼풀 두 꺼풀 눈꺼풀은 감기고

언니가 사라지는 아름다운 순간을 기억해? 그때 나는 태어났지.
나는 일주일에 한 번 나이를 까먹고

먼 곳의 깜박이는 빛을 떠올려. 나에게 거의 가까워졌다고 생각할
무렵,
나는 커다란 털실 옷 안에 갇혀 있었지. 이곳에서 나는 계속 태엽
을 풀듯

조금 옛날부터 아주 먼 옛날까지를 왔다 갔다 해. 입을 벌리고 언니
의 목소리가 내 목구멍 속에서 흘러나오는 걸 듣지. 다 자란 인형 같
은 표정을 갖고 싶어.

가끔 밖을 내다보곤 해. 나는 아직 그대론데 나는 이렇게 큰 옷을
입고. 언니는 오늘도 유리병 속 태아처럼 울어. 엄마는 언제 돌아
오실까.

조금 멀리 왔다고 말하려는 건 아니야. 다 끝났다고 생각해?
언니, 나는 아직 여기에 있어.

—김경인, 「그리운 언니에게」 전문(『문학수첩』 여름호)

시적 화자는 "실꾸리를 던지고 감"는 놀이의 상징적 반복을 통해 부재와 결핍의 고통을 통어하고 있다. "언니를 기다리는 동안" "실꾸리를 던지고 감"는 행위는 시적 화자 스스로 연출하고 출연한 언니의 사라짐과 돌아옴

의 상징적 과정을 담은 모노드라마이다. 이 모노드라마는 잃어버렸던 대상을 다시 찾는 화소로서 상상 가능한 이야기의 가장 기본형을 이룬다. 와해된 안정이 붕괴된 이후 다시 재건되는 것은 불안으로부터 위안을 회복하는 쾌감의 근원이다.

그러나 이 시에서 떠나간 언니의 귀환은 그리 단순치가 않다. 시적 화자의 탄생은 "언니가 사라"진 지점에서 성립되었던 것이다. 따라서 시적 화자가 존재하는 한 언니의 생환은 불가능하다. 언니의 귀환은 "내 목구멍 속에서 흘러나오는" "언니의 목소리"를 통해서나 가능하다. 언니는 분열된 또 다른 나인 것이다. 즉, 나의 억압된 무의식의 초상이 언니이다. 그래서 내가 "아직 그대"로 있으면 "언니는 유리병 속 태아처럼" 무의식의 저변에 감금될 수밖에 없다. "언니"란 불안의 원인이며 무의식적인 상실의 대상이며 분열된 자아인 것이다. 따라서 언니를 그리워하는 것은 억압된 자아에 대한 원망이다. 그렇다면 자기 분열과 억압을 야기한 궁극적인 계기는 어디에서 기인하는가? 그것은 "엄마"의 부재이다. "엄마는 언제 돌아오실까." 엄마는 오지 않는다. 처음부터 부재하는 대상이고 포기해야 하는 욕망이다. "조금 멀리 왔다고 말하려는 건 아니야. 다 끝났다고 생각해?" 라는 표현은 이미 "다 끝"난 문제에 대한 보상 심리가 언니를 매개로 한 "실꾸리를 던지고 감"는 모노드라마를 지속적으로 반복하게 하는 것임을 암시한다. 이것은 라캉 이론에서 우리의 삶에 대한 이야기를 이끌어가고 욕망의 무한한 환유적 운동 속에서 잃어버린 천국의 대용물을 찾도록 만드는 것은 최초로 잃어버린 대상 즉 어머니의 신체라는 지적이 고스란히 적용되는 지점이다. 이렇게 보면 "실꾸리를 던지고 감"는 모노드라마의 전개가 시적 화자의 생래적인 운명이 된다. 그리고 이것은 원론적인 차원에서 시 장르의 생성과 전개의 내적 원리라고도 말해볼 수 있을 것이다.

이와 같은 실패 놀이가 박지영의 다음 시편에서는 "페넬로페의 변명"으로 변주되어 노래되고 있다. 시적 화자는 말한다. 내가 "어떻게 살았을까?" 그것은 끊임없이 "천을 짜"는 놀이라도 했기 때문이라고 전언하고 있다.

누가 제 이야기를 좀 들어주실래요
베틀 앞에만 앉아 있었더니
오늘은 말하고 싶어요
말도 언어로 짜는 거지요
천 짜는 거나 별 차이 없어 보이지만
말맛에는 놀라운 맛이 있어요

사실 몸을 파고드는 베틀 소리는
짐승의 울음 같아 고통스러워요
손 놓고 가만있으면 더 견디기 어려워요
저를 불안하게 해요
그래 손을 재바르게 놀려요
그러다 보면 다 잊어버려요
천이 잘 짜였는지 아닌지
제 손이 다 듣고 보아요
한번 만져보세요 이 천의 감촉을요
손맛이 살아나요 사랑의 맛이 이럴까요

제가 오늘 말을 많이 했지요
이제 당신이 제 이야기 좀 해주실래요
베 짜는 저를 정숙한 여자라고 한다면서요
저는 베틀 밖 세상은 몰라요
창밖의 저 눈들 무서워요
누가 제 이야기를 좀 해 주었으면 해요
제가 왜 천을 짜고 있는지 말예요
당신이 제 이야기 써 주면 좋겠어요
저에 대해 당신이 글을 쓰면

나는 당신 게 될 거예요

제게 베틀이 없었다면 어떻게 살았을까요

—박지영, 「어떻게 살았을까—페넬로페의 변명」 전문

(『21세기문학』 여름호)

페넬로페의 직물이 시적 제재를 이루고 있다. 페넬로페는 저 유명한 그리스 로마신화의 주인공 오디세우스의 아내이다. 오디세우스는 트로이 전쟁에서 10년을, 고향 이타카로 귀향하는 데 10년을 보내게 된다. 오디세우스 없는 페넬로페는 자신의 미모와 재산과 권력을 노리며 청혼하는 구혼자들의 성화에 점점 몸살을 앓게 된다. 이때 그녀는 시아버지 라에르테스의 수의가 완성되면 청혼을 받아들이겠다는 묘책을 조건으로 내건다. 오디세우스의 생존에 대한 확신도 없이 오직 기다림을 선택한 페넬로페는 청혼자들을 따돌리기 위해 낮에는 베틀 앞에서 수의을 짜고 밤에는 그것을 풀며 시간을 지연시킨다. 페넬로페의 직물은 아무리 일을 해도 진전되거나 마치는 법이 있을 수 없다. 페넬로페의 직물이 완성되면 부재하는 대상에 대한 사랑의 행위의 대체가 중단된다. 페넬로페의 직물은 처음부터 일종의 욕망의 전략적 가상 게임이며 대체 놀이었던 것이다.

김경인의 실패 놀이가 박지영에게는 페넬로페의 직물 놀이로 나타나고 있다. 부재하는 대상에 대한 기약 없는 기다림을 표상하는 페넬로페의 직물 이란 "짐승의 울음같이 고통스럽다". 그러나 "손 놓고 가만 있으면 더 견디기 어"렵기 때문에 선택하지 않을 수 없다. "천의 감촉"을 통해서만이 스스로 부재하는 대상과의 "사랑의 맛"을 느끼고 확인할 수 있는 상황인 것이다. "손을 재바르게 놀"리며 천을 짜는 행위를 통해 시적 화자는 부재와 결핍의 현실을 정서적으로 견디고 극복해나간 것이다. 페넬로페의 직물, 그 결핍의 놀이가 이 시의 생성 배경이며 목적인 것이다. 다시 말해 결핍이 만들어내는 보상의 드라마이다. 따라서 페넬로페의 직물은 시 장르의 생성 원리와 근원 동일성을 지닌다.

김경인과 박지영의 시편이 결핍에 대한 대체와 보상으로 각각 실패 놀이, 페넬로페의 직물을 매개체로 표상하고 있는 데 반해 이원의 다음 시편은 부재하는 대상과의 사랑을 몽상적 유영을 통해 추구한다. 결핍에 대한 보상의 대체가 좀 더 감각적이고 직접적이다.

내 왼팔은 당신의
오른쪽 주머니까지
내 오른손은 아주 먼 당신의
오른쪽 주머니까지
당신에게로 가는 동안
당신의 오른쪽 어깨와
내 왼쪽 어깨가 부딪쳤을지도
(먼 세계가 나란히
부딪치기도 하니)
당신의 주머니 속에서
보이지 않는 내 손은
당신의 보이지 않은 손을 꼭 잡고
캄캄한 주머니 속에서
당신의 손가락 사이에 내 손가락을
꼭 끼우고
어쩌면 좋아
서로 다른 열 개의 손가락
(다른 세계가 서로의
안으로 쑥 들어오기도 하니)
당신에게 가까워지려고
계속 늘어나는 내 왼팔은 내 몸에서
자꾸 멀어지고

몸과 가장 먼 곳에서
누르면
소리를 내며 튕겨져 오르는
시간
시간의 해변
내 몸에서 가장 먼
당신의 가장 가장자리
거기 거기가
우리가 닿은
처음
그러나 당신과 나는
꼭 잡은 손부터
해변처럼 잠겨가는 거니
내 왼팔은 점점 잠겨가는
맥박을 놓치는
당신의 손을
나는 그저
당신의 손을 붙잡으려고

—이원, 「우리가 처음 만났을 때」 전문(『문학사상』 8월호)

"당신"은 "먼 세계" 혹은 "다른 세계"에 있다. 그러나 나와 당신은 "나란히 부딪치기도" 하고 "서로의 안으로 쑥 들어오기도" 한다. 물론 이러한 상황은 현실과 단절된 무중력의 시간과 공간 속에서 벌어진다. 손과 손, 팔과 팔의 움직임이 일상적 시공의 안팎을 자유자재로 넘나든다. 이를테면, "당신에게 가까워지려고/ 계속 늘어나는 내 왼팔은 내 몸에서/ 자꾸 멀어"진다. 나의 신체 기관들 역시 몽상의 세계를 제각기 독자적으로 구가한다. 그것은 나와 당신과의 거리가 일상적인 잣대로는 접근할 수도 없는 거리에 있기 때문이다. 그러나 "내 몸에서 가장 먼/ 당신의 가장 가장자리"까지의 아득한 거리가 "우리가 닿은/ 처음"의 자리이기도 하다. 처음 만남 역시 일상적인 시공 밖의 무한에서 이루어졌던 것이다. 그러나 시적 화자와 대상은 첫 만남의 차원으로 돌아가 완전한 재회를 이루지 못한다. "내 왼팔은 점점 잠겨가는/ 맥박을 놓치는/ 당신의 손을" "붙잡으려고" 하는 장면에서 시상의 흐름이 마감되고 있다. 이 대목에서 미켈란젤로의『아담의 창조』에서 신의 손길과 아담의 손끝이 완전히 닿지 못한 채 머물고 있는 극적인 상황이 연상되는 것은 지나친 무리일까? 신의 세계와 인간 세계가 불연속성 속의 연속성, 단절 속의 지속이라는 역설적 관계 속에서 만나는 것처럼 나와 당신과의 재회 역시 불완전하게 이루어질 수밖에 없어 보인다. 그 이유는 당신은 시적 화자가 도달할 수 있는 어떤 차원에서도 이미 부재하기 때문이다. 그러나 이러한 부재는 끊임없이 욕망을 불러일으키는 자극의 동인이 된다. 그리하여 몽상과 꿈의 언어를 통한 부재와 결핍의 위장된 성취가 노래되기도 한다.

프로이트에 따르면 우리를 계속 앞으로 달려나가게 만드는 것은 해를 입지 않을 어떤 장소, 즉 모든 의식상의 삶의 존재에 선행하는 비유기적 존재에로 복귀하려는 욕망이다. 따라서 우리들의 끊임없는 삶의 욕망은 죽음의 충동에 사로잡혀 있는 셈이다. 이원의 초현실적인 몽상의 시학은 김경인의 실패 놀이와 박지영의 페넬로페의 천에 대응되는 또 다른 결핍에 대한 전략적 보상의 창작 방법론이다. 억압된 욕망과 결핍의 전략적 보상이 시 장르의 생성원리이며 지향성이라는 점을 이들 작품은 거듭 확인시켜주고 있는 것이다.

시적 상상과 주술적 소통

1. 원형적 상징과 신성성

"말할 수 없는 것에 대해 침묵하라". 세계의 실재에는 말을 통해 모두 재현할 수 없는 비가시적인 무한의 영역이 있다는 것을 간파한 비트겐슈타인의 전언이다. 그렇다면 침묵으로 묻어둘 수밖에 없는 대상들을 밝혀내고 감각화할 수 있는 방법은 무엇일까? 다시 말해 세계의 심연을 지탱시키는 비가시적인 힘들과 소통할 수 있는 방법은 무엇일까? 이 세상에서 시적 언술이 필연적으로 요구되는 까닭이 여기에 있다. 시적 언술은 합리와 비합리의 경계 지점에 살면서 이 둘을 주술적으로 매개하고 소통시키는 역할을 감당해내기 때문이다.

상징을 구사하는 시적 언술은 다른 인식 수단으로는 포착할 수 없는 존재의 내밀한 양상들을 총체적으로 감각화해낸다. 그래서 시적 상징에 의해 추상적인 관념은 구체적인 이미지로 물질화된다. 이러한 상징 체계 안에서 우주는 고립된 개체가 아니라 전일적인 유기체이다. 어떤 사물들도 내적 심연에서는 서로 상응하는 면밀한 그물망으로 연결되어 있다.

상징 체계에서 감각적인 이미지는 분석적인 언어보다 훨씬 본질적이고 선명하게 사람들에게 다가가 심미적 감응을 불러일으킨다. 만약 인류에 전체적 연대성이 존재한다면 그 연대성은 상징 체계의 원형적 이미지의 차원에서 감지될 수 있고 유효할 수 있을 것이다. 원형적 이미지는 인간 내면에 잠들어 있는 신성을 깨워 인간, 자연, 신 등이 서로 연속성을 이루는 시원의 세계로 인도한다. 그래서 원형적 이미지를 통한 형상은 인간과 자연이 하나의 신성으로 상통하고 있음을 실감 있게 체험시켜준다. 미르치아 엘리아데에게 있어 시적 상상력이란 이러한 원형적 상징 체계 속에 깊이 몸을 담그는 것이다. 그래서 시인은 원시의 신화와 신학을 몸소 체현하며 살아가는 자이다. 시적 상상은 이처럼 비가시적인 무한의 풍요를 경험하게 해 주는 것이다.

불연속적인 단절, 분열, 소외, 갈등으로 시달리는 현대사회에서 원형적 상징 체계와 이미지를 통한 시적 상상은 인간 실존의 구조와 우주 구조 사이에 내재하는 상호 의존성에 대한 환기를 통해 자아와 세계의 연속성과 자기 정체성의 본질을 깊이 깨우쳐준다. 정영, 김태동, 조용미의 다음 시편들을 감상하는 것은 인간과 세계의 내밀한 근원 심상을 체험하는 일이다.

2. 21세기의 밤 기차, 원형과 반복의 여로

정영의 시는 소리 내어 읽기보다는 조용히 느껴야 한다. 그는 21세기의 삶을 노래하고 있지만 이를 아득한 흑백사진으로 표백하고 있다. 그의 시가 흑백사진으로 투영되고 있는 것은 본래 무채색인 허공이 중심 대상이기 때문이다. 허공은 사물의 생성 주체이며 근원이다. 모든 있음(有)은 없음과 없음을 잇는, 잠시 있다가 없음으로 돌아가는 것이기 때문이다. 이 점은 인공 낙원을 자랑하는 21세기에도 변함없는 명제이다.

무주無住*의 밤기차는 달린다

눈발들이 뜨거운 술잔에 떨어져
거룩하게 절망하기엔 갓 태어난 짐승들의 심장에
멍으로 스며든다

기차는 달린다
지구 반대편에 도착해, 건배를 하기 위해

바람이 검은 눈발이 허공에 지은 집의 뼈대만을 남기고
사바세계를 가만가만 어루만질 때
기차는 물컹한 나를 허공에 담가 뼈만 건져내려 하고
그 뼈로 사원을 지으려 하는데

묻는다, 무엇이 부처인가?

입을 쩍 벌리고 우는, 평온의 거리에서
불안에 떠는 심장에서 새로 막 뿜어진 피가
술잔에서 소용돌이치며 또 하나의 피멍이 된다
기차는 달린다
가면을 쓰고 나돌아 다니는 욕망의 욱하는 힘으로
이 우주, 거짓으로 우는 먼지들 틈에서
거짓으로 절망하는 인간들을 싣고

심장을 꽉 쥐었다 놓는 녹슨 기적 소리가
단 한순간 살맛나게 한다지만

바람에게 가만가만 말해주었다
더 이상 부서질 것은 없어—

그 순간, 그런 것들이 마구 그리워지기 시작하는 것이었다
달의 그림자
바람의 허무맹랑한 농담
먼지의 상념
장님의 전력질주 같은 것

드디어, 저기, 어둠의 궤적이 보이기 시작한다

* 무주無住: 인연에 따라 생기고 바뀔 뿐 잠시도 머물지 않는 것

—정영, 「21세기 평온경」 전문

이 시는 "무주無住의 밤 기차"가 지구 이편에서 반대편까지 달려가는 과정에 따라 전개되는 여로형의 양상을 띤다. "무주無住의 밤 기차"가 달리는 여로의 배경은 허공이다. 기차의 가속도가 빨라지면서 "바람과 검은 눈발"이 거세게 날린다. 거세게 날리는 "바람과 검은 눈발"은 "사바세계를 가만가만 어루만"져 모든 사물의 형체를 허공으로 환원시켜나간다. 마침내 "기차는 물컹한 나"마저 "허공에 담가 뼈만 건져내려 하고" 있다.

내가 앙상한 뼈만 남은 육탈의 허공에 가까워진다는 것은 무엇을 뜻하는 것일까? 이 근원적인 질문 앞에 한 문장으로 이루어진 4연이 등장한다. "묻는다, 무엇이 부처인가?" 이 질문은 '삶의 본성이 무엇인가?'로 환원해 볼 수 있다. 불가의 가장 절대적인 종지宗指가 공空(오직 아무것도 없을 뿐)이라는 사실을 염두에 두지 않더라도 "무주無住의 밤 기차"의 여로에 의해 내가 허공 속으로 무화되어간다는 것은 나의 근원을 향한 회귀로 해석된다. "무주無住의 밤 기차"는 결국 나를 본래의 절대적 자아로 환원시키는 역할을 하고 있다. 그러나 "무주無住의 밤 기차"가 지나가는 여로는 온갖 욕망과 거짓과 위선으로 얼룩져 있다. 세상에는 온통 "가면을 쓰고 다니는 욕망의 육하는 힘"들이 날것으로 뒹굴고 있는 것이다. 그러나 "무주無住의

밤 기차"의 질주와 더불어 이 모든 것을 아득히 뒤로하고 "더 이상 부서질 것은 없"는 국면에 이른다. 부서져간 거짓 일상에 대한 회한의 그리움도 잠시 뒤로하고 "무주無住의 밤 기차"는 "드디어, 저기, 어둠의 궤적이" 총체적으로 보이기 시작하는 "지구 반대편"에 당도해간다. 시적 화자는 무명 속을 헤매어 허공에 당도하는 과정이 21세기에도 반복되는 삶의 원형이라는 점을 "무주"와 "허공"의 이미지를 통해 그려 보이고 있는 것이다.

3. 꽃과 칼 혹은 그림자와 영혼의 드라마

김태동 시의 이미지는 주술적인 영의 세계로 개방되어 있다. 꽃과 칼의 드라마로 표상되는 그의 시편은 영적인 존재가 삶의 현현일 수 있으며 동시에 인간 실존과 연관되어 있음을 보여준다. 그의 시적 상징과 이미지는 신비스럽고 초월적인 존재 개입의 현장을 추적하고 있다. 시인의 정신세계의 내적 원형성이 투사되어 있는 작품이다.

아무도 찾아 오지 않는 나무집에 들러
등불을 켜고 우두커니 들여다본다
꽃들이 환해!
기절을 할 것 같다
제 스스로 굿을 하는 꽃들이
수렁수렁 흔들리고 있는 것이다
마음의 칼을 뽑아 이 환한 꽃들을
베어본다 악, 악, 하는 소리
등불을 떨어뜨리고 나는
방금 수렁수렁대던 꽃들의 어둠으로
걸어 들어가

멀리서 곡하는 소리
들린다
방금 빼어든 칼이 머리 위 그림자로 어른거려
꽃들은 어디 갔어?
멍한 눈을 뜨고 저기 걸려
흔들리는

—김태동, 「너무 어두운 꽃들이여」 전문

꽃처럼 밝고 순결하고 찬연한 것이 또 어디에 있을까? 그러나 이 시에서 꽃은 "너무나 어둡"고 음산하고 불순하다. 시적 화자는 "아무도 찾아오지 않는 나무집에"서 환한 "꽃"들에게 "기절"할 것처럼 현혹된다. 그러나 이들 꽃의 정체는 예사롭지 않다. 넋을 빠지게 하던 꽃들이 "제 스스로 굿을 하"며 "수령수령 흔들리고 있"지 않은가. 꽃은 일종의 영靈의 현신이었던 것이다. 시적 화자는 "마음의 칼을 뽑아" 꽃들을 베어낸다. 꽃에서 "악, 악, 하는" 비명이 새어 나온다. "방금 수령수령대던 꽃들의 어둠으로" 걸어 들어가본다. 꽃들의 어둠 저편으로부터 "멀리서 곡하는 소리" 들린다. 꽃의 주술성은 어떤 끔찍한 죽음을 경험한 원귀와 연관되는 것으로 보인다. 시적 분위기가 깊은 동굴처럼 서늘하고 음산하다. 시적 화자는 원귀의 환청으로부터 벗어나고자 "방금 빼어든 칼"을 다시 주시한다. "꽃들은 어디 갔어?" 꽃들은 어딘가로 사라졌지만 "저기 걸려/ 흔들리는" 환영은 여전히 남아 있다.

그렇다면 다시 묻게 된다. 여기에서 꽃과 칼의 정체란 무엇인가? 인간 정신의 구성 요소를 그림자(shadow, 원초적 자아), 영혼(soul, 내적 자아), 탈(persona, 외적 자아)로 나누어 해명했던 융의 논법에 따르면 "꽃"은 악마로 투사된 무의식적 자아의 어두운 측면에 해당하는 그림자(shadow)이다. "꽃"의 음산한 기운은 시적 화자의 무의식의 심연에 내재하는 혼돈, 우울, 악의 반사체로 해석된다. 이에 반해 "칼"은 자신의 내부 세계와의 관계를 맺는 내적 인격에 해당하는 영혼(soul, 내적 자아)이다. 융은 내부의 인격적 자아를 여성적인 아니마와 남성적인 아니무스적 성향으로 나누는데, 여기에서는 후자의 강경한 모습을 선명하게 드러낸다. 한편 탈(persona, 외적 자아)은 마지막의 "꽃들은 어디 갔어?"라는 단말마와 함께 "멍한 눈을 뜨고", 외적 대상을 응시하는 자아에 해당된다. 이렇게 보면 이 시는 시적 화자의 내면의 심연에 거주하는 어둠의 기억과 이를 절연하고자 하는 강한 자기 의지의 대결로 해석된다. 다시 말해 "칼"은 "꽃"으로 표상되는 원귀에 의한 탈혼망아(脫魂忘我)에 빠져들지 않고자 하는 결연한 자기의지를 가리킨다. 이 싸움에서 승리는 일단 "칼"(내적 자아)에게 돌아간 것으로 보인다. "꽃들"이 어딘가로 사라져갔기 때문이다. 그러나 이것은 불안한 승리이다. 마지막 부분의 사라진 꽃들을 바라보는 화자의 "멍한" 시선이 이미 지친 모습을 역력히 보이고 있기 때문이다. 그래서 김태동 시편의 꽃과 칼의 대결은 아직 미완의 불안한 드라마이다.

4. 천장, 우주의 문

조용미의 시적 상상력에서 닫힌 천장은 우주로 열린 소통의 문이다. 그의 시적 견성은 공간과 시간의 경계를 거침없이 넘나들기도 한다. 그는 이곳과 저곳의 내밀한 연속성의 그물망을 주술사처럼 감지하고 향유한다. 다음 시는 신체-집-우주가 동시성의 원리에 따라 연속성을 이루는 전일적인 세계를 보여준다.

> 내가 바라보았던 천장의 무늬와 색깔과 온도를 모두 다 떠올릴 수
> 있을까
> 천장을 보며 보냈던 시간들은 우물을 들여다보며 보냈던 시간과 같
> 아 내가 보았던 것은 하늘의 우물이라고 말할 수밖에

열리지 않는다 천장은
門이 아니므로
늘 닫혀 있다

뚫고 나갈 수 없다,
열고 나갈 수 없다
천장은 열리지 않는 뚜껑이므로

천장과 바닥 사이에
門이 있다
門은 언제나 가까운 곳에 있다

내가 알고 있는 천장에 대해서라면 아직 빛깔과 밝기와 표정들에
대해 모두 말할 수 있겠다

천장을 보며 보냈던 시간들은 우물이 말라가는 시간과 같아
내가 보았던 것은 우물에 핀 이끼가 저희들끼리 한 세계를 이루었
다 천천히 거두어들이는 미세한 풍경의 일지였다고 말할 수밖에

—조용미, 「천장을 바라보는 자는」 전문

천장과 우물이 주술적인 유비의 사다리를 통해 근원 동일성을 이룬다. 그래서 "천장의 무늬와 색깔과 온도를 모두" 감지하는 것은 곧 "우물"에 대한 직시이기도 하다. 그래서 그에게 "천장"을 응시하는 행위는 "하늘의 우물"에 대한 응시라고 표현할 수 있다. 천장은 폐쇄적으로 닫힌 공간이지만, 그러나 천장과 바닥 사이는 문이 있다. 다시 말해 화자와 천장 사이에는 우주적으로 개방된 문이 있는 것이다. 물론 이때 문은 반드시 물리적인 실체를 가리키는 것은 아니다. 이미 이 시의 시상은 이성적 사고의 경계를 넘어서

는 영성적 무한에 다가서고 있기 때문이다.

그래서 시적 화자는 방안에서도 외부의 대상을 주시한다. 그는 폐쇄된 공간 속에 갇힌 개별자이면서 우주적으로 열린 보편자로서의 이중적 존재성을 획득한다. 그래서 "천장을 보며 보냈던 시간들은" "우물이 말라가는 시간과 같"다고 말할 수 있다. 물론 여기에서 우물 대신에 다른 그 무엇을 대체해도 무방하다. 신체－집－우주의 관계가 동시성의 원리에 따라 서로 상응하고 있기 때문이다. 이것은 마치 선방의 스님이 마주하고 있는 육중한 벽이 현묘한 우주의 만다라인 것과 같다. 따라서 "천장의 무늬와 색깔과 온도를 모두" 인식하는 것은 자신의 내면을 향한 마음의 산책이며 동시에 우주론적으로 열린 "풍경의 일지"이기도 하다.

물론 이러한 시적 견성의 연쇄적인 논법이 "천장"에만 해당되는 것은 아니다. 시상의 연쇄를 역으로 거슬러 올라서, 말라가는 "우물"을 바라보는 시간이 "천장"을 바라보는 시간이기도 할 것이며 또 다른 무엇일 수도 있을 것이다. 시적 상상력이 주술적 소통의 열린 세계를 풍요롭게 구가하고 있는 현장이다. 원형적 상징 체계의 마법이 보여주는 인간과 세계의 근원 동일성과 연속성의 풍경인 것이다.